多尔衮

赵凯 著

图书在版编目（CIP）数据

多尔衮 / 赵凯著. —— 北京：华文出版社，2022.12
ISBN 978-7-5075-5696-4

Ⅰ. ①多… Ⅱ. ①赵… Ⅲ. ①长篇小说－中国－当代 Ⅳ. ①I247.5

中国版本图书馆CIP数据核字（2022）第236155号

多尔衮

著　　者：	赵　凯
责任编辑：	胡慧华
出版发行：	华文出版社
地　　址：	北京市西城区广安门外大街 305 号 8 区 2 号楼
邮政编码：	100055
网　　址：	http://www.hwcbs.cn
电　　话：	总 编 室 010-58336239　发 行 部 010-58336267
	责任编辑 010-58336197
经　　销：	新华书店
印　　刷：	三河市龙大印装有限公司
开　　本：	710×1000　1/16
印　　张：	16.75
字　　数：	248 千字
版　　次：	2022 年 12 月第 1 版
印　　次：	2022 年 12 月第 1 次印刷
标准书号：	ISBN 978-7-5075-5696-4
定　　价：	58.00 元

版权所有，侵权必究

目 录

序幕 / 1

上部　与皇太极合作

一、英雄美号:"墨尔根代青" / 6
二、多尔衮与皇太极:亲与仇 / 11
三、镶白旗主:从阿济格到多尔衮 / 18
四、踏破长城:攻京师,掠中原 / 26
五、内部权争,尊汗抑王 / 37
六、火箭式起飞,执掌吏部 / 42
七、大军胜利,多尔衮却初尝败绩 / 47
八、重罚莽古尔泰,饶过多尔衮 / 53
九、逼退蒙古林丹汗,偏师主将攻伐明朝 / 57
十、统兵元帅,俘获传国玉玺 / 63
十一、公主被杀,多尔衮是帮凶 / 72
十二、大清国立,封睿亲王 / 80
十三、征服朝鲜,睿亲王智取首功 / 85
十四、奉命大将军,攻讦亡灵遇挫 / 91
十五、松锦大战,鏖战三年 / 100

下部　挟制顺治皇帝

一、争位失败,转谋辅政 / 123

二、北京易主,沈阳宫斗 / 133

三、吴三桂向多尔衮求救 / 141

四、大战山海关 / 148

五、征服汉人心 / 166

六、小龙怀大志,大清君临华夏 / 177

七、解决李自成 / 184

八、下江南 / 195

九、扑灭张献忠 / 206

十、清初"五大弊政" / 209

十一、文字狱的始作俑者 / 217

十二、新历法,满文《三国演义》《大清律》/ 223

十三、平叛各地,征讨漠北蒙古 / 227

十四、皇父摄政王 / 239

十五、皇父摄政王的癖性 / 247

十六、多尔衮的身后事 / 252

尾声　孝庄与多尔衮:谁是胜利者? / 258

序幕

从入关前算,清朝第三位皇帝顺治,小小年纪,六七岁,在沈阳和北京两次登基。顺治小名福临,真是洪福到来、居高临下之人——人上人。

是多尔衮保举福临当上了皇帝。多尔衮主持了皇太极父子两位皇帝的三次登基大典。白捡了皇帝当的顺治,却得便宜卖乖地说:"朕实不幸,堕帝王家。"

真正不幸的是多尔衮,一心想当皇帝,距龙椅仅剩半步之遥,却被天意铁面无情地阻止了。作为摄政王,多尔衮在自己的封号里添加了一个皇帝的皇字:皇叔父摄政王;继而又是皇父摄政王;甚至在多尔衮死后,被追封为成宗义皇帝!但这都不是真皇帝,虽然他曾经行使过一手遮天的帝王权力。

多尔衮把真皇帝活成了假皇帝:他有机会、有条件身登大宝,像明朝永乐皇帝朱棣那样,从侄儿手里夺过帝位,把假皇帝变成真皇帝,权倾朝野,连皇帝和文武百官、天下兵马都怕他。多尔衮手下的败将李自成和张献忠,也当过几天乱世皇帝,还有南明几个走马灯似的所谓皇帝。多尔衮是一天真皇帝都没当过,但他打出了一个治世。他生前位尊权重,要多成功,就有多成功;他死后毁誉鞭尸,要多失败,就有多失败。

金秋,收获的季节,在北京。顺治元年(1644),中国历史上的一桩大事,清朝在元明两朝遗留的宫殿里举行皇帝顺治登基仪式。这是顺治皇帝第二次登基,上一次,是前一年在沈阳,幼小登基,当清朝东北地区皇帝。小福临按照摄政王叔叔的安排,过家家似的,表演着当皇帝的

"游戏"。

此刻,最认认真真看待皇帝登基仪式的,是这场大典的领导者多尔衮。

一人之下,万人之上,这句话,并不适合多尔衮,因为连皇帝都在听他的指挥。虽然是顺治登基,但多尔衮真切地感慨:是自己在君临天下。

君临天下者,是我多尔衮!

多尔衮身形瘦长,一副病态,却目光如鹰,俯瞰着雏鸟儿般的侄儿小皇帝、文武官员和普天下千万里江山,又高兴又惋惜:高兴的是,自己实现了爱新觉罗家族的大业梦想,率领八旗,入主中原,多尔衮兴奋得心都飞上天了,脚下像踩着云朵般发飘;遗憾的是,坐在龙椅上的人,是一个小孩子,不是他本人。他暗地里痛心疾首,仿佛自己前心后背贯穿了一箭,奄奄一息,就剩下半条活命了。他这种痛楚,绝对不能让人看出来。多尔衮清楚,每一个在场的满汉文武官员,都知道他是怎么想的:荣登九五至尊、接受百官和黎民朝拜的,应该是我多尔衮。

但是,那会儿,他还不能那样做——

在带领清廷君临天下的时刻,多尔衮感觉可以告慰父汗努尔哈赤的英灵了。怀有欣慰的同时,多尔衮又回忆起父亲驾崩后,母亲阿巴亥被逼殉葬,那一双流泪的美丽眼睛。那时候,自己眼睁睁看着母亲被戕害,毫无办法拯救她,如果放在眼下,他有力量了,谁敢?

多尔衮的目光从顺治小皇帝稚嫩而严肃的小脸上移开,仰望天际,仿佛看到了父母并肩而立的身影,他们正在微笑地看着自己。他热泪涌上眼眶,心中深情地遥遥呼唤:阿玛!额娘!

上部
与皇太极合作

后金天聪十年(1636)四月十一日,在辽东沈阳,多尔衮主持清太宗爱新觉罗·皇太极登基大典,后金大汗华丽转身,成为封建制的清朝皇帝。改元崇德,建国号"大清"。

二十三日,大清皇帝皇太极论功封子侄,赏文武,册封多尔衮为和硕睿亲王。

睿,是皇帝对多尔衮的看法。睿字本义是英明有远见。能当皇帝的皇太极,不简单,识人准,多尔衮果然当得起这个睿字。自古英雄出少年。还有句话:从小看到老。多尔衮的睿智,是天生的。皇太极是发现了多尔衮的睿智,选拔人才,为之所用。

皇太极与多尔衮,相差整整二十岁,但互相信赖。皇太极能当上皇帝,要靠多尔衮的支持;多尔衮年纪轻轻,能够当上清朝文武百官之首,一人之下,万人之上,这要靠皇太极的提携。他俩是清朝建立大业的合作伙伴。

从父系来说,他们是兄弟;从母系来看,皇太极是逼死多尔衮生母的仇人。多尔衮睿智的绝佳体现就是与仇人合作。与仇人合作,首先能保全自我;与仇人合作,才能够求取晋升,这也是他从父汗努尔哈赤那里学来的。努尔哈赤与大明朝辽东总兵李成梁这个仇敌合作,委曲求全,保全了自己,壮大了自己,最终得以与敌人公然对抗,后来居上。这也是多尔衮向母亲阿巴亥大妃学来的。母亲阿巴亥与父亲努尔哈赤也是仇敌,母亲的家族都被父亲屠杀了。但是,母亲嫁鸡随鸡,嫁狗随狗,隐忍地咽下自己娘家灭族的悲痛,与父亲一条心,成为一个战壕里的战友,成为一家人,为夫君看守家业,让努尔哈赤得以安心地在外驰骋疆场,百战百胜。

多尔衮虽年少,但心胸宽阔,他认识到只有与八哥大汗皇太极合作,才会获取自己的胜利。于是,他成了皇太极的打手。皇太极提拔青年将领,打击与自己平辈的其他三大贝勒:代善被吓服了,阿敏和莽古尔泰被扳倒赐死。多尔衮和小弟多铎,还有皇太极自己的儿子豪格,成为顶替三大贝勒的后起之秀。他们是皇太极一手培养起来的三位青年才俊。皇太极将他们当作自己的心腹,倚重他们打天下。

一、英雄美号："墨尔根代青"

多尔衮第一次上战场,是后金天聪二年(1628)二月,漠南蒙古东南方的喀喇沁部致书后金大汗皇太极,报告"察哈尔根本动摇,事机可乘",于是趁兵强马壮,及草青时,同喀喇沁、土默特部等兴师取之。二月初八,皇太极以察哈尔所属的多罗特部多次劫杀后金使臣为由,御驾亲征。千军万马,呼啸驰骋,大地为之颤抖动摇。此番远程奔袭,皇太极令同父异母的两个小弟弟多尔衮及多铎随军出征。

多尔衮时年十五岁零三个月,多铎不满十四周岁,两位少年王爷初次远征,十分兴奋。他们从小在汗宫中长大,父兄常年征讨,死死伤伤见得多了,视征战如家常便饭。耳濡目染,他们早就盼望能够上战场,昂首挺胸,马刀染血,成为英雄好汉。多铎打马扬鞭,头脑简单,只想着勇猛冲锋,不怕死,多杀人。多尔衮继承了母亲的"有机变",心眼儿多。他边快马进军,边紧紧地跟在汗兄皇太极身边,第一次披甲上阵,定要好好表现,不能胆小害怕,也不能鲁莽惹祸,既要勇敢杀敌立功,又要听话,恭顺从命,讨汗兄喜欢,这样以后的事情才好办。

出征之前,皇太极和"一字并肩王"三大贝勒(代善、阿敏、莽古尔泰)召集诸王贝勒大臣会议,讲明此次征战,尽选精锐,兵不在多,以出奇制胜,并告诫军士,严明军纪,听从指挥,不得贸然突进,也不能懈怠拖延而贻误战机。多尔衮的心情复杂又忐忑,暗暗叮嘱自己:千万别出错!

皇太极身经百战,对两位幼弟特别关照,带在身边,以保安全,可算爱护有加。应该说皇太极此番带他们出征,一是应该历练他们一番了,二是也想把两位小弟弟培养成自己人。他要在阵仗中考验他们,看看是不是可造之才。

打仗亲兄弟,上阵父子兵。

多尔衮与皇太极都是努尔哈赤的儿子,女真人的后代。

他们父子三人,是清朝初期开创大清基业最重要的三位著名军事家和政治家。

明万历四十年(1612)十一月十七日,努尔哈赤的第十四个儿子多尔衮降生在辽东长白山脉苏子河畔的赫图阿拉。明朝万历四十年时,努尔哈赤还没有建立后金政权,也就是说,多尔衮生来和父母哥姐全家族群都是明朝的边疆附属臣民。努尔哈赤担任明朝的地方官,是建州左卫都指挥使,要向中原明朝纳贡朝觐。有的书文说多尔衮出生在后金大汗宫邸,这种说法是不对的。明万历四十四年(1616),多尔衮虚岁五岁时,他的父亲努尔哈赤才正式建立后金政权,当时,女真人还没有自己的年号:天命。

后金崛起于赫图阿拉,但女真人并不是这里的原住民。要想说清楚多尔衮,必须追溯他的根源祖先。他的出生地赫图阿拉常常被认为是满族老家,其实女真人也是外来户、迁徙者。

从神话角度,满族人传说中的始祖布库里雍顺是仙女所生。从历史地理的角度,专家学者把东北的古代一些少数民族都看作是女真人的祖先源流。女真族,又称女贞与女直。在东北这区域,古代最早见于史料的族群,北边黑龙江流域有肃慎,南边辽河流域是东胡,中间在松嫩平原上讨生活的叫秽貊。

这三个族群,在史册上发展得都不简单。东胡在南端,与中原华夏接触多,发展进化快,其后分裂为南契丹、北鲜卑,鲜卑族首先发力,牧马黄河两岸,北魏诸朝,就是他们建立的,隋唐皇朝宗室,流淌着一脉混血;契丹壮大为与北宋争雄的大辽国,接下来还有远赴中亚的西辽,直到蒙古铁骑横扫欧亚,建立元朝。肃慎发展成为东北大王渤海国,以及灭北宋的金国,直到清朝灭亡明朝,统领华夏。秽貊虽然没有入主中原,从汉到唐,让中原王朝非常头疼的辽东高句丽政权,就是秽貊族支族扶余国的子孙建立的,高句丽被剿灭以后,其百姓分流至朝鲜半岛和中国东北,其文化也被分别继承。

传说在三皇五帝时期,舜、禹时代,肃慎与中原就有了接触。来串门朝贡,带的礼物是硬弓长箭。夏商周时期,中原王朝不断交替,但白山黑水那块就只有肃慎。过春秋,到了战国时期,遥远的东北边民改叫挹娄,南北朝时期称勿吉,隋唐称靺鞨,辽朝时期称女真。大胆想象一下他们可能是同一伙人,只不过是在史书上换了几个名而已。挹娄的意思是穴居人,勿吉的意思是林中人。

女真,这个词最早出现在唐朝。大辽国兴盛时期,把纳入户籍的叫熟女真,边远地方未在册的叫生女真。金国创建者完颜阿骨打就是生女真。生女真野性,战斗力惊人。到了明朝,女真人和所有边民一样,逐渐向内地靠拢发展,分为建州、海西和野人(东海)三大部。努尔哈赤就是建州女真人,他宣称说自己是仙女佛库伦所生布库里雍顺的后代。

话说布库里雍顺长大,顺江漂流,到了一处地方,恰逢当地人正在纷争械斗,相持不下,看到他这个外来人,就请他给评评理,外来的和尚好念经,他一下子树立了权威,成为这个地方的头领,娶妻生子,血缘繁衍。

不知传了多少代,子孙兴旺。都是女真人,野性未泯,部落之间经常打架,布库里雍顺的子孙们打输了,向远方逃生,从牡丹江流域向南,沿着连绵的长白山脉,逐步迁徙到朝鲜半岛北部鸭绿江流域,半岛人民欺生,不喜欢外来人跟自己争抢生存地盘,便群起而攻之,女真人站不住脚,又被打跑了。女真人不能回头走东北方的来时路,就往西北方跑,来到了浑河源头,到了辽河流域边缘,这里是大明朝的辖地。

明朝虽然把元朝驱赶回了大漠草原,但数度北伐,也无法像汉武帝打击匈奴那样摧毁蒙古,只能与蒙古僵持拉锯,苦苦支撑。明朝敞开怀抱,收留了无处安身的女真人,将他们安置在辽东山区苏子河畔,设立建州卫,册封土官。大明朝前期,在黑龙江入海口,设立了一个短命的奴儿干都司,管理东北诸夷,后来,明朝鞭长莫及,又撤了这个衙门。明英宗有谕:"帝王之待夷狄,来者不拒可也,何必招抚。"明朝是耍了一个小心眼儿,想圈养这样一群从远方来的女真人,他们比蒙古人更野性,养大了,可以以其来制衡蒙古人,在蒙古东边放上这些人,让蒙古人不敢放开手脚来骚扰中原。谁知大明朝接受这一批女真人,允许他们定居下来,是给自己埋下了亡国要命的"定时炸弹"。

明朝希望这支"蛮子"能够牵扯住蒙古人,但又怕女真人坐大,那就不服管了,便把他们拆分为建州女真、海西女真、东海女真三大部。后又按地域将他们分为建州、长白、东海、扈伦四大部。建州女真人混入明朝汉人境内,因此,建州女真人对明朝骚扰最多、威胁最大,明朝对建州女真人有安抚驯拢,有剿灭屠杀,拉一帮,打一派,这种政策看似聪明,其实是一直在培训、锻炼女真人,使他们肌肉更强健,骨骼更坚硬。

这一时期,女真人尚实行奴隶社会制度,但成为明朝的臣民后,他们的生活得以进入了正史记载中。努尔哈赤的六世祖猛哥帖木儿,依附明朝,在内部斗争中被杀害。努尔哈赤的爷爷叫觉昌安,努尔哈赤的父亲叫塔克世,也殒命于战火之中。

明万历四十三年(1615),建州女真首领努尔哈赤在新宾二道河子畔的赫图阿拉城称汗建国,国号称为"大金",史称后金。后金天命十一年(1626),努尔哈赤驾崩,他的第八个儿子皇太极继位。

话说多尔衮和多铎策马紧紧跟随在皇太极左右,看到一匹快马如箭射来,是先锋官派信使回报,已经生擒敌人,实现了出征前的预期,打了敌人一个措手不及。

敌俘报告:察哈尔多罗特部众盘踞在敖木伦(今辽宁省大凌河上游)。十五日,皇太极集聚精锐大军,以迅雷不及掩耳之势,对敖木伦发起闪电攻势。多尔衮率所部将士奋力冲杀,刀尖舔血,箭影嗖嗖,方显出少年英雄本色。暴风骤雨,摧枯拉朽,敌军丧魂落魄。乱军之中,多罗特部落仓促应战,首领巴图鲁受伤,落荒而逃,群龙无首,军心涣散,遂成乌合之众。后金将士俘获了敌酋的妻儿家眷,杀敌无数,又俘获一万二千人,获遍野牛马。此役称为"敖木伦大捷",后金将士胜利班师。

三月初七,在沈阳汗宫,皇太极设宴款待诸贝勒大臣。酒宴上,皇太极举起酒杯,脸膛通红,大笑谕告:"蒙天眷佑,初次令两幼弟随征远图,克著勤劳,俘获奏凯,宜赐美号,以示褒嘉。"赐多尔衮为"墨尔根代青",多铎为"额尔克楚虎尔"。

"额尔克楚虎尔"意为"山崖上勇敢的将军"。"墨尔根"意为"聪明机警、多智慧","代青"是蒙古贵族的尊称,女真贵族也喜欢借用这个词语。这是多尔衮和多铎有生以来所获得的第一个英雄名号。由此可见,他们两兄弟在初次远征中确实表现不错,机智勇敢,与汗兄相处融洽,因而得到了汗兄的好评。但他们在战斗中到底是怎样勇敢、怎样机智,并没有在史料中看到记载。或许即便跟着部众冲锋了,部属将士们也不会让这两个小王爷受伤吃亏。小哥俩沾沾自喜,但是"三大贝勒"以及其他贝勒诸将并不太在意,大家都以为这两个美号,是恩赏,徒有其名,他们还是两个孩子,离真正建立军功还远着呢。按满洲习俗,小哥俩有了这个封号,此后众人都要这么称呼他们,不得违反,如违反,男人就要被罚摘掉所佩带的刀箭,女人就要被罚当众脱掉裙子。

多尔衮和多铎这两个追风少年,一战成名。

为啥刚上战场走一圈儿的两个毛孩子、半大小子就受到嘉奖并获封美号呢?因为他们是老汗王的儿子,是新大汗的弟弟。平民子弟永远不会有这样的机会。

努尔哈赤在世时,弟弟多铎受父亲偏爱,排名在哥哥多尔衮前面;但在汗兄皇太极这里,多尔衮排名在多铎前面,找回了属于他的真正位置。

刚刚获得荣誉的新宠,热乎劲儿还没过去,仅仅二十天后,多尔衮三兄弟就遭遇了来自皇太极的第一次打击。

在别人眼里,阿巴亥所生的三个儿子阿济格、多尔衮和多铎,一奶同胞,是一体的。但在皇太极眼里,这三兄弟却不一样,有差异,他想分化瓦解他们。

二、多尔衮与皇太极:亲与仇

多尔衮与皇太极这对同父异母的兄弟,仇从何来?

皇太极生于明万历二十年(1592)十一月二十八日,多尔衮生于明万历四十年(1612)十一月十七日,他们相差整整二十岁,虽是兄弟,却如同两代人。

皇太极的母亲是来自海西女真叶赫部的孟古哲哲。明万历十六年(1588),虚岁十四的孟古哲哲在兄长纳林布禄的护送下来到费阿拉城,努尔哈赤率众出城相迎,杀牛宰羊,大宴成婚。四年后,虚岁十八的孟古哲哲生下了皇太极。皇太极从小到大,从来没有去姥姥家串过门,母亲孟古哲哲也没有回过娘家。因为部落征服与扩张战争,两个部族有解不开的世仇,你死我活,势同水火。

明万历三十一年(1603),孟古哲哲病危,想再见老母亲一面。努尔哈赤派人前去叶赫部迎接岳母,大舅哥纳林布禄坚决不允。孟古哲哲带着对娘家亲人的思念,含怨撒手人寰,年仅二十九岁。努尔哈赤命令服侍孟古哲哲的四个婢女殉葬,宰杀一百只牛羊祭祀。孟古哲哲生前一直是侧福晋,皇太极当了大汗后,母以子贵,孟古哲哲被尊奉为孝慈高皇后,这是清朝第一位被追封的皇后。

皇太极十二岁就成了没有妈妈的苦命孩子。他自少年时起,随父兄狩猎征战,骑射娴熟。明万历四十年(1612),也就是多尔衮出生的这一年,二十岁的皇太极从父出征海西女真乌拉部,冲锋陷阵,攻克六城,初建军功。明万历四十四年(1616),努尔哈赤建立"大金",上位称汗,年号"天命",论功行赏,赐封次子代善、侄子阿敏、五子莽古尔泰和八子皇太极为四大贝勒。皇太极成为后金政权核心高层领导集体的一员,成为独当一面的青年将才。

明万历四十七年(1619)早春,大明朝集结重兵,势要一举扑灭后金,在决定生死存亡的萨尔浒大战中,皇太极与诸贝勒率兵跟随父汗大败明军。转过年来,皇太极随父亲攻取明军驻守的开原和铁岭,继而挥师叶赫部。皇太极以亲外甥身份劝降叶赫,亲舅舅金台吉宁死不从,身死族灭。

在努尔哈赤统一女真、建立后金、进攻明朝、征战朝鲜和蒙古的过程中,皇太极献计取抚顺,驰援科尔沁,击溃察哈尔,立下了汗马功劳。

后金天命十一年(1626)农历八月十一日,努尔哈赤病逝,众人拥戴皇太极"请上嗣位",皇太极"辞再三,久之乃许",被推举为大汗。

努尔哈赤没有留下遗诏,没有指定接班人。四大贝勒就成为汗位继承的第一人选团队,逐个审看:代善作为四大贝勒之首,原本被立为太子,但因为被密告与大妃阿巴亥私通,被废了储君之位,有此污点,不宜再争大位;四大贝勒中排名老二的是阿敏,他是努尔哈赤的侄儿,血缘上远了一层,而且他父亲舒尔哈齐因谋逆被处死,他能活下来,还受封为第二大贝勒,就应感恩戴德了,根本没有他的份;莽古尔泰是努尔哈赤的第五个儿子,战功赫赫,但四大贝勒全都军功累累,这不算优势,反而他有极大的劣势,那就是七年前为了讨好父汗,他竟然亲手杀死犯了错的生母富察氏,对亲母都能下得了刀,这样的人,品质恶毒,不堪胜任至尊;然后就是皇太极了,他是努尔哈赤的第八个儿子,如果说莽古尔泰超越了三哥和四哥,成为三贝勒,那么皇太极就是超越了三哥、四哥和六哥、七哥,成为四贝勒。此时此刻,他这几个哥哥都活着,他能够后来居上,必有过人之处,如今,他又要凭借过人之处,超越前三位大贝勒,成功登顶。

讨论接班人时,最年长的代善知道自己难以服众,而且他心地厚朴,没有动心机、做手脚。他和儿子岳讬执掌八旗劲旅中的两红旗,如果他一心想登大位,不放手,别人还真难争得过他。代善有心放弃,让贤,而且他长子岳讬先跑到他家里,劝说他支持皇太极:"四大贝勒,才德冠世,深契先帝圣心,众皆悦服,当速继大位。"代善早已经权衡轻重,乃言:"是吾心也。"不知道皇太极是如何"拿下"岳讬的,总之,岳讬把父亲代善给"拿下"了。代善不坐龙椅,阿敏没资格坐,莽古尔泰想坐,但自知有弑母之过,众人不服,而且自己只领有正蓝旗,势力孤单,于是,大汗之位非皇太极莫属。代善其人,性情使然,一次次谦让,让出了大位,其后还让出了第二位置,虽然权力缩小,但他终获自我保全,平安善终。

皇太极心潮澎湃,心里偷着乐,假意谦逊了一下,就当仁不让地"被迫同意"出任大汗这个"苦差事"。当然了,另外三大贝勒也没让皇太极一竿子扎到底,虽然由皇太极当大汗,但根据老汗王的"八王共治"遗训,四大贝勒同坐金銮殿,龙椅两边再摆三把椅子,皇太极此时羽翼未丰,只好以退为进,同意和三大贝勒共同列座,接受百官朝贺。暂且容忍一时,他日再图。四大贝勒同坐金銮殿,共享权力,是把老汗王说的"八王共治",变成了"四王共治",删减一半,缩水百分之五十。缩了谁呢?那就是"四小王":阿敏的弟弟济尔哈朗,再就是大妃阿巴亥的三个儿子:阿济格、多尔衮、多铎。

不仅仅剥夺了多尔衮三兄弟的"八王共治"权力,以皇太极为首的"四大王",躲开父汗灵柩,在把权力如何继承与分配安排好之后,又达成一项最紧迫的共识:剪除"皇后"阿巴亥。

多尔衮出生时,他父亲努尔哈赤五十三岁,他母亲阿巴亥二十二岁,但已经嫁给努尔哈赤十年了。

乌拉那拉·阿巴亥是海西女真乌拉部首领满泰之女,于明万历十八年(1590)出生。她四岁时,发生了一桩大事:女真人和蒙古人九部联军,攻打建州。这些同盟军,是因为努尔哈赤越来越坐大,越来越不服管,便越来越看不顺眼努尔哈赤,于是合起伙来,想把他收拾掉。与这九部联军之战,和后来的萨尔浒大战一样,都是努尔哈赤的生死存亡之战。但合伙的买卖,心不齐,也是上天保佑努尔哈赤,"联军"输了,努尔哈赤赢了,还抓到了一个重要的俘虏,名叫布占泰,他是阿巴亥的亲叔叔。

努尔哈赤和弟弟舒尔哈齐,是建州女真的大小双王,各自把一个女儿嫁给布占泰,以此拉拢乌拉部。明万历二十九年(1601),布占泰把虚岁十二的侄女阿巴亥送给了虚岁四十三岁的努尔哈赤。是不是感觉有点乱?女婿把自己的侄女送给岳父老泰山,差辈儿呢。其实不然,女真人那时候还是奴隶制社会状态,不受封建伦理约束。

努尔哈赤比阿巴亥大三十一岁,而且已经有了多位妻妾。少女阿巴亥,不仅水嫩好看,而且聪敏伶俐,努尔哈赤好喜爱,阿巴亥在后宫的地位迅捷上升,成为侧福晋,直至成为后宫之主,是努尔哈赤的第三任大妃。

努尔哈赤的元妃,原配嫡妻大福晋佟佳·哈哈纳扎青,是辽东女真富庶望族之女。明万历五年(1577),虚岁十九的努尔哈赤,被父亲和继母以分家的名义赶出了家门,但可能是入赘了佟佳氏,成为上门女婿。爱情助推人生起飞,佟佳氏辅佐努尔哈赤功业起步,孕育二子一女,嫡长子褚英、次子代善和女儿东果格格。明万历十一年(1583),虚岁二十五岁的努尔哈赤,以十三副遗甲,带领数十人起兵,进攻图伦城,拉开统一女真各部的战争序幕。努尔哈赤外出打仗,佟佳氏为他看守家园,抚养伤员。连年征战,努尔哈赤首先征服了建州女真部,佟佳氏功不可没。明万历二十年(1592),佟佳氏去世,年仅三十二岁。

努尔哈赤的继妃,第二任大福晋富察·衮代,原本是努尔哈赤的堂嫂,依照女真社会"兄死,弟妻其嫂"的风俗,明万历十三年(1585),在前夫死后,富察氏带着孩子改嫁努尔哈赤。富察氏也为努尔哈赤生育了两儿一女:第五子莽古尔泰,第三女莽古济,第十子德格类。衮代作为大福晋,陪伴努尔哈赤长达三十余年,深得努尔哈赤的宠爱与信任,伴随夫君建国后金,家里的大事小情、后宫内务,乃至财政收支,皆经由衮代之手处置料理,是努尔哈赤的贤内助。

衮代年老色衰,夫妻恩爱淡了,逐渐疏远。后金天命五年(1620)三月,努尔哈赤以"盗藏金帛"的罪名,将衮代休弃,"迫令大归",而她的亲生儿子莽古尔泰为取悦父汗,竟残忍地拔出佩刀,弑杀了自己的亲生母亲。衮代死后多年,其子女被皇太极以"谋上之罪"所害,其女儿也惨遭处死,原本与努尔哈赤合葬于盛京福陵的衮代灵柩,在顺治元年(1644)也被强令移出,降为庶人,另择其地草草掩埋。

接任衮代成为大福晋的就是阿巴亥。她掌管后宫,母仪后金。阿巴亥三十岁,为努尔哈赤生了三个儿子:阿济格、多尔衮、多铎。

阿巴亥和皇太极的生母孟古哲哲经历了类似的情感创伤,那就是阿巴亥的娘家乌拉部也被努尔哈赤灭了。丧失了娘家的依靠,对阿巴亥是一次考验,那时候,她刚刚生了多尔衮,为大汗生了儿子的喜悦,娘家部落被摧毁的忧伤,还有对自己今后前途的考虑,真可谓五味杂陈。阿巴亥"饶丰姿","有机变",没有因为娘家部落被剿灭而流露出悲痛之色,反而笑着对努尔哈赤说:"这回好了,我的娘家人都归顺过来,变成了一家人!"努尔哈赤听了怎么能不高兴?他真真切切喜欢阿巴亥,凭借这一点,阿巴亥在努尔哈赤的众多妻妾中站稳了脚跟,成功上位。但伴君如伴虎,蛾眉总有人妒,正应了"木秀于林,风必摧之"那句话。

后金天命五年(1620),是个很诡异的年份,努尔哈赤的第二任大福晋衮代被罪杀,第三任大福晋阿巴亥因被举报而被惩弃。

小福晋德因泽向努尔哈赤大汗告密:大福晋阿巴亥和其他男人有了私情,而这个"情人"竟然是努尔哈赤的次子、后金政权的接班人、大贝勒代善。

在此之前,努尔哈赤想到自己衰老,阿巴亥年轻,孩子幼小,根据女真习俗,自己过世后,阿巴亥必定带着孩子改嫁给自己的兄弟子侄,嫁给谁才最好,才不会受委屈?那么,只有嫁给未来的大汗、自己的接班人代善,才能够维护阿巴亥和孩子的至尊地位。在一次家宴上,努尔哈赤明言:自己死后,由代善收养阿巴亥和代善的幼弟。

阿巴亥和代善关系不正当的证据是:大福晋暗中送美味佳肴给大贝勒代善,还常常派人到大贝勒家去。努尔哈赤勃然大怒,立即派人追查,属实;而且,大福晋不仅仅送美味给大贝勒代善,也送给四贝勒皇太极了,但代善受而食之,皇太极则受而未食。大福晋一下子勾引两位继子,不过,皇太极要比代善好,只是敷衍而已。墙倒众人推,还有人进一步揭发:大福晋在贝勒大臣议政和宴会上,丽装华服,花枝招展,与大贝勒眉来眼去,很多人早就看不惯了,却因惧怕而不敢报告;更有人捕风捉影,添油加醋,说大福晋有时候深夜出宫。努尔哈赤震怒之余,不失冷静,深知家丑不可外扬。另外,他并没有老糊涂,或许是因为他有把阿巴亥母子托付给代善之言在先,阿巴亥才结交代善,想为以后的关系打基础。但是,以后是以后,在努尔哈赤活着的时候就交往,这是不允许的。他以阿巴亥窃藏财帛为由,免去其大福晋名号,并为阿巴亥定下三条规矩:一是不准她再与任何人来往；二是不准她听信谗言；三是与她隔房。

这一年，多尔衮已经九岁了，作为孩童，他知道额娘（母亲）惹阿玛（父亲）生气发怒了，父亲是看在他和哥哥、弟弟的情面上，才轻饶了母亲，没有赐死或者打入冷宫。

努尔哈赤对代善的处理是，剥夺其太子名号，也算是从轻发落。因为努尔哈赤在建立后金前一年，即明万历四十三年（1615），曾怒杀不听话的忤逆长子褚英，有了前车之鉴，这一回，努尔哈赤不愿意重蹈覆辙，虎毒也不能连续食子，况且他懂得不同于褚英的暴戾无常，代善柔和敦厚，于是，只是取消了代善的接班人资格，停止其临朝摄政的权力。

被剥夺大福晋名号的阿巴亥在泪水迷离中仍然抱有希望，知道在后妃中大汗最喜欢自己，他离不开"我"。而且，她结交代善，是错误，但也情有可原，不是不可饶恕的大错。果然，一年左右，风声平息了，努尔哈赤想念阿巴亥，又宠幸了她。

努尔哈赤妻妾成群，共十几位后妃，生了十六个儿子，八个女儿。这么多子女，人多力量大，但是在汗位的继承权上，这些儿子是兄弟，更是竞争对手。多尔衮三兄弟小小年纪便被列入"八王共治"名单，登堂入殿，其他有军功的年长哥哥都在门槛外站着。任何人都能看出，这是大妃阿巴亥的布局，她隐身在努尔哈赤身后，把自己的三个小儿子推到了前台。

以皇太极为首的四大贝勒深谋远虑，不能留下阿巴亥这个后患。父汗努尔哈赤临终前，阿巴亥伺奉床前，眼下，她正忍悲陪灵，多尔衮三兄弟则围在母亲身边。等安葬了老汗王，一旦她醒过神来，把目光锁定在金銮殿龙椅上，不知道什么时候，她就可能会抛出一条所谓的大汗遗诏，谎称老汗王让自己的儿子继承大宝。再者，没有阿巴亥做依靠，多尔衮三兄弟还年幼，翻不了大浪。为了实现政权的平稳过渡，为了日后不出争权的乱子，阿巴亥必须死。

《清太祖武皇帝实录》记载了阿巴亥殉葬之事："后饶丰姿，然心怀嫉妒，每致帝不悦，虽有机变，终为帝之明所制。留之恐后为国乱，预遗言于诸王曰：'俟吾终，必令殉之。'诸王以帝遗言告后，后支吾不从。诸王曰：'先帝有命，虽欲不从，不可得也。'后遂服礼衣，尽以珠宝饰之，哀谓诸王曰：'吾自十二岁事先帝，丰衣美食，已二十六年，吾不忍离，故相从于地下。吾二幼子多尔哄（衮）、多躲（铎），当恩养之。'诸王泣而对曰：'二幼弟，吾等若不恩养，是忘父也。岂有不恩养之理！'于是，后于十二日辛亥辰时自尽，寿三十七，乃与帝同柩。"

这种公文，是在皇太极时期记录的，所以，后人持怀疑态度，多认为四大贝勒矫诏，逼殉阿巴亥，努尔哈赤并没有留下遗命。《清太祖高皇帝实录》又说："上于国家政事、子孙遗训，平日皆预定告诫，临崩，不复言及。"明白了吧，努尔哈赤死前并没有留任何遗言，让阿巴亥殉死，是"平日皆预定告诫"。

阿巴亥是不想死、不愿意死的，"后支吾不从"。但是，"四大王"咄咄逼人，阿巴亥能战胜后宫其他女人，却无法战胜男权，只能屈从，还要讨好"四大王"，为他们解脱内心鬼胎，"吾不忍离，故相从于地下"，继而哀求："吾二幼子多尔哄（衮）、多躲（铎），当恩养之。"皇太极或许是因为对阿巴亥有愧，所以在以后真的对多尔衮"恩养"有加。

阿巴亥曾经讨好的代善，曾"受而食之"她亲手做的美味佳肴，此刻却催促阿巴亥说，不能哭着上路。逼人家上黄泉路，还不许哭。

多尔衮与哥哥阿济格和弟弟多铎一起，哭喊呼号，眼睁睁地看着母亲艳妆礼服、无限不舍地被缢飞升。努尔哈赤的小福晋德因泽也随同阿巴亥一同殉葬，有人说，德因泽是告密人，让她殉葬，是为了灭口，德因泽是皇太极的母亲从娘家带来的陪嫁丫头。

前一天父死，第二日母亡，一下子失去双亲，少年多尔衮并没有瘫倒，而是瞬间感觉自己长大了，必须坚强，站牢了，先咽下杀母之仇，向前走。他救不了母亲，只能救自己！

三、镶白旗主:从阿济格到多尔衮

后金天命九年(1624)五月二十八日,蒙古科尔沁部护送一个小新娘来到辽阳,嫁给了多尔衮。努尔哈赤非常高兴,命令宰牲畜九头,摆酒席四十桌,带领皇宫福晋和诸位贝勒大臣,贺子成婚。新郎官多尔衮虚岁十三,就洞房花烛,成了小男子汉。转过年来,多尔衮携手福晋,跟随父汗母后,迁徙到沈阳。一年半后,努尔哈赤驾崩,阿巴亥殉葬。对多尔衮来说,沈阳定都之初,或许是伤心之地。

在父母双亡之际,还有另一项重大的失败,降临到多尔衮三兄弟头上,那就是失去了汗位继承权。如果努尔哈赤再活十年,很大可能是多尔衮或多铎继承大宝。

后金天命十一年(1626)九月一日,皇太极在大政殿即汗位,焚香告天,与诸贝勒对天盟誓,继承父汗大业,进攻明朝,夺占中原。皇太极还发誓:尊敬兄长,爱抚子侄。诸贝勒则誓言忠心事君,一派同心同德共保家业、齐打江山的亲密友爱气氛,然而各人心中却另有算计。

明万历三十三年(1605)七月十五日,十五周岁的小福晋阿巴亥,为努尔哈赤生了一个儿子:阿济格。这是阿巴亥生的第一个孩子,却是努尔哈赤的第十二个儿子。在满语中,阿济格的意思为"小"。但他长大后,"身长丈余",骁勇善战。后金天命十年(1625),二十周岁的阿济格跟从五哥莽古尔泰出征蒙古察哈尔部,高歌猛进,一路追杀,林丹汗溃不成军,遁逃西方。天命十一年(1626)四月,阿济格和比他大五岁的侄儿硕讬(代善次子),讨伐漠北蒙古巴林部。十月,阿济格跟从二哥、大贝勒代善讨伐蒙古扎鲁特部,阵斩敌将,活捉敌帅。阿济格跟随大军征朝鲜,攻明朝,仗仗少不了他,军功耀眼。因为战功,阿济格先当台吉,后封贝勒,颇受父汗的喜爱。

有一件事,值得特意说一说。皇太极的第二任正妻,也就是阿济格的八嫂,见到小叔子阿济格时,没有下轿。努尔哈赤对此极其恼怒,这不是嫂子和小叔子的事,是男尊女卑,是眷属轻慢国家英雄功臣的大事情,便给皇太极下令:休妻。

新官上任三把火,皇太极首先要做的就是人事调整,把摆老资格、不肯顺从的老人踹下去,把没有资历、俯首听命的新人扶起来,这是他的治人之道。大汗皇太极深谙内部斗争策略,对高层领导集团的重新梳理,先对谁开刀呢?皇太极盯上了阿济格。可以说,是阿济格自己把"刀"递给了皇太极。

天聪二年(1628)三月二十九日,后金政权第一次把一个旗主固山贝勒给撤换了。这个倒霉蛋就是阿济格。阿济格到底犯了什么罪?他的罪状是为小弟多铎娶媳妇。

爱新觉罗家族的联姻,首先是政治行为。皇太极想为多铎迎娶科尔沁女子,也就是皇太极大妃的娘家人,这样,既加强了后金与蒙古的关系,又把多铎变成了自己阵营的人。此时,当了大汗的皇太极,无形中就把同坐金殿的"三大贝勒"当成了外人,甚至是政敌,他要拉拢最有势力的多尔衮三兄弟,强化自己的力量。但多铎看上了自己的表姐,想娶舅舅阿布泰的女儿为妻,想亲上加亲。阿济格觉得自己是多铎同父同母的亲大哥,长兄为父,应该替过世的父母为小弟做主,于是派人去舅舅家提亲,并且亲自去舅舅家,想看看长大后的小表妹变成啥模样了。本是好事一桩,皇太极知道后,却雷霆震怒,这为啥呀?

一是多铎不听话;二是阿济格擅自作主;三是皇太极非常厌恶阿布泰;四是皇太极害怕多尔衮三兄弟与他们的亲舅舅结盟。

皇太极反感阿布泰,缘于努尔哈赤时代的权力斗争。阿布泰是大福晋阿巴亥的亲兄弟,乌拉部被灭后,阿布泰逃到叶赫部。天命四年(1619),努尔哈赤又荡平叶赫部,俘虏了阿布泰。努尔哈赤因为宠爱阿巴亥,在她的求情下,饶过了阿布泰,还把自己的女儿和硕公主嫁给了阿布泰。阿布泰既是国舅爷,又是驸马爷,对姐夫兼岳父的努尔哈赤自然感恩戴德,从杀"父"仇人变成了自己人。阿布泰非常聪明,加上努尔哈赤格外关照,超级提拔,几年后,就擢升为统率千军万马、佐汗治政的八旗高级将官,是代理努尔哈赤管辖一旗的固山额真,成为颇具影响力的军政要员,与开国五大臣何和礼等人同等待遇,荣耀之至。有一次,努尔哈赤还高兴地将自己穿的镶貂皮袄赏赐给阿布泰。军功靠后却被闪电提升的阿布泰,遭到皇太极等贝勒大臣们的嫉妒,大家斜眼儿瞧,很看不顺眼春风得意的他,但碍于老汗王,众人唯有忍受。

此一时,彼一时,到了皇太极时代,他要排挤前朝大臣,培养自己的亲信。阿布泰就是被打击的对象,皇太极故意找碴儿收拾他,一贬再贬,没多久就把他降职为小小的游击。阿布泰对皇太极一肚子憎恨,怨气冲天,但人在屋檐下,不得不低头。皇太极担心的是,多尔衮三兄弟年纪小,军政资历浅,经验不足,但他们三兄弟手下都有兵马,阿济格和多铎都是一旗之主,多尔衮不是旗主,但也领有十五个牛录。他们小哥仨握有后金约四分之一的军事力量,倘若再与亲舅舅阿布泰亲上加亲,政治结盟,有身经百战、老奸巨滑的舅舅当军师,出谋划策,多尔衮三兄弟将如虎添翼,会成为一股不可阻挡的力量,那样一来,皇太极就控制不了他们了。而阿布泰和阿济格撮合多铎娶表姐,也正是这么想的,他们是以待时日,与皇太极分庭抗礼。所以,皇太极一目了然,大动肝火,必须严惩他们,把他们的犯上念头扼杀在摇篮中,以绝后患,也乘机树立自己的政治威严。

皇太极以阿济格未与大汗和"三大贝勒"商量请示,就擅自做主为多铎旗主贝勒聘亲,违逆了家规国政为由,废黜了阿济格的旗主贝勒头衔,夺了他的镶白旗兵马。

罢旗主,夺兵马,这可不是小事,甚至是老汗王努尔哈赤处置胞弟舒尔哈齐之后最大的变故,后金军民上下震动,搞不好就会埋下祸患。

在这个关键时刻,皇太极的政治智慧大为彰显,他没有把镶白旗划入自己帐下,而是转手把多尔衮拉上了镶白旗旗主宝座。

这件事,多尔衮原本仿佛是局外人。弟弟多铎娶舅舅的女儿,"大哥"阿济格做主。多铎和阿济格都是旗主,多尔衮只领有十五牛录,地位在哥哥和弟弟之下,存在感不强,但皇太极硬是把多尔衮变成了主角。别人看这三兄弟是一体化的,皇太极居高临下,敏锐地看准了这小哥仨的焊接缝隙。螳螂捕蝉,黄雀在后;鹬蚌相争,渔翁得利。多尔衮福从天降,获意外惊喜。他虽然人不大,但心眼儿灵,非常明白汗兄为什么要从哥哥阿济格手里硬生生夺过来旗主宝座,又暖心地塞给与哥哥一奶同胞的他。这是让所有人都明眼看到,瞧,我皇太极没有私心吧,这么一大块肥肉,我没有自己吞下肚,还是留在了他们三个小兄弟手中。多尔衮更清楚皇太极现在刚刚上位,立足未稳,还不敢硬生生吞下镶白旗。

对"三大贝勒"来说,本来想看皇太极的笑话,又担心他吃了镶白旗,势力过大。如果皇太极那样做,"三大贝勒"一定会出面阻止,毕竟是"共治国政"嘛,"三大贝勒"有这个权力。"三大贝勒"也有很好的说辞,是父汗把镶白旗交给阿济格的,不能任由你皇太极胡来。然而,皇太极决定把镶白旗给多尔衮,对这"三大贝勒"没意见,完全赞同,阿济格成人了,不服管了,把兵马给年少的多尔衮,他还没有资格与汗王抗衡,会听话,对汗王的权势,暂且还构不成威胁。两全其美。

对阿济格来说,又恼火,又无法发作,因为汗兄把旗主和兵马都转手给了亲弟弟多尔衮,他一下子变得没有多少理由反驳吵闹了。阿济格再粗鲁,他也明白:如果皇太极自己吃下镶白旗,他抗命奋争,"三大贝勒"为了不让皇太极坐大,会站在自己这边支持自己,但把镶白旗给了多尔衮,大家都会赞成皇太极,自己就失去众人的同情和帮助了。阿济格只能忍气吞声,毕竟这一旗人马还是留在了自己兄弟手里。

皇太极这一招太极推手,拿捏得十分恰当,绵里藏针,力扫了几方人马的势力。对比阿济格位置高的"三大贝勒",皇太极眼下还不敢轻举妄动,如果动手剪除比阿济格位置低贱的贝勒台吉们,也产生不了多少震慑作用,而阿济格年轻、根基浅、职务高、功劳也不小,拿他开刀,能在全体将士中产生恰到好处的震慑。

在皇太极看来,这貌似一体的"三小王"兄弟,其实是不同的,应该区别对待。阿济格在父汗时期就立了军功,一朝天子一朝臣,阿济格是前朝的战将,恃功傲物,目中无人,轻蔑他皇太极,不太容易听话。再看多铎,虽然年纪最小,但父汗在世时,多铎最受宠,最被偏疼,六岁时就被父汗赐封为和硕额真,十三岁封贝勒,虽然还没有军功,但统领正白旗,任旗主,这也让多铎有了恃宠而骄的实力。唯有多尔衮,没有阿济格那样的军功,又委曲求全排位在弟弟多铎的后面,皇太极于是相中了多尔衮,想拉拢原本不太受待见的多尔衮,排挤阿济格,让多尔衮对自己感恩戴德,死心塌地跟随自己,成为自己人。

皇太极既打压了阿济格的戾气,又对"三大贝勒"等人形成震慑,阿济格气得吐血还要自己咽下去。皇太极对多铎网开一面,以他还小,没有主见为由,放过了他,但也挫磨了多铎的乖张,让他以阿济格为鉴,不敢轻举妄动。皇太极名正言顺地公开大力笼络多尔衮,希望他能感激涕零,俯首听命,当然了,皇太极还要继续观察多尔衮,看他是不是可教之才,看他是不是愿意跟自己一条心。

很多事情,不仅仅有正反两面,还常常是多棱角、多层面的。被惩罚的是阿济格,捡便宜的是多尔衮,无论好坏,便宜吃亏都不出自己家。其实,对多尔衮三兄弟来说,把镶白旗兵马放在足智多谋的多尔衮手里,是赚了,比留在头脑简单的阿济格手中强,增加了三兄弟与三大贝勒和诸位贝勒抗衡的实力,也增加了皇太极压制"三大贝勒"的比重。多尔衮私下悄悄跟胞兄阿济格说:"十二哥,你放心,我先帮你看着,这一旗兵马,还攥在咱们手里,要防备的是日后,要防着他们会不会从咱们手里抢夺兵马。"

多尔衮的担心不无道理,是有前车之鉴的。多尔衮的亲叔叔,努尔哈赤的弟弟舒尔哈齐,和多尔衮的大哥,努尔哈赤的长子褚英,先后被赐死。

多尔衮没见过叔叔舒尔哈齐,在多尔衮出生前一年,舒尔哈齐就死了,多尔衮少小时听到过叔叔舒尔哈齐的故事。舒尔哈齐五岁时,生身母亲就过世了。继母对努尔哈赤和舒尔哈齐冷若冰霜,衣食不周。小舒尔哈齐跟着十岁的哥哥努尔哈赤,一起勇闯深山老林,采集山珍,打猎擒兽,相依为命。实在活不下去了,哥哥便带着弟弟,一起投奔外祖父。但好景不长,外祖父被剿灭,兄弟俩成了明军的小俘虏。正因为小,他们才免于被杀害,留下来当了童子军,从而有机会接近大明辽东总兵李成梁。小兄弟俩是暂求安身,忍辱偷生。李成梁有意栽培这两个小孩,像驯养小野兽一样,想把狼崽儿驯养为听话的大狗,可以斗狼的猛犬。如果不是李成梁养虎为患,也许历史上就不会出现努尔哈赤和后金。小兄弟俩不仅仅学会了如何从军打仗,也学会了如何与明朝交往。明万历十一年(1583),兄弟俩的祖父和父亲,被明朝军队乱刀误杀。兄弟俩悲痛欲绝,向李成梁诉冤论理,讨回了祖父和父亲的遗体。李成梁又把爱新觉罗家族世袭的官职赔偿给了努尔哈赤,舒尔哈齐跟随哥哥一起离开明军,回老家任职,统领建州女真。这一年,努尔哈赤二十五岁,舒尔哈齐二十岁,弟弟成为哥哥的左膀右臂,所谓"兄弟同心,其利断金",舒尔哈齐跟随努尔哈赤起兵,冲锋陷阵,奋勇当先,哥哥是统帅,弟弟是先锋官,舒尔哈齐辅佐努尔哈赤征服了建州女真,也令其他女真人、蒙古人和朝鲜人心惊胆寒。朝鲜使者来到建州,对努尔哈赤和舒尔哈齐见面行相同的礼仪,向两人馈赠同样的礼物。

努尔哈赤和舒尔哈齐轮流带队到北京进贡,这让舒尔哈齐眼界大开,从小辽东放眼大华夏,对山海关内的农耕文明和富庶生活产生了向往。明廷隆重款待舒尔哈齐,大大封赏,不仅仅赏赐金银绸缎,还授予舒尔哈齐都指挥的官衔。这一招够狠,一下子让舒尔哈齐可以和哥哥努尔哈赤平起平坐了。当哥哥习惯性地向弟弟发号施令,遇到不顺心的指示时,弟弟便心生愤懑:我也是都指挥使,你也是都指挥使,我为啥听你的?渐渐地,弟弟对屈居兄长之下越来越不满,觉得自己手下也有战将数十,兵丁五千,完全可以另立山头,自封为王。兄弟俩就不再是一条心了。此所谓"能共苦,不可同甘"。

"一山不容二虎",舒尔哈齐率领本部人马另起炉灶,想自立为王。努尔哈赤火冒三丈,突袭了弟弟的地盘,将舒尔哈齐身边的两个儿子(长子阿尔通阿和三儿子扎萨克图)以及部将等人诛杀。舒尔哈齐的次子阿敏自小养在伯父家里,和皇太极一起长大,在皇太极等人的苦苦求情下,努尔哈赤免了阿敏一死。努尔哈赤把舒尔哈齐囚禁在暗室之中,用铁链紧锁,如同制服猛兽,仅留两个孔穴给他送食物。两年后,明万历三十九年(1611),舒尔哈齐被秘密杀害,时年四十七周岁。

明万历四十一年(1613),努尔哈赤立三十三周岁的长子褚英为太子,授命辅掌军政,建州女真有了新的二号人物。

明万历八年(1580),褚英出生,父亲努尔哈赤起兵时,褚英只有三周岁。少小的褚英,成长于刀光剑影之下,那时候,经常有敌人来攻击或者暗杀他们,兄妹们常常被父母藏在板柜底下,血雨腥风,险象环生。明万历二十六年(1598),褚英十八周岁,带兵打仗,征东海女真,收取二十多个屯寨的兵民,被赐号英雄"洪巴图鲁"。真正让褚英声名大振的是乌碣岩大战,他替代叔叔舒尔哈齐率领部众,神勇地以少胜多,从而被父亲努尔哈赤重视。

褚英勇敢有余,智谋不足,生性残暴,心胸狭隘,曾经在辽阳大战时,贪杯贻误军机,被解除过兵权。后来,他成为储君,飞扬跋扈,不把任何人放在眼里,瞧不起叔叔辈的"开国五大臣"(额亦都、费英东、何和礼、安费扬古和扈尔汉),又与代善、阿敏、莽古尔泰和皇太极等兄弟不和睦,缺少长兄的慈爱和君王的宽厚。他强迫"四大贝勒"立誓:"不得违抗兄长的话,更不许将兄长所说的话告诉父汗。"

女真人没有立嫡以长的宗法传统,扳倒褚英,"四大贝勒"皆有上位机会。"五大臣"早年追随努尔哈赤,威望高,权势重,历战阵,建殊勋,也不满于褚英小人得志后的专权。于是,"五大臣"首先告状,然后"四贝勒"跟进,共同向努尔哈赤控诉褚英的劣行"罪状":第一,褚英挑拨离间,使"四贝勒""五大臣"彼此不和;第二,褚英索取诸弟贝勒的财物、马匹;第三,褚英曾言:"我即位后,将诛杀与我为恶的诸弟、诸大臣。"众人纷言:大汗身后,我等皆不能活,大汗辛苦打拼的江山恐将不保。

努尔哈赤深知儿子褚英有毛病,但也没想到他刚当上太子,就把人都得罪遍了,以后如何为君掌印啊?努尔哈赤希望褚英能够检点悔过,承认错误,重做好人。可褚英固执己见,狭隘专横,不思悔改。努尔哈赤怒不可遏,削弱了褚英的权势,这更加激发了褚英的强烈不满。努尔哈赤带兵出征时,不再让褚英跟随,叫他闭门思过。褚英对父亲和兄弟以及将领们怀恨在心,竟然写下诅咒,焚告天地:希望出征之师被击败,"我将不使被击败的父亲及弟弟们入城"。褚英严令身边的仆人们保守秘密,可是,有人看出主子丧心病狂,不可倚靠,为了自保,冒险向大汗努尔哈赤告密。努尔哈赤在经历弟弟舒尔哈齐之变后,又一次气急败坏,将长子褚英幽禁在高墙之内。

两年后,即明万历四十三年(1615),努尔哈赤以褚英不思悔改为由,将其处死。

褚英殁于虚岁三十六岁,这一年,多尔衮三周岁。

多尔衮长大后,曾经苦苦思索过:父汗接连杀死弟弟和儿子,是什么心情?这都是血脉至亲,也是父汗出生入死并肩冲锋的战友,是他的两任先锋官,没有命丧两军阵前,却死于同一战壕的亲人之手。

一切都是因为权力!

权力让自我以外的人都可能会成为敌人。

血缘亲人之间的这种杀戮,对多尔衮来说,在心里留下了怎样的深重影响?尤其是眼睁睁地看着母亲阿巴亥被皇太极为首的"四大贝勒"杀害,少年多尔衮从此学会了杀人不眨眼,认为谁都可以杀。离开了父母的保护,多尔衮三兄弟的生存,如履薄冰,必须时刻小心提防。多尔衮三兄弟作为努尔哈赤的儿子,在序列上并不占优势,他们最大的优势就是亲生母亲阿巴亥是大福晋。因此,三兄弟小小年纪便全部跻身后金的第一政治集团,政治地位已经超过许多战功赫赫的哥哥。在少小的多尔衮眼中,父亲是大英雄,极其高大,母亲非常美丽聪慧;天塌了,有父亲用臂膀扛住,天冷了,有母亲的温暖怀抱,把他和弟弟多铎紧紧搂住。多尔衮小时候的理想是:长大了,我也要当父汗一样的大英雄!

后金天聪二年(1628)三月初七,多尔衮因微功被厚赏"墨尔根代青"的英雄美号,只过了二十二天,即三月二十九日,多尔衮被赐封为镶白旗旗主,成为手握重要力量的统帅之一。他才十六岁半,正是意气风发的少年,这样的成长起点,简直福星照命,成为上天偏疼的少壮派,人生开挂,跃跃欲试,恨不得生出翅膀飞起来。

至此,多尔衮的人生事业拉开序幕,嘹亮的号角高亢悦耳。

四、踏破长城：攻京师，掠中原

皇太极在多尔衮的生命中，是仅次于父母双亲的第三人，皇太极对多尔衮的人生成长作用，甚至超过了其父母。没有皇太极的栽培，就没有后来叱咤风云、改写历史的多尔衮。

皇太极是多尔衮的领导，也是多尔衮的恩师，更是多尔衮的贵人。多尔衮是皇太极的优秀学生，是跟班打手，是合作伙伴。皇太极在继承汗位前，只是后金军政高层中的重要配角，历史选择了皇太极，把他变成了指点江山的主角。从获赐"墨尔根代青"的美号，到当上镶白旗旗主，多尔衮开始了跟随皇太极东征西讨的戎马生涯。

身材瘦削，面色苍白，体弱多病，多尔衮仿佛先天不足，但他眼光冷峻，透射出异常的精明。生命是讲究均衡的，一些肌体病弱的人，常常智谋超群，多尔衮就是这样。在一奶同胞三兄弟中，相比于哥哥阿济格和弟弟多铎的好身板、性情耿直、脾气鲁莽，多尔衮更机敏、善应变。

对汗兄皇太极把自己扶上旗主宝座，心思缜密的少年多尔衮能琢磨明白皇太极的用意。

面对皇太极，多尔衮心里滋味复杂，本是同父异母的亲兄弟，并不是外人，只不过因为有二十岁的年龄差，他们从小没有多少交集，多尔衮出生成长的时候，皇太极已经成年，总是跟随父汗外出征战，讨平四方。多尔衮一直把八哥皇太极看作仅次于父汗的英雄哥哥们行列中最重要的一员，"四大贝勒"和"开国五大臣"，如同最明亮的星辰，围绕在太阳般耀眼的父汗身边，多尔衮盼望自己早日长大成人，像哥哥们一样披挂上阵，跃马扬刀，冲锋陷阵，杀敌立功，成为父汗的得力助手、得意战将，成为女真人的大英雄。

多尔衮小小年纪，在父母的教导下，学习骑马射箭，识文断字，饱读兵书，尤其喜欢《三国演义》和《孙子兵法》。他所有的努力都是为了一个热血沸腾的梦想、一个高而可攀的目标：成为父兄一样的人，成为顶天立地的男子汉。

老汗王苍老病故后,以皇太极为首的"四大贝勒",忽略了多尔衮三兄弟的汗位继承权,还恶毒地逼迫他们的母亲殉葬,三兄弟呼天抢地,眼睁睁地看着母亲被哥哥们杀死。他们的母亲无奈赴死,三兄弟忍辱求生。可以说,眼看着母亲阿巴亥被逼死,自己跪在母亲膝前却无力拯救,这是多尔衮生命中的至暗时刻,刻骨铭心,永远不会忘记,想起来就心痛得难以忍受。后来,多尔衮打击皇太极的长子豪格,将他折磨致死,既是除掉政敌,也多多少少有些许复仇的意味,算是父债子还吧。

当时的多尔衮,依旧要坚守忍辱负重的生存之道,紧紧依靠仇人汗兄,努力向上爬,待自己翅膀硬实了,有能力与仇人抗衡了,再另做打算。

在后金女真人政治集团中,一个男子汉的成长、上升,就是论功行赏、论资排辈,谁军功大,谁就"牛气冲天"。多尔衮清醒地认识到,虽然自己体力上弱于其他兄长和弟弟,但是他可以和他们在军功上一争高下。再者,自己已经是一旗之主,已经是统兵将帅,必须在战功上力拔头筹,只有这样,才能够得到汗兄的更多赏识,才能够服众,才能有出头之日。多尔衮懂得:汗兄皇太极相中了自己,看好自己,有心提拔,有意栽培。他很珍惜自己头顶的荣誉光环和手中握有的权力,也十分感谢汗兄对自己的器重和信赖,自己一定要对得起汗兄的知遇之恩,力争上游,超越众人,成为汗兄身边的第一人、最当红的人,才能对得起自己,才能够告慰父母在天之灵。

后金政权建立在进攻之上,可以说是马不停蹄,一旦想停下来,求安逸,这个政权就会衰弱,濒临死亡。后金军民,一听打仗,男女老少,欢欣鼓舞,欢呼雀跃,就像伸手争抢天上掉下来的馅饼,像庄稼人去别人家田地上大丰收。通过征战,攻城略地,能够俘获人马牲畜、金银财宝,分得实惠,而且谁有战功,谁就可以加官晋爵,光宗耀祖,真是名利双收。对当权者来说,是"马上得天下";而对普通百姓来说,就是"马上"得家产。历年来,少有的败仗,持续的战利,把大家都惯坏了,集体性地忽略了部分牺牲,更渴望不断地进行抢夺。

多尔衮期待新的战斗,以证明自己得到的英雄称号和旗主之位是名副其实的。

皇太极急于发动新的战役,父汗留下的军政大业梦想,需要一场又一场胜利来实现。皇太极虽然继位时间短,但已经和明朝、蒙古、朝鲜这三家邻居打了个遍,降服朝鲜王室,击溃蒙古察哈尔部,唯有面对宁远锦州一线的明军,他们凭坚城固守,赖西洋大炮霹雳怒吼,让后金劲旅伤亡惨重,尝到了苦头,只好败退,没有吃下这块肥肉,还被骨头崩了牙口。皇太极及诸贝勒大臣将士皆内心不服,对袁崇焕这个克星恨之入骨,定要再寻时机,除之而后快。

皇太极顺从时势,随机应变,血的教训,让他改变了对大明朝的战略方针。他对"三大王"及将军们说:"且彼山海关、锦州防守甚坚。徒劳我师。攻之何益。惟当深入内地。攻其无备城邑可也。"站在女真人的角度,皇太极这种认识是英明的,是对父汗努尔哈赤大业的超越;但站在明朝的角度,皇太极这种战术扭转,对中原明朝百姓来说,是天降大灾,伤及无数无辜,女真人的崛起,让无数明朝百姓倒在了血泊中,白骨遍野。

后金天聪三年(1629)十月,皇太极挥师远征,计划从蒙古地盘上,绕过山海关外的明军宁锦防线,突破长城,奔袭北京,掠夺富庶的中原。皇太极之所以敢劳师袭远,是因为朝鲜国王投降称臣了,虽然朝鲜只是假意归顺,暗中依然与大明朝结交,但已经吓破胆了,再也不敢在后金的后方惹事添乱。至于蒙古,之所以能够借道蒙古,暗度陈仓,是因为皇太极相信蒙古人已经依附女真,不会兴风作浪;后金真正的大敌,就是大明朝。皇太极感觉到大明朝实在是太大了,大到望不到边,西到青海、西藏、西域,南到江南、岭南、南海,不知道骏马奔驰多少日夜才能跑到头,好在大明朝的首都就在北京,山海关内,长城脚下,这还是够得着、摸得到的。大明朝永乐年间以来,遵奉"天子守国门"的圣训,皇帝率文武百官,镇守北京,与蒙古人抗衡,谁也灭不了谁,只好以长城为界,共生共存。如今,大明和蒙古,两败俱伤,第三方女真人乘机雄起,这是上天对女真人的眷顾,是神灵对后金的庇护。

皇太极之所以敢于用兵关内,近乎倾巢而出,是因为后金已经没有了后顾之忧,鸭绿江口皮岛上的明军因内乱而崩溃了,无力再袭扰后金的后方,无法对之进行有效牵制。

历史真的是一部有趣的演义。

努尔哈赤和皇太极父子两代大汗,都吃了一介书生袁崇焕的亏,袁崇焕成为大明朝的辽西柱石,扶大厦之将倾,挽狂澜而不倒。然而,为大明朝阻挡后金铁流的是袁崇焕,帮助后金解除背后瘙痒的也是袁崇焕。

皮岛上的明军首领毛文龙,率兵民数万,像一只大马蜂,乘后金不备,时不时蜇一下。女真人的白山黑水渔猎习俗,令后金军队擅长跃马野战,弱于海战。毛文龙筑巢海上,后金的利刃长箭够不到"马蜂窝",无法捣毁它。再者,辽东海岸线漫长,处处皆可登陆,后金对毛文龙防不胜防。毛文龙虽然不是扭转战局的决定性力量,不能置后金于死地,但可以保持对后金的掣肘作用,令后金非常头疼。

皇太极登基第二年,明朝那边换了新皇帝朱由检,年号崇祯。朱由检生于明万历三十九年(1611)二月,比多尔衮大一岁半,虚岁十九坐龙椅,当上了少年皇帝。相比于皇太极的运筹帷幄,崇祯皇帝年轻气躁,一心想当个好皇帝,想重振祖业,复兴朱家天下。虽然中原黎民灾祸连连,义军作乱此起彼伏,但小皇帝朱由检更注重关宁战事,召见袁崇焕,询问安定之计,袁崇焕信誓旦旦,禀告圣上:"五年平辽。"小皇帝高兴得许诺将全力支持,兵员粮草,悉数保障,国之安危,全赖袁崇焕一人,并赐尚方宝剑,可以先斩后奏。

袁崇焕手捧尚方宝剑,决心要开刃,有权不用,过期作废,他把目光瞄准了桀骜不驯的毛文龙。挟两拒努尔哈赤和皇太极父子之威风,明崇祯二年(1629)六月,袁崇焕致书毛文龙,邀请他前往双岛阅兵。袁崇焕渡海东去,在大连外海登上双岛。毛文龙也离开皮岛西来,会见袁崇焕。两人同为明臣,却无私交,只得假意亲近,却暗藏心机,互相防备。袁崇焕设宴饮酒,天天行乐到夜半,毛文龙放松了警惕。

六月五日,袁崇焕说:"我明天返程,海外的事情全寄托在您身上了,请受我一拜。"然后邀请毛文龙登上山头,观看将士们射箭。在帷帐中,袁崇焕诘问毛文龙,说他有几桩违令之事。毛文龙不服,极力辩解。袁崇焕高声呵斥毛文龙,预先埋伏在帐外的铠甲士兵冲了进来,袁崇焕命令他们扒下毛文龙的官帽袍带,将他捆了起来。毛文龙的部属不敢上前,怕危及主帅。袁崇焕训斥毛文龙:"你有十二条该斩头的大罪。"袁崇焕一一历数后,厉声道:"你道本部院是个书生,本部院却是朝廷的将首。"毛文龙不敢再犟,吓得叩头求饶。袁崇焕跪向京都,遥请圣意:"我今天杀毛文龙以整军纪。我不能成功的话,请皇上也像杀毛文龙一样杀了我。"袁崇焕恭取尚方宝剑,把同样佩带尚方宝剑的毛文龙给砍了头。袁崇焕告诉毛文龙的麾下官兵:"只杀毛文龙一个人,其他人等无罪。"

第二天,袁崇焕洒泪祭奠毛文龙:"昨天杀你,是朝廷的法律。今天我祭奠你,是出于同僚、友人的感情。"崇祯皇帝接到袁崇焕的报告,惊心动魄,非常不满袁崇焕矫诏擅杀大将。毛文龙虽然已经沦为半官半匪,但毕竟能够游击骚扰后金,有总比没有强。袁崇焕在奏折中也说:"毛文龙作为大将,不是我可以擅自诛杀的,所以我谨席蒿待罪。"但事已至此,人死不能复生,为了平辽大计,还要依靠袁崇焕,崇祯皇帝只好下诏书褒奖袁崇焕。

袁崇焕在奏折中还禀报,毛文龙部连老带幼只有四万七千人,却假称十万,不计百姓,兵还不到两万。袁崇焕对毛文龙所部人事任免重新做了安排,但树倒猢狲散,没有了毛文龙,皮岛群龙无首,乱不成军,战斗力丧失,对后金再无威胁。袁崇焕擅杀毛文龙,到底是怎么想的?除了那些冠冕堂皇的场面话,真实的心理是不是一山不容二虎?总之,他帮助后金做了一件大好事,女真人做不到的,袁崇焕却送给他们一个大礼包,这和李成梁自毁宽甸六堡是一样的,都是在为女真人安固后方。毛文龙的部将孔有德、耿仲明、尚可喜等人,兔死狐悲,不久便反叛作乱,最后投靠敌人,归降后金,成为清朝入主华夏的先锋官,一系列后果令人唏嘘惋叹。

多尔衮听说袁崇焕斩杀了毛文龙,和所有后金将士一样,特别高兴。有点遗憾的是,毛文龙不是由后金将士亲自一举荡灭的。

毛文龙死后三个月,皇太极没有给大明朝一点喘息缓劲儿的时间,派部分兵马佯攻宁远锦州,迷惑袁崇焕,八旗主力大军则经科尔沁,驰承德,到了长城脚下,重演蒙古人和此前历代少数民族突袭中原的策略,直捣京师。

多尔衮听到汗兄皇太极命令部下从蒙古人的地盘上走过去,进攻大明朝的京都,同样是又高兴又担忧。他仿佛看到一支飞箭,从沈阳射出,绕过宁远和山海关,从蒙古草原飞过,射穿长城,飞过燕山山脉的崇山峻岭,射穿北京城门楼,射到皇城内,咚的一声,插龙椅上,箭头深深地叮咬进椅背,箭杆还在颤悠。

这种大胆的战略部署,让多尔衮兴奋,但他也担忧蒙古人会怎么想。这可是经过宿敌察哈尔的家园,虽然察哈尔被击败溃逃了,但蒙古人和女真人一样,是马上民族,下马为民,上马为军,一旦不服气,迅速集结阻挡干扰,还是可以做到的。再说了,其他蒙古部落会怎么想?倘若有唇亡齿寒之感,他们定会声援察哈尔,一是让后金军多了绊马索;二是长城外草原一旦出现战事,中原明军就会有所防范,长途奔袭出其不意的效果就会打折扣。

阿济格和多铎领兵,冲锋陷阵,勇冠三军,动心眼儿的弯弯绕却比不了多尔衮。阿济格和多铎假如想到了,直接就吵嚷出来了。多尔衮想到了,却在心里隐约掂量,不会冲口而出,扫了汗兄的兴,一定要在恰当的时机说出来,要是战事发展顺利,就永远不说。

多尔衮率领自己的镶白旗兵马,紧紧跟随皇太极,汗兄指到哪儿,他就冲到哪儿。他深知,自己的兵马是汗兄给的。如果带不好,大家会觉得自己不行,不如阿济格。而一奶同胞的十二哥阿济格,虽然在别的队列中,但也时刻冷眼旁观自己这边,心里很不舒服。

十月初二,八旗兵马出沈阳,向西北,涉水过蒲河时,有点混乱,皇太极指示部下,在蒲河上造一座坚固的石桥,以后出兵凯旋,就方便多了。

皇太极身躯高大,骑在大青马上,放眼科尔沁大草原。此番大胆借道蒙古攻明朝,他细心考量过,他同时征调科尔沁兵马同行,令敖木伦大捷归降的蒙古兵马在前头带路,沿袭父汗时的策略,紧紧把蒙古人绑在自己的战车上,一同出力,而且许诺蒙古好处,跟他们一起瓜分战利品。半威吓,半利诱,达成了女真人和蒙古人共同打败大明朝的目标。此次迂道突袭北京,旨在纵深攻略,打到敌人大后方去,夺取人畜财货,撼动大明根基,削弱明朝实力,增强后金国力。

二十四日,抵老哈河畔,扎下营盘。皇太极召集诸将,各授命令,兵分三路,向遵化城前进。左右两路,分别进攻大安口和龙井关,皇太极则带领多尔衮和多铎等中路大军向洪山口进发。

后金大军进展神速,二十六日,从喜峰口突入塞内。明军毫无防备,被打了个措手不及,根本没有想到后金兵马会避开宁远和山海关,直抵燕北长城。长期以来,因为女真人的崛起,蒙古和明朝这对宿敌,基本不再互相攻击,而是一致面对后金,二虎相争,不希望再来一只熊,尤其是这只熊还不把二虎放在眼里,要一口吞吃全天下。

多尔衮是第一次与明军作战。他斗志昂扬,统率本部旗兵,偕弟多铎,随五哥莽古尔泰,直扑汉儿庄城外。明军驻防的骑兵和步兵,人数有限,根本无力阻挡后金虎狼之师。

作为爱新觉罗家族的子孙,旗主之尊,无论多么英勇,偏将、副将们也不会允许多尔衮到队列前冲杀,只在后面督战指挥就好。

按惯例,击败明军,后金兵马入城驻营,逼迫城内兵民剃发投降,稍有不服从,立马斩杀,以恫吓他人。

多尔衮学会了这一招,明朝汉人兵民,只要愿意像女真人一样剃光额前头发,脑后扎上辫子,就算真心归服了。否则,就不是真心投降。剃发结辫的汉人,想回汉人那边去,也难了,投降过的人,名誉有了污点,不再被接受了。后来,多尔衮领兵入主中原,大力推行剃发令,"留发不留头",惹得血流成河,头颅堆成山。

十一月初三凌晨,多尔衮率军与皇太极及诸贝勒会师遵化城下,四面围攻,城中的内应放火,引后金军入城。部分明朝将士无奈逃走,而巡抚王元雅自知若是逃走,也会被朝廷治罪,于是选择带领妻儿自杀殉国,成就英烈之名。继而,后金大军又陷三屯营,总兵朱彦国殉职。十五日,后金大军至三河县,多尔衮领兵,随莽古尔泰赴通州,巡视渡口,捕获明军哨卒。

二十日,后金按照预定目标,兵临北京城下。

自从接到奏报说,后金大军越过长城,兵出喜峰口,崇祯皇帝便惊掉了下巴,大呼不好,忐忑慌乱,埋怨女真奴酋,这不是不按套路出牌吗?他急忙快马征召各地军兵赴京勤王。然而,因为李自成和张献忠等义军蜂起,许多军队忙于镇压,或者路途遥远,只有京城附近的大同宣府兵马和蓟辽督师袁崇焕带领关宁铁骑赶来救驾。

袁崇焕曾两次向崇祯皇帝上疏说:"万一夷为向导,通奴入犯,祸有不可知者","塞垣颓落,军伍废弛",蓟门薄弱,应设重兵。但没有引起崇祯皇帝的足够重视。

十月二十九日,袁崇焕从宁远启程,还没到山海关,便得报后金军已破长城,立即安排防御部署:其一,严守山海关,防止后金乘机夺关;其二,严守京师要道,安排参将步步堵截,努力不让后金军队逼迫京城;其三,严守京畿地区,严密布防,命保定兵马移驻蓟州遏敌。袁崇焕自率大军,以宁远总兵祖大寿做先锋,"士不传餐,马不再秣",急驰关内。袁崇焕首先想把后金的军队阻截在遵化,他急令平辽总兵赵率教率四千兵马,三昼夜到达遵化以东的三屯营。但总兵朱国彦不让他们入城,赵率教无奈驰向遵化。十一月初四,赵率教在遵化城外,误入后金埋伏,中箭坠马,力战而亡,全军覆没,袁崇焕失去了最得力的大将。

十一月初十,袁崇焕驰入蓟州。皇太极知道,明军最强悍的就是袁崇焕部,因此,他没有进攻城池,而是绕过去了。擅长防守的袁崇焕,在蓟州拦截皇太极的计划落空,又争奔通州,力图把皇太极军队拦截在通州。皇太极故技重施,绕过通州,直奔北京。袁崇焕深知后金骑兵擅长野战,明军唯有依托城池防御作战,才能取胜。此刻,袁崇焕无奈只有"背捍神京,面拒敌众",率领九千关宁铁骑,日夜兼驰,抢在皇太极之前,于十九日抵达京城广渠门外。时值寒冬,军兵露宿,缺乏粮草,兵饥马饿。袁崇焕军纪严明,不许士兵抢劫百姓。

在京城内,明朝官员中早就在传言袁崇焕引导后金贼兵进京,崇祯皇帝一看,这女真奴酋就是按袁崇焕此前奏折中的计划而行的,他们这是沆瀣一气呀!于是,他下令,袁崇焕不得越蓟州一步。袁崇焕一心要挽救大局,只得擅自率部抵京。因此,袁崇焕到达京城城墙下的那一刻,实际上已经腹背受敌。

后金军队先在德胜门外与大同总兵和宣府总兵的勤王部队开战,城头上的御林军炮轰助战,结果明军与后金军队厮杀在一起,被炮火误伤,伤亡惨重。

广渠门外也发生激战,九千关宁铁骑血战数万八旗军及蒙古兵,从上午战至傍晚,炮吼箭啸。混战中,一员后金猛将抡刀砍向袁崇焕,恰好身边有副将以刀相迎,刃对而折。袁崇焕身中数箭,幸披重甲。袁崇焕身先士卒,壮士奋勇,后金军队被击退,逃到运河,人马拥挤,冰面塌陷,淹没无数。对袁崇焕来说,这是通过玩命换来的局部惨胜。十一月二十日,袁崇焕逼近皇太极大营,以火炮手为先锋,四面攻打,后金军大乱,狼狈再退,离开京城,攻击北京周边那些几乎不设防的小城。

十二月二十七日,多尔衮随皇太极率护军五百人南进,忽遇驰援京畿的明军步兵五千人。明军就地立营,环车列阵,竖起盾牌,遮挡后金弓箭,以弩炮阻拒后金战马。后金军兵虽然人少,但面对明军,女真人早在心理上占据了上风,毫不畏惧,将士们奋勇冲杀,马快刀利,一举突破了明军阵营,斩杀无数,明军大乱,迅疾被歼。此战,后金军恰以一当十,这就是明朝步军和后金骑兵战斗力的真实对比,令人慨叹。

此一战,多尔衮这功劳立得像白捡的一样,尝到了与明朝军队争斗的甜头。

多尔衮还意识到,他们攻击北京皇城,明朝军队拼死力战,决不后退,因为这是明朝的首脑和心脏,他们已经无路可退。因此,面对玩命的明朝军队,后金军队伤亡惨重,却没有达到破城目的。这样以命换命,吃大亏的是后金,自己这边人少,换不起。汗兄皇太极此次突袭明朝腹地的本意也并非是攻占北京城,而是在心理上打压明朝,这个目的已经达到。于是,他建议后金军队迅速撤离北京。拼尽全力的明朝军队无力再追击,任由后金军队在大平原上杀掠,只要不惊扰皇上就行。后金铁骑,不擅长攻城,但平原野战,对明朝军民来说是一样的,明朝军队出了城池,就如同手无寸铁的老百姓。多尔衮学会了以后对付明朝军队的最好战术:诱敌出城,或者迫敌出城,进行野外决战,扬己之长,攻敌之短。

这一次，多尔衮非常佩服汗兄皇太极的是，他以反间计，除掉了后金的仇人和心腹大患，那个提起来就令他们咬牙切齿想生吞活剥的袁崇焕。

清朝修撰的《明史·袁崇焕传》记载："会我大清设间，谓崇焕密有成约，令所获宦官知之，阴纵使去。其人奔告于帝，帝信之不疑。十二月朔再召对，遂缚下诏狱。"《啸亭杂录》："文皇乃擒明杨太监监于帐中，密札鲍承先在帐外作私语曰：'今日上退兵乃袁巡抚意，不日伊即输诚矣。'复阴纵杨监归。明庄烈帝信其间，乃立磔崇焕。"清末大才子魏源是明白人，在《圣武记》有论："我军纵反间，言与崇焕有成约，令所获太监知之，阴纵使去。明崇祯帝前疑崇焕擅杀毛文龙，至是即召崇焕入城，下之狱。"

后金军抓到了两个太监，皇太极让人故意在太监睡觉的时候聊天，说袁崇焕和皇太极早就密谋好了，假意大战，里应外合。然后，故意让那两个太监侥幸逃走。太监是皇宫里的人，这样崇祯皇帝自然就会知道袁崇焕和奴酋勾结作乱，纵贼兵，献京城，拥兵自重，想造反自己当皇帝了。

袁崇焕自知，后金兵临京都，自己没挡住，有罪，但他毕竟累得吐血打跑了皇太极，保护了皇上，他期望能将功折罪，换得平安。北京城里不许袁崇焕的兵马入城休整，九门禁闭，从城头上吊下一个大筐，袁崇焕坐在筐子里被提到城上。他战战兢兢见到崇祯皇帝，接着被剥掉官服，身受刑具，被押送到锦衣卫大狱。

京师保卫战，袁崇焕打赢了，自己却落得万劫不复。

次年五月初，天气热了，后金兵马不耐中原酷暑，皇太极方下令收兵，回家了。此次远征，历时七个月，屡败明军，攻克十余州县，如入无防之境，俘人获财甚众。

后金兵退出长城外，崇祯皇帝心里安稳了，炎炎八月，颁布诏令：袁崇焕通敌叛逆，罪当凌迟。京城百姓，气愤填膺，争买袁崇焕身上的肉啖之，边吃边骂。可叹袁崇焕，功高招妒，只剩一副白骨，身后争议不休。

听闻袁崇焕被千刀万剐，皇太极和多尔衮兄弟等人欢欣鼓舞，拍手叫好,终于报了父汗之仇。后金军心大振,明军受到袁崇焕之死的震慑,人人惊恐自危。

从此,后金数次进攻明朝腹地,袭扰大后方,伐明战略进入了新阶段,明朝则完全处于被动挨打的局面。在这个战略转折关头,多尔衮身在其中,协同作战,出了力,立了功,声望渐起。

五、内部权争,尊汗抑王

从战场上归来,血染战袍,习惯了杀害明士兵和手无寸铁的百姓,也见惯了自己这一方的壮士战死,多尔衮逐渐懂得看淡别人的生死,最重要的就是自己要活下来。多尔衮明白:作为爱新觉罗家族的重要成员,一旗之主,自己在战场上与敌人厮杀,有壮士们舍命保护,反而比较安全,倒是在自己人这边,面对权力斗争时,危险性更大;对外杀敌争地盘,对内攻讦争权势,父汗努尔哈赤杀弟弟舒尔哈齐,杀大儿子褚英,汗兄皇太极率代善、阿敏和莽古尔泰,四大贝勒逼死自己的母亲阿巴亥,都是因为内部权争,这和战场杀敌是一样的,都是你死我活。首先要保全自我,然后才能杀伤敌人,或者说在杀伤敌人的同时,第一重要的是保全自我。

多尔衮在成长,活得小心谨慎,在皇太极等人面前,不敢说错话、办错事。

皇太极已然是成熟的高手,既是对外征战的军事家,也是对内权争的政治家。老汗王驾崩之际,四大贝勒有大智,识大体,没有为继承汗位而拔刀相向,实现了不流血的和平过渡,完成了政权衔接,这也是四大贝勒妥协周全的结果,皇太极名义上是大汗,但四大贝勒共坐金銮殿,协商军政大策。一年、两年、三年,随着几场对外攻战的结束,皇太极越来越不愿意和其他三大贝勒平肩并坐了,他想树立自己的权威,踢开三大贝勒,金銮殿再大,龙椅应该只放一张,必须是这样。后金大汗皇太极眼光忆斜一扫,代善功劳声望最大,资格最老,莽古尔泰是同父异母的亲哥哥,阿敏是堂兄,血缘上远了一层,而且他背负着他父亲舒尔哈齐的罪孽阴影,先打倒阿敏是上佳之选。上一次,打压阿济格,那是初试牛刀,教训他一下,也是为了震慑众人。这一回,皇太极打击阿敏,可是要往死里整。

多尔衮跟随皇太极,大举入侵明朝,这是女真人第一次入塞。明朝称之为京师保卫战,史书上称之为"己巳之变"。

皇太极为什么要冒险？远离后方，万一袁崇焕带领宁锦前线大军直捣沈阳，怎么办？多年来，皇太极在征战中已经明白：明军只会被动挨打，萨尔浒大战后，明军再也不敢主动进攻后金了。皇太极派出大军征服朝鲜，袁崇焕都不敢乘机围魏救赵。皇太极以为父汗报仇为名出师，却步父汗后尘，也在宁远前线兵败铩羽。他急于向明朝讨一个胜仗，来挽回声誉影响，树立威信，还有一个更重要的原因：后金壮大了，人口越来越多，加上饥荒，没粮吃了。《清史稿·太宗本纪》："是岁，大饥，斗米值银八两，银贱物贵，盗贼繁兴。"所以，皇太极依旧沿袭老法子，没有吃的，就去汉人那里抢，忐忑地率领大军走上远袭明朝腹地的征途，开创了一个改变历史的新局面。

后金军队出发半个多月，到达蒙古境内，代善和莽古尔泰两大贝勒向皇太极发难，要求班师。代善和莽古尔泰是出于公正之心，因为大军过长城南下，是后金从来没有做过的事，前途未卜。这时候，皇太极和"三大贝勒"共治国政，自己一个人说了不算。好在，皇太极也有铁杆支持者，代善的长子岳讬和阿敏的弟弟济尔哈朗等人"劝上决计进取"。在决定进退的会议上，多尔衮因为年纪小，出于谨慎没有急着表态，他要观察风向。代善和莽古尔泰两大贝勒面对其他多位固山额真，人单势孤，无奈道："我等所谋如此，今闻尔等言亦是，仰听上裁可耳。"这正合皇太极的心意，乐得胖手一挥，走啊，上汉人那儿抢去，吃的、用的、美女和奴隶，还有牛马猪羊，要啥有啥。事到如此，多尔衮看到形势明朗了，便举手呼应，坚决站在汗兄这一边，紧紧跟随最高权力决策者。

国家和王朝也有自己的命运，明朝已经走上了末路，朽木难支，皇太极冒险入塞成功啦！不仅仅抢掠收获丰盛，还沉重地打击了明朝君臣的自信心，尤其是开启了后金对付明朝的新模式：不用局限在辽河流域和明军硬碰硬较劲了，而是可以纵马到中原来，想干啥就干啥。

尤其是这一仗，顺手白捡了一个大便宜：袁崇焕这个"祸害"给解决掉了，老天开眼哪！春风得意马蹄疾，皇太极收兵回师，大汗的威信像战旗高高飘扬。

到嘴的肥肉，舍不得吐出去，皇太极命令阿敏为大帅和代善的二儿子硕讬带领偏师留驻塞内,防守冀东北的永平、遵化、滦州、迁安四城。皇太极想让阿敏成为后金的毛文龙,在长城南边安插四根大钉子,随时能扎明朝的皇帝一下,扎不死,也疼得要命。但对崇祯皇帝来说,让皇太极来京城周边溜达了一圈,就够丢脸的,等于奴隶给主子抽了一个大嘴巴,而且,"卧榻之侧,岂容他人酣睡"。于是,明朝拼命要挽回影响,便派大帅孙承宗反攻,两个月后,阿敏大贝勒独力难支,扛不住了,带领溃兵逃回关外,撤退前还咬牙切齿地杀掉投降的汉人军民。其实,任谁守卫这四城,都守不成,架不住明军赌老命、下血本。对后金来说,这四城是攥在手中的尖刀,而对明朝来说,这四城让女真人占着,就是身上的毒瘤脓包,必须剜除治愈,否则将危及生命。

后金天聪四年(1630)六月初四,阿敏和硕讬带着残兵败将回到沈阳,离城还远,就接到皇太极圣旨,不许将官进城,只许士卒入城。皇太极下令把败军中备御以上、总兵以下的军官全部逮捕。《满文老档》载,皇太极言:"我以尔等为人,用尔为全军统率,谓战必胜,谋必成,实信赖尔等。尔等不死于彼处而归,厚颜至此,可耻也!"努尔哈赤第四子汤古代,是皇太极的兄长,羞愧地跪下说:"臣等失利而还,请皇上处死。"皇太极道:"尔等不能全师而归,被敌军杀戮甚惨,我纵然将汝等全部处死,又有何益?可怜阵亡将士,呼天抢地而死,言念及此,怎不让人痛心?"皇太极越说越气,流下泪来,群臣跟着恸哭。

皇太极升殿,贝勒大臣和文武官员齐集殿下。阿敏知道自己作为主帅,罪责难逃。对军事将帅来说,战败就意味着失势,尤其是那没事还想找事的皇太极,可算抓住了他的一点把柄,得理不饶人,还能轻易放过他吗?以丢弃关内四城之罪,皇太极不仅对阿敏严厉斥责,还剥夺了阿敏的掌兵旗主权力,抢下了他的镶蓝旗。接着,皇太极故伎重施,自己不留,不徇私,转身把镶蓝旗给了阿敏的亲弟弟济尔哈朗。

和抢阿济格的镶白旗给多尔衮一样,看似从亲哥哥转到亲弟弟手中,肥水不流外人田,但这两个原本不听皇太极话的旗,这回都听皇太极的了。

如果对阿敏的处置仅止于此,那皇太极也就不是皇太极了。随后,皇太极召集诸贝勒共议阿敏之罪。墙倒众人推，阿敏的罪状除了此次丢弃四城，还有心怀异志，三年前在挂帅讨伐朝鲜时，谋求自立等。

朝鲜国王归顺议和，订立盟约时，阿敏就应该赶紧班师；后金主力攻入朝鲜后，蒙古和明军趁机大兵压境。但是，阿敏想留在朝鲜，自立为王，提出让岳讬等人带兵而回，他独自居留朝鲜，遭到包括亲弟弟济尔哈朗在内的众贝勒反对，阿敏无奈撤离朝鲜，自怨自艾地说："我何故生而为人？还不如山上的一棵树，或者坡上的一块石头，即使被人砍伐为柴，甚至被野兽浇上一泡尿，也胜过今日。"此话也传到皇太极的耳朵里。

阿敏少年时代就随伯父和父亲四处征战，作战勇猛，战功赫赫，是后金开国大业的创始人之一。

当年，因为兄弟反目，努尔哈赤将亲弟弟舒尔哈齐囚禁、处死，又把舒尔哈齐的长子和三子处死，将舒尔哈齐的两个心腹将领绑在树上活活烧死，努尔哈赤本想斩草除根，将阿敏也处死，在代善等人的苦苦求情下，阿敏逃过一死，但阿敏心中从此有了巨大的阴影，无法释然。他活得战战兢兢，打仗冲锋在前，论功不敢请赏，只求苟且平安。天命元年（1616），阿敏与代善、莽古尔泰、皇太极被封为和硕贝勒，执掌镶蓝旗。努尔哈赤驾崩，阿敏自知属于旁支，无意争夺大位。代善提议皇太极继位，阿敏无异议，在他看来，谁当大汗都一样。阿敏派人给皇太极传话，表明拥戴之意，但提出一个条件，皇太极继位之后，允许他出居外藩。皇太极非常震惊，但由于自己立足未稳，隐忍未发。可是，阿敏自立门户之心一直未泯。如今，皇太极主导这一场针对阿敏所谓罪行的清算，总而言之，十六条罪状，阿敏不但是爱新觉罗家族的罪人，还是大金国的罪人。

众贝勒大臣义愤填膺，一致要求将阿敏处死。多尔衮多聪明，又一次积极地站在皇太极这边，坚决支持处罚阿敏。阿敏的亲弟弟济尔哈朗，此刻内心自然是向着哥哥阿敏，但深知形势险恶，只要自己胆敢给阿敏辩白，必然立遭大祸。因此，济尔哈朗坚决表态，说阿敏罪有应得，并声明自己和阿敏划清界限。

皇太极表现得宽容大度，对阿敏将功折罪，从轻发落，死罪改为幽禁。威名赫赫的第二大贝勒阿敏,被圈禁高墙,落得和父亲舒尔哈齐同样的下场。阿敏有六个儿子,只有爱尔礼获罪而死,其他五人皆平安。十年之后,阿敏在高墙内寂寞死去,终年虚岁五十五岁。

二哥阿敏曾经是多尔衮心中的大英雄,现在多尔衮见风使舵,借助汗兄皇太极之手,痛打阿敏这只落水狗,报了四年前阿敏伙同三大贝勒逼死母亲阿巴亥之仇。多尔衮清楚:这一复仇过程,同时也为自己晋升打开了通道,有了上位空间。如果"三大贝勒"不倒台,一直与汗兄皇太极共坐金銮殿,那么自己永远也无法越过他们再上位,扳倒阿敏,只是"三大贝勒"垮塌的第一步,接下来,莽古尔泰、代善,都会相继倒下。除掉阿敏之后,和皇太极坐在金殿上的"一字并肩王"还剩下两个,在后来皇太极打击莽古尔泰和代善这"两大贝勒"的过程中,多尔衮"尊汗抑王(贝勒)",站位正确,因为只有搬开这两个绊脚石,多尔衮才可以向上爬。多尔衮感觉自己和济尔哈朗、多铎、阿济格,还有皇太极的长子豪格等这一拨同龄人竞争,才更有胜算,等自己取得"三大贝勒"的地位和权势,再复仇的话,就是掀翻皇太极了,那时自己就可以继承父汗留下的军国大业。

成长中的多尔衮眼观六路,耳听八方,看在眼里,琢磨在心里:和明军打仗,如何扬长避短;在内部高层政治权力争斗中,如何心狠手辣,杀人不眨眼,对待自己人,有的时候要像对待仇敌一样,决不能心慈手软。其后的史实印证了多尔衮活学活用了这些为人为王之道。

六、火箭式起飞,执掌吏部

多尔衮进入了火箭上升时期,官越当越大,提拔得飞快。他这官当得甚至有点莫名其妙,比他功劳大的有多少?仅仅因为他是努尔哈赤的儿子吗?老汗王十六个儿子中,出类拔萃的,主要有褚英、代善、莽古尔泰、皇太极,以及多尔衮兄弟仨,其他的虽经沙场,出生入死,却无法登位最高层。多尔衮后来居上,完全就是皇太极的作用,汗兄把十四弟看顺眼了,六十分的成绩,被夸赞成双百。说你行,你就行,说你行的人,得行!皇太极就瞅着多尔衮行,别看小,机灵,懂眼色,脑瓜好使。皇太极慧眼,看出在青年子弟中,多尔衮是可教之才,会成长为俊杰。但是,人才成长,需要机遇青睐,贵人提携。

官场如戏台,你方唱罢我登场。多尔衮春风得意,也有人官场失意。比如多尔衮的七哥阿巴泰,在八弟皇太极当政后,地位不升反降。阿巴泰是努尔哈赤的侧妃所生,因为母亲地位较低,所以他在兄弟中的排位比较卑微,但阿巴泰在年龄上有优势,较早地参与征战,建功立业,从台吉升到贝勒。阿巴泰总觉得论功行赏时,自己得不到公平对待,经常满腹牢骚。多尔衮三兄弟是子以母贵,阿巴泰是典型的子以母贱。

皇太极封赏赐宴,首席属于和硕贝勒们,阿巴泰已经三十八岁,年岁不小,功劳也不小,却只是个贝勒,坐在哥哥、弟弟和侄子下面,感到脸上无光,郁闷不乐。回到府第,阿巴泰大发牢骚:"我觉得可耻,今后再也不赴宴了!"这私下里说的话,却传到了皇太极的耳朵里。皇太极这时刚刚继位,对从小一起玩到大的七哥,知根知底,便没有发作。

后来,有蒙古察哈尔部众前来投奔归附,皇太极在八角殿设大宴,召诸贝勒作陪。阿巴泰果真说到做到,拒不参加,还说风凉话:"我没有像样的皮裘可穿,父汗原先赏赐的皮裘,改成两件给儿子们穿了。"皇太极不再姑息宽容,欲杀一儆百,于是召集贝勒们,讨论如何处理阿巴泰。大贝勒代善教训阿巴泰:"你先时连与五大臣一同议事的资格都没有。因你在诸弟之列,父汗拨给你六个牛录的属民,才有了贝勒的身份,心犹不足,如果你当了大贝勒,岂不更生称汗的念头?"在众人的齐声斥责中,原本理直气壮的阿巴泰,狼狈不堪,只好低头认错,甘愿受罚,被夺去了名下的十六匹马和四副甲胄。

天聪五年(1631)三月,皇太极忽然下令诸贝勒直言时政,提出建议,加以改进。

多尔衮虚岁二十了,他的确聪明,看穿了汗兄的用意:他是要建立自己的权威,改变父汗留下的权力班底和工作机制。

多尔衮非常清楚,这是一个绝佳机会,提出好建议,能够受到汗兄的赏识,再次出头露脸。但是,也担着风险,如果建议不符合汗兄的心意,得不到汗兄的喜欢,不如不说。到底说还是不说?多尔衮几番斟酌:倘若不说,不提建议,又显得自己没有想法,让汗兄觉得自己没有头脑,糊涂蛋一个。最好是提出一个让汗兄眼亮惊喜的建议,最差也要提出一个折中的不犯毛病的建议。

多尔衮思来想去,后金常年征战,对触犯军纪的官兵,有时没有经过严格审理,没有真正按照刑律办事,出现过错杀重判等现象。于是,他决定赌一把,小心翼翼上奏说,审判定罪是人命关天的大事,凡任此事诸臣,"当悉心详议,不可苟且塞责"。军纪严明,对一些可杀可不杀的勇士,要严格甄别,区别对待,后金正是用人之时,需要这些勇士冲锋陷阵,不可轻易错杀乱杀!战场上有流血牺牲,但内部法治生杀大权的使用一定要慎重又慎重,以示大汗英明,厚爱将士。

对杀人如麻的后金政权来说,一个人的生死,原本和山林打猎鸟兽一样,死了也就死了,活着正常,死了也平常。把人命当作关天大事正经八百地提出来,纳入法治,尊重生命,这有点猛喝惊醒的味道。这可以是一个不咸不淡、很圆滑的建议,也是明哲保身、应付差事的建议,更是挑不出毛病又没有什么建树的建议。

但是,人若是好运气来了,一顺百顺,一通百通,想挡都挡不住。多尔衮深得皇太极的赞许:十四弟聪明睿智,有勇有谋,堪当大任。大汗说好,众人也都点头夸赞,挑大拇指:墨尔根代青所言甚是,一矢中的,命中要害。

皇太极非常欣赏多尔衮:彰显法纪,以服官民,这是当下要务,也是以后大政,一针见血,绝非匹夫之见,长远看,十四弟是智勇双全的将帅之才。

代善和莽古尔泰等人见皇太极拔高夸赞多尔衮,心知肚明皇太极是在提携多尔衮,但他们又无法说多尔衮的建议不对,无法表示异议。

此时,在朝堂上,皇太极希望多尔衮能够说话,他只要做了三分,皇太极都能让他得五分,他刚刚得五分,皇太极就能给他提高到八九分,这个用意极其明显,就是扶持青年人才,打击那些老资格的权臣。

多尔衮已经被皇太极纳入他的大局范畴,把同父异母、根红苗正的小兄弟提升起来,谁也无法说有什么不正确。关键是,小兄弟多尔衮的翅膀还不硬,听话,而且手中握有兵马实权。皇太极拉拢多尔衮、多铎兄弟,就拉拢住了整整两白旗兵马,加上自己和长子豪格掌管的两黄旗,还有从阿敏手里抢来交给济尔哈朗的镶蓝旗,自己可掌控的已经是五旗人马,八旗劲旅,自己占有了一大半,只剩下代善父子掌管的两红旗和莽古尔泰掌管的正蓝旗,没有真正握在自己手心里,那就慢慢来。

多尔衮一时高兴,乘胜进军,又向皇太极献策:"汉人奴隶,多是贱民,但也有个别优秀的,如同鹤立鸡群,可以挑拣用之。"皇太极瞪眼大笑,挑大拇指:"好啊,墨尔根代青,有勇有谋!"

有资格上朝堂的众贝勒台吉,都看明白了,墨尔根代青在大汗眼前得脸受宠。

要说后金能够建立大清朝,的确是因为女真人的领导者没有故步自封,一直在求进步。就说皇太极吧,相比于他父亲努尔哈赤,在统治能力上有了极大提升,其重要一点就体现在对待汉人的政策上。

努尔哈赤在青少年时代,受尽了汉族人的欺侮,因此他对待汉人的态度是:以牙还牙,以眼还眼。汉人把女真人视为未开化的蛮子,当作奴隶,努尔哈赤反过来把汉族人也看作奴隶,抢掠牲畜和汉人,等同视之,在战利品登记时,就说俘获人畜多少。努尔哈赤对待汉族知识分子也是"屠灭儒生"。

皇太极的成长环境和执政态势,与努尔哈赤时期不同,他意识到必须要利用归降的汉族人,这是一股极大的重要力量。于是,登基后第三年,他在朝堂上举行了一场有特殊意义的科举考试。"自古国家,文武并用,以武功戡祸乱,以文教佐太平。"努尔哈赤在世时,虽然命令大臣根据蒙文创建了女真文字,但对文化的用心仍然不多,更多考虑的是打胜仗求生存。皇太极说:"朕今欲振兴文治,于生员中考取其文艺明通者,优奖之,以昭作人之典,请贝勒以下,满、汉、蒙古家有生源者,俱令考试,于九月初一日,命诸臣共同考校,各家勿得阻挠,有考中者,仍以别丁赏之。"汉人原本都是给女真人当奴隶的,汉人的官员也从属后金大臣,自己的马不能骑,自己的牲畜不能用,自己的田不能耕;汉官病故,妻子要给贝勒家为奴。参加这次科举考试的汉族生员,是为了抓住"救命稻草",翻身救赎,借此改变命运。在三百多名应试者中,有二百多人为皇太极录用,这些汉族知识分子在后金政权实现了从仆役到官员的逆袭。

皇太极大力笼络汉族上层人物,对归降的汉官给予田地,分配马匹,进行赏赐,委任官职。皇太极重用汉官,最突出的代表人物范文程被誉为"清初第一汉臣"。

还有一个著名的汉臣,叫宁完我,是辽阳人,本为明朝官员,后来归降后金。皇太极高挂招贤榜,设立文馆。听说宁完我是个人才,便召见重用之。宁完我率先代表汉臣文官登上后金政治舞台。宁完我向皇太极推荐了几个同僚,其中一人叫鲍承先。不久,鲍承先就立了一个大功劳,向皇太极献上反间计,除掉了袁崇焕。宁完我,果然人如其名,真是宁愿用一切手段完好自我,不让自己吃亏。他是出了名的好色好赌,后来,为此还受过严厉的惩罚。宁完我向皇太极建议,为了更好地使用后金的人才、财力和物力,加强统一指挥,扩大军权,应该仿照中原王朝制度,设立三院六部,设吏、户、礼、兵、刑、工部。皇太极一听,改制能够扩大自己的权力,好啊!皇太极征求众人意见。现在,多尔衮也敢于在朝堂上向大汗说话了,就抢先表态,带头支持这个建议。一是他看出来汗兄心理上已经接受了这建议,否则不会征求意见;二是多尔衮和皇太极一样,虽然是后金王子,但他们自小喜欢汉文化,父汗努尔哈赤就非常喜欢《三国演义》，从中学到了兵法，女真人的勇武加上汉文化的智谋，在统一女真、君临华夏的进程中所向无敌。自此，皇太极一方面加紧对外出征，一方面着手在内部进行政体改革，后金政权逐步从奴隶制走向封建化，因他重用汉人文臣，一个即将成熟的大清王朝正悄悄走来。

多尔衮陪伴着汗兄一步步落实施政大计，同时他还是重要参与者，被皇太极委以重任，统摄吏部。六部之中，吏部为首。其职能是任免将军官员，晋升职务头衔，举用忠贤，惩办劣臣，关系军国要害。多尔衮懂得自己位置的重要，汗兄如此信赖，他心怀感恩，勤劳政务。吏部事务繁忙，青年多尔衮精力旺盛，细心料理，充分发挥其聪睿敏捷的长处，做了大量工作。

游击祝邦成在攻蓟州时阵亡，尚无子嗣，其妻来到吏部，请求免除家中丁差。多尔衮先行安抚，再向汗兄奏报，建言献策。皇太极赞同多尔衮的奏报，念祝邦成之战功，免去八丁，而且准许多尔衮的奏请，明文规定：以后凡有功之人，已故而无嗣者，一律减免家中丁差。这对安抚将士，激励士气，稳定军心民心，大有益处。

吏部初创，凡事需要摸索，多尔衮事必躬亲，处置有方，工作很出色，受到汗兄的首肯赞扬。皇太极专门召集文武百官，评论六部衙门政绩，赞扬了吏、户、兵部，批评了礼、刑、工部。他说："自立六部以来，惟吏、户、兵三部尽心办事，不烦予虑。礼、刑、工三部，办事多未周到。"尤其点名表扬多尔衮："墨尔根代青善于养人，动作甚符我心。"他拿七哥阿巴泰来比较一下：阿巴泰长于统兵作战，拙于治理行政事务。皇太极给了阿巴泰机会，让他执掌工部两年多，阿巴泰却疏漏百出，让皇太极大失所望。他批评说："至于工部，更不及他部。这都是贝勒才短，承政疏忽，怠惰所致。"对阿巴泰来说，舞刀弄枪，阵前厮杀，是他人生的主旋律，而在衙门中正襟危坐，应对烦琐公务，却令他英雄气短。核算工程账目等，令阿巴泰感到头痛，他连工部的衙门都懒得去，敷衍了事，很不称职。

由于吏部之重要，多尔衮尽职尽责，成绩卓著，这项工作不仅仅让皇太极高看他，也在文武百官中提高了他的威望，结交了一大批人，增强了他的势力。

七、大军胜利，多尔衮却初尝败绩

对上升中的后金政权来说，内部政务事小，外部征战事大，关乎生死存亡。多尔衮统领吏部不足一个月，皇太极又发动了新的进攻明朝的战争。哨探来报，大明兵部尚书、大学士孙承宗督理全国军务，重新整备山海关外的防务，积极抵御，经崇祯皇帝准奏，修复大凌河、小凌河两城，连接松山、杏山、锦州三城，这样，在宁远城周边形成堡垒群，互为犄角，协同作战，将关宁防线前推。首先修复的大凌河城，位于锦州东三十多里，原城建于明宣德年间，周长三里，嘉靖时又有所增修，是锦州的前哨卫城，几经战火毁坏。酷暑七月，空气热似烟火烤人，明朝总兵祖大寿率领将士，不畏辛苦，动工重建城池。这些明朝将士，对女真人后金军，真是仇恨入骨，吃肉喝血都不解气：他们原本是"蛮夷"，看他们可怜，无处安身，才允许他们在辽东立足活命，没有想到现在却对主人恩将仇报，一群白眼狼、中山狼。对明朝将士来说，他们也忘记了当初明朝军队是如何欺侮女真人的，甚至就算想起来了，也会觉得那是应该的。同样，对女真人来说，有能力像猛兽般扑咬大明朝，吃肉喝血、断骨害命，都是必要的，必须这样做，有"七大恨"昭告天地了嘛。

得知明朝修筑加固大凌河城，皇太极毫不犹豫、毫不迟疑、毫不拖延，立马发兵，跃马加鞭，昼夜兼程，赶奔前线，要趁明兵还没有筑好城堡之际，扰乱破坏。你修整城池不就是为了对付我吗？那我偏不叫你好好修城，让你修不成。皇太极御驾亲征，带领各路兵马，不辞劳苦，不畏酷暑，于八月初六，杀到大凌河城下。从两位帝王的对照，也能看出大明朝不行了，谁都知道享受好，崇祯皇帝躲在皇宫里，养尊处优，而皇太极则长途奔波颠簸，亲临阵前，倘若两个皇帝对决，年轻的崇祯肯定也打不过人到中年的皇太极。

多尔衮作为皇太极鼓劲认可的青年将才，被任命为先锋官，冲在最前面。

后金兵马从四面八方围住城池，蒙古兵马补围各部缝隙。皇太极分兵一路截断通向锦州的大道,以防有明军来援。多尔衮跟在皇太极身边,看着汗兄调派千军万马,也在悄悄学习指挥军马的战术。皇太极命令多尔衮率领本部旗兵,负责从东面进攻。多尔衮一心想把任务完成好,求取功名,讨得汗兄欢心。

初七,后金军兵在城外挖掘深壕,把大凌河城困得水泄不通。初八,后金将士发起总攻,人喊马嘶,战火纷飞,硝烟弥漫,双方拉开了一场长时间的进攻与防守的作战。

十二日,祖大寿派明兵出城来战。虚岁二十的多尔衮,率先冲入敌阵,扬刀跃马,奋勇拼杀。明军逐渐抵挡不住,向城内败退,纷纷坠入深壕,死难者百余人。城上明军居高临下,向多尔衮部放炮射箭,副将孟坦命丧阵中。在明军优势炮火的打击下,多尔衮部伤亡不小。为减少伤亡,多尔衮虽然求胜心切,但爱惜将士生命,为保存有生力量,无奈率部撤回。皇太极没有指责多尔衮攻击不利,反而斥责多尔衮的部将们:"按照我军定例,当遇到敌兵时,贝勒(此处指多尔衮)当坐镇军中,令诸将率兵进击。今天贝勒亲自进战,你们为何不进行劝阻?万一有失,贝勒死伤,不就辜负了我的一片厚望吗?"一番肺腑之言,既在批评诸将,又公开表明了对多尔衮的偏袒爱护。如果是别人进攻失利,很有可能会受到大汗责罚。这令多尔衮感动不已,更愿意牢牢追随汗兄左右。

大凌河城主将祖大寿是个生不逢时之才。他修城不到半个月,城墙雉堞还没修好,后金军马就烟尘滚滚杀气腾腾地来了,太快了,出乎意料之外,女真人的情报工作真是太及时准确了。城中粮草仅够几天之用,很快就断粮了,将士们惶恐心惊,都知道女真人是虎狼之师。祖大寿几次试探突围,都不成功,随即坚壁不出,坐等救兵。

后金兵马面对高耸的城池,也没有办法攻破。围困十天后,皇太极便开始了对祖大寿的劝降工作,晓之以理,动之以情,许以高官厚禄,但祖大寿不为所动,在国仇家恨面前,不愿讲价,根本不予理睬。皇太极采取长期围城的战术,消耗城内的粮食,吃光了,不投降,就饿死。但是,后金大军会集在小城之外,时日久了,自己的消耗也是问题。在击退几次来援的明军后,为了速战速决,为了消灭城中的有生力量,多尔衮苦心积虑,琢磨一计,皇太极欣然采纳,搞了一次假增援,让一部士兵穿上明军服装,假装厮杀,冲击包围圈,诱敌出城,以求胜机。饥饿中的祖大寿盼望援军心切,急忙率军出城相迎,想前后夹攻,实现突围,结果上了大当,损失十分惨重,败退逃回城内,坚闭城门,再也不敢出城应战。

皇太极也是不肯罢休,非要拔掉大凌河城这根钉子不可。后金大军的后勤保障虽然艰难,但也断断续续、源源不绝,而城内的明朝军民就只能坐以待毙。多尔衮积极主动替汗兄分忧,接应粮草,阻击来援明军。他对汗兄不畏困难必求胜利的决心非常敬佩。

僵持两个月后,皇太极实在坐不住了,虽然恼火,但心中对祖大寿又充满了赞赏:的确是位大英雄!农历十月七日和十月九日,皇太极接连送出两封箭书,致祖大寿和都督佥事何可纲及副将张存仁,再次劝降,仍遭到祖大寿的拒绝。

这时候,城内是什么样了?粮尽援绝后,将士宰杀战马充饥。城中百姓更是悲惨,活活饿死的成百上千,还有一口气的人,都抢夺死人身上的肉吃,用人骨头当柴烧,"炊骨析骸,古所未有"。有个叫张翼辅的人,从城里逃出来,诉说城内惨状:粮食早就吃光了,先杀工役而食,现在又杀兵丁食之,军粮已尽,唯有大官还剩米一二升而已。

围城三个月,皇太极派降将姜新赴城中面谈劝降。祖大寿对朝廷失望至极,知道再也不会有自己人来救援。原本全城兵民共三万多人,此时仅存一万出头,军马只剩下三十二匹。为了这些军民,祖大寿长叹一声,无奈放下自己的名节,这个决心很难下,一旦下了,祖大寿就要付诸行动,他绝对是个狠人儿。城中的二把手,都督佥事何可纲更狠一筹,宁死不降,但愿意成全祖大寿。祖大寿向现实低头,决定伤损名节,何可纲不干,舍命不舍名节,求史册忠烈。

"大寿及诸将皆欲降,独可纲不从,令二人掖出城外杀之,可纲颜色不变,亦不发一言,含笑而死。"为什么何可纲含笑而死?或许是因为自己死得其所。

十月二十八日,祖大寿大开城门,率众将来到金营。皇太极与代善、莽古尔泰、多尔衮及众贝勒众大臣,一齐隆重迎接祖大寿一行,以女真人最高贵的礼节抱腰礼相见。之后,双方登坛发誓祭天,盟誓祭天毕,皇太极携祖大寿手进入大帐,为祖大寿设宴庆贺。

祖大寿不仅仅通过杀何可纲向皇太极表明献城投降的诚意,还要向皇太极献上另外一份厚重大礼。他恳切建议:我的家眷都在锦州城里,趁锦州不知我已经投降,愿带一支兵马去锦州,在城里当内应,夺取锦州城。皇太极略作沉吟,知道这样做会有两种可能:一是祖大寿真的献出锦州城;二是他假意诈降真逃回。但皇太极久经沙场,决定赌一把,派出自己最亲信的多尔衮和阿巴泰,领四千兵马,尾随祖大寿,伪装成突围逃回的明军,想诈开锦州城门,乘夜色袭取锦州。

皇太极给多尔衮的命令是协同祖大寿又监视祖大寿,若是有诈,可临阵斩杀之。多尔衮知道责任重大,是汗兄信任自己,才把这任务交给自己,他也明白这任务的风险性太大,祖大寿本是不共戴天的生死对手,怎么敢相信他是真心投诚,所以他时刻小心,也叮嘱手下人都机灵点、警醒点,浑身上下都长满眼睛和耳朵。此时正值月底,天上没有月亮,夜色够黑,而且恰巧天降一场大雾,浓厚迷乱。多尔衮不好把祖大寿牵在手里,但手握刀柄,一旦发现祖大寿有不轨意向,立马斩之。一路上,多尔衮一会儿能看见祖大寿,一会儿看不见。他便经常和祖大寿说话,没话找话,询问路怎么走,还有多远。祖大寿有时回答,有时装作听不见。看到锦州城时,却看不到祖大寿了。

祖将军——

多尔衮暗叫不好,但还是试探着呼喊,想唤回祖大寿。

阿巴泰冲多尔衮吼叫:"祖大寿这个坏蛋肯定跑啦。"

多尔衮不愿意承认自己被耍了。

锦州城门没有开,想必城里士兵在黑夜大雾中也不敢开城门。多尔衮命令会说汉话的士兵向城中喊叫,试图骗开城门。然而,请求打开城门的叫喊声只换来一阵箭雨,有几个兵丁和战马被射伤。

多尔衮两眼在茫茫黑暗中发怒喷火,他不甘心失败,这可怎么回去向汗兄交代?他断定祖大寿也没有进城,于是下令在城外搜捕祖大寿,活要见人,死要见尸,挖地三尺也要找到。他算准了锦州城内的明军不敢出来对战。

天亮了,浓雾重重,祖大寿溜得一点影儿都没有了。

多尔衮长叹一声,很仗义地向阿巴泰说:"责任在我,我去向大汗请罪。"

阿巴泰也是英雄豪杰,并不逃避责任:"大汗派咱俩来的,有难同当。"

太阳驱散迷雾,皇太极率大军也赶到了。

多尔衮和阿巴泰下马跪奏,无颜面抬头,这是他从军征战以来最大的失败。

这是一次攻取锦州的绝佳好机会,可惜让多尔衮和阿巴泰给办砸了。皇太极特别生气,一气祖大寿不讲信义,二气自己本已经料到祖大寿会有这一招,悄悄叮嘱多尔衮他们小心盯住,但他们还是没办好。如果仅仅是阿巴泰,没办好还情有可原,叫多尔衮来,就是相信他心细,可还是让祖大寿跑了。

多尔衮羞愧难当,请求带领本旗人马强攻锦州,不破不还,战死在锦州城。

皇太极毕竟是大汗主帅,没有因生气冲动而失去理智,小小的大凌河城尚且如此难攻,何况锦州重镇,大军征战已久,人疲马乏,不宜再投入一场旷日持久的攻坚战中,应该班师休整了。皇太极宽厚地作笑:"是祖大寿那厮为人不端,又恰逢昨晚天降大雾,没有大雾就不会有诈袭锦州之策,是本汗考虑不周,轻信了祖大寿,也是天不亡他,且留他这狗命多活几日,待以后再跟他算总账。再说,祖大寿是无耻小人,根本不值得我们爱新觉罗子孙为他搏命。"

皇太极亲手搀起了多尔衮和阿巴泰。

众将士都看出来了,阿巴泰是沾了多尔衮的光。越是这样,多尔衮越于心有愧,觉得对不起汗兄的栽培,在八旗将士面前低下了头。

皇太极向将士们宣谕:"百日之战,实现了此次出征目的,破坏明军修筑大凌河城的计划,得胜奏凯。"然后,飞箭留书锦州城内,且饶尔等性命,约定日后来取,并问候祖大寿,将军劳苦,好好休息。

后金军队一把火焚了大凌河城,将城池完全拆毁,夷为平地。后金军不宜在此城驻守,但也不能留给明军。

祖大寿一回到锦州城里,就积极组织防御,抗击后金。对祖大寿率队献大凌河城投降一事,崇祯皇帝同样大度宽容,识大体,不拘小节,充分信任前线将士,不仅没有怪罪祖大寿,反而提升他为左都督,全权负责锦州防务。在这一点上,崇祯皇帝也算英明了一回。但是,崇祯皇帝三次下诏,命祖大寿进京觐见,因为有袁崇焕前车之鉴,祖大寿都借故推辞,不敢去朝廷,始终默默坚守在锦州,一心对抗女真人。

祖大寿诈降成功,在多尔衮眼皮子底下遁走,成为多尔衮心里的一个阴影,他吃一堑长一智,以后对明朝降将,多了一层戒备,既要放手使唤,又要牢牢套上紧箍咒,就像主人牵住拴在狗脖子上的绳索。

可以说,多尔衮这一次的失败,对他的人生成长非常必要,极有意义,因为近几年顺风顺水,他已经有了骄傲轻狂之意,这次失败犹如暴风雨,浇头盖脑,给他降温,让他清醒了,恰恰是因为有这前车之鉴,令其后的多尔衮成为常胜将军。

八、重罚莽古尔泰,饶过多尔衮

围攻大凌河城时,莽古尔泰率领自己的正蓝旗负责大凌河城的南方。明朝总兵吴襄和监军道张春来救援,莽古尔泰参与攻击明朝援军,俘虏了张春,吴襄临阵脱逃,扔下部众,结果明军一败涂地,全军覆没。崇祯皇帝很生气,但也很宽容,只把吴襄下狱而已,没有砍脑袋、灭九族,而且还重点起用了他的儿子吴三桂。

胜利者这一边,却有另一个故事。莽古尔泰虽然胜了,但也是惨胜,部属伤亡甚多。于是,他向皇太极请奏,希望自己的部队向后撤一撤,休整一下。

大凌河城久攻不下,皇太极窝着一肚子火,一听莽古尔泰的话,皇太极怒道:"哪支旗兵伤亡不惨重?"又反问莽古尔泰,"我听说你率领的军队不听从号令,贻误了军机。"莽古尔泰当然不干,瞪起眼睛大吼:"哪有这样的事?"皇太极不想与他理论,转身就要上马,莽古尔泰不依不饶,拦住皇太极怒问:"大汗为什么单单与我过不去呢?我本来就非常顺从,难道也想除掉我吗?"莽古尔泰这么说,是想起了阿敏,而这恰恰触到了皇太极心里的隐秘痛点。于是,一对兄弟君臣怒目相向,莽古尔泰愤激地手握刀柄。

皇太极继位时,莽古尔泰认为自己是五哥,生母又是正牌大福晋,皇太极是八弟,储君之位从大哥褚英移交给代善后,论资排辈,应该轮到自己,结果因为自己曾经弑母,这沉重的负面阴影成为他的拖累,让皇太极成功越位。为了大局,他当时忍了,但一直愤愤不平,觉得不公道。虽然表面上他和大家一样遵从皇太极,但心有抵触,尤其这两三年来,皇太极不再像刚登大位时那样低调,遇事多顺从众议,而是越来越流露出独断专行的意味,去年还囚禁了阿敏。莽古尔泰生出了兔死狐悲之感,觉得皇太极总有一天会对自己下黑手。这样,莽古尔泰心里压抑的情绪天长日久后终于"御前露刃",与皇太极的矛盾公开化、白热化。

皇太极和莽古尔泰的身边不会没有别人,他们共同的弟弟、努尔哈赤的第十个儿子德格类急忙冲上前,一是来调解;二是来保护同母所生的哥哥莽古尔泰;三是给皇太极挽回面子。德格类怒斥莽古尔泰,用拳头打他胸膛,想顺势把他推开,让他赶紧走开。莽古尔泰也是人来疯,见众人都斥责自己,反将佩刀抽出刀鞘。

御前拔刀,这是要造反吗?

皇太极乘机发难,非常气愤,怒骂莽古尔泰大逆不道,抖搂出他当初弑母邀宠的事。莽古尔泰怒吼着被众人架走,皇太极气愤得浑身颤抖。

多尔衮赶过来后,没有去看望五哥莽古尔泰,而是劝慰皇太极:两军阵前,杀敌为要,请大汗息怒,保重龙体。然后,多尔衮悄悄建言,等回到沈阳之后,一定要惩治莽古尔泰欺君犯上之罪。这是多尔衮在揣摩皇太极心思之后,火上浇油。其实,多尔衮的内心里,甚至希望两个哥哥相搏,那样就少了一个仇人,但攻灭明朝为要,不要影响了战事,而且他更希望莽古尔泰死掉,那样,有皇太极在,军心就会稳定,最关键的是,汗兄皇太极喜欢自己,能够提拔自己。

果然,后金大军凯旋,皇太极召集诸位贝勒商议治莽古尔泰大不敬之罪。多尔衮因为自己大意放走了祖大寿,以犯错之身无颜评议他人罪过为由,没有多说话。综合众议,皇太极宣布夺去莽古尔泰的和硕贝勒爵位,降为多罗贝勒,削五牛录,罚银万两及甲胄、雕鞍马十、素鞍马二。多尔衮还是没有表态,垂头侍立,其实就是默认了对莽古尔泰的惩处。

皇太极特意为多尔衮释怀,劝慰说,胜败乃兵家常事,不必太介意,后金军政大业需要大家共同努力。

皇太极给了多尔衮台阶下,也貌似饶过了莽古尔泰,没有定他的死罪,而是从轻发落。

其实,罚多少财物是小事,最重要的是,金銮殿上再也没有了莽古尔泰的座位,他的椅子被撤走了,从大贝勒成为了小贝勒,龙椅旁边的大椅子变成了下面的小凳子。

大凌河城一战,皇太极不仅又一次打败了明军,还顺便打掉了莽古尔泰。

努尔哈赤驾崩后,四大贝勒同坐金銮殿,如今,阿敏被监禁起来了,莽古尔泰被降职了,就只剩下代善和皇太极并肩而坐。代善非常忐忑不安,坐也不是,不坐也不是。

多尔衮感恩皇太极对自己网开一面,也非常赞同追究莽古尔泰之罪,他心中甚至暗暗希望,金銮殿上的椅子不要撤下去,只是换人,阿敏和莽古尔泰下去了,我可以上去坐啊!然而,他特别清醒:真坐上去,是极其危险的。

现在,多尔衮看到代善坐在皇太极身边,心里仍然感觉不舒服。他知道:"代善此刻坐在那里并不舒坦,是如坐针毡。"他更懂得:"代善还在身边坐着,皇太极心里同样不舒服。"多尔衮想让自己舒服,也想让皇太极舒服,那么下一步,就要把代善的椅子搬下来,自己成为皇太极身边的第一人。为了安全,不要坐着,站着就好,只要其他人和皇太极之间隔着一个我就好。

莽古尔泰这事还没完,并不是撤椅子、坐到下边就行了。

一年多之后,莽古尔泰暴病而亡,死得让人惊诧。传言说他是窝心火出不来,火死的。皇太极亲自到莽古尔泰的灵堂前祭奠,大哭了一场才回宫里。有了皇太极对待死去五哥的态度在先,多尔衮才敢于表现。为了笼络人心,自己心里虽然一百个不情愿,却全程陪在莽古尔泰的葬礼上,张罗丧仪,做给大家看自己与莽古尔泰是如何的兄弟情深。

人死灯灭,盖棺定论,莽古尔泰却不是,他的故事还没有完。又过了三年,莽古尔泰的亲妹妹莽古济格格的心腹冷僧机,突然告御状,说莽古尔泰活着的时候,与一奶同胞的弟弟德格类和妹妹莽古济格格曾经秘密盟誓,要推倒皇太极,又说莽古济格格的丈夫琐诺木就在场,是证人。皇太极怒不可遏,派人去查抄,以大逆之罪追夺莽古尔泰的爵位。此时,德格类病死,皇太极没有放过莽古济格格,残忍地诏令将她杀死。

莽古尔泰被废黜宗室资格,子孙们由黄带子降为红带子。

而且,莽古尔泰所属的正蓝旗建制被取消,属员被分别编入正、镶两黄旗,"八旗"一时成了"七旗"。时隔不久,皇太极又将正蓝旗恢复,只不过恢复后的正蓝旗,已经被打造成了听话的、自己人的,因为新旗主是皇太极的大儿子豪格。

多尔衮追随皇太极,打击莽古尔泰三兄妹的势力,亲眼看到他们被彻底清除,也看到比自己大三岁的侄子豪格迅速成长,成为爱新觉罗家族第三辈中的突出人物。

后来,多尔衮和豪格,成了生死对头。

九、逼退蒙古林丹汗，偏师主将攻伐明朝

自从多尔衮第一次参战荣获"墨尔根代青"，已经有四个年头了。他虽然已经身处后金第一政治高层集团，但仍然没有决策权，常怀力不从心之感。他还需要历练。

后金天聪六年（1632）农历四月初一日，多尔衮跟随皇太极再次出征，长途奔袭蒙古察哈尔部，打击林丹汗。

林丹汗乃成吉思汗嫡系后裔，生于明万历二十年（1592），是蒙古帝国第三十五任大汗。林丹十三岁时，父亲早死。林丹作为长孙继承汗位，接过了爷爷留下的权杖。林丹汗是个有梦想的人，和明朝末代皇帝崇祯一样，都试图恢复祖宗的荣光。他想重建成吉思汗的霸业，统一蒙古。他即位时，蒙古诸部早已各自为政，没有谁听他的，所谓蒙古大汗只是漠南诸部名义上的共主，漠北和漠西诸部都不承认，相互之间还经常内斗，厮杀如敌。林丹汗仅能支配自己的察哈尔部，连明朝公文中都说他"尚不能统众"。

要想服众，只有拿出绝对武功压服众人，才能说了算。林丹汗果然是个英雄人物，即位十年后，人长大了，威望与实力逐渐增加，他便先拿老对手明朝试试手气和刀锋，果真得手了，率军三次入侵明朝，逼得明朝同意与之互市。明朝这时候已经衰弱到了谁都可以欺负的地步。林丹汗很讲究，送还了掳掠的明朝人口。他通过马刀打出了与大明王朝的对话资格，也在蒙古诸部中获得了敢于挑战明朝的威望，拥有了无形或者有形的权力，这是他的人生巅峰和辉煌时刻。

然而，林丹汗生不逢时，遇到了努尔哈赤带领的女真人。这恰应了那句话："既生瑜，何生亮？"蒙古与明朝是互相承认的传统势力，突然冒出来个女真政权，蒙古与明朝双方都不希望有人出来分一杯羹。努尔哈赤的扩张，自然就是在切割大明朝和蒙古的利益。敌人的敌人就是朋友，蒙古和明朝这对老冤家于是联手共同对抗后金。努尔哈赤作为新兴

力量,兵锋正盛,势不可当,蒙古各部落被一个个征服瓦解,依附女真人。人算不如天算,大势已去,林丹汗无力回天,众叛亲离。为躲避后金的威胁,林丹汗英雄气短,率领自己的嫡系部众,被迫西迁,离开辽河流域,踏上了西迁之路。

明朝一看林丹汗不行了,原来答应给蒙古的好处,也不给了。崇祯皇帝即位,"尽革其赏",还杀掉了来索要东西的蒙古使者。林丹汗火了,野蛮的女真人逼迫我,你软弱的汉人也敢欺负我?林丹汗率部入侵大同,杀死明朝军民数万人,明朝不得不恢复"市赏",量物力,结欢心。然而,此时的林丹汗已是回光返照、垂死挣扎。

努尔哈赤死后,继位的皇太极一样凶狠,连年征讨察哈尔,非要打服他,解决掉他不可。皇太极率领大军西渡辽河,在昭乌达盟会齐归降结盟的各部蒙古兵马,总计达十万人。兵锋直指林丹汗的巢穴,旨在一举荡平,并吞蒙古。大军日夜兼程,过兴安岭,连续行军一千二百里,可连察哈尔部一个人影也没看到。

原来,女真人虽然一心想要征服蒙古人,却无法彻底征服民心,蒙古人毕竟心向蒙古人,骨血同源,有两位蒙古勇士,悄悄离开大军,快马加鞭,先行向林丹汗报警。林丹汗吃过太多后金军的苦头,已成惊弓之鸟,带领部族,向西方逃遁。女真人结寨筑城,蒙古人依然过着游牧生活,军民驱赶牛羊渡过黄河,虽然仓促,却也走得彻底,如同举国搬家,只把大草原留给了后金大军。

多尔衮和众将士看着大汗皇太极:"怎么办?是撤兵,还是继续追击?"

皇太极是不达目的誓不罢休的人。

两军交战,双方都有谍报人员,有人从察哈尔部跑来报告:林丹汗携部众距此约一个月的路程。后金军紧追不舍,沿途多是荒无人烟之地,进抵林丹汗的都城归化时,那里已是一片空城、死城。军中缺粮,后金军边进军边打猎,捕杀鸟兽充饥。为解决粮饷,避免人马疲惫,后金军在一个叫朱格儿的地方驻营,大军全力弄吃的,一天内就捕获黄羊数万只。皇太极身先士卒,参加围猎活动,他本人就射杀了五十八只黄羊。多尔衮统率本旗将士,尽力多多射杀捕获猎物,又时刻留心大汗这边的情况。一旦有需要,他会及时出现在大汗身边,保护大汗,向大汗表忠心。他现在牢牢地把自己和皇太极捆绑在一起,认准只有皇太极才是帮助他实现愿望的贵人。

暮色降临,草原上燃起一丛丛篝火,如同星河飘落凡尘。

多尔衮带着随从,捧着一只烤好的最香嫩的黄羊羔,穿过火焰,将它敬献给皇太极。众将士都看出了多尔衮对皇太极的恭维与巴结。皇太极非常高兴,邀请多尔衮坐下一起喝酒。多尔衮特别想让大家都看到自己与皇太极亲密无间的样子。

吃饱了,走,上马,继续追。

时值盛夏,骄阳似火,天气酷热,人马焦渴难耐。多尔衮又一次露脸了,他的部下找到了一眼泉水。这功劳又被皇太极记在了多尔衮头上。

泉水少,人马多。大军行进异常艰难,不断减员。皇太极分兵三路,这样吃喝好解决一些。不过,他不敢再分散兵力,担心一旦遇到林丹汗部,倘若兵马少了,要么吃亏,要么因为力量不足,不能够歼灭对方。如果让他们跑了,又不知道上哪儿去寻找他们了。

多尔衮和济尔哈朗合为右翼,率兵两万。两人同为旗主,但济尔哈朗比多尔衮年长十三岁,是老资格,所以济尔哈朗为主将,多尔衮为副手。多尔衮人小志大,他想:"我是努尔哈赤大汗的亲儿子,你济尔哈朗是努尔哈赤的侄儿,而且你的父兄犯上作乱,一个被杀,一个被抓。"四年后,多尔衮和济尔哈朗的位置果真翻转了,多尔衮后来居上,济尔哈朗成了副手。

多尔衮分得清主次,协同济尔哈朗奋力进军,越快越好,日驰七百里,真的让他们逮住了察哈尔部掉队的一支部众,结果他们根本没有刀箭对决,后金将士呼啸着包抄上来,察哈尔部众立马放弃了抵抗。

后金军陆续收拢察哈尔部众,合计万户,基本达到了出征目的,凯旋班师,历时近四个月,往返万余里。

皇太极不甘心的是,林丹汗跑了!擒贼先擒王,不抓住林丹汗,察哈尔部的事等于没解决,就等于蒙古的事情没完成,别看目前蒙古各部跟着后金出征,一旦形势有变,他们就可能成为凶悍的敌人。要想一劳永逸地制服蒙古人,只有抓住他们的大头领,套牢马王,马群就听话了。

多尔衮明白皇太极的心思,他也想一举擒获林丹汗,既可以扬威立功,又能帮助汗兄排解心头郁闷,也能铲除后金政权的心腹大患。多尔衮立功心切,向皇太极建议给他留下一部人马,继续追剿林丹汗,不成功,不收兵。出乎意料的是,这一次,皇太极拒绝了多尔衮,没有支持他的奏请。一是士兵们都想家了;二是皇太极觉得多尔衮还不够成熟,没有自己在此坐镇,他怕多尔衮有闪失。但是,皇太极很会笼络人,当场向将士们赞赏多尔衮这种勇气和谋略,表扬了他一番。

多尔衮觉得脸上有光彩,更暗下决心:"将来,一定要把蒙古察哈尔部的事情办好。"

贼不走空,林丹汗逃了,后金大军回师途中,顺手敲打了一下大明朝,又一次攻破长城,袭扰大同、宣府(今张家口),杀人放火,抢掠无数。多尔衮率兵积极参与,唯恐落后。

后金作为一个新兴政权,一个上升中的政权,是建立在进攻上的,因此一旦闲下来不打仗就浑身难受,年年都要找碴儿大打一回,小打不断。天聪七年(1633)六月,皇太极问:"明朝、朝鲜、蒙古,这三个老朋友,这回咱们招呼谁呀?"多尔衮说:"朝鲜太小,不禁打,打一回宰不了多少肉吃。蒙古是盟友,现在是一伙儿了,察哈尔也不成气候了,一打就跑得没影儿了,薅几把羊毛,捞不到多少实惠。还是明朝这个大胖子好,一身膘,吃肉喝血,随便,还管饱。"

墨尔根代青所言,正合皇太极心意。多尔衮净挑皇太极喜欢的话说;皇太极呢,多尔衮说啥,他都爱听。史料上多尔衮的原话是:"宜整兵马,乘谷熟时入边,围燕京,截其援兵,毁其屯堡,为久驻计,可坐待其敝。"

后金天聪八年(1634)农历五月至闰八月,依多尔衮之计,皇太极亲率后金大军,第三次入关攻击明朝,再次远袭宣府和大同,号称"入口之战"。此战目的和之前一样,他们没想占领城池和土地,而是来抢人劫财,损毁明朝经济,壮大后金实力。

八旗兵分四路,多尔衮、阿济格及多铎三兄弟,率领两白旗兵将,与主力会师于宣府,马踏长城南。长城是中原王朝的院墙,大多时候是好用的,能挡住草原的马刀,遇到挡不住的时候,汉人就会家破人亡。

大军未动,间谍先行。后金的侦探被明军俘获后,遭到严刑拷打,供认说,后金此来,不攻城池,只想在村镇抢掠。城堡中的明军将士一听:"太好啦!俺们安全了。不用怕,女真人抢了杀了烧了,然后就走了,没事儿,地盘还是我们的。"

多尔衮率弟弟多铎和侄子豪格,带领左翼兵马屡败明军。这一次,多尔衮成了一路偏师的主将。论长幼,多铎是弟弟,豪格虽然比多尔衮大三岁,但在辈分上是侄儿,更主要的是皇太极对多尔衮带兵谋略的信任。此一番组合,奠定了其后三人的座次,排位再难撼动。

有了独立指挥三旗兵马的权力,多尔衮豪情万丈,又小心谨慎,漂亮洒脱地荡平了数十个城堡。村镇里的人丁财物太少了,还是攻克城池好,战利品丰厚。但后金铁骑不擅长攻城,野战厉害,因此只有少数明军弃城逃跑,大多坚守城堡,四门紧闭,热盼女真人这些丧门星早点抢够了就快走吧。偶尔有点血性的明军将士,躲在城头,看到后金军队祸害百姓太过分了,一点不讲仁义道德,像虎豹、豺狼、牲畜一样,就大胆地放炮射箭,吓唬女真人。多尔衮勒马停在炮箭射程之外,微笑地看着城上的明军。后金将士嘲笑明军,讥讽咒骂一通,该干啥还干啥,奸淫掳掠,杀生害命,他们这大老远地跑来就是为了这个。

有个明军参将奉命带兵丁去永宁,但城门不开,他与城上的将官"接谈许久,并不开门"。明军连自己人都不敢放进城里,看到谁都像后金兵马伪装的。二十来个后金骑兵,掠获妇女小孩千余人。经过代州城下时,妇孺望见城上的明军,可算见到了能为自己撑腰的亲人,悲啼呼救,城上守军却绷紧面孔,严肃地目送二十骑后金兵押解明朝的子民从容地远去。一支箭都不敢发,眼皮底下的后金兵马虽然只有二十个,万一射伤一人一马,惹怒了后金大官,指挥兵马来攻城,那可怎么办,谁能担得起这责任?后金八旗铁骑,就像在自家院子里一样,如入无人之境,打马在明朝的州府台堡之间往来穿梭。

多尔衮麾下驱赶汉人百姓把财物装上马车,排成长长的行列,扬长而去。听取战果汇报后,皇太极高兴地总结说:"宣、大地方,禾稼践伤无余,各处屋舍尽焚,取台堡、杀人民更多,俘获牲畜无数。"

后金兵马得胜凯旋。多尔衮英姿飒爽,精神抖擞,被荣耀光环笼罩,但他仍然觉得这场仗打得不过瘾,自己虽然成了一路大军主将,可对手都是明朝百姓,明军龟缩城堡内,根本不接战。他期待下一次能和明军硬碰硬,刀枪撞击,火星迸溅,血染战袍,对手尸横遍野,那样的主将,才真正名至实归。

十、统兵元帅，俘获传国玉玺

后金大军连年征战，多由皇太极御驾亲征，大汗是元帅，多尔衮是扈从。

多尔衮何尝不想自己当一回元帅，成为出征主帅。别急，机会来了。该他露脸的事，上天早安排好了，等着让多尔衮出人头地，以军功登上最顶端。

后金天聪九年（1635），陆续有跟随林丹汗逃跑到青海的察哈尔贵族东返，投奔后金，报告说，亡命青海的林丹汗，害天花死掉了。皇太极一听："好啊！"高兴之际，他不禁又生出惺惺相惜之感，遗憾与林丹汗没有携手之缘。林丹汗的儿子、虚岁十三岁的额哲继位，当了察哈尔部的可汗，统领父亲留下的残余部众。

皇太极觉得可以让多尔衮承担重任了，锻炼锻炼他，打造提升，于是颁旨：墨尔根代青为统领兵马的大元帅，远行西征，剿灭林丹汗留下的残部。多尔衮拜谢接旨。皇太极语重心长地对多尔衮嘱咐道："蒙古人彪悍善战，虽衰易起，尤其察哈尔部在蒙古族中影响大，号召力强，若不乘其势衰之时彻底征服，等新大汗额哲长大了，翅膀硬了，实力强了，注定又是一个不甘于人下的难缠角色，到那时将后患无穷。"多尔衮表忠心："此番征讨，必定穷追猛打，不能让察哈尔死灰复燃，一劳永逸地除掉察哈尔这个眼中钉、肉中刺。"

多尔衮率豪格等将，领精兵万人，过辽河，奔黄河套，寻找额哲所部。也是多尔衮运气好，茫茫草原，找到额哲本来是一件不容易的事。谁知，半途中他们遇到一支蒙古部众，怕他们受惊逃跑，多尔衮立即挥刀下令，女真兵旋风般把这些蒙古人围住了。这些蒙古人根本没反抗，也不想跑，他们本来就是打算投奔后金的。原来是林丹汗的妻子囊囊太后率部民一千五百户来降。

初战告捷，不，是未战就告捷，多尔衮十分高兴，这是个好兆头。他扎下大营，设宴款待囊囊太后等人，询问新汗额哲的去向，囊囊太后说额哲在黄河西。多尔衮于是派一部分兵马护送囊囊太后等人去沈阳。他带着大军向西挺进,星夜兼程,来到黄河边,寻找渡河地点。

四月二十日,多尔衮带领大军成功渡河。二十八日,他们以迅雷不及掩耳之势,悄悄抵近额哲驻地托里图。就像祖大寿从多尔衮眼皮子底下逃遁那天一样,大雾弥漫,额哲及部众尚未发觉敌人已至。好一场大雾!多尔衮遭遇的上一次大雾,是对他的考验和教导,这一次大雾是天助庇佑。眼下,多尔衮最怕惊扰了额哲他们,贸然攻营的话,会有零散人等趁大雾逃之夭夭,万一跑走的人里有额哲,那就前功尽弃了。多尔衮的聪明睿智又有了用武之处:他改变猛打猛冲的战术,分派部众悄悄守住四方,做好堵截准备,然后围而不打。倘若这一次的统兵元帅是阿济格、多铎或者豪格,他们悄悄摸到蒙古人跟前后,早心中大喜,控制不住,嗷的一嗓子,元帅自己拔刀挥舞,带头冲上去一顿砍杀。那样势必引起对手的拼命反抗,蒙古人和女真人一样,无须太多烦琐程序,翻身上马就是武士。总会有少数勇者凭借快刀快马冲出去,隐入夜色大雾里,甭想再找见他们。若是一拨侍卫拼死保护额哲逃走,有大汗在,察哈尔就死不了,随时可以召集部众起兵,便会没完没了。

多尔衮和父亲努尔哈赤与哥哥皇太极一样,有勇猛之气,又兼怀谋略之心,所以,他才能被皇太极重点提携,有幸被历史选中,脱颖而出,成为女真人后金政权的第三位影响深远的人物。多尔衮第一次当元帅,就以智谋创建了高功奇勋。

多尔衮勒紧跃跃欲试的战马,挡住跃跃欲试的将士们,招手叫过一个人来:叶赫部的将军南楮。你道他是谁?他是额哲的亲娘舅。额哲的母亲苏泰太后是女真人,乃海西女真叶赫部格格,嫁给林丹汗,成为第三大妃,为林丹汗生下了长子,也就是新继承汗位的少年额哲。虽然蒙古人和女真人世代争斗,但是,政治联姻让他们亲上加亲,亲套亲。一圈儿亲戚,却互相杀伐。前文说过的多尔衮姥姥家乌拉部,与叶赫部同为海西女真,在他出生第二年,他父亲努尔哈赤就把自己岳父家兼女婿家——即乌拉部给一举踏平了,让其灰飞烟灭。

多尔衮心平气和地给南楮下令:"去求见你的姐姐苏泰太后,动之以情,晓之以理,劝诱招降,争取兵不血刃,合为一家,平安地、彻底地解决察哈尔残余。"

南楮非常高兴,这样和平解决,不动用武力,能保证姐姐和外甥的性命安全。南楮突然现身,令蒙古兵丁十分恐慌,待他报上名号后,急忙禀告苏泰太后。一听说弟弟来了,苏泰太后激动地跑出营帐迎接。姐弟相拥痛哭,这是在血与火的战场上,骨肉亲人相逢,喜极而泣,百感交集。苏泰太后本以为今生今世再见不到娘家亲人了。哭过了,亲情表达完了,南楮和姐姐说了实话:"墨尔根代青来了,已经把你们包围了。"苏泰太后命人找来儿子额哲,舅甥相见后,一起商量怎么办。南楮告诉姐姐叶赫部众归顺建州后,因为都是女真人,没有受到歧视,都挺好的。娘家人都挺好,苏泰太后便放心了。南楮又对外甥额哲说:"结盟后金的蒙古各部,也是相安共处,亲如一家,现今大汗皇太极的大福晋就是蒙古女人,科尔沁部的公主哲哲。察哈尔部若是结盟后金,一样会亲近友好。"南楮给这娘俩吃了定心丸后,又严肃地警告:"若是再对抗,可能会片甲不留,难逃生天。"

多尔衮率领众将士焦急地等待着,瞪大双眼想看透浓雾那边到底怎么样了,少年额哲到底有多大的权威,苏泰太后能不能掌控得了儿子,南楮会不会平安回来,苟延残喘的察哈尔部会不会投降……多尔衮在担忧中,也有很大的信心,否则他不会派南楮去冒险,现在拖延时间是好的,待浓雾散去,察哈尔就算不降也跑不掉了。

苏泰太后虽然是蒙古大妃,但毕竟是女真人,对归附后金,心理抵触要小一些。额哲作为大汗,虽然部众凋零,但人们常常说:"宁当鸡头,不当凤尾。"可是,眼前的形势,他还是个未成人的少年,打又打不过,打便是送死。部众虽然忠心耿耿,跟随在他身边,却都已经失去了斗志。林丹汗原有十余万部众,无奈放弃故土,率部西迁,几乎无立足之地。路途遥遥,十分艰苦,臣民大部分溃散离去,还有不少人病饿而死,所剩部众屈指可数。额哲虽已称汗,但还是毛嫩,一切还得听苏泰太后掌握大局。在亲弟弟的劝诱下,苏泰太后为了部族所有人的平安,决定携子归降。这是唯一的生机。

多尔衮看到南楮欢欣归来的身影时,浓雾倏忽散淡,阳光普照大地,和平降福这方草原。多尔衮高兴得心脏都要从嗓子眼里蹦出来了,自己没有辜负汗兄皇太极的信任,给汗兄长脸了,给父汗留下的后金大业增光添彩啦:漠南蒙古彻底平定!

苏泰太后和额哲母子率众出帐,迎接敌人多尔衮。

多尔衮非常得意,心花怒放,看我的战果——这多好啊!不战而屈人之兵,比杀砍更奏效。

化干戈为玉帛,双方刀剑入鞘,以礼相见,苏泰太后和额哲设宴招待多尔衮等将士。

多尔衮看着面前惊慌失措的额哲大汗,心想,他就是一个六神无主的半大孩子。他内心陡然生出一丝怜悯之意,有了感同身受的味道,想起自己的父汗驾崩和母亲被逼殉葬时,自己也不过就似眼前的额哲这个样子。多尔衮甚至假装亲热地把额哲搂抱在怀里,轻轻拍了拍他的头,眼眶中涌出冷泪来,众人见了,无不感动。

多尔衮不怕额哲和苏泰太后怎么样,但怕他们身边的大臣和侍卫们不是真心归顺,会伺机挟幼主叛逃。他决不容许再有祖大寿那样的诈降重现。于是,他一边暗暗命令将士们时刻警惕,一边在心理上拉近与额哲的亲和度。他一只手亲热地拉住额哲的手,另一只手按住胸膛,向天地神灵发誓:"我等待额哲若有异念,天地降谴,我等推诚布信,如此盟誓,若伊等不从,包藏异心,伊等当被天地谴责。"

这完全是做给察哈尔部的将士们看的,意思就是咱们两家和好,我不诚心,天诛地灭,你不诚心,也要遭受天塌地陷之难。皇太极登基时,也曾发誓要"尊敬兄长,爱抚子侄",诸贝勒同样发誓:"忠心事君,小贝勒不得媚君希宠。"那么,多尔衮算不算"媚君希宠"呢?额哲对多尔衮的誓言,有几多相信?他看到多尔衮笑容可掬的背后,是那么多手握刀柄的虎狼将士,总之,大兵压境,逼上家门,他所做的一切都是无奈之举罢了。

二十九日,苏泰太后、额哲再次宴请多尔衮诸将领,赠骆驼四头,玲珑鞍马四匹,黄金四十两及绸缎八十一匹。多尔衮诸人也设宴答礼,回赠礼物。额哲率蒙古贝勒、台吉、大臣领属民一千户归顺。

察哈尔部归降一个月后,即五月二十七日,皇太极才收到多尔衮派人飞马呈送的捷报:额哲归服,察哈尔部降。奏报中详述收服察哈尔部的过程,列举了归顺的王室成员和臣属名单,还有察哈尔部敬献的驼、马、雕鞍、貂裘、琥珀数珠、金银、绸段等物。皇太极大喜过望,在朝堂上向众人夸赞多尔衮:"墨尔根代青,马到成功!"

奏报已来了多日,多尔衮的人马却没有回来。按说,多尔衮此次出征的目的,已经圆满完成,率领大军,"押解"察哈尔部一介降众胜利东归就可以了。但是,多尔衮不太想就这样轻易回家,因为自己荡平察哈尔部的确是太顺利了,这样轻而易举的功劳,显得轻飘飘,自己头一回当大元帅,却没有轰轰烈烈的感觉,太遗憾了。于是,多尔衮挥兵南下,在长城两边,一路攻杀抢掠,把征服蒙古的出征变成了对明朝军民的伤害,完全属于搂草打兔子。察哈尔部的顺利屈服,也让习惯于打硬仗的后金将士们都觉得不过瘾,虽然都很想家,但不愿意空手回去,一听大帅带他们去明朝抢肥肉,喝新鲜血,全都乐得兴高采烈,心潮涌,手痒痒,奋勇争先。多尔衮也是顺应众意:跑这么老远,别白来一趟啊!多尔衮是率万人精兵出征的,但因副帅岳讬重病,便分兵一千留驻归化城,实际上多尔衮是带领八千余部卒,裹挟着察哈尔部的王族臣民,"自平鲁卫入朔州,直抵长城,又经宁武关、代州、忻州、崞县、黑峰口、应州,而复还平鲁",这些明朝军事重镇,面对后金军队一如往常,束手无策。女真将士在汉人土地上,重演了历史上一次又一次的塞外铁骑大肆劫夺的惨剧,他们陶醉在狂欢中,如血泊烈焰中狂舞的神魔。

多尔衮是细心人,行军打仗时,他听到一个隐秘的小道消息,有蒙古人为了邀功,暗中密告:额哲大汗和苏泰太后还有一样宝物没有交出来。越是隐秘的、深藏不露的,越是好东西,这是肯定的。多尔衮一听,这还了得?其实,一路上,察哈尔部都被严密监视着,有什么好东西,肯定跑不了,因为他们一个人都没有走脱。

多尔衮没有直接抓来额哲逼问,而是讲究策略,依旧沿着老路,从苏泰太后身上下手,毕竟都是女真人嘛。被多尔衮派人请来后,苏泰太后心里忐忑不安,入了大帐,不知道多尔衮要干什么。多尔衮先是热心关切地询问一路上将士们把他们照顾得好不好,聊了一通家常,然后才问:"我听说,额哲手上还有一样贵重大宝,是真的吗?"苏泰太后的脸红一阵、白一阵,明白了多尔衮的意思,也就心安了,一切皆是身外物,性命最要紧。为了替儿子减轻罪责,她自己就承担下来了,说:"东西在我手里,就是一方印。"

"人在屋檐下,不得不低头。"额哲不知道说什么好,心理完全瓦解崩溃,这大印是他最后要保住的一点尊严,也被夺走,他仿如离枝落叶、断线风筝,似乎回归到了孩子状态,啥都听老妈的,乖乖地交出了他们察哈尔部几代大汗精心珍存却从未使用的一方玉印:传国玉玺!

苏泰太后慢慢打开锦匣,轻轻掀起黄绸:光彩耀眼,玉龙交缠。

多尔衮单膝跪拜,接过玉玺,捧在手心,惊喜若狂,眼放光芒:"这就是中原汉人历朝历代都要争夺的皇帝大印啊!"

谁得到这传国玉玺,谁就是名正言顺的皇帝。

多尔衮心中一闪念:传国玉玺有缘到了我手上,难道是上天让我当皇帝?

多尔衮立马想起当初阿敏征朝鲜,眷恋流连,不愿意收兵回归沈阳,想在朝鲜称王自立,然而众将士全都反对,他自己也是反对阿敏分裂独立的人之一。

一连数日,多尔衮把传国玉玺带在身上,揣在怀里,夜不能寐,辗转反侧。他反复权衡,清醒地知道,自己目前所带的上万兵马,不会都听自己的,能支持自己单干的人,连三分之一都不到。多尔衮是聪明人,不肯冒险,他不能丧失自己已经拥有的东西。他知道自己目前在后金政权中的位置,自己若是把传国玉玺献给汗兄皇太极,这功劳可就大了,察哈尔部虽然只剩下额哲残部,但其在名义上是成吉思汗直系后裔,是蒙古人的共主,额哲投降,就相当于整个蒙古投降后金了。女真人一共面对三个敌人:大明朝、蒙古和朝鲜。父汗努尔哈赤只是统一了女真人,而第一个灭掉一国的女真英雄是我爱新觉罗·多尔衮。这样的大功劳,让自己和汗兄皇太极之间,只剩下一个老资格的代善还不能逾越,其他人都已经在我后面,我在这二人之下,数万众之上。多尔衮打定主意走妥当之策,稳扎稳打,步步为营。决心一下,他立即修书,向皇太极驰奏俘获传国玉玺之喜讯。

暂时隐忍的多尔衮,虽然听从命运的安排,向皇太极让了步,内心中却仍然不甘愿地向苍天厚土呼喊:"我也是爱新觉罗的子孙,我也是努尔哈赤的儿子,我也有权力当大汗,当皇帝!"

多尔衮特别不想放弃传国玉玺,可他懂得节制,保险起见,他果断地令专人携带传国玉玺,时刻跟在自己左右,不得有任何闪失。他读过史书,知道传国玉玺有灵气,常忽隐忽现,一切都是天意安排,既然到手了,决不能再让御宝飞走。

这方传国玉玺的价值,不仅是举世闻名的珍贵御宝,更在于它无形的意义,它是历代统治者的信物和精神支柱,也是蒙古人对恢复大元朝一统江山的梦魂依托,具有极大的号召力。只要传国玉玺还在蒙古人手中,他们就会有幻想,觉得天命神授,虽然现在蒙古人处于低谷,但将来还会卷土重来。一旦风云变动,他们看似松散的诸部,就会为了一个共同的目标,纠合到一起,成为难以控制的力量。传国玉玺易手到了后金手中,就会令蒙古人断绝念想,以为从"天命"上,蒙古人已经不再受上天眷爱,让蒙古人彻底放弃复国称帝的大梦,不再有争夺华夏江山的意愿,一心跟随女真人,因为传国玉玺传给了后金,就意味着天神都站在了女真人这边,促使蒙古人进一步向后金靠拢,称臣纳贡,从政治上利于长久统治。满蒙联盟巩固了,加上征服朝鲜,犹如切断了明朝的左膀右臂,增强了后金的军事和政治力量,后金再进攻明朝时,就没有了顾虑,不用再担心朝鲜和蒙古对后金发动袭击。有了传国玉玺,后金大汗就相当于是女真人和蒙古人的共主,从此,后金号令蒙古诸部就名正言顺了。传国玉玺是汉人的东西,那么,按照天意,明朝百姓,将来也会接受持有传国玉玺者的统治。

多尔衮精明至极,非常明白传国玉玺对后金意味着什么,原本后金是后起之秀,蒙古人和朝鲜人,尤其是汉人,都觉得后金就是蛮、是奴、是匪,后金政权名不正则言不顺。现在有了传国玉玺,后金便是受神灵护佑,谁还敢小瞧?

这一天,皇太极对文武诸臣说:"朕忆从来左耳鸣,必闻佳音;右耳鸣,必非吉兆。今左耳鸣,出兵诸贝勒必有捷音至矣!"第二天,皇太极接到奏报:"历代传国玉玺,即将归献。"皇太极兴奋地从龙椅上站起来:"朕要出城,远迎墨尔根代青!"

八月二十八日,皇太极乘御驾龙车,黄罗伞盖,浩浩荡荡出了沈阳城,迎接多尔衮凯旋。

九月初五,皇太极渡过辽河,安驻行营。

第二天,皇太极在马上遮目远望,终于等来了八旗大军的身影,看见他们从天边驰骋呼啸而来。皇太极看着这些斗志昂扬的将士,心中极其喜悦,感觉他们非常可爱,甚至畅想,有这些长征擅战的常胜兵马,征服大明朝,指日可待。

多尔衮远远望见皇太极,非常激动,快马加鞭,奔驰到近处,跳下马,跑步而来。皇太极也迎上前去,兄弟君臣拥抱在一起,非常感人。将士们高声呼喊,热火朝天。

多尔衮感动不已,同时心如明镜,汗兄虽说是迎接胜利归来的大军,其实更是来迎接传国玉玺的。

旋即举行了盛大而庄严的仪式,多尔衮把额哲和苏泰太后引荐给皇太极。皇太极笑语安抚。皇太极携凯旋的多尔衮,率领诸贝勒大臣及归服的额哲,登上新筑的祭坛,焚香拜天。

多尔衮捧举传国玉玺,跪献皇太极。

皇太极亲受玉玺,对御宝行三跪九叩头礼。

神圣的仪式举行完毕,皇太极依次接见凯旋的将领们,再行见面礼,而后举行宴会。皇太极召多尔衮、额哲和苏泰太后坐在近旁,对额哲给予了最大的赏赐,皇太极把自己的女儿固伦公主许配给了额哲。其后,额哲被封为外藩亲王,"位冠四十五旗贝勒之上",他虽然还年轻,也无战功,但率领察哈尔部举国归降,这就是最大的功劳,让为敌数十年的对手成为一家人,实为后金和蒙古历史上的重大事件。额哲还献上了传国玉玺,让后金大汗成为蒙古的合法统治者,是"一统万年之瑞也"。皇太极庄严地接受传国玉玺,坚信"天命"已归后金,这种信念无疑增强了后金军民的奋进精神,鼓舞他们去夺取新的更大的胜利。

  多尔衮多次出征,军功累累,但唯有这回第一次作为主帅,招降察哈尔部,征服蒙古,战果最辉煌。他巧妙地运用自己的智慧,灵活地以攻心为上的战术,获得意外的殊勋,受到皇太极及诸贝勒大臣和后金国民的高度赞扬。捧回传国玉玺,为皇太极改国号为清,由大汗登上皇帝宝座,提供了政治上的理论基础。有了传国玉玺,皇太极就不单单是后金大汗了,而是全天下的皇帝啦。在多尔衮的一生中,统军辖民,但最使他得意和骄傲的战功之一就是,降服蒙古,喜获"制诰之宝"。

十一、公主被杀，多尔衮是帮凶

多尔衮凯旋，沉浸在胜利的得意中。他没有想到的是，皇太极竟然乘胜追击，借助多尔衮的这场胜利，打掉了代善，彻底打垮了莽古尔泰的正蓝旗。打掉代善，皇太极就唯我独尊了。后金大军第一次绕过明军的宁锦防线，踏破长城攻打北京和中原，那一胜战的成果是除掉了袁崇焕和阿敏；上一次荡平大凌河城之战，跑了诈降的祖大寿，却打掉了莽古尔泰。此次远征蒙古察哈尔部，代善根本没有出征，皇太极仍然能拿住他的所谓错误把柄，令多尔衮有点目瞪口呆，惊喜之余暗暗佩服，大汗就是大汗，果然高明，不，是英明。多尔衮在赞叹的同时，也有些心惊胆战，处置自己人，尤其是处置亲人，心理上毕竟有一点不舒服。多尔衮甚至猜想："皇太极在处置兄弟姐妹时，心里到底是咋想的呢？"他不敢问，而是在波谲云诡的政局中，悄悄地学习政治权谋。

多尔衮灭亡蒙古，让察哈尔部可汗额哲归降，不仅仅带来了无上至尊的传国玉玺，还献上了林丹汗的八位嫔妃。后金上层在分配这些战利品时，皇太极抓住了一丝可利用的战机。他把若有若无的一丝战机，做牢做实，而且扩大为十足的加倍战果，掀起了一场血雨腥风。

这是多尔衮在懵懂中给皇太极献上的屠刀。

皇太极作为最高长官，有权力分配林丹汗的八位嫔妃，他想把年老色衰又清贫的大福晋囊囊太后给代善，但代善拒绝接受，代善想讨要年轻又最富有的三福晋苏泰太后，皇太极却把苏泰太后嫁给了济尔哈朗。皇太极打掉镶蓝旗主阿敏，把镶蓝旗交给阿敏的弟弟济尔哈朗，现在又把最好的战利品分配给济尔哈朗，皇太极的用意非常明显，就是让济尔哈朗和镶蓝旗越来越听自己的话。皇太极执意要把囊囊太后给代善，代善几番拒绝，执意不收。在皇太极看来，这就是代善不听话。不听大汗的话，这可不是小事儿。走着瞧！

皇太极也许是为了显示自己公允，自己把囊囊太后收入后宫。她原本是林丹汗的正室大福晋，名分尊贵，皇太极便把她立为后宫排名靠前的第三位大福晋。成了皇太极的西宫贵妃后,她在史上留下了比较响亮的名字:娜木钟。林丹汗去世后的第二年,娜木钟生下林丹汗的遗腹子——阿布鼐。接下来,她给皇太极生了第十一个公主和第十一个儿子博穆博果尔。阿布鼐长到七岁时,他的大哥额哲刚好二十虚岁,这时竟然病故了。按照他们马上民族的婚姻习俗,阿布鼐娶了自己的嫂子,也就是皇太极赏赐给额哲的固伦公主。阿布鼐的母亲成了皇太极的妃子,他则成了皇太极的女婿。阿布鼐长大后,受命主管察哈尔部事务。他身上有着蒙古人的血性,不甘心忍受女真人的压服,康熙帝以其多年不朝觐为由,削其亲王爵,监禁于盛京。阿布鼐的儿子们起兵救父,力弱失败,阿布鼐被绞死。博穆博果尔呢,传说他长到婚配年龄,娶了一个貌美的好媳妇。可是,好女子人人都喜欢,皇帝哥哥顺治看上了弟媳妇。弟弟自然不高兴,哥哥便打了弟弟一个耳光,弟弟郁闷而死。死后二十七天,哥哥就把服丧戴孝的弟媳妇接进皇宫里,她就是芳名广播的董鄂妃。娜木钟本人在康熙十三年(1674)仙逝,葬在沈阳清昭陵。

  皇太极不仅培养、提拔多尔衮和济尔哈朗,还扶植自己的长子豪格。豪格比自己的叔叔多尔衮大三岁,比多尔衮早上战场,早立战功。日后,豪格成为多尔衮权力上升过程中的主要对手。皇太极提拔多尔衮和济尔哈朗,是想把年轻人培养成将帅,替换"三大贝勒",而他扶植自己的儿子豪格,却是要把他培养成为接班人,想要让他当大汗的。皇太极为豪格挑选了林丹汗最小的嫩俏可人的第八福晋。豪格非常喜欢,但豪格原本有媳妇,大老婆肯定不喜欢小老婆。这大老婆是谁呢?是豪格的表姐妹,是他亲姑姑的女儿。豪格的岳母是谁呢?是皇太极同父异母的姐姐莽古济公主。她哥哥是莽古尔泰,他们是同父同母的亲兄妹。

  公主莽古济对哥哥莽古尔泰杀死母亲一事,无法接受,不再与哥哥来往。莽古济先被父亲嫁给了海西女真哈达部,所以又称哈达公主。她生下了两个女儿,长女嫁给了代善的儿子岳讬,次女嫁给了皇太极的儿子豪格。后来,她的夫君乌尔古岱,被人状告受贿,努尔哈赤将其降职惩罚,乌尔古岱忧愤而死。再后来,皇太极执政之初,蒙古敖汉部首领琐诺木杜棱前来归附,皇太极把寡居的姐姐莽古济公主赏赐给琐诺木杜棱。

黄金家族的男人封王晋侯,黄金家族的女人同样是战利品和礼物。莽古济公主和夫君是半路夫妻,感情不好,同床异梦。

或许是因为自己的婚姻问题,莽古济对弟弟皇太极心存不满,当二女儿受到豪格的小老婆欺负时,莽古济去找弟弟皇太极理论,不料话不投机,生气离去。恰好路遇二哥亲家公代善,代善把妹妹请进家里,设宴招待,肯定要谈论一些关于皇太极的话,因为面对强势的皇太极,他们心里都有一肚子怨言。后金大汗的耳目四通八达,如日中天的皇太极强势得很,杀上门来,责问代善,为啥招待冲撞我的莽古济,你安的什么心?在皇太极心中,莽古济为儿女婚事生气是借口,真实原因是他打击了莽古尔泰,莽古尔泰在两年前气死了,作为亲妹妹的她为亲哥哥打抱不平。但是,皇太极暂且不跟小女人一般见识,目标直指代善。其实,皇太极收拾了莽古尔泰之后,代善老谋深算,非常知趣,明白下一个目标就是自己,于是主动退让,以求自保,上奏自请放弃与大汗平起平坐的特权。皇太极假意挽留,在代善执着的坚持下,皇太极同意将代善的椅子搬到下首。按说皇太极已经独尊了,却仍然感觉不到位,依然不依不饶。

皇太极召集诸贝勒大臣开会,声讨代善。大家罗列了一系列罪名。皇太极斥责代善:"古往今来,既为君主,就要一统制令,怎能不分轻重?而今,代善所统的正红旗贝勒等轻视君主之处太多。大贝勒以前随我征伐明朝,违背众贝勒意愿欲中途回军。出征察哈尔部时,又固执欲回。此外,大贝勒偏袒本旗,赏罚不公。我喜欢的人,他讨厌;我厌恶的人,他喜欢,这不是离间相互之间的关系吗?"皇太极在历数代善罪状后,故意使性子,宣布闭宫不出,假装要众贝勒另选他人为君。众贝勒面对皇太极和代善,需要选边站,到底站在哪一边?大家一致商议,让多尔衮带头谴责代善蔑视大汗的行为,积极审撥皇太极给代善定罪,诚恳地跪请皇太极亲政。多尔衮统计了众贝勒的意见,面呈大汗皇太极,要求革去代善大贝勒职衔,夺去十牛录人口。皇太极见火候到了,又坐在龙椅上亲政,鉴于代善劳苦功高,从宽处理,免革贝勒职,免夺十牛录人口。代善自此威望折损,没有兄弟子侄再看他的眼色行事了,他的影响力只局限在本旗内,当年威风凛凛的英雄储君,变得唯唯诺诺,谨小慎微,只求子孙平安。

代善亲眼看到过叔叔舒尔哈齐和表弟们被处死,也看到过自己一奶同胞的大哥褚英之死,他自己还被人状告与老汗王的妻妾私通,差点跌落万丈深渊,为了求平安,在老汗王动怒斥责他听信继妻而虐待两个儿子时,为了让老汗王消气,他亲手杀了自己非常喜欢的继妻。

这边皇太极刚处置了代善,那边,一个正在等待处置的人,突然暴病而死。谁呀?德格类,努尔哈赤第十个儿子,莽古尔泰和莽古济的亲弟弟。皇太极先是夺了阿济格的镶白旗,交给多尔衮;接着,皇太极夺了阿敏的镶蓝旗,交给济尔哈朗;之后,皇太极夺了莽古尔泰的正蓝旗,交给德格类。全是把旗主之位从哥哥手里转移到弟弟手里,看似公允,其实,是把不听摆弄的哥哥换成了听话的弟弟,这原本不在皇太极势力范围的三旗兵马,就变成了他的附属。但是,德格类和多尔衮与济尔哈朗不同,皇太极并不信任他,让他当正蓝旗主,只是个过渡,而且皇太极自己的大儿子豪格没有兵马可带,这不行,皇太极想让豪格接过正蓝旗,成为八旗劲旅之一的主子。

两年前的秋天,莽古尔泰暴病而死,整整两年后,又是萧瑟肃杀的寒秋,德格类又暴病而死。这只是清朝早期历史上众多令人疑窦丛生的事件之一。

事情还没完:一个叫冷僧机的人,登上历史舞台,华丽转身,把自己从一个家丁打造成了朝廷大臣。很多人的上升,都是踩着别人的尸骨。告密者众多。比如,努尔哈赤的小福晋密告大福晋阿巴亥,因而邀宠一时,最后,却被逼迫跟着阿巴亥一起为努尔哈赤殉葬。

在莽古尔泰去世周年祭日那天,正蓝旗将士为了表达自己的情绪,搞了一次声势浩大的扫墓,然后一起来到莽古尔泰的住所慰问他的福晋。

多尔衮倒吸了口凉气,一是觉得正蓝旗将士无法无天;二是明白皇太极绝不会善罢甘休。他觉得自己必须有所表现,不能冷眼旁观,于是求见大汗,禀告了正蓝旗将士大逆不道的行为,请求大汗谕示,给予惩处。皇太极已经先一步知道了,甚至在正蓝旗将士秘密谋划扫墓时,他就知晓了,只是按兵不动,要等到正蓝旗将士做了,才整治他们,那样才会有理有据。对多尔衮能和自己心往一处想,皇太极非常赞赏,点头叹道:兄弟同心,其利断金。

皇太极以众将士在莽古尔泰福晋前醉酒失礼为由,令众人唾正蓝旗旗主德格类的脸。也的确怪德格类没有约束好自己的部属们。其后,皇太极又以莽古尔泰的福晋在祭扫时不够悲哀为理由,让女人们出战,命众福晋对莽古尔泰的未亡人进行辱骂、羞辱。

和性情暴烈的莽古尔泰不同,德格类敦厚温和。然而,皇太极已然容不得他了,处处看他不顺眼,做错了是错,做对了也要寻个错:德格类掌管户部,一些汉官反映差役繁重,他转奏给皇太极,却被斥之为"诳言";出征明朝,德格类所部因攻城受阻,未能在指定的地点会师,被皇太极批为违反军令;在为牧场挑选官员时,德格类自知不说话是不对,说话又怕说错,就小心地只讲了一句貌似安全的话:"人选不可忽视。"皇太极借题发挥,抢白道:"谁说人选应该忽视了?难道以前用人都不慎重,是忽视而为吗?"看看,"欲加之罪,何患无辞",德格类活得太憋屈了。

德格类"忽然"死去两个多月后,莽古济公主的家奴冷僧机,以下犯上,卖主求荣,告了御状:"莽古尔泰和德格类,在生前,与莽古济等人结党谋反。"皇太极正需要这个。是冷僧机揣摩出了大汗的心思,投其所好地赌了一把,还是有人安排冷僧机这样做?总之,不管别人信不信,反正皇太极信了。他立马派人去莽古尔泰家中查抄,搜出了十几块刻有"金国皇帝之印"的木牌。真想谋反的人都不是傻子,会故意留下这种证据吗?另外,如果一定想搜点什么出来,也是可以安排的。恰好,又一个证人挺身而出:莽古济的现任老公琐诺木杜棱,见风使舵,一看要牵连到自己了,便及时"自首",供称曾同莽古济一起对莽古尔泰发誓:"我等阳事皇上,而阴助尔。"

莽古尔泰和德格类已死,算是侥幸,也是死无对证,但莽古济还活着。对谋反大罪,哪个帝王也不会宽恕。皇太极怒不可遏,处死了亲姐姐莽古济。

莽古济临终前是什么心态?作为努尔哈赤的女儿,本是千金之躯,却被裹挟到政治杀戮中：母亲被儿子杀，哥哥姐姐被弟弟杀，女儿被女婿杀——因为岳母谋反，豪格也学伯父的样子，为了让父汗高兴，向父汗表忠心，亲手杀掉了自己的正妻大福晋，也就是莽古济公主的二女儿。

这让莽古济公主的大女婿陷入了为难境地，自己是不是也应该杀妻向大汗表忠心？莽古济公主的大女婿是代善的长子岳托。面对父亲被皇太极责罚，岳母被皇太极处死的境况，岳托无奈，只好上奏，请求圣裁："豪格既杀其妻，臣妻亦难姑容。"我对媳妇咋办？杀不杀？把难踢的皮球传给大汗，这并不是好方法，岳托为了夫妻情分，走出了一步险招。万一皇太极生气，可能连岳托一起处置。

岳托敢于这样做，是自恃和皇太极关系不错，在皇太极继承汗位一事上，他有举足轻重的拥戴之功。岳托年轻有为，冲锋陷阵，深得爷爷努尔哈赤喜欢，创立八旗时，努尔哈赤让代善统率正红旗，把镶红旗交给了孙子岳托，父子共掌两红旗。努尔哈赤驾崩时，代善最有登基称汗的实力，岳托却劝自己父亲，让出大位，立皇太极。没有代善父子支持，皇太极不会顺利身登大宝。

岳托果然赌赢了。

皇太极没有忘记岳托的拥立之功，满足了岳托保全妻子性命的愿望。其实，皇太极心里早对岳托有裂痕了。岳托性情耿直率真，在叔叔莽古尔泰受到过度严惩时，心怀同情，在一片斥责莽古尔泰的声音中，他没有随声附和，而是惋惜道："不知皇上与彼有何怨耶？"这话，传到皇太极耳朵中。不过，因为旧情深厚，皇太极权作听而不闻。如今，岳托为爱妻付出了与大汗再次淡化情谊的沉重代价，此后，皇太极视岳托为半心腹。每每偏袒他，换作别人，拿住一点错，早就处死了，但皇太极对岳托大多是轻罚，斥责、降职、软禁等，始终网开一面。

清崇德三年（1638）八月，皇太极赐封岳托为扬武大将军，多尔衮为奉命大将军，兵分左右两路，再度大举进攻明朝腹地，抢掠中原，大肆烧杀，祸害汉人，后金军自身也是损兵折将。右翼主帅岳托，因感染天花，病死在济南。四月初春，多尔衮护送岳托的灵柩运抵沈阳，岳托的大福晋、莽古济公主的长女，像母亲一样刚烈，为夫殉葬。

那个时代,夫妻情义的表达,便是生死与共,令今人唏嘘。

那个时代,还有另外的夫妻情感状态:多尔衮灭亡蒙古,有一个重要的功臣,那就是说服姐姐苏泰太后的南楮,凯旋后,为了表奖他,皇太极把自己的东宫福晋赏赐给了南楮。东宫福晋是蒙古公主,嫁给皇太极三年零七个月,以"不遂汗意","改适"南楮。这时候,她刚给皇太极生下第二个女儿。

同父异母的公主姐姐被杀,多尔衮眼看着这一切,又是什么心态?他肯定不是执刀行刑的刽子手,但他是帮凶。处罚代善,他非常赞同,因为扳倒代善,就踢开了自己晋升的挡路石;在清除"三大贝勒"的过程中,多尔衮虽然不是主要打手,但他完全站在皇太极一边,看到阿敏成为囚徒、莽古尔泰暴亡、代善成了"落汤鸡",多尔衮甚至有报复的快慰,杀母之仇,这四大贝勒都有份;面对莽古济公主之死,多尔衮虽然觉得皇太极做过头了,但仍然点头认可,身为帝王,就应该有杀人不眨眼的杀罚手段,不然,太宽厚仁爱了,难以服众。

既然正蓝旗主子谋反,皇太极名正言顺地把正蓝旗取消了,把其部众分遣到各旗中,无论服与不服,他们不能再成为整体的合力。旁观者清,多尔衮早就知道皇太极对桀骜不驯的正蓝旗势必来一次彻底的清洗。他想到的是换旗主,却没有想到汗兄来的是这一手,正蓝旗被拆分得四分五裂。八旗是父汗创制的,汗兄说取消一旗就取消了,八旗变成了七旗,不伦不类,这是对父汗在天之灵的不敬啊。但是,现在皇太极想做什么,谁能阻拦,谁敢说个不字?多尔衮内心责怪皇太极,口中又违心称赞大汗做得对、做得好!

没过多久,皇太极又在朝堂上假意沉痛地自责道:"只怪自己一时恼怒,取消了正蓝旗,这是父汗留下的家业,我不该如此莽撞。"多尔衮此时在形势上已经成为众将之首,是大汗身边最得宠的红人,因此立马宽慰大汗,奏请恢复正蓝旗。皇太极欣慰道:"墨尔根代青,甚知我心。"多尔衮马上着手,张罗从各旗里抽调人马,重新组成正蓝旗。新正蓝旗不再是原来莽古尔泰兄弟执掌的正蓝旗了。皇太极任命的新旗主是豪格,现在,没有"三大贝勒"共坐金銮殿,他不需要再考虑别人的感受,可以任人唯亲了。皇太极亲自执掌努尔哈赤留下的两黄旗御林军,加上长子豪格掌控的正蓝旗,他们父子握有三旗,兵强马壮,势力最大。其次是多尔衮与多铎掌握的两白旗,紧跟皇太极。济尔哈朗掌握的镶蓝旗,也是皇太极一伙的。只有代善父子掌握的两红旗是外人,从大势上看已日薄西山,翻不起大浪了。

多尔衮在成长过程中,听到的、看到的,都化作他以后执掌政权时的凌厉铁腕。

十二、大清国立，封睿亲王

后金天聪十年（1636）农历四月十一日，在多尔衮等文臣武将的拥戴下，皇太极身着崭新的黄缎彩绣龙袍，由后金大汗晋升为"大清国宽温仁圣皇帝"，国号"大清"，改元崇德。

在沈阳德胜门外设天坛，举行隆重的祭告天地仪式，号角齐鸣，旗帜飘扬。多尔衮成为皇太极登基大典的主持人，位列左班女真人将领之首。这是何等的荣耀？不光是皇太极从大汗变成皇帝，多尔衮也货真价实地成为皇太极最贴心、最得力、最受宠的副职助手，这一切都被在场众人看在了眼里。

在当时形成了这样一种舆论印象：大汗升格为皇帝，都是墨尔根代青张罗的。

果然，皇太极能够从土里土气的后金大汗，化身为光芒万丈的至尊皇帝，多尔衮功居第一，功不可没。没有多尔衮降服蒙古，让其献上传国玉玺，皇太极就没有理由登基称帝，就没有这华彩辉煌的加冕大典。

皇太极也给足了多尔衮面子，让他当晋升皇帝大典的司仪，这是最露脸的角色，仅次于主角，是第二号人物、最佳配角。在号角长鸣、战马嘶天、锣鼓喧天、人们欢笑的喜悦大庆氛围中，皇太极像飞腾九霄之上，手拉着多尔衮，让他也平步青云。他们是这出历史大戏中的绝配搭档。

多尔衮并不是唯一推崇皇太极加冕称帝的人，最出彩、最闪亮的角色却属于他。那些汉人儒臣首先琢磨的是，如何借传国玉玺来到后金这事，大造声势，讨好皇太极。其实，这些读书人，心里都跟明镜似的，狐疑这传国玉玺的真假，认为十之八九是假的。但是，现如今，在后金这里，必须认同这传国玉玺就是真的，假的也是真的，根本就不能提、想都不要想它的真假问题，除非不想要脑袋了。只有把假货当真的，戏才好演下去，事才好办。别以为多尔衮在俘获传国玉玺时没想过真假问题，也别认为皇太极不知道这可能是假冒的东西，他们都是人精儿，关键是不管这玉玺是真是假，它带来的传国权力是真的，这就够啦！

天聪九年（1635）十二月二十八日，文馆儒臣上奏："……今察哈尔汗太子举国来降，又得历代相传玉玺，是天心默佑，大可见矣，所当仰承天意，早正大号，以慰舆情。"

皇太极看到奏折，先慰了察哈尔汗的心情。皇太极也觉得后金国大汗这"职位"有点小家子气，要想当更大的"官"，那就是一统天下的皇帝喽。既然传国玉玺辗转到了后金，落到了我皇太极之手，就意味着"天命"归后金，归我皇太极，上天已经允许小小的后金大汗成为普天之下大大的君主了。皇太极做梦都想当皇帝，谁不想呢？有机会当皇帝，哪个人会放弃呢？但皇太极觉得，不能草率行此大事，要十拿九稳，让所有的贝勒大臣都明确表示赞同自己当皇帝才好，才算名正言顺。

多尔衮的政治智慧又一次施展开来，积极拥立皇太极登基称帝。这是他"尊汗抑王"原则的继续掘进。他早已审时度势，深思熟虑，决心紧紧依附皇太极，抓住这一条安全绳，既使自己立于不败之地，又节节攀升，超越了一众同年龄段的人，步步为营，跻身于后金统治集团第一梯队。在努尔哈赤时代设立的所谓"八王共治"之策，其实并没有真正执行落实，因为在"八王"里，还分大王和小王。大王，自然就是"四大贝勒"。多尔衮就属于小王行列。通过他这几年的不懈努力，忍辱负重，不屈不挠，拼命苦干，还有天佑神助，贵人提携，多尔衮已经不是当初的多尔衮。小王多尔衮，要蜕变成大王多尔衮了。

多尔衮"尊汗抑王"，尊重大汗，抑制王权，他自己就是王，是不是在跟自己过不去呢？不是。多尔衮身为小王，"抑"的是"三大王"，而且是配合至尊大汗皇太极，联手互动。皇太极先后打击阿敏、莽古尔泰和代善，多尔衮全都极力支持，作为第二梯队小王行列的班头，多尔衮这一票是很有分量的，而且有相当的影响力，能带动其他人选择站位。皇太极居高临下，看得清清楚楚、透透亮亮，所以欣慰地赞赏："墨尔根代青善于养人，动作甚符我心。"智勇双全的多尔衮，懂得看皇太极的眼色行事，揣摩他的心思，处处博得他的欢心，帮助他除掉并肩共坐金殿的"三大王"。多尔衮这是为了让自己取而代之。都说"功夫不负有心人"，关键也看上天眷顾谁，多尔衮可算神灵偏爱偏疼的天之骄子，有最高领导人当靠山,形成利用与被利用的关系,多尔衮的实力迅速大增,威望高涨。

经过皇太极的安排,多尔衮于是在私底下开始工作,代善和诸贝勒顺水推舟,率文臣武将再三劝进,请大汗皇太极登基称帝。皇太极一次又一次地假意要求再议,多尔衮在大政殿上说得冠冕堂皇,非常恳切:"请大汗登基,也是为了女真人千秋万代的事上着想,把父汗创建的基业发扬光大,让江山永固,子孙永享!"为了爱新觉罗家族,为了女真人族群,为了对得起仙逝的父汗,为了满足众人的心愿,皇太极勉为其难,接受了一众臣属的劝进,答应担当起这个最苦最累的皇帝差事。

为了表现众人拥戴皇太极为帝是诚心诚意的,多尔衮组织大家在皇太极面前向天地立誓表忠心。因为代善年迈,资格最老,皇太极开恩,命令二哥代善大贝勒可以不用参加立誓仪式。老奸巨猾的代善却坚持请求参与盟誓,论资排辈,代善第一个对天地立誓:"代善誓告天地,自今以后,若不克守忠贞,殚心竭力,而言与行违,又或如莽古尔泰、德格类谋逆作乱者,天地谴之,俾代善不得令终。"有代善带头做榜样,诸贝勒和文臣武将,集体立誓,忠心事君。这些准备工作,让大清国的诞生,拖延了半年之久,条件十分成熟后,皇太极才正式登基称帝。

大清国建立,不仅仅是更改了国号那么简单,也不仅仅是大汗改称为皇上,而是女真人从此有了新名字:满族。女真由奴隶制社会形态的族群政体向封建化转变,由蛮荒状态迈入了文明的门槛。努尔哈赤统一女真人,形成族群合力,建立后金奴隶制政权;皇太极接班后,没有墨守成规,而是征服了蒙古和朝鲜,壮大实力,破茧成蝶;多尔衮摄政时期,统领八旗军民入主中原,白山黑水孕育的雄鹰,飞上华夏历史时空。

大清国的新皇帝皇太极论功行赏,册封臣属:

大贝勒代善为和硕礼亲王,贝勒济尔哈朗为和硕郑亲王,墨尔根代青贝勒多尔衮为和硕睿亲王,额尔克楚虎尔贝勒多铎为和硕豫亲王,贝勒豪格为和硕肃亲王,岳讬为和硕成亲王,阿济格为多罗武英郡王,杜度为多罗安平贝勒,阿巴泰为多罗饶余贝勒。

多尔衮从此就是睿亲王,不再称墨尔根代青,"墨尔根"本可译为

"睿",而"代青"一词与国号"大清"发音类似,不可以再用作封赐贵族的爵号了。还有人认为:明朝为火德,清为水德,以水克火,故以"清"作为女真人国名。

在分封的六位亲王、一位郡王、二位贝勒计九人中,多尔衮同胞三兄弟全部受封,占三分之一,他本人名列第三。多尔衮名列代善之下,可以理解,但在济尔哈朗后面,这是怎么回事?原来,这是皇太极等人辛苦筹划的结果,多尔衮自己也无奈地认同了这位置序列,因为济尔哈朗不仅仅接了阿敏的班,更重要的是他作为舒尔哈齐的儿子,是替父亲站在这里的,代表的是父兄为女真、后金、大清国所做出的奉献。

老汗王努尔哈赤以下,多尔衮是第二代,还有第三代佼佼者脱颖而出:豪格是皇太极的长子,必然重点提拔靠前;岳讬是代善的长子,完全是依靠自己打拼出来的赫赫地位;杜度是褚英的长子,虽然军功稍逊,但他站在这里,有他父亲的影子。

外藩蒙古贝勒也按亲王、郡王等级分别敕封。

对明朝降将,大清新皇也大力恩赏,敕封为王:孔有德为恭顺王、耿仲明为怀顺王、尚可喜为智顺王,时称"三顺王",是汉官中最高的封号。孔有德、耿仲明、尚可喜,都是辽东人,出身卑微,原本是皮岛大帅毛文龙的部下,是抗击后金的骨干战将,因为袁崇焕擅自错斩毛文龙,伤了这些将军的心,逼得他们反叛明朝,被打败后,走投无路,才无奈依附后金。皇太极没有小瞧这些明朝降将,反而加以重用,让他们"士为知己者死",为他们提供高端舞台。这些明朝的中下级军官既然在大清国封王,那他们要对得起王的称号。他们于是尽心竭力,施展出超越自身的才华能力,成为大清攻击明朝的先锋官、马前卒。他们于汉人有负,于满族女真人有大功。其实,很多人都是这样,说你行,你就行,把一个优秀的士兵提拔为将军统帅,常常能焕发出超常的奇异功效。战神拿破仑也是从一个炮兵尉官起步腾飞的。后来,孔有德一路打到广西,在桂林,为大清鞠躬尽瘁,粉身碎骨,全家一百二十余口几乎全部死于战火,只有一个女儿孔四贞逃往北京,被孝庄太后收为养女,封和硕格格。耿仲明、尚可喜和后来降清的吴三桂,成为清朝入主华夏后手握重兵强权的"三藩"。

大清国封赏的这些满族、蒙古族和汉族的亲王、郡王、贝勒、王等,全部掌握着军政大权,他们既是皇太极开国的根基,又是后来多尔衮入主中原、建立清朝的坚强柱石。他们将担任各种角色,出现在明清战争史这个规模巨大、意义深远的舞台上。

多尔衮身为宗室中获得最高封爵的和硕亲王之一,睿亲王的封号是名副其实的,这是皇太极对他的定位,他的确是依靠自己的聪明睿智、勤奋努力,得到皇太极的赏识提拔,攀升到了大清国权力的核心层的。虽然代善和济尔哈朗排在多尔衮前面,但文臣武将都明白,代善失势了,济尔哈朗是被硬安在那儿,真正好使的、在皇上面前露脸的是睿亲王。有事要先找睿亲王,他答应了,皇上那边就能准奏。从皇太极、代善、济尔哈朗数下来,睿亲王是第四位权力人物,但是他是隐形的第二号当权者。

睿亲王多尔衮确实是声势煊赫、位尊爵高,但为了大清国和满洲的未来,为了实现个人的远大抱负,他仍以充沛的精力和顽强的斗志去拼去搏,勇敢面对新的形势和发展。一切都在前进的路上:

睿亲王的目光盯着金銮殿上,皇太极身下的那张龙椅——

努尔哈赤的热血,在多尔衮的身躯里沸腾。

十三、征服朝鲜,睿亲王智取首功

大清立国,中华民族历史朝代序列里出现了最后一个大一统封建王朝,享有国祚二百七十六年。天命元年(1616),努尔哈赤统一女真人建立的后金汗国,是清朝的前身,是中国东北地区的边疆政权。天聪十年(1636),皇太极把后金升格为大清,统辖蒙古和朝鲜,从原有的奴隶制政权向封建制转化。顺治元年(1644),多尔衮作为摄政王,带领满、蒙、汉八旗劲旅,入主中原,横扫华夏。后来,康熙皇帝平定"三藩"和蒙古噶尔丹汗,收复台湾,主宰神州。爱新觉罗家族一代代子孙前赴后继,终于到达了那个时代赋予的权力巅峰。多尔衮在这项大业中,承上启下,是关键的开拓性角色,功不可没。

后金就是建立在与明朝对抗基础上的,因此,他们紧锣密鼓地发动战争,四月,皇太极登基称帝,五月就诏令大军再度进攻虚弱而肥胖的大明朝。皇太极的用人策略,是逐一试验,挨个锻炼。这一次,他点将多罗武英郡王,也就是多尔衮的胞兄阿济格,让他担任入关攻击明朝的主帅。他们吃惯了绕过宁锦防线、毁长城入中原的甜头,十万清军,人喊马嘶,席卷大明朝京畿腹地,兵锋所向披靡。

屈指计算大军行程,估摸阿济格已达长城脚下,为牵制驻防山海关的明朝驻军,不让他们出兵救援北京,皇太极命令多尔衮统领兵马出征宁锦,威胁山海关。多尔衮兵至锦州,下令攻城。这一次出征明朝,主角要看阿济格,多尔衮是配角,皇太极没指望多尔衮拔除最讨厌的楔子宁远城,谁都知道这是目前的清军战斗力无法做得到的。但多尔衮仍然想打大胜仗,期待能够一举踏平锦州、宁远和山海关,怎奈自己统领的兵马不足,只能尽量骚扰掠夺。阿济格在中原作战,和以往同样,取得一连串的胜仗,攻克昌平、顺义等十二个州县城池,俘获人畜十八万余,凯旋归朝。多尔衮很好地完成了牵制任务,遂班师回沈阳。

以往,后金军队抓捕汉人,一律视为苦力奴隶。现在,大清已经设立文馆,开始科举考试,选拔汉人的文官人才。因此,多尔衮这一次出征时特别注重汉人俘虏中的书生,厚待被俘的秀才和举人,让他们从惶恐求生中安下心来,变得感恩涕零,跟随睿亲王来到沈阳,为大清国效力。皇太极特别高兴,对多尔衮善待儒生又是一番大大地表扬,睿亲王时刻心怀国家社稷,好!兄弟君臣,演绎得"珠联璧合"。

大清是应运而生,好运气来了,挡都挡不住,一顺百顺,一通百通。因为多尔衮之功,灭蒙古,得传国玉玺,才有这大清元年。一张龙椅,顶天立地。大清元年立国,就进攻明朝,狠狠打击了一下对手。到了年底,腊月里,大年底下,应该好好过年了吧,不,也许是"缺年货"了,刚立国的大清又发动了进攻朝鲜的战争。

为啥呢?

"缺年货"是肯定的。更重要的官方理由是:朝鲜,你太不够意思了!

咱们好好捋一捋:朝鲜这个半岛上的国家,从诞生之日起,就跟中原华夏有千丝万缕的联系,打断骨头连着筋。《史记》上说,商纣王的叔父箕子,在周灭商后,带着商朝遗民,迁徙至朝鲜半岛北部,在那里建国,称为"箕子朝鲜"。后来,李氏朝鲜时期,以"箕圣"来称呼箕子,称自己的国家为"箕圣国"。

西汉初年,原燕国人卫满率千余人进入朝鲜,推翻箕氏政权,这是朝鲜半岛历史上最早得到考古及文献证明的国家。汉武大帝派兵剿灭卫满朝鲜,在辽东和朝鲜半岛北部、中部设立四郡:玄菟郡、乐浪郡、真番郡、临屯郡。玄菟郡大部分在辽东,其他三郡都在半岛上。半岛南部有"三韩"政权:马韩、辰韩和弁韩。

汉朝中叶,大东北出来一个"狠人儿":扶余国王子朱蒙,因为王室斗争,愤而出走东南,在长白山区建立了高句丽政权。高句丽是个奇迹般的存在,从两汉到三国,从两晋到南北朝,从隋朝到大唐,屹立七百多年,几番与中原大一统朝代争锋,起落儿番,强盛时,疆界西出大辽河,南及朝鲜半岛中部。在半岛南部,"三韩"已经变成了百济和新罗,这样一来,半岛上就形成了新三国时代。三国嘛,分分合合。有时候,隔海相望的邻居日本也来掺和。隋炀帝和唐太宗名声显赫,却都没打倒高句丽,直到唐太宗李世民的儿子唐高宗李治统治时，才把高句丽收拾掉。剿灭高句丽的是薛仁贵，至今辽东好多地方还有薛礼征东的传说。

高句丽这个国家灭亡了，臣民不可能死光。高句丽分散到各地，大部分被唐军俘获，驱赶内迁，融入汉人中，一些流入朝鲜半岛南部，与当地人融合，一些向北退走到黑龙江流域，回归到野蛮生活状态。

唐哀帝天佑四年（907），唐朝灭亡，各地割据政权纷争不已。十年后，朝鲜半岛上，一个叫王建的人，振臂一呼，建立了高丽政权，其后灭了新罗和百济。

读者诸君可能没有忘记，皇太极刚刚继承汗位的时候，曾派阿敏带领大军征服过朝鲜，朝鲜国王那时候已经投降了，早就服了，怎么后金改称大清后，就又来打人家呢？这是因为朝鲜和明朝是老关系，比和后金的关系铁。

明朝建立后，蒙古人败退回草原，高丽国王想乘乱"捞一笊篱"，派大将军李成桂进攻辽东。李成桂发动政变，废黜高丽国王，自立为王，改国号为朝鲜。朝鲜得到了大明朝的册封，李氏国王就名正言顺了。女真人早期从北方过来，迁徙到朝鲜边境，被朝鲜一顿大棒驱赶走了，之后，明朝收留了这些女真难民，安置在辽东，方酿成日后大祸。对后起之秀的女真人，老资格的朝鲜从心里有点小瞧，而更佩服中原正统王朝大明朝。前些年，日本权臣丰臣秀吉跨海欺负朝鲜，那时候，大明朝还有力气派出一支大军把倭寇赶下了海。萨尔浒大战中，朝鲜出兵四万帮助明军。努尔哈赤力图拉拢朝鲜脱离明朝，跟自己好，别跟明朝好了，但朝鲜意志坚贞，屡次拒绝引诱，还允许明将毛文龙在朝鲜湾内的皮岛、铁山驻军，袭扰后金。努尔哈赤把心思主要用在蒙古和明朝上，一时顾不过来搭理朝鲜。皇太极即位后，立马替父汗解决遗憾，派出六万大军，后金几乎是倾巢而出，进攻朝鲜。朝鲜向明朝求援，宁锦前线的明军被女真人吓破胆了，不敢乘虚进攻沈阳。只有镇守皮岛的毛文龙勇敢出战。他虽然三败后金军队，但力量不足，无法在整体上左右战局。朝鲜国王李倧无奈求和，与后金结成"兄弟之盟"。因为得到情报，蒙古兵马想抄后金的家底，后金急于退兵回家，没有时间和朝鲜纠缠，便答应了讲和条件。

朝鲜的生存之道是屈服,虽然与后金讲和了,但心里没有真心归服,仍然同明朝勾勾搭搭,允许明朝继续驻军皮岛,恶心后金。大明朝年老力衰,不争气了,自身难保,自然也不能再罩着小兄弟朝鲜了,但朝鲜还活在与大明朝"哥俩好"的心态里。皇太极去汗称帝,改国号大清后,朝鲜竟然不予承认。朝鲜作为名义上的附属盟友,没有附和劝君上位,皇太极已经很不高兴了;更有甚者,大清皇帝登基大典上,朝鲜的两位使臣拒不参拜新皇帝。这让皇太极发怒了,不发怒还叫皇帝吗?

朝鲜,你等着!

新大清,新皇帝,先给老大明朝割割皮肉,喝个血饱,养精蓄锐后,就腾出手来收拾朝鲜了。

这一次,皇太极又是御驾亲征。作为马上皇帝,皇太极视出征,如同家常便饭。想想明朝皇帝连皇宫都不出,叫别人"给我上",而皇太极这边对将士喊的却是"跟我冲",谁输谁赢,或许已经见分晓了。

十二月初二,清朝八旗和蒙古兵马,从沈阳出发,进军朝鲜,号称十万,实则六万左右。

多尔衮率领大自己三岁的侄子豪格,统领左翼大军,从宽甸入长山口,克昌州,大败朝鲜兵于宁边城下,又以五千兵追击,败朝鲜援兵一万五千人,一路势如破竹,与右翼大军会师,在南汉山城,围困国王李倧。朝鲜国王带领精锐的御林军,凭山城之险固守,不甘心投降,困兽犹斗。转眼就过了年,正月里,皇太极得到谍报,朝鲜国王如此强硬挣扎,是因为他暂且没有后顾之忧,早把嫔妃、王子以及大臣们的眷属送到了江华岛上。

皇太极环顾左右,还是愿意用多尔衮,对他的办事能力最放心,于是下令:"睿亲王,去,把朝鲜王臣的家属们,都给我抓过来。"

知己知彼,才能取胜。多尔衮向被俘虏的朝鲜将士询问江华岛的防守情况,摸清敌情,准备充分后,信心百倍地出发了。朝鲜半岛三面环海,所以,历来保有大型战船。大清八旗是山林之王,要斗朝鲜的海军,是以自己之短,搏人家所长。睿亲王有勇有谋,胆识和韬略出众,把攻城用的红衣大炮架在小舸上,固定好。

此时，多尔衮不禁想起了袁崇焕，多亏这家伙杀了毛文龙，皮岛将士怒而造反，纷纷投奔后金，还带来了红衣大炮和炮兵、工匠。红衣大炮能轰塌砖石城墙，那么，炮轰木头战舰，就是小菜一碟。除非浪大，大炮没打准。只要炮弹落在大船上，咚，咔嚓，船板炸漏了，哗哗哗哗就进水啦。

马上将军多尔衮指挥骑兵，以小船打击大战舰，击毁朝鲜大船四十艘。清军登陆，朝鲜军队顽强抵抗，经过激烈交战，歼灭岛上守军千余人，从四面围攻江华岛城堡。

多尔衮不仅仅以炮火武力强攻，而且再次以智取胜，利用攻心战术，让将士们高呼："屠城易耳！顿兵不进者诏命也。皇帝已许和，急遣官来听。"

江华岛守城官兵面对虎狼之师清军，本已胆战心惊，无心抵抗，不愿玉石俱焚，一听国王已经讲和，咱们还打个什么劲儿？十年前，已经投降后金一次了，如今再投降清军又何妨？

守城主将毕竟还是要确认一下："国王真的讲和了？"

多尔衮早防着这一手，推出一位朝鲜降将，冒充朝鲜国王派来的使者。

其实，如果真是国王降了，应该派身边的大臣来，怎么会让驻外的将领来传口谕呢？守城官兵宁愿信其有，假的也愿意当成真的，这样，免得粉身碎骨。

朝鲜守城官兵出降。多尔衮俘获朝鲜王妃、王子及宗室七十六人，又得蟒缎、闪缎、杨缎、东珠、小珠、金、银、玉、珊瑚、貂皮等大批珍货财宝。多尔衮立马勒令部将把这些朝鲜王室和百官眷属好好看管，不允许任何人伤害他们，派兵专门护守，若有骚扰欺侮者，格杀勿论。

多尔衮巧夺江华岛，立马带着朝鲜国王的两个儿子，作为王室的真正使者，重返朝鲜国王李倧凭险固守的南汉山城下。看到自己的儿子被押在阵前，朝鲜国王一下子瘫在了城头。

就算朝鲜国王想继续抵抗，群臣诸将也不愿意打了。打仗为了啥？为了保护地盘和家人子民，现在地盘大部分被清军攻占了，家人也在人家手中攥着。还有,期待中的各路勤王援兵,不是被清军击败了,就是不敢来。生死存亡之际,为了保住身家性命和权力,朝鲜国王和文官武将们一对眼色,全都哭了。

朝鲜国王放下武器,打开城门,率文武群臣,战战兢兢地走出南汉山城,到清军大营跪降,献上明朝所赐的御印。朝鲜被明朝彻底伤透了心,再也不能指望明军来救命,从此与明朝断绝一切往来,奉大清为正统新主子,确立了大清国与李氏朝鲜的君臣关系。后来,朝鲜对大清心服口服,再也不敢玩心眼儿了。

皇太极高兴啊!若是朝鲜国王再坚守一两个月,要消耗大清军多少元气啊?朝鲜国王为什么这么快下决心投降呢?因为睿亲王啊!真是好样的。征服朝鲜,论功行赏,睿亲王多尔衮功劳最大。

多尔衮前一年剿灭蒙古,此番征服朝鲜又是首功,在大清将帅中,真是无出其二。多尔衮在皇帝和众将士的赞扬声中,内心扬扬得意,表面却低调谦虚:"这都是皇帝指挥有方,我皇洪福万岁!"皇太极赞赏道:"有智勇双全的睿亲王,是大清国之福。"

仿佛都是天注定的事,等着吧,大清朝入关,君临华夏之功业,还得多尔衮来完成呢。

二月初二,清军班师凯旋,此役历时整整两个月。

眼下,在皇太极心中,多尔衮就是好,让别人做事,他不放心,为大军殿后的事,也交给多尔衮。为了防止朝鲜反水,清朝逼迫朝鲜奉上两个人质,那就是国王李倧的两个儿子。这两个朝鲜王子,也交由睿亲王负责看管保护,别人都办不好这些事,能者多劳嘛。多尔衮让他们常住沈阳,以防备朝鲜反悔。

多年以后,朝鲜国王仍然感念睿亲王保护其家眷的恩德,在过年节时派人来大清朝贡,一定会给睿亲王专门备一份厚礼,不乏世上珍奇,以及朝鲜美女。多尔衮也得意地感慨:"朝鲜国王因为我在攻取江华岛时善待其妻儿,不忍负恩,故经常馈赠礼物,较诸王独厚。"

十四、奉命大将军,攻讦亡灵遇挫

清崇德三年(1638)二月,皇太极不辞劳苦,又一次御驾亲征,率部讨伐地处黑龙江流域的漠北蒙古喀尔喀部。因为大清鞭长莫及,喀尔喀部更加野性,离心力更强,后来逐步发展壮大。

皇太极虽然喜欢多尔衮,但也要雨露均沾,不能让多尔衮独享尊荣,那样多尔衮会沾沾自喜,恃宠而骄,而且别人也会更加嫉妒。现在,多尔衮的功劳和地位,已经让其他人心里不舒服、斜眼看了,露脸光彩的事情不能总给他。于是,这一次远征,皇太极没有让多尔衮随行,而是叫他留守沈阳,看家护院,把立功封赏的好事让给别人,也是令多尔衮心里明白,你会用计谋,能打胜仗,但是没有你,我们照样打胜仗,没有了谁,天也塌不了。以此打压一下多尔衮的傲气,迎合一下众人的妒嫉心,让大家都满意,全听话,这就是为帝王者的驭人之术。

皇太极把话说得很溜光水滑:"我们连年征战,睿亲王每战必出征,身先士卒,劳苦功高,太累了,朕心疼,舍不得再劳累他,这一次,把更重要的留守国都大任交给睿亲王,让他歇一歇,好好休息一下,为下一次征战养足精神,好再担重任。"

多尔衮会心地笑了,施礼领命:"谢皇上的恩德厚爱。"

皇太极把代善也留下了,和多尔衮一起守卫沈阳,理由也是:"礼亲王年岁大了,为国征战多年,功勋如星辰闪亮,是大清国的柱石,朕不忍心再请礼亲王远征,喀尔喀路途遥遥,辛苦可想而知,请礼亲王和睿亲王两位携手安定国都,朕率领将士们才能安心在外拼杀。"

多尔衮多聪明啊,皇上把比自己官更大、资格更老的代善留下,就是为了镇住自己,免得自己一时骄纵横行,怀有异心,倘若趁留守京城之便,发动政变,有代善在,自己就不敢。代善特别让皇太极放心,在父汗驾崩时,代善假若不让权,皇太极根本就当不上大汗,也就遑论今天的皇帝大位了。

代善感激皇上对自己的厚爱,谢主隆恩。

多尔衮和二哥代善搭班子,那么只能是以二哥为主,他这十四弟为辅,而且因为他年轻,工作还要多做。

大清国京都卫戍"司令"代善和"参谋长"多尔衮为皇帝亲率的大军送行,一杯壮行酒,兵马远去,彻地连天。多尔衮凝望着天尽头,不禁心生些许失落。代善轻轻地拍拍他的肩头,苦笑了一下,转身上马,掉转马头。多尔衮也上了马,和二哥一起慢慢踱回城去。

两人是亲兄弟,年龄差距却是两代人,共同语言并不多,一路上默默无语,一切尽在不言中,言多必失,此处无声胜有声。作为叱咤风云的努尔哈赤的儿子,他们位高权重,一呼百应、千应、万应,却越来越谨小慎微,战战兢兢,噤若寒蝉。杀人如麻、杀人不眨眼的大英雄,活得也不自由、也有苦楚。

多尔衮是军事谋略奇才,在督造上也立有功绩。

八旗大军出征蒙古和明朝,必走沈阳西北方向,经过都尔鼻山,渡过辽河天堑。"都尔鼻"为蒙古语,汉译为"四方"之意。鉴于此处战略位置重要,皇太极下令在都尔鼻筑城。多尔衮带领军民修筑都尔鼻城,又效仿秦朝修建从国都通达长城的秦直道,督修京城经都尔鼻城至辽河的直道,路宽十丈,高八尺,两边挖掘了排水沟壕。都尔鼻城是拱卫大清国都沈阳的西北门户,号称"屏城",不仅用于军事,也为当地的经济文化兴起做出了贡献。

皇太极视察都尔鼻城池,走在直道上,非常高兴,这样,京城更安全了,大军出行方便了,还是那句老话:"睿亲王做事,甚符朕心。"优秀的人,干啥都像样,多尔衮外征内治,都行。

崇德三年(1638)农历八月二十三日,秋粮成熟了,清军再度大举进攻明朝,抢东西去了。皇太极话如前言,授多尔衮为"奉命大将军",统左翼兵马;授岳讬为"扬武大将军",统右翼兵马。这一次,皇太极没有御驾亲征,一是此番只为抢掠,属于常规出征;二是他对两位主帅充分信任,相信他们都能够独当一面:岳讬在老汗王时期就战功赫赫,是最早跻身八旗旗主的第三代佼佼者;多尔衮身为第二代,是皇太极朝代的后起之秀。同时,皇太极再次把儿子豪格安排为多尔衮的副帅。

皇太极是怎么想的呢?

豪格比多尔衮大三岁,早上战场,早立功,但论辈分,豪格就吃亏了。每次出征,比如灭亡蒙古察哈尔部、征服朝鲜,豪格都是以多尔衮副手的身份出战的。这样,功劳也就以多尔衮为主,豪格为辅。这一次攻击明朝,如果皇太极让儿子豪格作为主帅统领右翼,与左翼主帅多尔衮并驾齐驱,那么,也就把这两个人放在了二虎相争的境地,他们有一拼。再者,知子莫若父,皇太极知道,论本事,豪格与阿济格是画等号的,但比多尔衮逊色一层。此时,皇太极心中想到的是,自己死后把军国大政交给豪格的话,到底行不行?他能担负起来吗?皇太极觉得自己一定会长寿,暂不考虑接班人,免得儿子们群起攻击太子,像他当年参与弹劾太子大哥褚英一样。他不希望自己的儿子们互相攻杀。其后多年,豪格一直斗不过多尔衮,皇太极在一次次这样点将调兵中早为此埋下了伏笔。

八月二十七日,岳讬率师先行。九月初四,皇太极亲临演武场,为多尔衮送行,赐帅印。

大学士刚林和范文程分读满、汉、蒙古文敕书:"古帝王兴师克敌,抚定疆宇,必选择于众,拔一良将,特授兵权,则军有所统,而大事始定。今因明国不愿讲和,乐于干戈……"故命和硕睿亲王多尔衮,充奉命大将军,率左翼西伐。要求满、蒙、汉三族将士精诚团结,出其不意,攻其无备,赏罚严明。多尔衮跪接帅印敕书,向皇上行过大礼后,翻身上马,率领左翼大军出征。

皇太极是个好皇帝,为了保证远征兵马顺利,重新披挂上阵,两番御驾亲征,率大军赶赴锦州、宁远前线,牵制明朝守军,使之不能回兵中原,为多尔衮和岳讬所率将士直捣中原,从容进取,减少了抵抗的压力。

九月二十八日,多尔衮率领大军到达燕山脚下。这里地势十分险要,董家口和青山关,山高路狭,长城墙坚,有一夫当关、万夫莫开之险。此处原本有明军二百余人防守,因为岳讬右翼先行攻打墙子岭,明军奔赴那边支援去了。多尔衮左翼军突然到来,百姓们吓得弃城而逃。无明军守卫,清军拆毁长城边墙而入境,占领明军的青山兵营。辽东副总兵丁志祥很英勇,自知不敌,仍然率部赶来,怎奈"力不能御"。

多尔衮与岳讬会师于通州的运河边,京城御林军面对清军,不敢近前,但也知道八旗兵是马上威风,拿高墙坚城毫无办法。

明朝内部,是战是和,举棋不定,党派之间,明争暗斗。崇祯帝急忙诏令各地兵马入京"勤王"。宣大、山西总督卢象升率兵东进,奉诏为天下兵马大元帅,但根本调动不了其他人的兵马。关宁总督高起潜统军西来,兵马比卢象升多,所以根本就不听其令。兵部尚书杨嗣昌力主议和,从中作梗,军心不定,矛盾重重。卢象升以八万兵驻守昌平,深知清军"锋甚锐,不可遏",计划于十月十五日挑选精兵,乘月明星稀,分四路突袭清军营地。高起潜不赞同,横加阻挠,致使夜袭清军失利,损失很大。两军不和,杨嗣昌只好任由他们分别统辖,各管各的,兵力分散,为明军失败埋下了种子,也把自身置于死地。

多尔衮自知清军攻城乏力,便扬长避短,呼啸叱咤,绕过北京,分兵八路西依太行山,东沿运河,一路向南,齐头并进,扫荡式烧杀抢掠,胡作非为。可叹中原百姓,遭受旱灾、蝗灾、瘟疫,九死一生,此刻又遇兵灾。千里之内,旷野平川,满蒙骑兵,纵马扬鞭,自由奔驰,如暴风骤雨,兵锋掠过,明军纷纷败亡,百姓无处可逃。

高阳小城,城墙低矮,且不坚固,多尔衮决定攻克之,柿子捡软的捏,不打没有胜算的仗。这里是原兵部尚书、东阁大学士孙承宗老家,正值老督师辞官归乡、赋闲养老。他以七十六岁高龄,老当益壮,不顾安危,率全家人与全城军民,坚决守城。怎奈城池太弱,又无外援。清军过于强大,攻势凌厉。他们坚守了三天,小城终被攻破。大儒老帅孙承宗本是文坛领袖,读书赋诗一辈子,又戎马半生。国家危难之际,挺身而出,督师蓟辽,提拔袁崇焕等人,挡住了锐利的后金兵锋。后金军首次踏破长城围困京师,孙承宗年过花甲,仍然书生意气,热血沸腾,一身是胆,奉诏率领二十六骑,突出重围,进入通州城,指挥部众抗击敌军。是他收拾了女真人退兵后的乱局,带领兵马,收复失地,逼走"奴酋"阿敏。怎料国破家亡的大时代背景下,令他无法安享晚年。面对如此结局,他满脸血污泪水,声音嘶哑,绝望地对家人说:"你们快逃生吧!我就死在这里了!"父是英雄儿好汉,家人谁也没有逃走,他的五个儿子、六个孙子、两个侄子和八个侄孙,全都力战而死,孙家百余人遇难。孙承宗被俘,拒不降清,被清兵活活勒死。有资料说,孙承宗是自缢而死,既然已经被俘,还是被清军杀害的可能性更大。总之,他为国为民,鞠躬尽瘁,满门忠烈,令后人慨叹。

个人无法左右时代,多尔衮面对老英雄孙承宗的悲壮挽歌,庆幸自己恰好站在上升势力的一方,如果他生在大明朝,作为明军将帅,再智勇双全,也难挽狂澜于既倒,不能扶大厦之将倾。那时候,多尔衮是否会想到他亲身参与创建的大清王朝在二百多年后,也走入了暮年,陷于明朝晚期一样的境地,处处挨打,时时受欺侮。想当年,大明朝兴起时,那也是吊打别人的主儿,是一路胜利才成就辉煌的大明朝。历史真是说不清楚,仿佛有一只无形的大手,左右着朝代命运,清朝从明朝手里接过华夏江山,明朝二百七十六年国运,清朝也是二百七十六年国运。

大元帅卢象升眼睁睁看着清军涂炭中原黎民,深感自己作为官员和军人的职责与耻辱,带领部属以卵击石,无力回天,只求战死,维护自己的尊严和荣誉。卢象升本是江南书生,科举进士,乃一介文弱之身。然而,明朝仿宋朝,防备武将叛主,重用文官来领导武将。卢象升和孙承宗一样,被迫成为文武双全型人才。他带兵镇压高迎祥、李自成、张献忠等义军,战功赫赫,升任兵部尚书。

他带领步兵,追赶八旗铁骑,一心想驱逐蛮敌,还国家百姓平安,结果其他兵马不听调令,而且自己所属的部将都有人擅自带兵逃跑,最终卢象升自己身陷重围。明军步兵离开城池,在平原野战,就是清军骑兵的箭靶子,如同老鹰捉小鸡。卢象升被清军主力包围在一个叫贾庄的村庄里,身边只剩残部五千人,没有粮食,士卒靠饮水充饥。他派人向高起潜求援。总督高起潜统率数万关宁铁骑在鸡泽,距离贾庄不到五十里。高起潜本是太监,他的本职工作应该是在皇宫里伺候皇上,但却来到前线指挥作战,实在可笑。高起潜一是与卢象升不睦,二是真的惧怕清军,只求自保,拒不发兵。

清晨,旭日喷血,天地间杀气滚滚。

围困住卢象升,多尔衮喜形于色,不能让他跑了,像这样优秀的明军将帅,除掉一个,大明朝就少一份支撑,离倾覆就更近了。

卢象升抱定必死之心,四面礼拜部众属下,语声嘶哑颤抖:"吾与尔将士共受朝廷之恩,患不得死,勿患不得生。"众将士无不失声哭泣,皆愿誓死追随。卢象升部署左右两翼防护,中军架炮设弩,与清军决战。从早上战至午后,炮弹打光,弓箭射尽。卢象升下令以短兵拼杀。在清军骑兵夹攻,明军士卒多数死伤情况下,部将想掩护卢象升突围,卢象升挥剑大呼:"将军死绥,有进无却!"跃马血战,身中四箭,被砍三刀,仍然拼命,格杀敌军十数人,壮烈殉国,时年三十九岁。怎奈儒生难救国,他虽然是牺牲于清军阵中,其实是被朝廷内斗害死的。

多尔衮见明军和己方士兵尸横遍野,心中哀叹:"如果每战都是遇到卢象升这样的将士,我大清难于尽快取胜,必付出更多代价。"

闻报卢象升全军战殁,高起潜随即拔营,不战而走,还误入清军埋伏,死伤无数。此时,已经是遭遇战,高起潜仍然不敢抵抗,只求逃窜,狼狈溃败。

可怜孙氏一族和卢氏将士,纵然英烈,奈何他们奉献生命的大明朝国运已经衰败,大厦将倾,众力难支。覆巢之下,岂有完卵?

又到了正月,多尔衮率领清军,也是非常辛苦,不能回家安心过年,只能踩踏遍野尸骨,喝酒吃肉,硝烟呛得人咳马嘶。

在蹂躏了河北、河南等地后,多尔衮挥师把矛头指向山东,派出探报,得知明军设置了德州防线,他避实击虚,带领清军绕路,从临清州渡过运河,两翼大军,一攻高唐,一攻济宁,然后会师济南,合兵一处,不到一天就攻破了济南城。为了鼓励将士,他纵兵烧杀抢夺,城里城外,尸体堆积,总计约十三万具。全城财物,被劫掠一空。清军又驱使被俘的汉人百姓搬运,肩扛车载。

山东自古富庶,清军四处攻略,破阳谷,克兖州,取东平,毁灭十六城。

女真人和蒙古人的军功,就是明朝的灭顶劫难,女真人眼中这些勇武善战的大英雄,在明朝百姓眼中却是作恶多端的恶魔。在济南,代善的两个儿子,清军右翼主帅、扬武大将军岳讬和其亲弟马瞻,感染天花而死。天花病毒在中原流行已久,女真人生于偏僻边地,没有经历过天花,所以,对天花没有一丁点抵抗力。多尔衮对天花也没有免疫力,他一路进军,能够逃避天花的惩罚,实在是天意护佑。

出征主帅之一意外死去,这在后金兴起和大清建国后的战史上,还是头一回。

右翼副帅杜度,代行主帅之责。

岳讬之死,让多尔衮顿生兔死狐悲之感。他无心恋战,便与杜度商量。两人一拍即合:"回家吧","好哇!"

农历二月,多尔衮率大军至天津卫,春天雪融,运河涨水,抢劫来的财物繁多,望不到头,渡河艰难,绵延数日。按照兵法而言,趁敌军渡河过半,首尾不能相顾,这正是攻击的好时机。然而,明军将士惧怕清军,你看我、我看你,谁都不敢出战,任由清军慢慢渡河,悉数北归。

三月,长城内外,燕山一脉,桃花竞相盛放,天地间飘香。多尔衮率领清军,押着人畜,经来路返回,出长城关,从塞外折向右,胜利东归。

此次劫掠中原,历时五个月,转战两千里。

多尔衮作为主帅,率领清军作战,以奔袭攻城略地、掠夺人畜财货为目的,入关五处,攻破七十余城,生擒明宗室王子、郡王、将军、监军太监、总兵等三十二人,俘获人畜四十万两千三百,黄金四千零三十九两,白银九十万七千四百六十两。清点战利品,皇太极及大清臣民欣喜若狂,按照出兵份额,分给蒙古各部一些,又传捷报给朝鲜。大清国的胜利,在大明朝那边,就是政治、经济、军事、生产等诸方面蒙受了巨大损失,连自家的子民都不能保护,明朝统治者民心尽失。对中原人民来说,这是一次浩劫,数不清的人家破人亡,很多人死亡,数不清的人被驱离家园,被押解到辽东苦寒之地为奴,成为女真人家的"包衣"。

两路大军的胜利,因为岳讬病死,荣光仿佛都被多尔衮一人占尽了,上哪儿说理去?皇太极本来准备好了,期待将士凯旋后,隆重庆贺一番。

如今,胜利者中不见了岳讬的身影,行军主帅之一没回来,还庆贺啥呀?庆贺胜利仪式取消,但他依旧重赏出征的官兵,赏赐多尔衮五匹好马,两万两白银。

皇太极比岳讬大七岁,想起岳讬小时候的样子,仿佛看到一个熟悉少年的身影向自己跑来。他们虽为叔侄,但一起行军打仗,征战无数,互相救援,在爱新觉罗家族第三代里,岳讬是最优秀的将才。岳讬识大体,知大局,在老汗王驾崩时,没有顺势拥戴自己的父亲代善继位,却劝说父亲拥戴皇太极为大汗,没有这对父子的两红旗的支持,皇太极难以登基称汗。如果岳讬支持父亲代善身登大宝,那么,岳讬自己就有机会继承汗位,这是谁都明白的道理。当时,他们父子手握两红旗,实力最强,别人无法与之相争。岳讬劝父亲让出大位,其实就等于自己放弃了大汗至尊之位。因此,皇太极无情地铲除阿敏和莽古尔泰两位哥哥,唯独对代善和岳讬父子不肯赶尽杀绝,始终网开一面。

岳讬死后,有人习惯性地告密,说岳讬生前与莽古济公主的第二任丈夫密谈谋反。告密之诡,历来是宁信其有,不信其无。以岳讬亲生父亲代善为首,加上济尔哈朗和多尔衮,三位大王奏称:"当按律惩治,抛弃尸骨,戮杀其子。"可怜又可叹的老代善,当年,他二儿子硕讬因为继母不公允而和父亲生气,离家出走。代善在遭受努尔哈赤斥责后,先是亲手杀死了继妻,讨父亲欢心,接着又向父亲禀告,说硕讬投敌了,当斩。老汗王不相信。如今,代善带头相信岳讬谋反,一点不敢为死去的儿子辩解,而且还奏请皇太极杀孙子。在努尔哈赤的子孙中,代善年龄长,军功高,权力大,却能够安然度过一次次危难,寿终正寝,也是其一次次出卖子孙而求自保换来的"好成果"。后面,代善还将出卖自己的儿孙亲骨肉。

皇太极和努尔哈赤一样,不是糊涂人,自然知道岳讬是什么人。他拂袖说:"朕决定不降罪岳讬,岳讬自幼为母后所恩养,朕亦'爱而抚之',即使岳讬萌生过'不轨之心',朕亦不忍心对岳讬施以身后之刑,至于抛尸灭门的话,你们就不要再说了。"皇太极是从大风大浪、刀山剑丛中钻过来的人,不肯相信岳讬谋反,而且知道这是诬告,因为他也指使人诬告过别人。因为岳讬不是被清洗的,所以皇太极特别悲伤。

　　这一次主张惩治死去的岳讬,多尔衮是极力赞成的,他为啥对与自己一起冲锋陷阵、出生入死的亲密战友下黑手呢?还是因为当初老汗王驾崩时,逼迫母后殉葬的,岳讬也有份。多尔衮之所以打击岳讬,想杀岳讬的儿子、代善的孙子,就是想让活着的老代善伤心,像自己当年眼睁睁看着他们逼死他母亲一样悲愤。但是,这一次,多尔衮失算了,他的睿智也有不灵的时候,他这一次的言行,不符合皇太极的心思。多尔衮很知趣,试探出了皇太极对岳讬的心意后,便适可而止,不再挑刺生事。

十五、松锦大战，鏖战三年

努尔哈赤建立后金时，爆发了明朝誓要一举荡平后金的萨尔浒之战，但后金以少胜多，从此奠定了辽东态势。

皇太极建立大清国后，崇德五年（1640）六月至崇德七年（1642）四月，明、清进行了决定命运的松锦大战，明朝几乎动用了北方的主要力量，想一战解决问题，结果又是清军以少胜多，奠定了辽西大局。山海关外，除了宁远孤城，尽归大清，为两年后大清入主中原打下了基础。

多尔衮是松锦大战中清军的两位主帅之一。

皇太极执政后，先是按照惯例，与明朝在宁远、锦州一线展开战斗，结果重蹈努尔哈赤的老路，两败俱伤。后来，皇太极四次派重兵绕道越过长城，深入中原腹地，虽然战果辉煌，抢掠无数，但没有得到大明朝一寸土地，把战利品消耗完，感觉征战明朝形同无功而返，大明还是大明，只要人家有土地江山，一切都会慢慢恢复生息。原因就在于明军占有宁锦防线，凭借坚城利炮，阻挡了八旗铁骑的马蹄拓宽疆界，只要拔除锦州、宁远，就能突破山海关，那时候，北京就是大清的。

皇太极不甘心固守现状，为了开疆拓土，一圆帝王国家大梦，决心要啃硬骨头。夹在锦州和山海关之间的，是宁远，锦州是最前哨，最为要害，必先破之。

如何攻破锦州，就成了大清朝廷武将和文臣重点考量的紧迫问题。都察院汉官参政祖可法是上一次大凌河之战的明朝降将，他更为知己知彼，为求功誉，联合同僚上疏，首议进取大计，列为"三著"：一为直捣北京，此刺心之著（着）也；二为直抵山海关门，此断喉之著（着）也；三为先得宁、锦门户，此剪重枝、伐美树之著（着）也。皇太极细加斟酌，接受了第三策。但是，作为多年征战的皇帝，他预料得更务实：攻城，是八旗铁骑的弱项，应该像攻拔大凌河城一样，采取长期围城的策略，困死、饿死对手。

皇太极召集文武百官，商议攻取宁锦之策。

这些天,多尔衮的脑袋里一直没有闲着,皇上有攻夺宁远、锦州的想法,作为将帅,就应该替皇上想想如何安排战术。他向皇上建言:"锦州,是明廷在辽西的宁锦防线前哨阵地,战略地位十分突出,特别重要。锦州后面依次是松山、杏山、塔山三个小城,连通重镇宁远。锦州不破,我军休想前进一步;反之,锦州一破,松山、杏山、塔山三城随之而下,宁远则成为孤城,难以自存,整个防线将不攻自溃。"这些,谁都能想得出,关键是多尔衮最后的建言献策:"义州,位于锦州与广宁之间,大凌河畔,地势开阔,土质肥沃,可垦荒屯田,筑城驻军,逼迫锦州,作为长期进攻的前哨基地。"

"好!"

皇太极大喊一声,兴奋地拍案而起:"睿亲王此计,甚合朕意,英雄所见略同。"

八旗将士习惯于奔袭远征,快马流星,不擅长停驻坚守,每次围城,后方粮草都难于持久供应。多尔衮的"垦荒屯田,筑城驻军"之策,让清朝军队有了长期打消耗战的能力,这是战术的重大变革。

初春三月,皇太极雷厉风行,任命多铎为左翼主帅,济尔哈朗为右翼主帅,率领军民,奔赴前线。好钢要用在刀刃上,前期打基础的活计,皇太极没有派多尔衮出马,等待围城开战时,再用多尔衮。现在,多尔衮已经成为皇太极的左膀右臂。

锦州往北,走九十里,就是义州,大清筑城驻军,垦荒屯田,建设进军锦州的前哨基地,打造攻城的云梯和炮车,时不时派出骑兵袭击锦州,扰乱明朝军心。

锦州城守将是多尔衮的老对手,明军前锋总兵祖大寿,自大凌河兵败诈降复还锦州后,他决绝地与清军兵锋相见。他凭借坚城利炮,致使清军屡攻不克。皇太极仁至义尽,多次修书祖大寿,联络感情,嘘寒问暖,晓之以理,动之以情,希望他能够信守诺言,献城归顺。但是,祖大寿一个字也不回,拒绝清廷引诱招降:"奴酋,你这是妄想!"

芳菲四月,皇太极亲临义州,视察筑城屯田情形,又奔驰到锦州城下,派人以响箭缚信,射上城头,致书祖大寿:"问候将军,近来可好?朕巡视广宁,特此前来,十分想念,专程看望,有什么要求,可以提出来。"祖大寿非常气愤,怒而撕碎书信。他悄悄趴在城墙垛口,暗中偷窥,因为上次诈降的事,有点不光彩,羞于面对皇太极。他拿不准远处马上的人是不是皇太极。按说,一般人不敢冒充皇帝穿黄袍。管他是真是假,给他一炮,万一真是,真打中了,重演袁崇焕打伤努尔哈赤的好戏,那可就为大明朝死伤的汉人军民报仇啦!

轰!

硝烟飘散,再看,远处那伙女真人已经没影儿了。

其实,皇太极明知道祖大寿是王八吃秤砣铁了心,但依然公开亮相,一是假意问候,真实目的是刺激他,也等于羞辱他是撒谎的伪君子;二是乘机察看锦州的地势和明军态势,准备实施围城不攻、打击援兵、断其粮饷的战法。这一次,皇太极下了狠心,一定要将锦州围困到城内粮草断绝,军民人食人的地步。不投降,决不撤围,城内军民就等着全都饿死吧,宁可接收一座死城,也不能让明朝军民再活着站在这个地方。"我看你祖大寿会不会二次投降,这一回围住你,再也不能容你出尔反尔,决不让你再翻出我的手掌心。走着瞧!"

围城开始了。

锦州城外,四面八方,比城头炮箭射程稍远些的,都是清军营帐。八旗将士,跳下马来,挖掘壕沟,长期驻扎,切断锦州与外界的联系,不许进,不许出。清军规定,围城官兵,轮班换防,三个月为期限。

义州筑城屯田和围困锦州的工作已经全面铺开,皇太极怕有意外,只有多尔衮去那里,他才放心。重要人物必须最后出场,农历六月十五日,多尔衮率豪格等将士,快马加鞭,前往义州和锦州,替换济尔哈朗带领的第一批屯田围城人马。

漫山遍野的麦子黄澄澄,十分喜人。多尔衮下令,把锦州城西的麦子,火速收割,不给明朝军民留下一粒。清军是兵民一体,上马挥舞战刀,下马手握镰刀。城内明军一看清军提前抢收麦子,急忙出城来阻止拼抢。他们害怕出城,不敢与清军野战,但没有麦子就要被饿死,不得不壮着胆子来争来抢。明军对战清军,掩护百姓收割。想法很好,但遇到清军,明军抵挡不住,带着百姓逃回城内。城头的明军,眼睁睁看着清军在两天之内就把能看见的麦子都收割走了。

搂草打兔子,多尔衮一边抢粮食,一边顺手把锦州城西的十几座明军哨所相继攻克,切断了锦州与松山卫城的联系,点起狼烟都看不见了,让锦州彻底沦为孤城,孤单、孤独、孤零零,可怜而无助。七月,月黑风高,祖大寿挑选五百勇士,组成敢死队,以无比的英雄气概,悄悄出锦州城,夜袭清军兵营,冒险得了手,但最终还是被击退,死伤过半,败退回城内。

蓟辽总督洪承畴,派兵来援锦州。多尔衮不给援军喘息时机,立马率兵攻击,一场小胜缴获战马七十匹。明军又冒险派了一千将士,再次出城挑战,再次被多尔衮所部击败。多尔衮所部斩杀数百,俘战马百余匹。虽然战果不大,但对明守军造成的心理压力巨大。明军再也不敢贸然迎战,无法完成支援锦州的任务。

祖大寿被困在城中,唯有节省粮草,别无他法,一心期待朝廷大军来援。

这三个月里,正酷暑时节,锦州军民饥渴,围城的清军也难熬。

九月金秋,天高云淡,清军将士们盼来了济尔哈朗。交接过后,多尔衮等回沈阳休整。

十二月,多尔衮再度领兵围困锦州,多次袭扰松山等地,伏击明朝援兵,阵斩四百余人。

又值严冬酷寒,滴水成冰,皮肤冻裂,多尔衮和将士们一起吃苦。

崇德六年(1641)二月,多尔衮眺望锦州城外,满目荒凉,就算锦州城内饥饿的军民出城来,也是一无粮草可取,二是虚弱得没有多少战斗力。出于体谅将士之虑,他下令围城兵营后移,离锦州三十里外驻扎。他料定明军已经吓破胆,不敢轻易出城。又命令各牛录各旗,抽派将校统一带队,让部分士兵轮换回家休假,往返限期为十五天,以慰将士想家之念,换洗衣裳,吃饱喝足,恢复精力,以利再战。

三月,春风复苏,多尔衮率部回沈阳休整。让他万万没有想到的是,刚到辽河边,他就接到了皇太极的圣旨,对多尔衮等人一顿劈头盖脸训斥。原来,有人向皇太极告密:多尔衮擅自撤围锦州,移营远驻,纵容部分将士偷偷回家,放松围城大计。皇太极怒不可遏,从来没有想到一向听话懂事的多尔衮会如此妄为,违反军令,松懈斗志,影响围城效果,必须从重处罚,便勒令多尔衮及所率将官,不许入城,不准回家,驻扎在辽河舍利塔旁,听候治罪。皇太极特遣满族内大臣和汉人大学士范文程等,询问诸将,查明事实真相。多尔衮等人据实回奏,说明情由。

无论什么理由,不听话就是最大的罪过。皇太极异常恼怒,谕训多尔衮:"朕待你与诸子弟不同,良马任你乘,美服任你穿……之所以如此加恩于你,是因为你勤劳国政,不违抗朕的命令。而今你违抗朕命,擅自屯兵远居,遣兵回家,朕怎么可以信赖你、依靠你?"皇太极的这番肺腑之言,公开了他对多尔衮的厚爱,常常是最疼爱的人的背叛,最令人痛心,当时大清皇帝就是如此心情。

皇太极又责问儿子豪格:"肃亲王,你明知睿亲王失职,为何缄口不言?"又责问阿巴泰、杜度、硕讬等王公贝勒:"你们为何事不关己,高高挂起,是也说好,非也说好,如宾客路人相待。且不说你们是八旗的子弟,就连新归服的蒙古,都知道为国出力,你们不忧国竭忠,反而漠不相关,皇天列祖岂不鉴之?"

皇太极震怒未消,谕令严查,将首先建议士卒回家之人举报出来,即行拿送,不可轻饶。多尔衮是主帅,必然首当其冲,要受到重责惩罚。

其实,事情并非像告密者说得那么严重,说什么明兵可以自由出城、运粮采樵等。锦州城内的明军仍在被围困之中,运输断绝。多尔衮两次遣兵回家,既是让人疲马乏的将士得到休整,也有出于粮草不济的务实考量。长期围城,两军同时消耗,锦州城内的明军绝援,城外清军的后勤保障也非易事。多尔衮没犯什么大错,是"密折"夸大其辞,惹怒了皇太极。多尔衮等人如实回奏,皇太极认为是狡辩,更加发怒,令各位将帅自定其罪。

谁都清楚,违反军令:当斩!

危急关头,多尔衮作为主帅没有逃避责任,而是敢作敢当,一切过错全揽到自己头上,严肃悲壮地说:"我既掌兵权,又先令兵回家,违命之罪甚重,应死。"豪格也是大英雄、真好汉,上前一步,对审案大臣说:"睿亲王是王,我也是王,既然与叔父睿亲王共掌兵权,彼既失计,我也随之,应死。"不愧为努尔哈赤的后代。在他们的带动下,八旗将领,个个敢作敢为,三十余人皆请罪,或当死、当革职、当贬黜为民、当罚银。

一场灭顶灾难即将降临!

多尔衮寝食难安,思虑皇太极是不了解前线实情,才动此雷霆之怒,而且他还有信心,稍后皇太极知晓实情,会宽容轻罚众人,毕竟他们是拥护皇太极的核心力量。

果然,法不责众,真正责罚时,相比于各位将领自定之罪,各人得到了从轻惩处。皇太极有大智慧,稍后一想,自己接到密报时,处置得太急躁了,多尔衮不是不通事理的人,不会轻易让历时一年的屯田围城成果半途而废,即便移营休假,困城依然,那么,受牵涉的众将,如果都斩了,一是不忍心,二是真都杀了,上哪儿去找领兵打仗的人?自己苦心培养十多年的将帅,几乎一半都在里面了,而且自己的长子豪格也在其中。皇太极是明君,虽然不好对自己的急躁公开道歉,但决定宽恕诸将,严责轻罚。一点不惩罚是不可能的,军令如山嘛。皇太极下诏定罪:"多尔衮由亲王降为郡王,罚银万两,拨出部下二牛录;豪格也降为郡王,罚银八千两,拨出一牛录。其他三十余员将官,俱罚银数量不等。"

多尔衮虽然为了挣面子冒险请死,但也曾担心自己会不会真被斩首,皇帝杀人可是轻而易举的。虽然多尔衮算准了皇太极不会开杀戒,但直到圣裁降临,他方才不由得打了个哆嗦,好险哪!小命保住了,但颜面上还是栽了。这一次,对多尔衮的心理是严重的撞击,他一直以为自己春风得意,一帆风顺,没想到在小河沟里落了水,好在船没翻。

多尔衮心知,大清国上上下下,自己没有全都交好,既有朋友,也有对手,自己遭受责罚,有同情的,更有很多拍手称快解恨的,最多的人是漠不关心,在看热闹。自己成了皇上跟前的红人,自然也就要受到众人的嫉妒,这些人就盼着他倒霉呢。多尔衮毕竟是个大人物,大才俊,胆识高超,身处逆境,并不颓唐。他抖擞精神,振作起来,暗暗准备,等待重返前线,以战功来恢复自己的名誉和地位。

锦州前线,风云突变。

协助明军防守锦州外城的蒙古部兵马密约降清,济尔哈朗和阿济格等将士迅速赶到城下接应。明军守将祖大寿带兵阻拦蒙古部兵马叛逃,被清军击败,退回内城。蒙古所部六千二百一十一人降清,清军实力大增,一举夺取了锦州外城,一场胜利,让清军士气大振。祖大寿唉声叹气,顿足捶胸,再次向朝廷奏报求援:"锦城米仅供月余,而豆则未及一月,倘狡虏声警再殷,宁锦气脉中断,则松、杏、锦三城势已岌岌,朝不逾夕矣。"

形势越来越严峻,明军加紧了反围攻作战,大小战斗此起彼伏。皇太极为巩固长期围困成果,努力坚持下去,遂采取进一步措施,命令前线部队在锦州四面设八营,收紧包围圈,绕营帐挖深壕,在两营帐之间,再挖长壕,便于隐蔽和兵力调动,昼夜常设巡逻哨兵,时刻盯牢明军的一举一动。

大明崇祯皇帝非常着急,感觉手下的文臣武将都不急,都是废物。他怒命兵部尚书陈新甲,立即调动王朴、杨国柱、唐通、白广恩、曹变蛟、马科、王廷臣、吴三桂八总兵,步骑十三万,迅速出兵,会师宁远,统归洪承畴指挥,以解锦州之围。

明清双方都认识到:这是关键一战,大明朝认为锦州城决不能丢失,辽东战事,再无可退;而大清国原本设想的就是围锦州,打援敌,没有想到明朝会派来这么多军队,十三万。皇太极接到奏报,不禁心惊,这一战,决不能输,于是倾全国之兵,誓与明军一决雌雄。

清军本意是想取锦州一城,明朝是想以解围锦州作为决战,彻底剿灭辽东清军。

洪承畴在宁远誓师后,吸取当初萨尔浒之战失败的教训,不敢分散兵力,而是慎重进军,扎实缓进。在松山城北岗,济尔哈朗迎战洪承畴率领的六万明军。虽然清军将士以一当十,奈何明军人太多,杀不尽、杀不动,明军伤亡多,清军损失也不少,首战失利。洪承畴挑大拇指,赞吴三桂为首功,说:"吴三桂英略独擅,两年来,以廉勇振饬辽兵,战气备尝,此番斩获功多。"其后,明清双方战事频繁,"清人兵马,死伤甚多",清军接连失利,几至溃败,待明军日益疲乏,攻势慢慢失去锐气后,才稳定住局势。

洪承畴不敢贸然进军,只好驻扎下来,窥探清军态势,向朝廷奏报:"大敌在前,兵凶战危,解围救锦,时刻难缓,死者方埋,伤者未起。半月之内,即再督决战,用纾锦州之急。"兵部尚书陈新甲以兵马太多、粮饷艰难为由,主张速战速决,催促洪承畴快点进军。崇祯皇帝深居深宫内院,手无缚鸡之力,却有一腔热血,诏令洪承畴"刻期进兵",不得容缓,又按照惯例,派来太监做钦差督促决战。

前线告急,多尔衮与豪格,以戴罪之身,奉命率军急驰锦州。危难之际,皇太极对多尔衮寄予厚望,出征时,并马送行五里路。多尔衮和豪格跪请皇太极还都回宫,请皇太极放心,定当拼死战胜之。

多尔衮所部替换了疲惫不堪的济尔哈朗部众,在西边松山城下迎挡洪承畴,东边照样围困锦州。洪承畴小心谨慎的扎实缓进策略,等来了多尔衮这些精锐之师,为自己的进击增加了难度。

熬过三伏天,多尔衮苦苦支撑,没有让洪承畴和祖大寿会合。多尔衮登高瞭望,发现明军又来了许多援兵,越来越多,旌旗枪缨,漫山遍野。他大惊失色,之后镇定下来,部署迎战,并且立马派人飞报皇太极:"明军援锦,来兵甚多。"皇太极派兵增援多尔衮,遣使前往传谕探视。来去四天,使者日夜兼程,就从前线返回了沈阳,一路跑上金殿,结结巴巴地喘息着汇报:"皇上,大事不好。敌兵实众,欲遣济尔哈朗领兵前去,合营拒敌,方能生效。"

皇太极明白:睿亲王但凡能独力支撑,是不会轻易求援的,一定是遇到了明军的极大压力。明军主帅洪承畴的大名,皇太极早就听说过。

洪承畴,福建人,进士出身,儒生领兵,镇压陕西农民军,擒获闯王高迎祥,连败李自成部,军功累累,一路擢升为总督,威名震动华夏。

洪承畴占领松山与锦州之间的乳峰山,东距锦州仅五六里。环山结营,掘壕竖栅,步兵和骑兵协同,防御甚严。明军安营扎寨,架设大炮,居高临下,围城的清军,看到明军气势逼人,无不"大骇"。多尔衮比所有将士更清醒地关注着明军态势,别人害怕,他不能怕,他要镇静,以稳定军心。然而,他立在马上,手搭额前,极力想看清明军的情形,不禁倒吸一口闷热的凉气,由衷赞叹,明军不都是草包,洪承畴果然名不虚传,真是俊杰。多尔衮明白,洪承畴这样结牢大寨,步步为营,以炮箭对付八旗劲旅,能让自己这方面的骑兵优势,难以发挥。多尔衮还明白:洪承畴与祖大寿,只隔五六里路,自己必须带领将士们牢牢地钉在这里,决不能后退半步,倘若他们双方接上头,合兵一处,大清将士一年半的苦心屯兵围城之功,将毁于一旦。

祖大寿乘来援大军压境,指挥饥饿的部众,打开城门,冲杀出来,想冲出清军的包围圈,与援军会合。这样,他们就能活命,有粮吃了。清军围城三重,明军冲过了两重,明朝援军也奋力冲杀,想接应城里出来的明军。多尔衮亲率清军拼死抵挡,纵死不退,混战在一起,双方都是殊死相搏,最终还是明军的野性不足,斗志稍逊,没有坚持到最后。其实,清军也快要撑不住了,只不过多尔衮不能退,身边将士死伤多少都不计,战死是死,要是退了也得死。

多尔衮杀红了眼!

洪承畴站在山顶的帅旗下嘶哑地呼喊。

两支明军到底没有会合,城里的回城,营里的回营,多尔衮成功了,战袍溅满血污,累得手臂控制不住地抖动,下了战马后依然浑身哆嗦。

此战,清军惨胜一场,固山和牛录等将官被斩杀了二十余人。明军宣府总兵杨国柱阵亡,副总兵李辅明代行其职。

第二日再战,多尔衮不再被动固守,而是以攻为守,率领八旗将士向明朝援军连续发起攻击,怎奈寡不敌众,前后受敌,连连失利。多尔衮深刻地感受到了明军的强大压力,只好按兵不动,以静待动,以逸待劳。明清两军,形势转换,进攻的清军变成了防守,牢牢阻挡在锦州城与明援军之间。

多年以后,回忆松锦之战,多尔衮还心有余悸,说:"当时洪军于南山向北放炮,祖大寿从城头向南放炮,我兵存身无地,神器(指红衣大炮)实为凶险。"如此局势,对多尔衮来说,是真正严峻的考验,生死就在一瞬间。他的脑中飞速旋转:是如实奏报请求援兵,还是等待观望,顺其自然?强大的明军就在面前,到底能撑多久?豪格也眼睛血红,焦急地询问:"怎么办?"如果再次请求援兵,会不会被朝廷众人耻笑,八旗劲旅所向无敌,一贯都是打得别人求援,从来没有如此狼狈过。形势不容许多尔衮耽搁时间乱琢磨,聪明过人的他,当机立断,放下自己的面子,以大清国的兴亡成败为重,遣使告急:"敌兵重重,力难抵御,请求派济尔哈朗率兵前来助战,两翼大军,合兵一处,方有胜算。"

皇太极自己派遣的钦差奏报,建议济尔哈朗再出征,多尔衮的信使奏请派济尔哈朗救援,皇太极深知,这一次关系到大清的生死存亡,不仅应该派济尔哈朗,也要他自己亲自上战场,光是留在家里听奏报,那不是他的性格,那也不是好皇帝。他决定亲自去督战,鼓舞士气。前线危急,他是马上皇帝,久经阵仗,不到军前,心里总是不放心。

皇太极紧急征调大清所有丁壮,上前线,前后投入的总兵力(包括蒙古兵)约在十三万以上(一说二十四万,这数字很玄虚,把后勤民夫算上,也没有这么多),总之,仿佛在数量上略多于明军。有一点是肯定的,大清是举全国之力,对抗明军。而明军在宁锦前线的,只是部分兵力,大明朝太大了,在南方还养着那么多军队,但都贪生怕死。

农历八月十四日,皇太极心急如焚,等不得征兵集结,抱病率领三千精锐先行,"上行急,鼻衄不止",昼夜急驰,于十九日抵达松山附近的戚家堡。

多尔衮听闻皇帝来了,急忙拜见。一见皇太极,多尔衮吓傻了眼,以为皇太极负伤了,血染龙袍。原来,皇太极正在流鼻血,止不住。史料上记载,皇太极是患鼻衄。应该说,战况吃紧,急火攻心,加大了皇太极的流血量,而战马狂奔,一路颠簸,让皇太极的症状加重。在别人看来,皇上应该歇息,不然流血就流死了。多尔衮劝皇太极休养,但是,皇太极看着连续苦战的多尔衮和豪格,战袍脏污,颜面瘦削,眼红充血,不禁心疼。对皇太极来说,江山社稷为大,个人安危事小,顾不得了。他安抚多尔衮等人几句,然后急于查看两军阵势。

清军将士看到皇帝来了,全都欢欣鼓舞,斗志倍增。皇太极与将士同甘共苦,同生共死,令清军士气为之一振。

皇太极传谕,自己要领兵向前,合围松山和杏山。多尔衮和豪格急忙劝阻,建议皇太极不要参加战斗,驻营于松山、杏山之间就好:"蒙皇上天威,臣等岂敢畏敌,但恐以臣等为怯,若不奏闻,于理不当。今皇上亲至,臣等勇气益增,皆不以敌为意,惟以冲击为事,一心为国,故不敢不以所知实奏。汉兵果众,当同臣等先至兵,围困锦州。况先番上阵,颇有中伤,今如再战,恐力不及。今皇上令屯营高桥截路,倘敌兵为我所迫,约锦州、松山内外夹攻,舍死冲战,万一有失,如之奈何。皇上即欲发兵来援,亦必待胜负决后,方可赶至。以臣愚见,皇上若肯驻松、杏之间,臣等大有益矣。"

多尔衮要的是援兵,而不是皇太极本人。只要兵多将广,多尔衮完全可以胜任帅职,带领将士打赢这场决战。皇帝亲临两军阵前,人身安全极为重要。因此,多尔衮建议皇太极把行宫营帐驻扎在松山和杏山之间,观战即可。即使皇太极要上阵,也要等到胜负决定之后。多尔衮的话,既表明了对皇太极的赤胆忠心,又可以让皇太极放心:有我在,我有信心战胜敌人,皇上您看好就行了。

皇太极非常喜欢多尔衮这种智勇双全的大将气度,点头赞许:"好好好。"由于重病在身,皇太极不便参战,就欣然采纳了多尔衮的建议,遂驻营于山坡上,不给多尔衮和豪格等将士添乱,让他们能够放手去和敌人拼杀。

皇太极乃将帅出身,岂能安心休息。不久,他便带领亲兵卫队登上山顶,眺望明军营寨,观看良久,看到明军大部分集中在前面逼迫清军,后队空虚。兵法讲究避实击虚,清军骑兵快如旋风,可以抓住时机,打击明军后方,敌人阵脚必乱。此时的皇太极,老奸巨滑,比多尔衮更成熟。他一到,就点穴般看穿了明军的虚实,这可是一针见血的夺命招数。明军一心向前,试图碾压清军,清军不断收缩,明军向前,后方空当加大,顾头不顾尾。

战机诡谲,稍纵即逝,根据谍报,皇太极当机立断,命令阿济格率部突袭塔山。

这一天，洪承畴指挥明军向清军发动进攻，多尔衮沉着应战，经过激烈拼杀，互有伤亡，依旧胜负未分。可是，一支清军马队悄悄绕过明军营寨，从山阴如疾风刮过，来到渤海边，正值大潮低落，海岸和海中的笔架山岛之间，露出一条石路，名为"天桥"。石路两边，浪花涌雪，真是奇观。八旗将士顾不上欣赏天地美景，阿济格大吼一声，带头纵马上天桥，众将士跟随他向笔架山岛冲锋。笔架山岛，宛如一块大玉石，两头高，中间凹，形如笔架，因而名之。

笔架山岛很小，岛上明军很少，基本没有战斗力。但是，这小岛上，有重要的宝贝：十二堆粮草。古代战争，讲究大军未动，粮草先行，打仗就是打后勤。三国时期，著名的官渡之战，曹操以少胜多，就是因为偷袭了袁绍大军设在乌巢的粮草。一旦没粮吃了，将士哪还能有力气拼命？

老汗王在世时，攻打宁远城，没有得手，却趁着大海结冰冻住海浪之机，派遣骑兵，突袭觉华岛，屠杀了守岛军民一万五千多人，烧毁了明军设在岛上的粮仓。

这一次，皇太极此生经历的最大决战——松锦之战，也是胜在劫了明军的粮草。努尔哈赤父子征战一生，都喜欢读《三国演义》，从中学到了最常规实用的战术。

阿济格夺取粮草后，立刻按照皇太极的命令，留下少数士卒看守战利品，然后撤军，回到海岸上，开始挖沟断路，让前方松山和杏山的明军与后方宁远之间的交通断绝。从海边到山里，一连三道大壕沟，深八尺，宽丈余，人马俱不得过，把狭长的辽西走廊彻底切断。宁远守军想给前线明军紧急运送粮草，一辆辆马车也过不去这三道大壕深沟。

没有了粮草的洪承畴，只剩下失败一条路可走。

多尔衮听闻阿济格的战报，不由得真心实意敬佩皇太极，伸手一指，就拯救了濒危的战局。多尔衮自责不已："与洪承畴老贼苦战久矣，怎么就没有想到派遣轻骑偷袭明军后方？"相比皇太极，多尔衮承认自己还是毛嫩。

我们重新理顺一下时间表，皇太极在八月十九日来到前线，二十日，就指使阿济格劫了明军粮草。明朝援军从七月下旬来到锦州城前，近一个月的奋战，没有解锦州之围，没有给城里送进去一粒粮食。现在，十三万大军自己也没粮吃了。洪承畴跳海的心都有，咋回事儿呢？"因为明军野战不如清军，所以我才步步为营，逼迫清军，正在顶牛，不分胜负之际，突然自己这边被劫了粮草。等回到朝廷，皇上非治我的罪不可，项上人头也许不保。我个人生死事小，国家安危事大，老天爷啊，您这不仅仅是灭我洪承畴，更是要灭亡大明朝啊！"

洪承畴不甘心认输，趁着各营中尚有两三日之粮，要决一死战，再拼一把，再搏一回，第二天早上，众将士吃饱了，跟清军玩命大干一场。

八月二十一日，洪承畴以誓死的心情指挥大军，倾巢出动，步兵、骑兵与车营，向清军展开全面进攻。皇太极自然明白，这是洪承畴拼血本再赌一把，打赢了，局面就能挽回；输了，就要逃跑啦。他告诉多尔衮："今天，只要我们坚持住，顶住，打平手，就是赢。"多尔衮把皇太极妙计劫夺明军粮草的消息通令全军，明军坚持不了多久，这两天就见分晓啦。

可怜双方将士，个人之间，前世无怨，今世无仇，为了民族，为了国家，拼死搏杀，血浸沃土如泥浆，死伤满地，遭受人踩马踏。

洪承畴如雷公发怒，明军如雷霆怒吼。但是，清军风雨不动安如山。

一座救不了的锦州城，自己毁灭不算，还要消耗明朝的元气。

杀气腾腾冲九霄，阻挡不了日升月落，白天黑夜正常替换。入夜，明军收拢营寨，靠近松山城重新结营。皇太极登高瞭望，叮嘱多尔衮："洪承畴有遁逃之兆，都警醒着点，别松劲，夜里也不能放松，要睁着一只眼睛睡觉。"

洪承畴这边，和众位总兵官一碰头，全都厮杀得嗓子喊哑了，一个个精疲力竭，蔫头耷脑，充血的目光一对视，都流露出哀怨神色，完了，不是我们不卖力，不是我们不拼命，是大明气数尽了。可是，这话谁也不敢公开说。"因饷乏，议回宁远就食。"明军决定明日一早分成两路突围南逃。大同总兵王朴有心眼，会算计："等明天一起退兵，有那么容易退吗？不如我带上自己的人马，今晚先溜了吧。一乘夜黑，二乘清军没回过神来,没想到我会走这么快,让洪督师带着那七位总兵明天撤,给我断后吧。"

王总兵一回本营,便秘密招呼本部人马,麻溜快跑。有一支兵马不听洪承畴合兵决战突围的命令,就开了坏头,触发连锁反应,有人跑了,谁也不想落后,各路将帅也立马行动起来,企图逃出包围圈,结果变成了各自为战,力量分散了。"各帅争驰,马步自相蹂践",黑夜中,明兵"且战且闯,各兵散乱,黑夜难认"。

多尔衮谨遵皇太极的命令,率兵马迎在大路上,奋勇截杀,只杀得明军尸横遍野,大部分明军逃到海边,前有波涛,后有清军,被逼无奈,纷纷下海,会游泳的极少,不会游泳的太多,在江河里会凫水的,也凫不了大海,尸蔽水面,不可计数。前一天,阿济格率领清军突袭到海边时,是落潮时分,让骑兵冲上海岛。现在,明军将士来到海边,恰逢天降大潮,神灵们都站在女真人这边。传说,明军"赴水死者三分之二",得脱者仅二百人。一个晚上,明军死亡近五万多人,清军哪里能杀得了这么多,都是大海在帮大清国的忙,躺着的大海也"站起来"报名参加到清军行列。

总兵吴三桂、王朴等人逃入杏山,总兵马科、李辅明等奔入塔山。洪承畴本来还想做个好榜样,待天明集体突围,人多力量大,因此行动迟了。等他坐不住了,在亲卫队的簇拥下,想突围时,已经晚了,不成了,一看归路已断,将士入海,洪承畴临危不慌,命令身边将士,退回松山城内,暂时活命,也比投海强。

天亮后,清点残余兵马,站在洪承畴身边的是曹变蛟和王廷臣两位总兵以及巡抚邱民仰。这些患难将士,只好生死与共,困守松山孤城,内无粮草,外无救兵。大明朝廷再也无力组织援军来救援了。

皇太极一点也不给洪承畴喘息时机,迅速指挥清军移营到松山近前,在离松山城三四里的炮火射程之外,继续围困明军。

当夜,总兵曹变蛟抱定必死之心,带头组织敢死队突围,悄悄出城,直扑清军正黄旗大营。疲乏至极的清军将士,虽然预料到明军会突袭,仍然有些猝不及防,被打得措手不及,众多清军横尸于明军刀下。明军死士们如入无人之境,看准最显眼的一片营帐冲杀过去。这里正是皇太极的中军御帐,明军箭射后金大纛,亲兵护卫们作为保护皇太极的最后一道防线,拼死抵挡,凭据御营营门拼命放箭,射伤了曹变蛟。吓得皇太极在护卫的簇拥下,后退躲避。此时,清军已从混乱中反应过来,多尔衮等人从四面八方冲过来。曹变蛟因失血过多,拼杀过度,几近昏厥,眼见势孤力穷,突围无望,只得下令退回松山。皇太极转危为安。他十分震怒,一众将领皆被处分。

退回城内,曹变蛟喘息平定后,认为清军必会松懈,以为明军不会第二次突围,于是再次派出新的敢死队,结果还是被清军赶回城中。反正留在城里也是死,那就再拼命一把,冲一冲也许还能杀出去,活几个。有人摇头,别费劲了,曹变蛟不认输,今夜不能突围,以后更没机会了。一夜之间,曹变蛟先后五次疯狂突围,多尔衮整整一晚上没合眼,歇斯底里地拼命阻截。

天亮了,明军斗志皆无,完全是一副等死的样子,清军也累瘫了,横七竖八地躺倒在地,和死人在一起,枕着尸体大腿睡着了,分不清哪个是活的,哪个是死的。多尔衮不能睡,他战袍上的血黑了,两只眼睛中的血是红的,此刻,他就是自己的"名字",熊,黑身子,红眼睛,他蜕化成一只凶狠的动物。多尔衮陪着皇太极视察战场,看着死伤的双方将士,皇太极悲从中来,戎马半生,征战数十年,这样的场景,他也没经历过,比当年萨尔浒大战有过之而无不及,真乃一将功成万骨枯。这时候,他特别想见到崇祯皇帝,与他握手言和。多尔衮此刻置身于硝烟血泊中,想的是多年以后,我要像皇帝八哥一样!

至此,松锦决战,胜负已分。皇太极来到前线后,短短五天时间,明军被歼达五万三千七百八十三人,损失战马七千四百四十四匹,骆驼六十六只,甲胄九千三百四十六副,失落各种兵器、火炮、装备不可计数。多尔衮恭维道:"这都是有赖皇上神机妙算,洪福齐天!皇上派阿济格偷袭明军后路得手,是战胜明军的关键,臣弟对皇上心悦诚服。本来阵前吃紧,危机重重,可是,皇上一到,云开雾散,天晴气朗。"多尔衮刚看到皇太极来时,鼻血流满衣襟,还在想:"我求的是大队援军,不是一个病皇上。"现在看来,最大的援军就是皇上本人啊!

洪承畴困于松山,悔恨颓唐,可叹自己一世英名,葬送在此时此地:"关键是,我完了,大明朝也完了。"

祖大寿依旧坚守锦州,饿得形销骨立,提着战刀,挥舞不动,没有力气:"可叹大明朝十几万军队,都救不了我,落得如此下场,还不如不来了。"好像是他拖累了十几万将士似的。皇太极又送来了招降书信,祖大寿愤怒地将它撕得粉碎,他根本不想看:"我与奴酋,于国于家,血海深仇,不共戴天,宁饿死,不投降。"

清军围城依旧,坚持就是胜利,不仅仅围锦州,还多了一个松山,不能让已经落网的大人物洪承畴再跑掉了。他的实职是蓟辽总督,同时顶着太子太保和兵部尚书衔。他注定是瓮中之鳖,就看能挺到啥时候了。虽然洪承畴和祖大寿都是手下败将,但多尔衮内心中对他们怀有几丝敬佩,期待城破之后,与他们好好聊一聊。

九月十二日,盛京使节飞奔来到,神色恐慌,向皇太极跪报:"关雎宫宸妃有疾。"

啊!

皇太极顿时惊慌,慌忙站起,对左右说:"朕即刻回京。"

多尔衮陪同皇太极返程,既是护驾,也是皇太极心疼多尔衮,叫他回去休整。

兄弟君臣,一路无话,皇太极只是策马狂奔,多尔衮紧紧跟随,身边人劝皇太极保重龙体,慢一点,歇一歇。皇太极不理,多尔衮悄悄阻止旁人,不要再劝,免得皇上动怒,只是跟随皇上就好了。

多尔衮深知皇太极此时的心情,因为他知道皇太极最爱的就是宸妃。

后金天聪八年(1634)秋,后金大汗皇太极新纳了一位福晋,乃蒙古科尔沁部公主海兰珠。她乃元太祖成吉思汗二弟哈撒尔的十九世孙女。这新娘海兰珠也不是外人,是亲上加亲。皇太极的中宫大福晋是这新娘的姑姑哲哲,侧福晋是这新娘的妹妹布木布泰。一姑,二侄女,共事一夫。

大明朝万历四十二年(1614)四月,后金政权还未正式建立,为了加强建州女真与蒙古科尔沁部的联盟关系,十五岁的哲哲远嫁给二十二岁的皇太极。皇太极率领部下从赫图阿拉城出发,奔驰三百余里,到达辉发部(今吉林省辉南县境)扈尔奇山城,杀牛宰羊,举行了隆重的迎亲仪式。

后金天命十年(1625),大福晋哲哲为皇太极生下次女。同年二月,大福晋哲哲的亲侄女布木布泰十二岁了,由哥哥乌克善护送到盛京,嫁给了皇太极,为其侧福晋。

后金天聪八年(1634),大福晋哲哲的另一个侄女、侧福晋布木布泰的亲姐姐海兰珠,又是被乌克善送到盛京,送给了皇太极。

海兰珠来到皇太极身边时,已经二十五岁,不是小姑娘了。在此之前,海兰珠是否婚配,无可考证。

海兰珠虽然已过怀春妙龄,但韵味动人,比少女更懂得爱惜男人。皇太极共有十五位妃子,却最喜爱海兰珠。金风玉露一相逢,便胜却人间无数。海兰珠比布木布泰大四岁,比布木布泰晚嫁皇太极九年,却后来居上,超越了先嫁过来的亲妹妹,宠冠后宫。

后金天聪十年(1636)五月,天聪汗皇太极登基,改称大清皇帝,册封五大福晋,先是封哲哲为正宫皇后,然后是封海兰珠为宸妃,居四妃之首。她妹妹布木布泰被封为庄妃。一姑二侄女,科尔沁的女子把持了大清开国之际的后宫。

宸妃海兰珠所居东宫,赐名为"关雎宫",取名自《诗经》:"关关雎鸠,在河之洲;窈窕淑女,君子好逑。"宸妃之"宸"字,乃北极星所在,借指帝王所居,引申为王位和帝王的代称;也指代天宫,天帝所居。从海兰珠的封号和宫室的名称,可见皇太极对海兰珠的偏爱,他把最好的名和字都给她了。

三年后,海兰珠为皇太极生下第八子。爱屋及乌,皇太极为此子大举庆贺,大赦天下。但乐极生悲,这个孩子半岁多就病死了。

松锦大战正在紧要的收尾阶段,皇太极放下战事,为了宸妃,匆忙起驾回宫。

十七日夜,皇太极刚刚驻跸,盛京使节又到,呈报:"宸妃病笃。"皇太极一听爱妃病情加重,便无心休息,即刻拔营,以疲惫之身再上战马,恨不得插上双翼飞回自己的爱妃身边。十八日凌晨,还在途中的皇太极接到第三次奏报:"宸妃已薨。"犹如五雷轰顶,皇太极在马鞍上差点栽下来。他飞马入盛京,冲进大清门,直扑关雎宫,三十二岁的海兰珠,香消玉殒,皇太极抚尸恸哭。

美人气绝,英雄心碎。皇太极既爱江山,也爱美人。因悲痛过度,皇太极几度昏迷过去,令皇后宫妃和诸王大臣惶惶不安。多尔衮劝告:"皇上自保圣躬,勿为情牵,珍重自爱。"皇太极也自责说:"太祖崩时,未尝有此,天之生朕,岂为一妇人哉。"

隆重的葬礼过后,为了寄托哀思,初祭之日,皇太极亲率文武百官及嫔妃们到宸妃墓前,奠酒行礼,宣读祭文。此后,月祭、大祭、冬至祭、去世周年祭一一举行。过年正月,皇太极传谕:"以敏惠恭和元妃丧,免朝贺,停止筵宴乐舞。"他不许朝廷、官宦和民间举办喜庆典礼。群臣怕皇太极总是在宫中睹物思人,过度伤心,就请他出城,去蒲河射猎消遣。皇太极每次都要特意经过宸妃墓地,哭祭一番。一次次隆重肃穆的祭礼,其实都是让皇太极自己更伤心,难以自拔,在悲痛思念中越陷越深。两年后,皇太极追随爱妃而去。

海兰珠和姑姑、妹妹都嫁给了皇太极,是女真人爱新觉罗家族与蒙古人科尔沁部政治联姻的结果。在萨尔浒大战前,最危险的是九部联军之战,科尔沁部就是九部之一,后来,通过联姻结盟,科尔沁部成为后金的铁杆盟友,整个蒙古归附大清,就是从科尔沁部开始的,科尔沁部主宰了大清建立之初的皇宫。爱新觉罗家族的男人打天下,科尔沁部的女人管家。大清每次出征,科尔沁部的男人都提刀上马,配合冲锋。

皇太极宠爱活着的海兰珠,还好理解,而如此思念死去的宸妃,她的姑姑、正宫皇后哲哲和妹妹永福宫庄妃会怎么想?

庄妃就是后来享誉天下的孝庄文皇后。

传说,孝庄皇太后和摄政王多尔衮是神仙情侣。笔者推论:孝庄皇太后和摄政王多尔衮即便有情,也不是文艺作品所演绎的所谓青梅竹马,而是他们联手结成政治同盟之后,成为同一战壕的战友,随着利益关系,频繁接触后,日久生情。虽然,女真人的婚姻习俗是父终子继、兄终弟及,但是,大清此时已开始封建化,逐渐接受了汉人的礼数,因此,孝庄皇太后和摄政王多尔衮即便真做了夫妻之事,也不便宣明。再者,孝庄皇太后也没有搬出皇宫,到摄政王府上生活居住。

孝庄皇太后晚年留下遗嘱,身后不回沈阳与太宗皇太极合葬。是不是她对皇太极独宠姐姐海兰珠仍然心怀嫉妒?是不是因为与多尔衮有男女之实,而不想去归附前夫?

再说松锦前线,洪承畴几次组织突围,皆告失败,松山城被围困已达半年之久,明崇祯十五年(1642)一月,听说朝廷援军赶到,又派六千人马出城夜袭,被清军战败,欲退回城内。但洪承畴见后有追兵,竟吓得狠心命令关闭城门,舍弃了城外将士,任其被歼。"转饷路绝,阖城食尽",又熬到二月底,松山城副将夏承德实在不忍心自己和众将士活活饿死,秘密派人,联系清军,愿拿儿子夏舒做人质,以为内应,献城投降。二十八日,清军应邀夜攻,豪格率人由南城登梯而入,杀进城来。夏承德率部生擒洪承畴。巡抚邱民仰被杀,总兵曹变蛟等将领被杀。

松山城破,洪承畴被俘。被围困了整整一年的锦州城内,杀人相食的惨状再度重演。三月初八,祖大寿跪拜于庭,哭告天地,遥致北京:"臣有忠心,奈何无力回天,为了军民活命,只得再度降清。"锦州城门大开,总兵祖大寿形销骨立,率领一众饿得皮包骨,半死半活,如同活鬼的队伍,摇摇晃晃,走出城来。多尔衮和济尔哈朗热情地迎接安抚。

四月初九至二十一日,清军攻下塔山和杏山两城,持续三年的"松锦大战"至此结束。明朝的精锐之师损失殆尽,山海关外,仅剩下宁远一座孤城。宁锦防线,已经崩溃。清军士气更加高昂,此番大捷,为清军问鼎中原奠定了基础。

我们再看松锦大战的余音:多尔衮恭敬礼待洪承畴,但饥饿至极的洪承畴，面对美酒佳肴，拒绝食用，一心求死，以报朝廷，成就英烈之名。

多尔衮将洪承畴迅疾押往沈阳，献给皇太极。

洪承畴绝食数日，不肯降清。皇太极数次派人劝降，均被洪承畴拒绝。皇太极特命最受宠信的大学士范文程再来看望，以决定对洪承畴是杀是留。洪承畴发疯般大肆咆哮，范文程百般忍耐，不提招降之事，与他谈古论今，悄悄地察言观色。梁上落下一灰尘，掉在洪承畴的衣服上。洪承畴一面说话，一面"屡拂拭之"。范文程回奏太宗："承畴不死矣。承畴对敝袍犹爱惜若此，况其身耶？"皇太极接受了范文程的建议，亲自去慰问洪承畴，嘘寒问暖，见洪承畴衣裳单薄，脱下自己身上的貂裘，披在洪承畴的身上。

洪承畴在英名与生死之间难以选择之际，皇太极以一国之尊，关照礼遇，对比崇祯皇帝，洪承畴感恩跪伏尘埃。第二天，五月端阳，洪承畴偕祖大寿等降将，正式举行了投降仪式，在皇太极面前俯首称臣。

对洪承畴和祖大寿来说，这是一个艰难的选择。祖大寿虽然无奈降清，但不肯为清廷出力，一直默默顺从，消极抵触，直到病死于北京。洪承畴为清朝建立了大功勋，清军入关后，他以自己的影响力，劝降各地明朝官兵放弃抵抗，以此来回报大清不杀之恩，同时也尽了一己之力，竭力保护汉人官民。

传说，是庄妃见夫君皇太极为洪承畴不屈服而为难，食不甘味，遂毛遂自荐，前去劝说，"以壶承其唇"，一口一口给洪承畴灌下人参汁。洪承畴听狱卒说这华服丽人是皇太极的宠妃后，感动而降。这个故事，和庄妃以太后身份下嫁多尔衮一样，流传甚广，但清代史料中遗迹皆无。

皇太极赐宴，为洪承畴和祖大寿等人庆贺。但在这盛会上，皇太极却没有亲临，传谕说："朕今日未服视朝衣冠，又不躬亲赐宴，非有所慢于尔等也。盖因关雎宫敏惠恭和元妃之丧未过期，故尔。"因为海兰珠的丧期未满，皇帝不参加喜庆欢宴。在海兰珠丧期内，有王公大臣私下宴乐，遭受惩罚者达数十人，削冠夺职，罚没家产，受鞭笞、贯耳、割鼻等刑。

后来，皇太极在皇宫赐大宴，表贺松锦之战有功之臣，多尔衮与豪格等曾因"移营休假"被降级的人等,重新恢复爵位官职。

多尔衮作为松锦之战主帅之一,为大清国再建卓著功勋。

下部
挟制顺治皇帝

一、争位失败，转谋辅政

多尔衮和皇太极，这双好搭档，一胖一瘦，皇太极高大魁梧、肥胖富态，多尔衮瘦高纤细、健硕硬朗。按民间说法，皇太极满面红光有富贵气，多尔衮面黄肌瘦是劳碌命。蒙古投降，朝鲜依附，松锦大战让明朝元气大伤，也让多尔衮憔悴不堪。皇太极当政时的一系列成就，由他亲手提携的多尔衮完成。多尔衮忠心赤胆地辅佐他，兄弟君臣牵手互助，创建大清国，多尔衮一步步把皇太极扶上皇帝之尊，皇太极提拔多尔衮为兵马大元帅。

在多尔衮的人生上升路途中，距离最高权位，只剩下一个人的阻碍，那就是皇帝本人。历史选择了多尔衮，上天帮助多尔衮解决了这个难题。松锦之战的硝烟飘散后，清军接手锦州周边，辖治巩固这块新地盘，想以此地为依托，再向宁远和山海关推进。然而，松锦大决战的第二年，有一个"声音"悄悄钻进皇太极的耳朵里："你这辈子的任务完成了。"雄心勃勃的皇太极，一心进取，想灭亡大明朝，自己取而代之，怎奈天不佑护他了。清崇德八年（1643）八月初九（也有史料说是九月二十一日），夜里亥时，大清的皇帝皇太极，突然暴死于沈阳皇城清宁宫。

皇太极死后的容颜，也非常刚毅。他在位十七年，根基很牢固，大清国军政系统所用的人基本上都是自己人。皇帝死了，总有一些受到恩惠的人真心悲恸，痛哭悼念。皇太极是多尔衮的领路人，多尔衮是真心怀念这位皇兄，但心情滋味复杂，因为与他终有杀母之仇。更重要的是，他真想自己当皇帝，做梦都想，白天睁着眼睛时更想。不走一个皇帝，哪能有新皇帝诞生。

皇太极享年五十二，他以为自己还能再活五十年，所以根本没有立太子。如果他在世时立豪格为太子，多尔衮便无法反对，反对也没有用，只有接受事实。那样的话，多尔衮别说竞争皇帝之位了，连摄政王也没有机会当。

或许是皇太极担心立长子豪格为太子，豪格会受众人妒嫉排挤，无错也给寻错,小错说成大错,直到推翻储君之位。这是有先例的,老汗王努尔哈赤先后立长子褚英和次子代善为太子,结果都被人打掉了,皇太极就是阴谋打掉储君的绝对主力队员,第一次是他裹在众人中,一起向父汗告大哥的黑状;第二次很可能是他暗中指使小福晋德因泽密告二哥和继母大妃私通,最终一箭双雕。后来,皇太极不立豪格为太子,或许是出于保护儿子的想法,他知道自己的儿子性情耿直鲁莽,不敢把儿子变成众人的靶子。总之,命运让皇太极猝不及防地死去,就是给多尔衮出人头地的机会。但是,多尔衮能一帆风顺地实现身登大宝的梦想吗?

先皇的梓宫停在皇宫大殿上,大清国高层集团就要开会研究谁做新皇帝,谁当大清国的新领头人了。

皇位争夺,泾渭分明,分成了两派势力:一派是战功最大、威望最高的睿亲王多尔衮,另一派是皇太极的长子、战功卓著的豪格。双方的竞争,已经到了剑拔弩张的地步。皇太极名下的两黄旗,受先皇惠泽多,为报皇恩,更为了保住由皇上直辖的优越地位,两黄旗大臣索尼和鳌拜等人公开扬言:"必立皇子,否则,不惜血溅当场。"这话就是讲给多尔衮听的。

"上阵父子兵,打仗亲兄弟。"支持多尔衮的,主要就是他一母所生的哥哥阿济格和弟弟多铎,他们三兄弟的手里掌握着两白旗兵马。豪格呢,自己攥着从莽古尔泰和德格类兄弟手里夺来的正蓝旗,还有他父皇亲自统领的两黄旗支持他。这样,豪格有三个旗的兵马,似乎比多尔衮这边多一个旗的力量。其实不然,因为老汗王努尔哈赤最宠爱多铎,便把自己的御林军正白旗交给了多铎。正白旗人多势众,一旗相当于别人的两旗,两白旗加起来是六十五个牛录,支持豪格的三个旗加起来才六十一个牛录。

八旗中的另外三旗的态度很关键,那便是代善一系掌握的两红旗和济尔哈朗的镶蓝旗。

代善很有意思,不争大位,只求自保。在老汗王驾崩时,代善因为自己被立储失败,便放弃争位而支持弟弟皇太极。现在,皇太极身后,以代善的实力及权力,有资格争位,但他看开了,乐于放手,看别人的热闹。

济尔哈朗呢,他父亲舒尔哈齐辅佐努尔哈赤打江山,但一山不容二虎,结果分庭抗礼失败。济尔哈朗没有忘记父亲和兄弟们的死亡,阿敏被皇太极打击监禁十年、委屈致死等前车之鉴,济尔哈朗知道自己的旁支身份,和当初阿敏一样不具备竞争大位的资格。故而,他只想保住自己的亲王位置和手下的镶蓝旗兵马,你们谁当皇帝,对他来说都一样。

相比于豪格,多尔衮还占据一个优势,按努尔哈赤遗留的"八王共治"规矩,年长的代善和济尔哈朗虽然排在多尔衮前面,但皇太极在世时,重用多尔衮,已经造成多尔衮的实际权力最大。皇太极一去,多尔衮的权力和影响力无人企及。因此,商议确定皇位继承人时,多尔衮就是主事人,掌握话语权。

多尔衮张罗在崇政殿召集会议,议定皇位继承人,皇宫变成了战场。这一场唇枪舌战,也硝烟弥漫,激烈程度不亚于任何一次八旗军远征杀伐。这关系到大清国的前途和命运。当天,两黄旗的大臣们早早地来到大清门,借助自己是御林军的优势,安排将士全副武装,张弓挟矢,环立宫殿,公然以武力相威胁,随时准备兵戎相见。两白旗将士也不甘示弱,虽然不能靠前,但在远处也是摩拳擦掌,准备拼杀。

崇政殿,皇太极生前在此商议朝政,现今在这里推选新的君主。诸王大臣陆续列坐,多尔衮宣布议政开始。正黄旗头领索尼抢先发言:"先帝有皇子在,一定要立其中之一。先帝也就在地下安心了。"

索尼说立皇子,其实就是指立豪格,只不过把话说得含糊委婉了一点。索尼首先倡立皇子,给了多尔衮当头一棒,影响了局势的进展。多尔衮以严厉的口气反击:"诸王尚未发言,大臣们还没有说话的资格,你给我滚出去。""八王共治",议立新帝,只有八和硕贝勒才有权力,八王之外的大臣是没有发言权的,在场的除了两黄旗的大臣外,其他各旗的宗室大臣都没有参加会议。所以,多尔衮斥责索尼等人,令他们退出会场,是名正言顺的。索尼等人只好听命从事,愤愤不平又灰溜溜地退到殿外。会场上只剩下了代善、济尔哈朗、多尔衮、多铎、阿济格、豪格几位王爷。

多铎年轻气盛,方才让索尼抢了先,不禁懊悔,立马不给他人机会,站起来表明态度:"我推举睿亲王,事情明摆着,先帝一走,睿亲王就是大清国事实上的掌舵人。"多铎边说边指向睿亲王,多尔衮正稳坐排首。

阿济格立即随声附和:"我看这样最好,睿亲王最有能力当皇帝。"阿济格这一次是粗中有细,他没说多尔衮最有资格当皇帝,而是说最有能力。因为论资格,还有代善和济尔哈朗呢。大家都不吱声,都在看多尔衮的意思。

多尔衮见豪格怒目而视,大殿外的两黄旗虎视眈眈,凶相逼人,知道自己一旦答应称帝,皇宫内外就会刀光剑影,死伤无数,大清国就会走向分裂。自己想当皇帝,是为了让大清国更加强大;如果因为自己当皇帝,大清国分崩离析,蒙古和朝鲜就会背叛独立,大明朝就会白捡一个不战而胜的便宜,内乱的大清就没有力量与大明朝争天下了。

因此,多尔衮虽迫切地想当皇帝,可眼下这情形,他却不敢答应,不说当,也没说不当,犹豫不决。

多铎怕别人再提议立豪格。见多尔衮含含糊糊地不明确态度,多铎急不可耐地再次抢话说:"你若不同意,就应该立我为皇帝,我的名字在太祖的遗诏中提到过。"多铎这话,是半假又半真,他知道众人宁立豪格也不会立自己,但自己毛遂自荐一回,并不谦让掩饰,是因为自己真想当皇帝,而且为了让众人认可,他抬出当年太祖遗诏来压服大家。命运真是捉弄人,太祖努尔哈赤最喜欢多铎,如果努尔哈赤多活十年,真有可能会把大位传给多铎。

多尔衮肯定不赞同弟弟多铎当皇帝,多铎当皇帝,豪格和两黄旗一样不答应。如果多铎能当皇帝,我多尔衮就当了,哪轮得到你。多尔衮知道别人也不会同意多铎当皇帝。这时,他灵机一动,借多铎的话,既否定多铎,又旁敲侧击地打击豪格:"肃亲王的名字也在太祖遗诏中提到过,不只有你的名字。"

多尔衮一语双关,言外之意,并不是太祖遗诏中提到名字就可即位,既然你多铎不能这样做,那么豪格也不能以此说事。

多铎明知自己会遭到众人的反对,皇位只能在多尔衮和豪格两人中选一个,但为了帮助哥哥多尔衮,多铎故意搅局,就是不让豪格说话。他带动众人转移目标,看着代善说:"不立我可以,若论长,当立礼亲王。"

代善原本不想说话,现在不得不说了:"太祖身后,我们共举先皇,如今先皇五十有余,不幸而去,我已老迈,六十岁的人,岂能接五十岁人的班?睿亲王如果应允,当然是大清国之福。不然的话,豪格是先帝之长子,当承继大统。"

代善毕竟是老资格的大王,不说则已,一说就话里藏锋,又很圆滑。他首先说自己不想当皇帝,而且不仅是现在不想当,当初,皇太极的大位就是自己让出去的,然后又说睿亲王可以当皇帝,最后又说豪格应当承继大统。什么意思?这就是说最应该当皇帝的是豪格。一直没有人提名豪格,这回,老代善明确提名豪格了。

代善为什么不太想让多尔衮当皇帝呢?是因为当初多尔衮的母亲偷偷给他送好吃的,惹得老汗王发怒,让他失去储君之位吗?其实,代善的这个小心思,主要还是缘于多尔衮这十几年来的火箭式上升,他太咄咄逼人了,虽然在名分上,多尔衮排在代善后面,但多尔衮的实权已经超越代善。这让代善心里很不是滋味,如果代善一点都不妒嫉,也就不是正常人了。代善不想争皇位,但并非不想保留自己的权威,倘若多尔衮当皇帝,代善觉得自己的威望会被挤压得更加边缘化,如果豪格当皇帝,自己作为大伯,无形中会保有更大的分量。

豪格期待多时了,终于有人提议自己当皇帝了。但是,他还是有所忌惮一点,毕竟一直以来睿亲王的职权都高于自己,睿亲王都没敢答应当皇帝,他觉得自己也应该假意谦让一下,便客气地说:"我福小德薄,哪能担当此大任?"

多铎立马接过话茬儿:"你不当正好,本来也没想立你。你说得对,你的确福小德薄,没有当皇帝的洪福。"

多铎敢于这样说话,不仅仅因为他的王位排在豪格前面,而且还因为他是豪格的叔叔。在座诸王,豪格年纪不是最小,但辈分最小,其他人不是他的大伯就是他的叔叔。虽然他因为年龄长,上阵立功比多尔衮和多铎早,但其他人都可以尊长身份从话语上压制他。

豪格顿时面子上难堪,下不来台了,想发作,又心虚,毕竟说"福小德薄"的是他自己,没想到被人家抓住话把儿了。但他也不能不表明态度,于是脸红脖子粗地站起来,拂袖而去。豪格是想以退为进,他心里打定主意,不立我,立谁?立你们白旗三兄弟,不好使,看你们敢?现在,你们让我难堪,我发怒而退,你们这边定不下来,还得重新商议立君,再把我请回来。

豪格走出大殿时,看到外面的两黄旗御林军将士,心里非常得意,有他们支持,多尔衮三兄弟翻不起大浪,皇位非我莫属。可是豪格错算了。他"大意失荆州",他忽略了多尔衮的封号,他为什么叫睿亲王啊?因为他睿智过人啊。多尔衮没有再给主要竞争对手豪格任何机会,而是抓住他的一着漏洞,叫他满盘皆输。

两黄旗大臣见豪格愤怒离场,纷纷按剑向前,怒气冲冲地恫吓:"我们这些人,吃的是皇帝赏的饭,穿的是皇帝赐的衣,皇帝的养育之恩比天大,比海深。如果不立皇帝之子,我们宁可从先帝于地下!"

代善本不想掺和进来,一见大有火并之势,便油滑地说:"我虽是先帝之兄,但因年事已高,当时没有参与朝政,今天参与议立之事亦不甚妥当。"说罢便抽身而退。

阿济格也乘机跟着代善往外走,一脚门里,一脚门外,高声大气地叫嚷:"我就一句话,除非立我家兄弟。其他人,立谁,我都不同意。"他这话,主要讲给两黄旗将士听的,意思是俺们不怕你们。

大家看到的是,阿济格跟随代善一起退出了会场。但是,出了大殿,代善就回家了,阿济格可没回家。他干什么去了?他快马飞奔回自己的部属中间,一旦真打起来,两白旗不能群龙无首,得有指挥官。他们三兄弟都在会场,是不行的,倘若两白旗将士向前冲时,遇到王公贝勒阻挡,是冲还是不冲?但如果自己带人向前冲,谁敢阻挡?

多尔衮三兄弟,多铎在会场上踢打,阿济格来到后方做预备队,貌似志在必夺。但是,多尔衮毕竟叫睿亲王,他想的不是能不能打赢。相反,他害怕真打起来。即使自己带领两白旗打赢了,实质上也是输了,是大清国输了。自己目前的权位,已经能够统摄八旗,为争夺皇位火并一场,一旦两白旗、两黄旗、正蓝旗拼散啦,两红旗和镶蓝旗肯定也就散了。

这绝对是多尔衮不想看到的局面。

如何能够不打起来,还能保持自己目前唯我独尊的地位,那就只能是自己先不当皇帝,豪格也不能当,同时还能让两黄旗认可,心甘情愿地接受这个结果。多尔衮灵机一动,立马想起一条妙计,心想:"两黄旗口口声声要立皇子,好,那就立皇子,不过,这'皇子'绝对不是豪格,我既顺了你们的道,又拂了你们的意,一切还是我说了算。"

大殿内外,空气紧绷。

多尔衮迅速琢磨了一遍皇太极的其他几个儿子,次子和三子早夭,四、五、六、七子,都比较平庸,八子也夭亡了,皇太极共有十一个儿子,唯有九子福临,适合多尔衮的主意,可用。"福临虚岁六岁,立他当皇帝,长大还有十年。十年时间足够我重新摆布了。到时候,条件成熟了,废掉小皇上,我自己登基,历史上权臣废君自立这种事还少吗?就现在来说,我这样做,也是有榜样、有大义、有先例,周公辅佐侄儿成王,千古流芳。好,就这么办!"

多尔衮的头脑飞速旋转,外表却安稳如泰山。他慢条斯理地说:"大家说的不错,君主当立先帝之子。既然豪格谦让退出,没有继统的意思,那么就立先帝之子福临吧!福临虽然幼小,但就像他的名字所说的那样,有福相,有贵气,天意护佑,必然会成为一代明君。不过,因为福临年幼,当由郑亲王和我共同辅政,共管八旗事务,待福临年长,当即归政。"

在场的主要诸王,走了三人,只剩下济尔哈朗和多铎。多尔衮不能提议多铎和自己一起辅政,那样,两黄旗一看,权力完全把持在白旗手中,肯定还是不干,但如果多尔衮提议济尔哈朗一起辅政,谁也无法反驳,完全一副貌似出于公心的样子。

代善走时已经说了,谁当皇上,他都同意。豪格自己说不当皇帝,现在立皇子了,他也不好意思反对。多尔衮已经顺了两黄旗的意,你们还闹什么?多尔衮一招妙计便解除了两黄旗气势汹汹的武装。

多尔衮以退为进的这一步好棋,出乎所有人的意料,又让所有人无法不听命。

多尔衮虽然没当上皇帝,却晋升为辅政亲王,权力进一步夯实了。

济尔哈朗非常高兴。他原来就置身局外,却凭空捡了个辅政亲王当。好啊,他的权力一下子就超越老哥哥代善了!济尔哈朗暗自庆幸,自己多亏没有跟随代善一起走,如果走了,不在会场上,这辅政亲王可能就没我的份了。济尔哈朗也是老狐狸了,知道多尔衮是拿自己当挡箭牌,逼退豪格一派。但济尔哈朗依然乐于为多尔衮所用。

这里,唯一真正的失败者是豪格,他还是原来的他。豪格悔得肠子都青了,他知道有多尔衮在,自己不可能顺顺利利地当上皇帝。如果他不走开,在会场,那辅政亲王应该是他,而不是济尔哈朗。人家立自己的小弟弟当皇上,豪格没有理由反对。不过,皇位终究留在了自己家,多尔衮也没当上皇帝,豪格心里还有一点欣慰的。

真正的胜利者是庄妃和福临这对母子。

自此,母以子贵,庄妃作为皇太后,走上了中国历史舞台。

多尔衮在这一场斗智中,拿济尔哈朗当小挡箭牌,却拿小福临当大挡箭牌。不过,多尔衮要伺奉的不仅仅是一个小皇帝,还有小皇帝的母亲呢。在此之前,多尔衮主要面对的是皇太极。此后的岁月里,多尔衮要面对的是皇太极的儿子和庄妃,对手戏更为精彩。

当时大家普遍认为:在多尔衮和豪格势不两立的情况下,立福临这个折中方案,实属上策。

然而,对多尔衮来说,这是一场苦涩的惨胜,也是难言的惨败。他一心想当皇帝,结果没当上,这不是失败吗?父汗努尔哈赤驾崩时,多尔衮作为王子,是有权继承大位的。可是,他们的母亲和一母所生的三兄弟,都失败了;这一次,皇太极驾崩,多尔衮离龙椅最近,仅一步之遥,却仍然没有坐上去。后来,多尔衮当摄政王,独揽大权,离龙椅宝座仅半步之遥,只要他想坐就能坐上去,然而他至死都没坐上去。他死后被追封为皇帝,但活着的时候,没有当上真皇帝,只是一个义(假)皇帝。

多尔衮面对二虎相争必有一伤的局面,为了团结,被迫放弃皇位。作为辅政王,他名义上和济尔哈朗分掌国家军政大权,共理朝政,但他学习皇太极的手段——皇太极以四大贝勒共坐金銮殿的名义,先登基继承大位,然后一个个清除那"三大王"——在很短时间内就驱逐了济尔哈朗,把自己打造成为独裁者。他这个摄政王,地位与皇帝相仿,虽然名义上不是皇帝,权力却与皇帝相等同。他政治手腕高超,精通权术。

多尔衮的睿智促使他又一次与自己不喜欢的人合作,庄妃和福临原本与多尔衮无甚瓜葛,没有啥接触,因为他们母子都是皇太极的人,多尔衮心里对这对母子有一些厌烦。如今,多尔衮与庄妃母子却有了极端的亲密关系。他感觉:"小福临是我一手抱上皇位的,这娘儿俩应该对我感恩戴德,要懂得回报,小皇上要听话,小皇上的亲妈尤其要听话,不能捣乱。"多尔衮想象到庄妃和福临母子就是自己手里的提线木偶,让他们怎么动,就怎么动,老老实实,规规矩矩,认真完成表演,享受皇上和太后之名就好,这对他们母子来说,已经是洪福齐天了。多尔衮想了想,心中甚为满意:"只有安排小孩子当皇上,权力才好抓在我手上。"

众人还都挑大拇指称赞多尔衮,赞他能够化干戈为玉帛,立福临,不立自己和豪格,是出于公心,是以江山社稷为重,消解了分歧,团结了大多数。至此,人心欢悦,开始准备新皇帝登基大典。

然而,大潮退去,又起旋涡,议立福临为帝的两天之后,代善的儿子贝子硕讬和代善的孙子郡王阿达礼,又来找代善,劝说父亲反悔,劝他推翻协议,拥立多尔衮。上一次,努尔哈赤驾崩后,代善的大儿子岳讬找代善,劝父亲拥立皇太极,父亲答应了。这一回,儿子和孙子一起来找代善,劝他拥立多尔衮,代善却不答应,还劝他们不要惹是生非,挑起祸端。二人见代善不从,转而去找豫亲王多铎家。多铎闭门不见。阿达礼来到睿亲王府,告诉多尔衮:"王如坐大位,我当从王。"硕讬也派遣亲信和多尔衮说:"王可自立为君。"代善动了真气:"听任你们闹下去,一定会招来大祸!"作为旗主,代善有约束之责,便把这儿孙二人抓起来,扭送到多尔衮面前,禀告说这两个不孝子孙"扰乱国政",图谋叛乱。多尔衮自己没当上皇帝,正闹心呢。为了压服众人,证明自己是真心拥立福临,多尔衮于是决定借硕讬和阿达礼的人头,证明自己的清白。

代善哪里会想到多尔衮会大加杀伐。总之,后果就是代善的一儿一孙,叫多尔衮给利落地斩了,众人还没反应过来,两颗人头就被挂起来了。按常理,支持多尔衮当皇帝,这样的人,是多尔衮需要的,不应该杀。但是,这两个冤死鬼,不是死于多尔衮之手,是死于亲父亲、亲爷爷之手。代善当年为了支持皇太极继位,跟随皇太极一起逼死了多尔衮的母亲阿巴亥,跟多尔衮有杀母之仇;这一次,代善没有鲜明地支持多尔衮当皇帝,如果有他和两红旗的支持,多尔衮绝对不会无奈地立福临为皇帝。

因此,多尔衮杀支持自己的硕讬和阿达礼,完全是为了打击代善这个老滑头、老狐狸,既然是你自己亲手把儿孙送上门来的,那就别怪我不客气。多尔衮立福临,避免了自己和两黄旗刀头溅血,却拿两红旗的人试试自己的辅政亲王之刀锋,不仅以叛逆之罪"露体绑缚"硕讬和阿达礼,将他们问斩,还绞杀了硕讬的妻子和阿达礼的母亲。

"新官上任三把火。"多尔衮用代善儿孙的鲜血,献祭新君登基大礼。但是多尔衮为什么匆匆处死硕讬和阿达礼?他俩上蹿下跳,是不是受人指使?代善知道是多尔衮在怂恿自己的儿孙,便把儿孙送给了多尔衮,是把难题扔给了多尔衮。多尔衮多聪明啊,他快刀斩乱麻,既保护了自己,又刺痛了代善的心。

崇德八年(1643)八月二十六日,多尔衮主持大清国又一桩盛典,举行隆重的小皇帝登基仪式,满朝文武拥立爱新觉罗·福临继承皇位,年号"顺治"。多尔衮和济尔哈朗作为辅政亲王盟誓:"如不秉公辅理,妄自尊大,漠视兄弟,不从众议,每事行私,以恩仇为轻重,天地谴之,令短折而死。"

二、北京易主,沈阳宫斗

皇太极在史书中画上了句号。皇九子福临继承皇位,但接不了班,无法亲政。多尔衮和济尔哈朗晋位辅政亲王,把持大清国的军政大权。

顺治小皇帝登基半个月后,多尔衮和济尔哈朗当辅政亲王也才半个月,大清就派遣济尔哈朗与阿济格率军出征宁远,连克前屯卫、中前所、中后所等明军哨所。一个月后,清军就还师了。此番出征,战果不大,好像没有必要劳师动众去打这么一小仗,其实,这次貌似多此一举的讨伐,意义重大,向大清军民明确宣示了一点:多尔衮指派济尔哈朗出战,两个辅政亲王,谁说了算?自然是坐镇朝中的多尔衮为正,到前线风餐露宿的济尔哈朗为副。

皇太极不仅和多尔衮是一对好搭档,和大明朝的末代皇帝崇祯也是一对"伴儿"。皇太极是明天启六年(1626)当上的后金大汗,崇祯皇帝朱由检是明天启七年(1627)当上的明朝皇帝,两个人身登大宝,前后只差一年;明崇祯十六年(1643),皇太极甩手不干了,放下皇帝这累人的差事,走了;转过年来,明崇祯十七年(1644),朱由检明明可以从北京出逃,辗转到江南去当漂泊皇帝,但他铁了心,也不干这"苦差事"了,自己上吊了。总之,两个人,前后脚,都是在位执政十七年。

皇太极生于明万历二十年(1592),崇祯皇帝朱由检生于明万历三十九年(1611),前后相差接近二十岁,皇太极人到中年,朱由检才是少年,少年自然玩不过成年人。真正要崇祯命的是大明朝内部孕育诞生的农民军领袖李自成。

皇太极在狠揍大明朝的时候,大明朝内部也不消停,那就是此起彼伏的农民起义。朱由检有福当皇帝,却无福治天下。崇祯登基后。先是连发大旱蝗灾瘟疫,百姓饿死病死;辽东后金军队还踏破长城,威胁京都皇城,烧杀劫掠中原;为了抵抗后金军队,就要向百姓加征粮饷,以支撑军队战斗力。这是恶性循环,百姓在灾荒和瘟疫的伤害下,本已九死一生,又被朝廷逼粮加税,民不聊生,最终官逼民反。在陕北,叫李自成的军卒反了,他成了大明朝的掘墓人。

明万历三十四年(1606),李自成出生在陕北米脂李继迁寨。李继迁是谁?是西夏开国皇帝李元昊的亲爷爷。据传,李自成是党项人的后裔。

李自成从小喜好枪马棍棒,家境贫寒,替人牧羊为生。他长大后,到官家驿站当驿卒,负责照看马匹。因为朝廷节减开支,裁撤驿站,李自成失业回家。因为还不起欠债,李自成被告到县衙。县衙将他拷上大枷锁,罚他游街,又毒打一顿,放在大太阳下暴晒,差点把其晒成人干,"将置至死"。幸好他的亲友们及时赶来,还了银钱,送了礼,才救出他。李自成够狠,杀死了债主。敢杀一人,就敢杀俩,李自成发现媳妇韩金儿和别的男人好上了,男子汉大丈夫,咽不下这口怨气,他又杀了不贞的妻子。背负两条人命,李自成逃到甘肃甘州,和侄儿李过一起投军入伍,当兵吃粮。朝廷正在招兵买马,为啥呢?

此时还是明崇祯二年(1629),皇太极统率八旗铁骑,绕道蒙古,踏破长城,首次突入中原,直接来找崇祯皇帝"掰手腕"。大明朝廷紧急调遣四方兵马入京勤王,李自成所在的部队赶赴北京增援。到了榆林,上级克扣饷银,愤怒的士兵集体哗变。李自成却登高振臂一呼:"回家也是等死,不如我们投义军去!"李自成率部东渡黄河,到山西投奔起义军领袖"闯王"高迎祥。李自成因英勇善战被称为"闯将"。不久,被官军包围。恰好这时候,后金军队又越过长城来中原劫掠,朝廷无奈,只好调遣包围农民军的大部分官军去抵抗后金,农民军得以逃出生天。

明崇祯九年(1636),"闯王"高迎祥进攻西安,失利兵败,被陕西巡抚孙传庭杀害。高迎祥的部众们投奔李自成,推举李自成为新"闯王"。明崇祯十四年(1641)正月,李自成攻克洛阳,杀了万历皇帝的儿子福王朱常洵。李自成取得辉煌战果,是因为明朝把精锐军队都调集到山海关外,和清军进行松锦决战去了。皇太极和李自成两面夹攻,把崇祯打得半死不活。

明崇祯十六年(1643),五月,张献忠攻克武昌,建立"大西"政权。八月,皇太极升天。九月,多尔衮扶助顺治小皇帝登基。明崇祯十七年

(1644)一月,李自成在西安称帝,建国号"大顺"。你说崇祯愁不愁,在自己家的地盘上,生长出几个皇帝来,他这正牌皇帝咋办?同样是当皇帝,他的命怎么这么苦呢。

明崇祯十七年(1644)初,李自成大顺军东渡黄河,过山西,下直隶河北,三月十七日包围北京,以大炮轰城。十九日清晨,兵部尚书张缙彦打开正阳门,迎刘宗敏部进城。中午,李自成由太监王德化引导,从德胜门入,经承天门步入内殿。

太监们急告崇祯皇帝,他正在饮酒长叹:"苦我民尔!"太监张殷跪劝皇帝投降,被崇祯一剑刺死。崇祯皇帝哭着对周皇后说:"你是国母,理应殉国。"周皇后哭着说:"妾跟从陛下十八年,陛下没有听过妾的一句话,以致有今日。现在,陛下命妾死,妾怎么敢不死?"说完解带自缢而亡。崇祯皇帝安排人送三个儿子潜逃出宫,却亲手杀死了小女儿。

京城大火四起,崇祯皇帝在前殿鸣钟召集百官,却无一人前来。崇祯皇帝仓皇地爬上景山,光着左脚,右脚穿着一只鞋。他在蓝色袍服上大书:"朕自登基十七年,虽朕薄德匪躬,上干天怒,然皆诸臣误朕,致逆贼直逼京师。朕死,无面目见祖宗于地下,自去冠冕,以发覆面。任贼分裂朕尸,勿伤百姓一人。"之后,三十三岁的崇祯皇帝挑选了一棵歪脖树,在上面自缢身亡。

李自成下令将崇祯皇帝"礼葬",在东华门外公祭,后移入佛寺。后人将崇祯皇帝葬于田贵妃墓。后人评价明朝:"不称臣、不纳贡、不和亲、不割地、不赔款,天子守国门,君王死社稷。"

棋还没下完,对手已经换人,皇太极和崇祯皇帝离场,李自成面对棋盘残局,以为自己赢了,却不知道有个叫多尔衮的高手正在赶来,将要翻盘。李自成此前的所有努力辛劳,似乎都是在为多尔衮"打工"。

其实,李自成和崇祯皇帝决战的时候,多尔衮正在忙着巩固自己的权力。

虽然多尔衮以退为进,把小皇帝顺治抱上龙椅,挡住了豪格,自己晋位辅政亲王,但并不是所有的文臣武将都服气。他需要施展一系列手段,让大家心服口服,心里不服的,也要震得住,让他们在表面上暂时不敢乱说乱动。因此,多尔衮在议立福临继位后,以迅雷不及掩耳之势,狠心地斩首了支持自己登基的硕讬和阿达礼,报复代善是一方面,更重要的是杀鸡儆猴,做给那些反对派们看,连支持我的自己人都杀,何况你们。吓得一众人等不敢再议论新君应该是谁。我多尔衮都不继承大位,难道你们还敢再鼓动豪格?

隆冬腊月,年底时节,多尔衮召集诸王、贝勒、王公大臣会议:"和大家说个事,我这个辅政亲王的头衔,说起来有点拗口,这以后就简称吧,就叫摄政王。"

大家面面相觑,知道这是多尔衮在玩心机,从"辅"到"摄",不仅仅是改个字那么简单,摄比辅更厉害,辅是帮忙,摄就是统领了。但是,文臣武将们纷纷说:"好好好。"只敢说好,谁敢说不好?

看到大家都赞同叫自己摄政王,多尔衮自然很高兴,于是又做了解释工作:"过去,凡属国家军政大事,都由诸王共同商讨认定再执行。现在,考虑到众说纷纭,不易决断,反误国家政务,我正式宣布撤销诸王贝勒管理三院六部事务。"皇太极兢兢业业依照大明朝创建的三院六部,多尔衮一句话就给废了。

多尔衮继续说:"我身任国政,所行事务对错与否,概由二摄政王负责。"他终于提到二摄政王,不然感觉由他一个人包揽。济尔哈朗苦笑无言,虽然自己被多尔衮称为摄政王,但还不是他说了算。

多尔衮向各部尚书、侍郎和都察院发布谕令,要他们"克矢公忠",据实奏报,听命于摄政王,倘若徇私隐匿,当严惩不贷。他们必须领会这谕令的精神实质,即"听命于摄政王",否则,"当严惩不贷"。

这时候,济尔哈朗站了起来,要求各衙门办理事务,凡应奏闻或记入档案者,都要先禀告多尔衮,连书写衔名也要先写多尔衮。济尔哈朗这一声明,把多尔衮推上了至尊之位,让他成为不是皇帝的"皇上"。济尔哈朗为什么这样做?我们必须明白,济尔哈朗的父亲舒尔哈齐,因为试图与努尔哈赤分庭抗礼,结果被努尔哈赤清除,阿敏和济尔哈朗兄弟从此小心翼翼,忍气吞声,只求自保。后来,阿敏因为分摊皇太极的权力,结果被诬陷监禁致死。现在，济尔哈朗可不敢分摊多尔衮的权力，只求免遭杀身之祸。他要公开向多尔衮和众人表示，我是听多尔衮话的，也是在告诉多尔衮，我甘愿退居在你之下，你放心了吧，满意了吧。

这样，老汗王遗留的"八王共治"的制度，也被多尔衮抛弃了。他独揽军政大权，处于至高地位。虽然上面还有小皇帝，但他是形同虚设。

既然是摄政王了，仪仗便仅次于皇帝銮驾，比亲王的规格要高，凡出猎行军，摄政王仪仗为前导，奏乐而行，增加红伞、大纛、红仗、撒袋、大刀、枪等，比之诸王，威风八面，吉庆又庄严；宫殿上议政时，摄政王正坐，诸王两旁分列叙坐。多尔衮代摄国政之权柄，通过礼仪得到了确认。

明崇祯十七年，大清顺治元年（1644）正月，朝鲜国王李倧派遣使节来大清国进贡，在国礼之外，又单独给多尔衮馈赠了贵重礼品。多尔衮对诸王大臣笑说："朝鲜国王真讲究，够意思，因为我攻取江华岛时，保全了他的妻妾子女，他没忘恩。但是，现在我授之于辅理国政的重任，要秉公行事，不能再有私人交往。再者，私下馈赠礼物的不只朝鲜，还有蒙古各部。这种收受外国礼物的惯例，应当废除。"大家都认为摄政王言之有理，摄政王说的话，能没有道理吗？于是，意见一致，做出决定：以后，永远禁止外国给诸王贝勒私下送礼。多尔衮为此致书朝鲜国王，说明拒绝礼物之因由："我现在是摄政王了，一举一动，皆关乎国政大体。"朝鲜国王深表钦佩，回书中对摄政王又是一番恭维。

光是这些还不够，这些都是虚的东西，既然已经是摄政王了，就要来点实惠的。多尔衮为了加固地位，增强实力，接连提拔了一大批各阶层将领，把自己的人纷纷安插在重要职位上。"一人得道，鸡犬升天。"别人看到这些，感觉摄政王飞扬跋扈，一手遮天，很了不起！但是，在多尔衮自己看来，这些都不算什么，我已经够委屈的了，我本来就应该是皇上，现在才是摄政王而已。怪谁呢？都怨豪格，我恨不得砍他的头，剥他的皮，吃他的肉，喝他的血。

看到多尔衮如此耀武扬威，豪格气得干瞪眼，顿足捶胸，仰天长啸。

三个月后，原本支持豪格的固山额真何洛会等人，讦告豪格，揭发他口出狂言，图谋不轨，在言语上蔑视侵犯多尔衮，曾多次对两黄旗大臣说:"夫睿亲王素善病,岂能终摄政之事……和硕睿亲王非有福人,乃有疾人也。其寿几何,而能终其事乎?"又说:"我岂似彼病夫,尔何为注目视我,我岂不能手裂若辈之颈而杀之乎!"也就是说,我豪格原来可以杀了多尔衮,但他一副病秧子样,当摄政王也不会长久。

何洛会本是豪格的部属和心腹爱将,屡立战功。如今在多尔衮的收买下,何洛会卖主求荣。为了打击政敌豪格,多尔衮使出暗黑手段。豪格真不是多尔衮的对手。多尔衮把豪格叫来,斥责质问。豪格乃爽朗之人,一点不狡辩:"是我说的,你能怎的?要杀要剐,随便你!"他玩硬气,却害苦了手下的将领们。多尔衮岂能错过良机,他毫不留情地将豪格的铁杆部下一干人等以"附王为乱"为由处死。可怜这些两黄旗将领,枪林箭雨都闯过来了,却死在同一战壕的自己人手里。"一将功成万骨枯。"有牺牲的,就有晋升的,何洛会踩着死去同僚的头颅,得到了摄政王的信任和提拔,连升三级,其后,一路顺畅,成为皇室之外的"大将军"。

多尔衮本想将豪格一起杀掉。他主导召开王公大臣会议。众人为了附和摄政王,都顺着多尔衮的意思,赞同处死豪格。但是,有一个人不同意。谁呢?

小皇上顺治。福临一听亲大哥要被处死,便哇哇大哭。身边人百般哄劝,小家伙就是不听,也不吃饭,一个劲儿地哭。

皇宫里来人,报告诸王:"皇上说了,不能杀我哥哥,你们要杀他,我也死,我不当这个皇上了。"

小小的皇上,竟敢以皇位要挟议政大会,救哥哥的命。

这是小皇上能干得出来的吗?

多尔衮一点都不傻,小皇上背后,有一个颇有心机的女人:小皇上的母亲嘛。布木布泰嫁给皇太极后,被册封为庄妃;她儿子福临即位,被尊称为圣母皇太后;她死后的谥号是"孝庄仁宣诚宪恭懿至德纯徽翊天启圣文皇后",简称"孝庄"。

很多人认为,多尔衮能把福临扶上大宝,是因为庄妃私下里做了工作,文艺作品中也有这种情节故事设计。其实,多尔衮只是随机应变,临时起意,在皇太极的儿子里挑选了有利于自己长久把持权力的福临。

福临还有一个更小的弟弟博穆博果尔。多尔衮为什么不选择博穆博果尔?因为博穆博果尔的母亲娜木钟原本是蒙古察哈尔部林丹汗的正室大福晋。皇太极当初是想把这位"囊囊太后"分配给代善,但老代善嫌囊囊太后又老又穷,坚持拒绝,皇太极只好自己收了囊囊太后。关于囊囊太后的出生年龄,史料不详,其实,囊囊太后归附后金时,年龄应该约在三四十岁之间。在后金时期,少女十二三岁便嫁为人妇,十五岁左右就生孩子当娘,因此代善嫌囊囊太后"老"了。

多尔衮认为林丹汗的女人生的孩子,不配当大清皇上。庄妃十二岁嫁给皇太极,是正宗的,而且庄妃娘家是科尔沁部,这相当重要,女真人对蒙古的统治,就是以科尔沁部为领头羊,推举福临当皇上,牢牢争取到科尔沁部的支持,全蒙古就安稳了。

庄妃与多尔衮之间,并不存在太多的故事,见面机会都稀少。是福临当皇上后,才把多尔衮与圣母皇太后联结在了一起,成为政治同盟。

虽然儿子意外获得多尔衮的支持,侥幸登基称帝,但圣母皇太后这时候对多尔衮是不太信任的。她听说过很多历史上小皇上被权臣欺负的事,便让自己的儿子哭闹,目的就是想保下豪格,豪格手里不仅掌握着正蓝旗,还能影响皇太极留下的两黄旗,这才是真正能够保护小皇上的兵马。圣母皇太后非常明白,儿子当上皇帝,是天大的好事,却也面临极大的危险,在能够亲政前,随时都有性命之忧。这恐惧就来自多尔衮,别看是多尔衮把皇位给了福临,但他并非心甘情愿。他是出于无奈,才把福临抱上龙椅的。是谁让多尔衮无奈推举出福临的?是豪格。目前,能够制衡多尔衮,令多尔衮忌惮的,只有豪格。多尔衮是福临的叔叔,豪格是福临的亲大哥,在血缘上后者更亲近,所以,亲大哥更值得信赖。如果豪格有朝一日干掉了多尔衮,那时候,他会不会从亲弟弟手里抢夺皇位呢?肯定有这种可能,亲大哥也不是完全能够依赖的。但眼下,圣母皇太后认为,儿子只有救下大哥的命,才能救自己。

多尔衮虽然贵为摄政王,但毕竟上边还有皇上,如果在诸王贝勒面前无视小皇上的意见,大家会觉得他蔑视皇权。为了做出尊重小皇上的样子,多尔衮只好答应免豪格死罪,但活罪难饶,将他贬为庶人,罚银五千两。

小皇上破涕为笑,答应用膳了。圣母皇太后也长舒了一口气,因为她出手让儿子替豪格求情的时候,并不知道多尔衮会不会给面子,如果多尔衮铁面冷对,一点不留情,这对母子也毫无办法。

这是圣母皇太后和顺治与多尔衮的第一次较量,以皇帝之名义,战胜了摄政王。当然,这也是多尔衮顾及情势,略作退让。然而,纵观多尔衮一生的成功与失败,成也退让,败也退让。

豪格一败涂地,父亲皇太极驾崩时,他跃跃欲试,想竞争皇位,原以为十拿九稳,不成想,从皇家"太子"变成了庶民,满腔恨怨之气,还必须忍着,吐不出来。这一次,因为皇上小弟弟的救援,豪格得以保全性命,自是非常感激,心里明白,为了皇上小弟弟,自己得忍辱负重活下去,一旦多尔衮威胁到皇权,自己要出手保护,找时机东山再起,与多尔衮血战,这是自己父皇留下的皇位,我们儿子要坐龙椅,不能让别人坐。

多尔衮暂且放过了豪格。他并没有失败,这场铁血手腕治理让大多数八旗将士都看清了时务:只有听命于摄政王,才是正确选择,其他都是死路一条。多尔衮的威望和势力进一步扩大。他非常自信:"小样儿的豪格,别以为我会真的饶恕你。只要有机会,我一定置你于死地。"

多尔衮开始重新正视皇宫,打量后宫,对圣母皇太后有了新的认识,原本以为她就是皇嫂,是一个女人,现在他清楚了,要控制小皇上,就得先解决了小皇上他妈。

三、吴三桂向多尔衮求救

清顺治元年(1644)四月四日,范文程上疏"定国策"。

四月九日,虽然小皇上顺治有名无权,但摄政王多尔衮仍然安排皇上小侄儿表演了正儿的宫廷戏:在笃恭殿,顺治帝拜多尔衮为大将军,亲赐大将军敕印,令他带领多铎、阿济格等八旗将领,统率满、蒙、汉官兵十余万,祭师出征。

多尔衮谕告将士:"曩者三次往征明朝,俱俘虏而行。今者大举,不似先番,蒙天眷佑,要当定国安民,以希大业。"摄政王的意思,咱们这次攻击明朝,不是以往那种抓人抢东西的打法了。有些下级官兵心里犯嘀咕,不让杀人了,不让抢东西了,那这种仗还有啥劲儿?

四月十四日,大军抵达西辽河畔,意外地遇到了明朝山海关守将吴三桂派来的信使:宁远军副将杨珅和游击将军郭云龙。吴三桂可是专门派人来找清军的。多尔衮从信使这里知晓,北京已经被李自成攻破了,崇祯皇帝已经吊死了,大明朝没有了。多尔衮惊诧地睁大了眼睛,虽然知道明朝不堪一击了,但也没有想到会这么快。"我们女真人打不动的北京城,农民军怎么一打就打开了呢?难道农民军的战斗力比我们八旗还厉害?"他骤然倒抽一口凉气,"农民军不同于明朝官军,不好对付呀,我们能打过他们吗?应该可以,关键是得付出多大的伤亡代价?"同时,他心中不免遗憾,"大明朝不是我们大清给最终打败的,是我们摧毁了大明朝的主力军,才让李自成他们捡了个大便宜。还有,那么大的大明朝,就这么说完就完,说没有就没有,说死就咽气了?"多尔衮这时候竟然有点留恋老对手大明朝。他的真实心理是,他不想跟李自成农民军打,而是想跟明朝官军打,因为他熟悉明朝官军,对方一打就散,清军有必胜的心理优势,但他不熟悉农民军,害怕陌生的力量。

多尔衮有点畏惧李自成,却不怕曾经的手下败将吴三桂。

吴三桂的信使说明了来意,大明朝山海关平西伯请求清军帮忙,请求一起打击李自成的农民军。

多尔衮一听,眼睛亮了,这太好了!但是,摄政睿亲王立刻就想:"会不会有诈,吴三桂和李自成是不是已经勾结好了,要合伙害我?我是那么好骗的吗?拿我当小孩儿了吧?"

多尔衮告诉信使:"回去对平西伯说,他先归降我大清,我才会帮他打李自成,就这一个条件吧。如若不降,一切免谈,去吧!"

吴三桂的信使飞身上马,一溜烟儿远去了。

多尔衮下令:"大军停止前进,驻营观望。"同时,他派遣快马火速飞驰辽南,去盖州汤泉召请正在养病的范文程,请他速来军中,共商大计。

多尔衮心里有了期待:"大明朝已经不存在了,山海关的吴三桂手中还有数万官兵,这是一股不可小觑、无法忽视的力量,如果吴三桂真能投降我大清,那可真是太好了。"接着,他细一想,"崇祯皇帝已经死了,吴三桂效忠的主子已经没了,那么多人马,吃啥喝啥,归顺我大清的确是吴三桂的一条生路,难道他也会拥兵自立吗?那样,我和李自成,谁都不会容他,都要剿灭他。但愿他会认清时务,来我这里入伙。如果如此,那真是天助我也。"

多尔衮期盼吴三桂投降,不是一时的心血来潮,而是大清国的梦想。皇太极活着的时候,就让吴三桂的舅舅祖大寿写信劝降他。皇太极也曾亲自写过两封信,言辞恳切,向吴三桂许下了优厚的条件,特意提及他舅舅祖大寿和表兄弟祖可法在大清这里过得都挺好的,盼望他们亲戚团圆一处。

那时候,吴三桂不在山海关。他负责守卫宁远城。他明白:"锦州丢失了,宁远也长不了,早晚是大清的。"至于他本人,何去何从,他犹豫不定,投降大清,官职待遇肯定差不了,但背负汉奸的千古骂名,他不情愿。再者,他的家眷都在北京,被崇祯皇帝当作人质给看管了起来,他若投降大清,全家人就会被灭门。因此,他在危境中无奈坚守着,等待天意安排,走一步,看一步。祖大寿把吴三桂的回信,呈给皇太极。皇太极迫切诚恳地再次致信吴三桂:"尔遣使遗尔舅祖总兵书,朕已洞悉。将军之心,犹豫未决。朕恐将军失此机会,殊可惜耳。"吴三桂虽然没有降清,但和大清书信往来,已经是给自己留了一条后路,因为他和大多数将官一样,都看出来了:"大明朝保不住了,大厦将倾,摇摇欲坠,就要灭亡了,神仙来了都救不了大明朝的命。天意如此,大明朝气数尽了。"

这时候,崇祯皇帝也怕吴三桂三心二意,被大清拉拢过去,于是召吴三桂进京述职,面陈防虏之策。同时,他下诏调吴三桂的家属移居京师,住到他父亲吴襄家里,并且给他父亲加官晋爵,授予京营提督的虚衔。实际上,崇祯皇帝是把吴三桂全家当作人质了。其中,吴三桂最喜欢的小妾陈圆圆,也被扣留在京城,不允许吴三桂带在身边。

明崇祯十六年(1643)春,清军第五次绕道长城入塞劫掠中原,吴三桂奉命驰援京师,却行军迟缓,到达时清军已退。无可奈何的崇祯皇帝还是假装很高兴,只能继续器重吴三桂。为感谢他来京勤王,崇祯帝在武英殿宴请吴三桂,赐其尚方宝剑。吴三桂懂得自己目前在大明朝廷的分量:我是支撑天下江山的一根柱石。他很自豪,但也感受到了巨大的、难以承受的压力。

多尔衮当上辅政亲王半个月,就派遣同为辅政亲王的济尔哈朗领兵直扑宁远。这一次,清军学乖了,知道宁远城上的红衣大炮厉害,便不攻打宁远,而是绕过去,把宁远身后的前、中、后三座哨所小城荡平了,切断吴三桂和山海关之间的联络通道。虽然宁远城坚固,但吴三桂也害怕,与大明朝之间被斩断交通的宁远,就形同之前的锦州。他甚至想:"松锦大战,打了两年,大明朝损失惨重,元气大伤。为了一座必然要丢失的锦州,那么做真是太不值得了。如果当初放弃锦州,怎么会损兵十万,连折大将?其实,放弃了锦州,大明朝还是大明朝。别说锦州,就是现在放弃宁远,依然有山海关可以固守,大清是大清,大明是大明,大清在关外,大明完全回归关内,不是也挺好嘛。"吴三桂当时就盼着崇祯皇帝想明白这些,一纸调令,让他放弃宁远。他会立马撤兵,争取安全地带着宁远守军撤到山海关,为大明保全一点有生力量,这可是大明朝最精锐的家底。他盼得眼睛发热,有时忍不住暗骂崇祯皇帝啥都不懂,更骂皇帝身边的那些大臣一个个都是白痴、睁眼瞎,看不出宁远将是第二个锦州,山海关外这两座孤城,难道要耗尽大明朝的全部气血,直到油干灯灭才好吗?他同样知道,皇帝身边的大臣们不是看不到这一点,而是深宫中的皇帝不了解前线实情,空有抱负,乱吼乱叫瞎指挥,大臣们谁也不敢说出放弃一城、以求大局安稳的想法。那样做一定会惹怒皇上而掉脑袋,甚至满门被抄斩。

吴三桂胆战心惊,煎熬到转过年来。

李自成的农民军,以排山倒海之势,挥师东进,兵分三路,连下诸城,兵锋直指京城。崇祯皇帝感到大明江山危在旦夕,于是"诏征天下兵勤王"。皇帝身边的大臣们终于想开了,集体上疏,主张撤回宁远守军,让他们赶紧入关,快来保卫京城。崇祯皇帝不是傻子,和宁远小城相比,护御驾、保京城,更重要。

崇祯十七年(1644)三月五日,崇祯皇帝加封吴三桂为平西伯,命他火速领兵入关勤王。盼星星,盼月亮,吴三桂终于盼来了自己想要的调令。"撤啊,快走吧!"吴三桂奉诏勤王,丢弃宁远。他没忘记大军未动,粮草先行的道理,下令将觉华岛上的军粮全数运往山海(关)卫。

努尔哈赤攻打宁远时,打不过袁崇焕。幸好天冻大海,后金骑兵踏海冰冲上觉华岛,烧了军粮,屠杀军民一万五千多人。皇太极时代,松锦大战,潮落出天桥,大海让路,阿济格率领骑兵从露出来的海底石路冲上笔架山岛,劫夺了明军的粮草,让洪承畴一败涂地,无奈投降。现在,宁远的粮草还是要放在觉华岛上,毕竟天冻海冰的事,百年难得一遇。那一回,就是上天帮助努尔哈赤,让女真铁骑如履平地。这一次,吴三桂派出重兵,精心保护粮草,这可是将士们的性命。吴三桂仓促撤兵,数十万百姓跟随,在宁远城周边游击的大清兵力不足,不敢贸然攻击,只好远远观望宁远军民有序远去。

三月,春风不至,塞外萧瑟,天寒地冻。明军饥病交加,苦不堪言。人马经过欢喜岭,将士和百姓们站在岭上回望,想念被自己抛弃的世代生活的家园,忍不住号啕痛哭。吴三桂看着眼前凄凉的一幕,咬紧牙关,铁了心肠,掉转马头,向山海关跋涉。

吴三桂也是睿智狡猾之人,接到明朝的诏命后,他一边思考着时局的变化,一边想起了自己的老上级袁崇焕督师,就是因为尽心尽责,率军勤王,被皇上千刀万剐,被百姓食肉。他害怕自己忠心勤王也会落得跟袁崇焕一样的下场,但为人臣子不勤王也不对。就这样,他患得患失地率领军民西进,借勤王之机逃离宁远。进京勤王,到底是去,还是不去?犹豫中的吴三桂,行动缓慢。由宁远至山海关,二百多里的路程,如果挑选精兵铁骑,日夜兼程,一天便可赶到,吴三桂却把自己的军队裹挟在百姓中间,以保护百姓的名义,磨磨蹭蹭,整整走了十一天。根本谈不上火速勤王。

三月十六日,吴三桂抵达山海关,接到探报:"清兵不费一刀一枪进入宁远城,城内留下的百姓归顺了大清国,按照满洲风俗剃发留辫。"拼命经营多年的宁远,白白送给了女真人,吴三桂如鲠在喉。

吴三桂查点山海关的实际兵力,加上自己带来的,全部归自己统领。

吴三桂为了做足样子,没有耽搁时间,第二天一大早,便率领三万步骑奔赴北京。他留下亲信将领和五千精兵,镇守山海卫城,一再叮嘱他们要严密关注清军的动向。倘若清军来攻,一定要高挂免战牌,以炮火阻敌,等他回来。这时候,在他心中,山海关比北京还重要。北京是皇上的,山海关是他的了。

从宁远撤退到山海关,吴三桂虽然行军缓慢,但意志坚定,必须向前走;去北京的路上,吴三桂也没有急行军去救崇祯皇帝,而是心怀犹豫,担心到北京与农民军干仗,自己会吃亏。他舍不得把自己的人马打丢了,有这些人马,他才是大将军,才是平西伯。

十九日下午,吴三桂才走到永平城。大军刚驻营,探马来报:李自成大军于十七日晚抵达北京城下。

吴三桂大为震惊,自己还去不去京城?是去北京拼死救崇祯皇帝,还是退回山海关再图他计?他清醒地知道一点:"只要自己手中握有大军,就能跟崇祯皇帝、李自成和大清摄政王三方讲条件。"

吴三桂祖籍江苏高邮,明万历四十年(1612)生于辽西,和多尔衮同年出生,吴三桂比多尔衮大三四个月。吴三桂的父亲吴襄是锦州总兵,出身于将门世家,自幼习武,善于骑射。吴三桂的生母不详,吴襄娶了祖大寿的妹妹为续弦。祖氏为世居辽西的望族,祖、吴两家的联姻,使吴襄、吴三桂父子找到了坚强的靠山,也使祖氏家族的势力更加壮大。吴三桂在父亲吴襄和舅舅祖大寿等的教诲和影响下,既学文,又学武。崇祯皇帝登基,开武科取士,不到二十岁的吴三桂夺得武举人,从此跟随父亲吴襄和舅舅祖大寿,开始了他的军旅生涯。

大凌河之战,总兵吴襄率马步军四万,前往大凌河城救援祖大寿,但吴襄临阵逃脱,被削职。袁崇焕擅自斩杀毛文龙,引发部将孔有德等人兵变造反,吴襄随祖大弼平叛,恢复了总兵职务。吴三桂也在当年任游击,时年二十岁。吴三桂二十三岁任参将,二十六岁时任副总兵,二十七岁时任总兵,一路升迁,少年得志,成为声震朝野的辽东名将。松锦大战后,吴三桂镇守宁远,看护国门,阻挡清军洪流。吴三桂尽职尽责,守护了宁远两年。吴三桂在东面绊住了清军,京城西北方的官军却没有拦住李自成的农民军。

二十日,吴三桂出于为人臣子之责,继续领兵向西,试探着缓慢朝京城进发。二十二日,吴三桂到达玉田(属今河北省唐山市)一带,探马急报:"京师陷落,帝后殉国。"吴三桂大惊失色,立马传令:"大军向后转,撤回山海关,急速前进,越快越好!"

明朝突然灭亡,使吴三桂一下子失重了,没有了倚靠,自己只拥有山海关和数万兵马,挤在海边一隅,仿佛正在向大海滑落。他想过,自己独立为王,肯定不行,地盘不够周旋,无法维持军民生计,而且在山海关这样的锁钥重地,无论是李自成,还是大清,都不会允许自己成为第三方存在,只有倒向一边这一条路可走。虽然故主崇祯皇帝被李自成逼死,吴三桂对李自成有一些成见,但如果一定要选择,吴三桂还是倾向李自成这边,毕竟都是汉人,和大清这些年有着血海深仇。况且,自己的家眷都在京城,在李自成手里攥着,吴三桂更倾向于入李自成的伙。有一点,吴三桂是自信的,自己手中握有数十万军民,李自成也好,大清国也好,都是看得见的,都不会不当回事,一定会重视他。这样,自己不论最终倒向哪一边,都可以要个好价钱。

吴三桂在盼着李自成派人来找自己谈。这时的吴三桂,对农民军和清军来说,都是举足轻重的关键人物。农民军和清军相当于一架天平,吴三桂放在哪边,哪边就得利。山海关是兵家必争之地,吴三桂统率约四万人的关宁铁骑,战斗力颇强。如果吴三桂归降农民军,便可阻止清军入关,从而巩固大顺政权;如果归降大清,清军便可逾越雄关,长驱直入,攻击北京。

李自成很重视吴三桂,命令降将唐通率部携带大量金银财物,利用旧日同僚关系,前来召抚吴三桂。吴三桂同意归降大顺军。李自成召吴三桂入京城朝见。吴三桂率一部赴京。四月初五,吴三桂行至永平西沙河驿,见到了从北京城逃出的家人,哭诉家里的情况,得知父亲吴襄遭农民军逼捐银资并被拷打,爱妾陈圆圆被李自成大顺军的二号人物、权将军刘宗敏抢夺霸占。他深感奇耻大辱,"冲冠一怒为红颜",发誓不灭李自成,不杀权将军,此仇此恨难灭:"大丈夫不能保一女子,何面目见人。"吴三桂顿改初衷,掉转马头,回归山海关。

吴三桂降而复叛,原因只有一个,那就是大顺军侵犯了他的家庭利益。

吴三桂自知打不过李自成,于是把一直关注西边京城的头脸扭过来,转向东边,多年来拼命死战的大敌清朝,此刻成了吴三桂想要乞求援助的大树。皇太极活着时,大清就在不断地诱降吴三桂。吴三桂觉得投降野蛮的女真人不好听,就不愿意说投降,而是修书一封,说借兵。

战争双方,谍报探马频繁,吴三桂早已经知道清军向蒙古方向出征了,于是派遣信使半路截住,递上求援书信。多尔衮看罢书信,哈哈大笑:"崇祯皇帝死了,吴三桂求我了,约我一起攻打李自成。借兵可以,必须先投降!"

四、大胜山海关

有人说,借清军打败李自成的想法,出自吴三桂的上级领导蓟辽总督王永吉,吴三桂只是执行者。但是,到清军营帐,跪在多尔衮面前剃发请降的是吴三桂。再者,山海关大战还没开打,王永吉一看形势逼人,就带领身边亲兵三十骑,离开了是非之地,南下投靠南京的大明朝残余势力了。

我们再重新回顾这一系列大事记的时间点:

三月初五,崇祯皇帝赐封宁远守将吴三桂为平西伯,命其放弃宁远,火速入京勤王,抵挡杀气腾腾扑向京城的李自成。

三月十六日,吴三桂慢腾腾地到达山海关。

三月十七日,吴三桂带兵赴京。

三月十九日,明朝崇祯皇帝自杀殉国。

三月二十三日,王永吉带兵勤王至天津蓟州盘山,知晓京都陷落。

三月二十八日,吴三桂始知京城陷落,崇祯皇帝自杀殉国。

四月初一,王永吉和吴三桂退兵山海关,凭险寻求自保。这一天,在沈阳,清廷内部政治斗争仍然激烈,何洛会讦告豪格背地里诅咒多尔衮为病秧子。多尔衮以雷霆手段,杀了豪格的几位心腹爱将;小皇帝福临哭闹保大哥,多尔衮才饶了豪格一命,但剥夺了他的王位,将他贬为庶人。

四月初四,范文程给多尔衮上书,建议以义军姿态入关,争夺天下。

四月初五,吴三桂被李自成派来的唐通说服,决定归顺李自成,把山海关防卫交给唐通,吴三桂进京朝见新主。半路上,他遇到从京城逃出来的家人,得知父亲被拘押拷打,爱妾陈圆圆被刘宗敏霸占,于是怒而反悔,返回山海关,打跑了唐通。

四月初九,多尔衮率大军从沈阳出征。

四月十一日,李自成派人带着吴三桂父亲吴襄手书和大量金银财宝,再赴山海关劝降吴三桂。

四月十三日,李自成领兵十万,出征山海关,力图以大兵压境之势促使吴三桂归顺。因为对吴三桂抱有归顺的期待,所以李自成大军缓慢行进,三四天的路程,走了整整八天。从李自成攻克北京,到山海关大战,整整一个月时间,如果他不在京城滞留,而是以战略眼光迅速进兵,在多尔衮赶到前,李自成早占领山海关了。历史将会改写。

四月十五日,多尔衮在向京城北部的长城进军途中,接到吴三桂的借兵求助信。

吴三桂的信使杨珅向多尔衮呈上求援书信:"三桂初蒙先帝拔擢,以蛟负之身,荷辽东总兵重任。王之威望,所素仰慕。但春秋之义,交不越境,是以未敢通名……今贼首僭称尊号,掳掠妇女财帛,罪恶已极……三桂受恩深厚,悯斯民之罹难,拒守边门,欲兴师以慰人心。奈京东地小,兵力未集,特泣血求助。乞念亡国孤臣忠义之言,速选精兵,直入中协西协,三桂自率所部,合兵以抵都门,灭流寇于宫廷,示大义于中国,则我朝之报北朝者,岂惟财帛?将裂土以酬,不敢食言。"吴三桂以明朝旧臣的身份,代表明朝与清廷谈判,称清为"北朝",并且许诺"裂土以酬",请求清廷出兵帮助灭掉李自成。此时的吴三桂是个精明的投机者,以大明朝继承者自居,甚至幻想通过自己的设计,让大清与大顺火拼,然后他渔翁得利,乘机恢复大明江山。

多尔衮看罢吴三桂的求援书,猛地一拍大腿,真是喜从天降,此乃天赐良机。但是,多尔衮明白,吴三桂所谓的"泣血求助",是向清借兵而不是归降,只是"岂惟财帛?将裂土以酬",给钱财,舍土地而已;并且要求清军直入中协(即喜峰口、龙井关等地)、西协(即墙子岭、密云等处),却不许从山海关合兵进京。看来吴三桂对老对手大清朝存有戒心。多尔衮感到进退两难,便向熟知关内情况的洪承畴征询意见。洪承畴向多尔衮献策说:"我兵之强,天下无敌,将帅同心,步伍整肃,流可一战而除,宇内可计日而定。如今宜选派先遣官宣布王令,说明此次出征,旨在扫除乱逆,期于灭贼,凡有抗拒者必加诛戮。而绝无屠杀无辜、焚烧房舍、掠夺财物之意。并布告各府州县,有开门归降者,官升一级,军民秋毫无犯,若抗拒不报者,城破之日,诛杀官吏,百姓仍予安全。有首倡内应立大功者,将破格封赏。(流寇)今得京城,财足志骄,已无固志,一旦闻我军至,必焚其宫殿府库,遁而西行……今宜计道里,限时日,辎重在后,精兵在前,出其不意,从蓟州、密云取捷径直逼京师,贼走则即行追剿,倘若仍据京城拒战于我,则伐之更易。"

洪承畴和农民军是老对手,他的功名就建立在剿讨农民军上,因此他对打败农民军有十足的胜算。曾是明朝重臣的他,既为崇祯皇帝殉国而悲伤难过,又想依赖清朝大军重击农民军,再次打垮李自成,既可为大明朝廷和朱氏皇家报仇雪恨,也可以为自己新效忠的大清尽一份心力。多尔衮一听,洪承畴和范文程是一个论调,就是此次进兵中原,一定要做义军,不能再像以前那样抢劫财物、伤害百姓。但是,多尔衮又犯疑:"洪承畴为什么想放弃与吴三桂合作?"洪承畴的想法是,吴三桂在信中流露的意思是借兵而非降。他主动与清军联系,原因在于明朝已经灭亡,他是将军,并非皇帝,必须找一朝廷做依靠,手下大军才有生存保障。他如果仰仗兵马自立为帝,那么,大清和大顺农民军,必定双双攻击他,岂能容他?吴三桂的关宁铁骑是大明朝最精锐的正规军,战斗力最强,洪承畴还想为大明朝留下一点资本,让清军直接攻打李自成,李自成就腾不出手来攻击山海关了。洪承畴又想:"我是战败被俘无奈降清的,而吴三桂倘若与清朝合兵,然后归顺,那么,人家手里带来几万兵马,在资格本钱上,就强于我了,我还能在大清朝廷上保住位置吗?"

各人谋事都站在自己的角度,多尔衮却想利用吴三桂求助这个大好时机,迅速进关。多尔衮决定改变原先取道内蒙古,由密云进攻北京的计划,转而由义州南下,直趋山海关,迫使吴三桂投降,控制关镇战略要地。同时,他又派学士詹霸、来衮赴锦州召汉军带上红衣大炮向山海关进发,又派其妻弟拜然与郭云龙去山海关探听虚实,留杨珅在清军营中做人质。

四月十六日,多尔衮派使臣复书吴三桂,明确要求吴三桂归降大清。信上说:"予闻流寇攻陷京师,明主惨亡,不胜发指!用是率仁义之师,沉舟破釜,誓不返旆,期必灭贼,出民水火。及伯遣使致书,深为喜悦,遂统兵前进。夫伯思报主恩,与流贼不共戴天,诚忠臣之义也!伯虽向守辽东,与我为敌,今亦勿因前故,尚复怀疑……今伯若率众来归,必封以故土,晋为藩王。一则国仇得报,一则身家可保,世世子孙,长享富贵,如河山之永也。"此书实际上是多尔衮对吴三桂的招降书,他想让吴三桂明明白白地表示归顺,别想走其他道路。

多尔衮率领大军驻扎在半路上,盼望着,盼望着,盼范文程快点到来。范文程日益被倚重,已经成为清军的军师。范文程虽病但仍快马加鞭,一路上已经对当前的形势有了具体的研判。听说范文程到了,多尔衮大喜,好像只要范文程来了,自己就有办法了。十万大军,不能总是停步驻足,到底是向前进,攻打北京,还是折向山海关?多尔衮犹豫徘徊,难以决断。多尔衮对阿济格、多铎说:"吾尝三围彼都,不能遽克,自成一举破之,其智勇必有过人者。今统大众亲至,得毋乘战胜精甲,有窥辽之意乎?不如分兵固守四境,以观动静。"三人"咸有惧色,遂顿兵不进"。正是在这犹豫不决的紧急关头,范文程顾不得鞍马劳顿,抢步进帐,拜见多尔衮。

范文程身处东北,却像看到了李自成农民军的样子,非常准确地指出了李自成的三个错误:弑君灭国,刑辱权贵,劫掠百姓。范文程用一个想法,两次建议摄政王多尔衮,给他指明了方向,分析得条理清晰,上一次说,清军不再杀戮劫掠,能打败明军,争夺天下;这一回又说,清军一定能打败李自成农民军,但必须"禁杀掠,收人心",只有这样做,才是胜利的保证。多尔衮明白了范文程的话,也认可他所讲的:以往,清军入塞,攻击中原,其实都是祸害,明朝百姓对清军怕得要命,恨得要死,生吞活剥他们都不解气;现在,在明朝官民心中,李自成是贼寇,那么,清军要扮演好人、英雄的角色,演好了,清军就能成为占有天下江山的主角。努尔哈赤父子,这么多年,是为了什么冲杀攻伐?就是为了扩大地盘,争天下,打江山。如今,做了那么久的坏人,只要这一回伪装成好人,就可能成大业,那就尝试赌一次,搏一把。范文程坚定了多尔衮进军的决心和战胜李自成的信心。既然吴三桂与李自成不是一条心,想联合清军对付农民军,多尔衮决计乘机逼迫吴三桂明确投降,于是开动大军,奔赴山海关。多尔衮很自信:"如果吴三桂还是三心二意,那么在我大清和李自成农民军的双层挤压下,他必灰飞烟灭。不想被碾死,吴三桂只有降我大清一条路。"

四月十七日,王永吉把山海关事务全部留给吴三桂,自己抽身而退,走为上,回到了老家高邮。有人以此评说王永吉是在观望事态发展,为自己预留退路。借兵事成,虽不居首功,而决策之功不可泯;借兵事败,则不任其咎,自有吴三桂做替罪羊。只借兵,不投降,这是王永吉和吴三桂的美好梦想。离开山海关的王永吉可以坚持这个梦想,但留守山海关的吴三桂,如果不投降,就会被李自成灭掉。

四月十九日,探马一道道飞报吴三桂,李自成军的行程,一日日逼近山海关。吴三桂惊恐万分,加紧备战的同时,他自知依靠自己的力量,山海关难保,既然决心与李自成为敌,除了向多尔衮称降让步,请求他火速救援外,别无他法。吴三桂派郭云龙、孙文焕携第二封借兵信出关,驰送多尔衮。信中,对多尔衮的诱降之意没有直接回复,故意忽略,而是请求多尔衮"速整虎旅,直入山海"。同时,吴三桂传檄李自成曰:"闯贼李自成么么小丑,荡秽神京。日色无光,妖氛吐焰。杀我帝后,刑我缙绅,辱我士民,掠我财物……周命未改,汉德可思。诚志所孚,顺能克逆;义兵所向,一以当十。"

四月二十日,李自成大军前锋已经到达山海关城下。此时,多尔衮率领大军刚刚到达锦西连山驿。这时,他收到了吴三桂使臣郭云龙、孙文焕递交的第二封信:"接王来书,知大军已至宁远,救民伐暴,扶弱除强,义声震天地……三桂承王谕,即发精兵于山海以西要处,诱贼速来。今贼亲率党羽蚁聚永平一带,此乃自投陷阱,而天意从可知矣。今三桂已悉简精锐,以图相机剿灭,幸王速整虎旅,直入山海,首尾夹攻,逆贼可擒,京东西可传檄而定也。又仁义之师,首重安民,所发檄文最为严切,更祈令大军秋毫无犯,则民心服而财土亦得,何事不成哉。"还说,"贼兵已朝夕且急,愿如约,促兵以救"。

对同一件事,这时候,就会出现各自有利于自己的理解。吴三桂信中说"愿如约",应该是指"裂土以酬",而多尔衮理解为吴三桂接受"晋为藩王"的条件了。此时,李自成和多尔衮对吴三桂形成三角关系:双双劝降，却互不信任彼此。吴三桂其实是在走钢丝，两边受夹板气，然而在两大势力中间玩火，何尝不是一种勇气？如果说吴三桂仅仅是为了陈圆圆而对抗李自成，这理由只是表面的，更何况陈圆圆并不是吴三桂青梅竹马的原配，值得如此大动干戈，赌上一家几十口人做筹码吗？说到底，深层次原因还是吴三桂作为大明官军精锐，骨子里有点瞧不起李自成农民军，内心里总觉得有点不服气，而对清军，吴三桂是真心佩服，又恨又怕，魂灵颤抖，骨头发酥。有句老话说："宁舍外鬼，不与家奴。"李自成这边是家仇，多尔衮这边是国恨。吴三桂最初绝对不愿意也不想降清，他只是想利用清军。但多尔衮也是奸雄，岂是吴三桂能玩得了的，吴三桂偷鸡不成蚀把米，把自己玩进去了。事态的发展，不按他设想的剧本演出，结局出乎他的意料：借兵逐贼，让他们两败俱伤，自己作为第三方胜出的设想破灭了，"渔翁得利"变成了自己无奈被迫当汉奸，渔翁掉河里淹死了。

想当初，吴三桂口中的"借兵"是指明让清军绕过山海关，仍走中协、西协，结果却是多尔衮改变原军的中协西协进军路线，直奔吴三桂守卫的山海关而来。多尔衮的回信，没有答应吴三桂"借兵"的要求，反而叫他"来归"，也就是投降。吴三桂作为明朝大臣，投降跟自己连年交战你死我活的大清，心理上一下子转不过这个弯来，谁愿意背上骂名呢？面对李自成犹犹豫豫却轰轰隆隆而来，吴三桂只好给多尔衮发出第二封信，只好请求清军"直入山海"。多尔衮对来信中"愿如约"这三个字理解为：吴三桂虽然没有明说，但愿意降清。李自成两眼一抹黑，根本不知道清军已经出兵，还盼望着吴三桂能够不战而屈呢。多尔衮从吴三桂的来信中看出山海关军情紧急，如果吴三桂被李自成打败，山海关被农民军攻占，其后果将对清军极为不利。因此，他立即传令全军，人不卸甲，马不离鞍，置人马饥渴于不顾，统领大军，一昼夜驰行二百里，二十一日越过宁远，急扑山海关。多尔衮和将士们一样劳苦，日夜疾行。他冷笑道："吴三桂，你必须与我合伙打败李自成，你降不降，已由不得你了。"

农历四月二十一日晨，李自成率领大军抵达山海关，不见吴三桂来投降，迎接他们的却是城关上全副武装的宁远辽兵。闯王李自成依然踌踌满志,胜算在握,信心十足,轻蔑地想:"小小吴三桂,在关外称霸惯了,不打一打,他不服。我一打,他就会投降。小兔崽子,跑不了你。"李自成一面排兵布阵,一面把随军带来的吴襄请到阵前,叫他致书儿子吴三桂,最后一次劝降他。吴三桂断然拒绝,大义凛然地宣称:"父亲叛国投贼,既然不能成为忠臣,三桂也难成孝子,自今日起,三桂与父决裂。如果父亲不早日图反,贼虽置父鼎俎旁以诱三桂,三桂也不顾。"好一个铁石心肠的吴三桂,俨然一个匡扶社稷、力挽狂澜、顶天立地的大英雄。

李自成碰了硬钉子,心头扎出了血,一腔幻想彻底破灭,不由得恼羞成怒:"攻城!"

这时候,多尔衮率领清军已经到达山海关东十五里处,隐隐约约可以听见山海关这边的炮声。此时,多尔衮忽然对吴三桂和李自成产生了疑虑:"他们都是汉人,自己一旦出现,两方汉人兵马会不会合起伙来打击我们?"他想要弄稳妥了,故而停驻不进。

探马报知吴三桂,清军止步于欢喜岭。

吴三桂懂得多尔衮的顾虑,山海关的形势严峻紧迫,必须消除多尔衮的心理障碍。吴三桂于是派遣五名士绅去见多尔衮。多尔衮非常高兴,安慰款待了众士绅,然后派范文程与五名士绅一同回山海关,去见吴三桂。吴三桂知道范文程是清国第一汉臣,是多尔衮身边的红人,因此毕恭毕敬,恳求范文程替自己向多尔衮多说好话。范文程虽然是汉人,是文人,但他长期在清朝国政中浸泡,已经沾染了女真人的行事作风,尤其是面对岌岌可危、急需援手的吴三桂时,范文程代表清朝一方,占据强大的心理优势。他还懂得摄政王要的不是与吴三桂平等合作,而是要吴三桂必须接受投降归顺。只要吴三桂不肯低头认降,范文程就不能让步。

吴三桂也是时势英雄,在大明朝也是闪亮耀眼的角色,难以低头就范。然而,上天不会给吴三桂太多时间磨蹭拖延,已经过夜半了,一旦等到天亮,李自成重新组织进攻,那可如何是好?吴三桂一点一点退缩,可以归顺大清,但不要说什么归降,可好?吴三桂特别忌讳这个降字。

听完范文程一番时势大义的说辞,吴三桂无奈放下身段,顾不得再摆什么架子,形势比人强,万一李自成攻破山海关,即使之后清军能够打败李自成,自己也是满盘皆输,根本没有同多尔衮谈的资格了。吴三桂明白,范文程没有权力做主,于是,他决定冒险亲自去见多尔衮,以身家性命赌一把。吴三桂下令城头的红衣大炮猛烈轰击,将关城东边围攻中的农民军炸散。然后,吴三桂带领二百名亲兵,杀开一条血路,由范文程陪同,飞马去见多尔衮。

这天晚上,多尔衮并没有完全观望,而是做了必要的工作。根据探报,他得知李自成派投降的明朝总兵唐通带领所部,已经越过长城,在山海关背面的一片石关扎营。他立即派遣精锐突袭,在一片石关轻而易举地打败了唐通。唐通率残部退入长城内。但是,作为前明的将官,唐通对投降李自成也是三心二意。他本是松锦大战中的明朝八总兵之一,早被清军吓破胆了。见到清军来了,唐通很意外,立马下令快撤,他是心疼自己的士兵,怕被清军包了饺子。接着,他"以身作则",带头逃跑,一勒马缰,拨转马头,挥鞭猛抽战马,一马当先地走为上了。他没有带着残余兵马去和李自成会合,而是收集兵丁,在李自成大军的北边驻足,时刻准备往北京方向溜。他也没有派探马去向李自成汇报清军已经来到山海关了。李自成惨败后,唐通"识时务为俊杰",转身投降多尔衮了。

多尔衮驻步于关城东二里处的威远台(堡),偃旗息鼓,令将士好好休息,饱餐一顿,养足精神,时刻待命。多尔衮对吴三桂是欲擒故纵,按兵不动,他拿准了不到危难关头,吴三桂不会投降。时间已来到二十二日凌晨,吴三桂与李自成激战一天,疲惫不堪。他来到清军大营时,仍然觉得双腿发滞,更主要的是他在心理上迟疑犹豫,知道自己若是进了这清军营帐,很难按照自己的想法达成心愿。但别无他法,他必须走进去。范文程热情地拉了他一把,请他入内。吴三桂抱定决心,如果多尔衮不同意与自己合兵打败李自成,那么自己也就不回山海关了。

多尔衮没有出大帐迎接吴三桂,他要给吴三桂一个下马威。多尔衮看到吴三桂走进营帐,才故作微笑,向前两步,盯住吴三桂血红的双眼。吴三桂心虚,不敢与多尔衮的眼神交锋,转头去看范文程。范文程分别介绍:"这位是大清摄政王,这位是平西伯。"

这是多尔衮和吴三桂第一次相见。吴三桂向多尔衮行大礼,然后,介绍了与李自成交战的情况,骄傲地说击退了闯贼。接着,他提出了请摄政王进兵以及酬谢清朝的条件,"毋伤百姓,毋犯陵寝。访东宫及二王所在,立之南京,黄河为界,通南北好"。在这种时候,吴三桂还能为了维护自己的身价,以大明臣子自居,唱高调,跟多尔衮讨价还价,完全是瘦驴拉硬屎,但也算是一条汉子。他表明:"一是自己要寻找崇祯的太子,在南京重建大明政权;二是双方以黄河为界,以北归清,以南归大明,两国通好,互不侵犯;三是请清兵在进入北京后,不得侵犯明历朝皇帝的陵寝,也不得伤害百姓。"

多尔衮听吴三桂说完,哈哈仰首大笑,连声地大笑,止不住地大笑。

吴三桂被他笑毛了,急忙去看范文程:"这是咋回事儿?"范文程也不敢随便说话。吴三桂又去看多尔衮。多尔衮不理他,依然笑个不停,冷冷大笑。

吴三桂完全被多尔衮震慑住了,被多尔衮笑得六神无主,手足无措。

吴三桂被多尔衮笑服了。

吴三桂认栽了,不讲条件了,此时已经不是明朝与清朝的事了。他觉得自己比多尔衮小很多,承认多尔衮更高大,是个顶天立地的大人物。因为外部环境的挤压,吴三桂从心理和人格上输给了多尔衮,无力抗衡。

恰在此时,清军探马突然闯入,向摄政王禀报,说山海关北翼城军兵哗变,投降农民军了。

吴三桂明白,这肯定不是假话,不是演戏给他看的。

他站立不稳,双腿瘫软,双膝跪在羊毛毡上。

多尔衮这回是真笑了:"好好好。"但他对吴三桂不能完全放心,怕他反悔,还要再逼迫他一下,既让他接受降清的事实,也要在心理上服输,彻底打垮他明朝大将军的傲气。

多尔衮指示,按满洲男人的样子,给吴将军剃发。

范文程急忙指着自己剃了前额头发的脑袋,赔笑着安抚吴三桂:"归顺大清国的男子都是这样的。"

此时的吴三桂只能麻木地忍受任何羞辱,只要能战胜李自成即可。他把一切都归咎于李自成:"如果不是他犯上作乱,攻破京城,逼死崇祯皇帝,我哪会受到眼下的侮辱?"为了报国君之仇,出这口恶气,吴三桂豁出去了。

多尔衮冷眼看着吴三桂闭眼跪在那里。多尔衮感觉吴三桂也是个狠角色,更加怀疑他是否是真心投降,怀疑会不会像他舅舅祖大寿一样,诈降复叛。多尔衮明白,弓弦已经拉满,不能再加力,以免绷断。眼前要用吴三桂,时不等人,如果再拖延,李自成攻破了山海关,吴三桂就没有用处了。将来,对吴三桂一定要多多提防,小心使用,这是一个有反骨的人。

多尔衮为了奖慰吴三桂,加固关系,当场许诺将皇太极的小女儿建宁公主配婚给吴三桂的儿子吴应熊,结为亲家,成为秦晋之好:"这回,你吴三桂就铁了心为我大清卖命吧。"吴三桂终于感觉多尔衮没有小看自己,于是决心与清军合作狠干李自成一把。

多尔衮一打一拉,玩弄吴三桂于股掌中,迫使他称臣就范。

多尔衮亲手搀扶起吴三桂。两人双双落座。吴三桂急切盼望多尔衮答应进兵,自己恨不得立马赶回山海关内,天就要亮了,迟则生变,一旦山海关不受自己掌握了,自己就赔光做买卖的本钱了。吴三桂还担忧:"我如果投降大清,我的那些部属是否愿意?跟清打了这么多年,你死我活,恨入骨髓,喝血吃肉都是不解恨。现在,将士们愿意跟着一起投降吗?必须尽早回去压制住局面,外抗李自成,内服众部属,让清军去和李自成拼命吧。"

多尔衮对吴三桂说:"将军欲为故主复仇,大义可嘉,我领兵前来成全其美。过去,我们兵戎相交,是敌国,但今天已是一家人。我大清军进关若动一株草,一粒谷,定以军法处死。你们告诉官民百姓,不要为此惊慌。"

吴三桂代表前明军民表达感谢。

多尔衮命令吴三桂先回山海关,清军随即赶到,并交代说:"贵军与流贼都是汉人,不易识别,你可叫部下以白布系在肩头为号,免得误伤。"吴三桂走出多尔衮大帐，感觉自己都要虚脱了，但也感到轻松，因为眼下最紧迫的任务是打击李自成，多尔衮答应帮忙出手了。

吴三桂快马加鞭，返回山海关城，他心里五味杂陈，去的时候，自己是前明大将，现在已经是大清之臣了。他内心里仍然不愿意承认自己是投降，安慰自己这只是权宜之计。

打仗亲兄弟，摄政王多尔衮兵分三路，命胞兄武英郡王阿济格率左翼军入山海关北门，命胞弟豫郡王多铎率右翼军入山海关南门，自率中路军入山海关中门，殿后指挥。多尔衮不许入关的清军登上城头，而是悄悄隐蔽在关城之内。他把自己的担忧告诉众将领："我们过去曾三次围攻明朝京城，都不能攻破，李自成一举破之，由此可见其智勇必有大过人者。因此，你们不得越伍躁进，此兵不可轻击，须多加谨慎。努力破敌，才能大业可成。"

天亮了，旭日东升，朝霞染红了那山、那海、那关。

燕山，渤海，山海关。

多尔衮站在吴三桂的官邸。其实，真正的山海关总兵是高第，吴三桂也是"外来的和尚好念经"，他在一个多月前，只是宁远城守将。山海关的指挥权，在一个月内三易其手，高第总兵让权于平西伯吴三桂，吴三桂又交权给摄政王多尔衮，两个敌对王朝的军队，成为了并肩作战的战友，三任指挥官共同拼杀李自成。

多尔衮不肯直接与李自成的农民军交战，担忧清军损失太大。在战前军事会议上，多尔衮喧宾夺主，指挥吴三桂，命令他率领自己所部为前锋，率先出战，与农民军力拼。吴三桂本来是想让清军和农民军打，现在多尔衮这个鬼狐狸，却让他在前头拼命，他恳求辩解："我部昨天和闯贼打一天，已经拼得筋疲力尽。"多尔衮铁面无情："闯贼兵马也是打拼一天了。"

在自己屋檐下，却要向别人低头，吴三桂在这时候不禁恨怨地想："不如归顺李自成，合伙杀女真鞑子了。""开弓没有回头箭。"吴三桂黯然长叹，翻身上马，满腔怨愤，率领自己的疲惫之旅，出了山海关，去找李自成算账。吴三桂不敢回头看，铜墙铁壁的山海关，就这样被清军占领了,他满怀遗憾,恨啊,恨自己,恨李自成,恨多尔衮,苍天待自己不公!

多尔衮清楚吴三桂的内心所想,所以更要消耗他的实力,把他半推半就的投降搞实,成为实打实的投降。多尔衮躲闪在城头,悄悄观察吴三桂与李自成的交战情形,察看李自成农民军的强弱,待他们双方两败俱伤、精疲力竭时,自己再派清军发起突然攻击,一举左右战局,以十拿九稳的胜利,坐收渔翁之利。

闯王李自成迎着朝阳,立在北山上,指挥大军进行新一天的攻击。自从率民众起义反抗明朝暴政以来,李自成身经百战,有丰富的对阵经验,但由于对吴三桂屡抱幻想,致使战机一失再失,加之谍报不灵,直到此时他仍然不知道清军已经进入山海关城,清吴联军即将对农民军带来灭顶之灾。李自成带领大将军刘宗敏和军师宋献策等人,信心满满地登上将军台,观察敌阵。山海关地势险要,城池坚固,易守难攻,故而,李自成想引诱吴三桂的军队出关城来,进行野战,一举歼灭。

李自成改变前一天的作战方式,停止强行攻城,命令十万大军从南至北,沿石河西岸一字摆开,北依山峦,南达海边,横亘如城墙,列阵以待。

多尔衮看到李自成如此布阵,乐得一阵冷笑,这样的话,农民军就变得处处都是薄弱环节。如若集中兵力,重点攻击一处,使其首尾不能相顾,李自成必败,他仿佛已经看到自己的胜利了。自从父汗起兵,统一女真,反抗大明以来,讲究的一条最重要的军事征战原则就是,集中兵力,避免分散,才能形成力量强大的铁拳,"凭尔几路来,我只一路去"。多尔衮立即派人去通知吴三桂:"我军可向海边对仗贼兵阵尾,三桂兵分列右翼攻击山畔。"这是多尔衮以两支大军对李自成的农民军进行掐头去尾,避开同农民军兵力最强的中部作战的策略。多尔衮之所以选择让清军以南石河口一带为突破农民军的战场,一是因为这里离李自成的中军大帐最远,敌军力量薄弱;二是因为海边乃平坦开阔地带,便于发挥清军骑兵跃马扬刀射箭的特长。

吴三桂只好照多尔衮命令,率领自己的部队打先锋,放弃牢固的坚城,出关来与李自成在野外拼杀,完全是为了配合清军擅长野战的优势。

吴三桂知道多尔衮是让自己卖命,与李自成拼命,他那边则保存实力,事已至此,吴三桂只有一再退让,任凭多尔衮摆布。他给多尔衮写第一封求援信时,可不是这么想的,那时设计得挺美的。如今,自己却被多尔衮拿捏在手里,还只能忍气吞声,吴三桂挥刀命令部卒冲锋,给我狠狠杀,拿李自成出气。好在吴三桂敢如此拼血本,是因为背后有清朝大军在撑腰,多尔衮那个兔崽子正在城头偷看呢,让他看看我关宁铁骑不是吃素的,一旦我撑不住时,他一定会出手的,他总不会看着我失败吧?他总不会看着我把本钱拼完吧?

多尔衮真不怕吴三桂把军队全部拼光,那样反倒解除了自己的后顾之忧,如果李自成和吴三桂同归于尽,那真是上上大吉。但是,多尔衮非常清醒,他知道:"李自成一定会败,但追杀他时,还需要吴三桂出力。"这时候,多尔衮已经有了让汉人军队攻击汉人军队,为清朝打天下的想法。他深知女真人口太少,中原太大,汉人太多,在辽东,他要以八旗军队为主力。但在中原,八旗军队要变成督战队,压住阵脚,让汉人去打汉人。

吴三桂在龙王庙周围同农民军干上了,他心里十分明白,成败在此一举,背后有清军压阵,他信心倍增,身先士卒,拼杀一气,却被亲兵卫队给阻挡了回来。他们劝他不要太靠前,主将在,旗帜就在,士卒们才有主心骨,军队就不会散。

李自成胁迫大明崇祯帝的太子朱慈烺等人,一同立马观战:吴三桂的军队生龙活虎,左冲右杀,农民军人数多,逐渐包围了吴军,催战鼓、喊杀声传到天边外。吴三桂率军拼命死战,但农民军将他们层层包围,前仆后继,步步收紧。吴三桂军向左突围,李自成的令旗向左指,农民军在左迎击;吴三桂军向右冲击,李自成的令旗便向右挥,农民军在右堵截,使吴三桂感觉淹没在了人海里,拼命杀退一批贼兵,必然会有几拨贼兵围堵过来,前无生路。"阵数十交,围开复合。"吴三桂军虽然越战越勇,但陷于重围之中,多次突围都未取得成功,不禁心力交瘁。他一直留心等待清军的战马嘶鸣,但只听见炮声如雷,只看见箭矢如雨,吴三桂一边恨骂多尔衮,一边指挥军队拼死支撑。连续苦战大半天,吴三桂都想带兵逃走,不玩了,让李自成和多尔衮打吧。然而,吴三桂军被李自成军紧紧包围,想逃跑也跑不了。

正午已过,吴三桂和将士们又渴又饿,拼杀时间太长,手臂颤抖,几乎握不住刀枪了。吴三桂看到自己的部卒伤亡大半,再战下去,将面临全军被歼灭的危险。清军仍然不见动静,吴三桂从早上出关作战,就知道自己被多尔衮耍了,但没有想到多尔衮的心肠如此狠毒,这是要让自己这边的将士全部战死啊!吴三桂血浸战袍,仰天咒骂:"多尔衮,你这个狗娘养的小人!我和将士们死后变成厉鬼也要找你报仇!"然而,在炮火声与喊杀声中,他的叫骂,非常微小,被风吹散了,被人海淹没了。

其实,多尔衮一直冷冷地站在城头,隐身在垛口边,早就隐隐约约听到吴三桂对他的咒骂了。这世间,骂人,是没有用的。他不在乎吴三桂骂他,只在乎李自成的军队何时溃散,只要李自成的军队一乱,他就派出八旗劲旅收拾残局。然而,激战半天后,李自成的军队没有溃散,多尔衮看出吴三桂已经拼了老命,他也看出来了,如果不是因为有自己在背后的城内,吴三桂应该早就泄气撑不下去了。

多尔衮一直盯着,八旗将士们在焦急地等待着,都按捺不住想冲出去,但面对摄政王的铁令,谁也不敢违反军纪。山海关长城是南北纵向,日头从东方绕过正南的海面,斜到长城西侧了。多尔衮看透了,吴三桂无法把李自成的军队冲散,但是,他又看到,李自成军队的重心在向北偏移,精锐主力几乎全去包围吴三桂了,南面大海边,只有松松垮垮的少数军卒和一些做饭的火头军。多尔衮明白,自己必须出马了,否则,吴三桂说不准破罐子破摔,一赌气,放下刀枪投降李自成。

多尔衮一脸杀气,命令阿济格和多铎率领兵马:"冲!"

进攻的号角嘹亮凄厉,响彻天地。吊桥放下,城门大开,养精蓄锐的八旗劲旅,嗷嗷叫喊,像龙卷风一样,烟尘滚滚地向南面大海边那个没有多少战斗力的李自成军最薄弱的阵线扑去。柿子捡软的捏,既能杀伤敌人,自己还不费力,没有太多损失。

清军出兵了,人喊马叫。吴三桂在麻木的血战中,也听到,因为他一直留神倾听。吴三桂带兵打仗多年,他知道:"清军此时出场,赢定了。闯贼兵马的体力消耗殆尽,而且多是步兵,根本不是清军骑兵的对手。虽然清军扑向的是大海边,但对山底下的自己,也是极大的援手。李自成的大军已经从早上的一字长蛇,变成了现在的蝌蚪,贼兵都压迫到北山这边了,南面海边形同虚设。一旦南边的贼兵被杀光,就会对中部的贼兵造成心理恐慌,只要有一个人、一匹马转身而逃,就会如同洪水决堤,从小漏洞变成大溃口,谁也拦不住了。哈哈,李自成,闯贼,你的好日子到头了,你的部队都是乌合之众,胜则聚,如沙筑城堡;败则散,一盘散沙。闯贼的死期不远了。哈哈哈,多尔衮啊,你真沉得住气,拿捏得好火候,一直把我熬到快倒下了,你才站出来。"吴三桂一时来了精神,抖擞力气,挥刀冲杀,剩余的亲兵卫队急忙奋不顾身地追随保护他。

多尔衮看到阿济格和多铎统率八旗勇士,万马奔腾,如同海啸扑上岸去,不可阻挡。战场形势发生了剧烈变化,农民军遭到清军的突然攻击,一时处于清军和吴兵的里外夹击之中。

李自成看到,突然杀出来一支铺天盖地的勇猛骑兵,如风卷残云一般,马群冲到的地方,自己的步兵就看不到了,被潮水淹没了。他愣住了:"怎么回事,这是哪里来的兵马,我明明就要胜利了,吴三桂已经挺不住了,为什么啊?"

每到危难时刻,刘宗敏必然挺身而出,替闯王排忧解难。此刻,刘宗敏暴喊一声:"跟我来!"亲兵卫队跟随刘宗敏如一股旋风冲下山岗,去阻截清军。虽然勇气可嘉,但飞蛾扑火。刘宗敏从来没有和清军交过手,在与明朝官军的多年战斗中,作为常胜将军,他横刀立马,勇冠三军,积累了傲视天地的战神之信心。然而,他不懂得清军,他们不是明朝官军。

刘宗敏一马当先,率领精锐骑兵,风驰电掣,与清军马头相撞,刀剑互砍。刘宗敏果然是大英雄,杀入阵中,一口气砍死了四五个清军。他的亲兵卫队都是百里挑一,个个是勇士,叱咤挥刀,迎击清军。吴三桂手下的军校里有人认识刘宗敏,大声呼喊:"这是闯贼手下的大将刘宗敏,不可放他走了!杀啊!"立时,清军铁骑都向刘宗敏包抄过来,刀马未到,箭雨呼啸,刘宗敏连中两箭,栽下马来。他身边的亲兵也纷纷伤亡落马,其他亲兵拼死相救,在乱军中,把刘宗敏扶上马背,杀开一条血路,冲出重围,向西飞奔,逃离了战场。

农民军虽然不畏强敌,奋勇拼杀,但毕竟已经和吴三桂军激战大半天了,伤亡甚重,精气耗损,有心杀贼,却无力回天。养精蓄锐的清军与吴三桂军,见农民军大将刘宗敏受伤逃走,军心一时愈加振奋,越战越勇,全力冲杀。很快,战场上便积尸遍野,血流成河。农民军及运粮民夫被追逐到海边,大部分被斩杀,亦有投海溺死者,犹如松锦大战重演,海水血污,尸体漂满大海波涛间。

很多时候,两军对阵,天气环境起着重要作用,会严重影响战局走向。清军出战后,一股巨大的狂风,忽然平地而起,烟尘旋转,从东北向西南咆哮,飞沙走石。李自成的军队面向东方攻击,这风暴就是摔打农民军的,风卷黄沙,像恶龙扑来,帮助了清军和吴三桂。农民军被风沙迷了眼,只能胡乱挥舞马枪,军心顿乱。

李自成骑马立于高岗,看到刘宗敏受伤败走,风暴袭军,急令预备队火速驰援。他身边有一僧人,指点着清军骑兵,说:"此非吴兵,必东兵也。"李自成这才明白,原来是清军来了,怪不得吴三桂不肯投降,原来他早与外番勾结,联手合兵,共同对付自己。吴三桂军卒都用白布斜束项背,有的用裹脚布代替白布,刚看到时还以为是在给崇祯皇帝戴孝呢,闹了半天是给清军看的,用来分辨哪个是吴军,哪个是农民军。李自成勃然大怒,气得都想跟清军拼命,一路胜利进军到此,让他信心满满,谁来都不怕。此时,僧人又惶恐地多说了一句:"宜急避之。"

李自成立马感觉一盆冷水兜头浇下,顿时冷静了,回过神了,再一细看,清军攻势正猛,如同刀锋破竹,料难以扭转大局。他还看到清军奋勇争先,奔着自己站立的将军台杀来,军旗和主帅在这里,敌兵是想擒贼先擒王,清军强弓射来的长箭已经落于马前,箭头扎进土里,箭尾还在颤抖。自己这边,最能打的刘宗敏已经败阵,李自成慌乱了,大喊一声:"撤!"他首先执行了自己的命令,一勒缰绳,拨转马头,朝西边京城方向逃走,"闯"字帅旗掩卷着,紧紧追随着他。

牵一发可动全身,李自成就是农民军的魂,他都临阵脱逃了,农民军顿时没有了主心骨。农民军以步兵为主,清军都是骑兵。骑兵杀步兵,如同砍瓜切菜,逃跑中的步兵,跑也跑不过,身背受敌人刀箭,没有一点还手之力。一些将士看到跑不了了,就咬牙叫喊拼命,继续作战,终因寡不敌众,为清军所败。

多尔衮看到李自成的帅旗逃跑了,心花怒放,跪在山海关城头,由衷地感恩上苍。"父汗和皇兄两朝都无法撼动的宁远和山海关,如今踩在我脚下了。"他清楚此战之功,可比父汗的萨尔浒立国之战,可比皇兄绞杀明军主力的松锦大捷。山海关大胜,让中原门户从此洞开,剑指华夏,倚马可待。

李自成南征北战,摧枯拉朽,把近三百年国运的大明朝埋葬了。但是,他在山海关遇到了多尔衮,栽在了多尔衮手里。

第二天,李自成率残部退至永平,不知道他是咋想的,仍然再次派遣明朝降官王则尧赴吴三桂军营招降。吴三桂现在已不敢全权处理此事,把王则尧恭恭敬敬地转交多尔衮,让摄政王看着办。多尔衮冲吴三桂点头微笑,比较满意,喝令处斩王则尧。王则尧吓得委屈地大喊大叫:"两国交兵,不斩来使!"可是多尔衮不是君子,不遵守君子之道。

李自成以牙还牙,在永平范家店把吴三桂的父亲吴襄斩首示众。吴襄死前,又是害怕,又是骄傲,既恨骂儿子是不孝逆子,又赞儿子是真枭雄!

李自成继续西撤,比来山海关的时候快多了。二十六日,逃回北京。出征时,李自成号称十万兵马,回来时仅剩三万。进攻时,从北京到山海关走了八天,败退时走了四天。如果李自成进攻山海关时,以四天的时间急行军到达,那么,等多尔衮率领清军赶到时,只能望城兴叹,八旗兵马根本攻克不了"天下第一关"。

多尔衮招降吴三桂,大败李自成,越过山海关,向北京进发,下一个目标就是京城。

从此以后,多尔衮基本以决策者而非阵前指挥官的身份指挥清军进军中原。山海关大战,是多尔衮军功方面的巅峰。

山海关之胜,意义深远,实现了努尔哈赤和皇太极的积年夙愿,让清王朝入主中原变为可能,同时又巩固了多尔衮的摄政地位,使得他独揽朝政、碾压皇权,华夏历史翻开了新的一页。

五、征服汉人心

山海关大战,多尔衮是胜利者,李自成是失败者,那么吴三桂呢?

吴三桂也是失败者!

吴三桂背上了汉奸的千古骂名,还赔进去全家族数十口人的性命。李自成逃回北京后,做的第一件事就是怒杀吴三桂全家三十八人,将首级悬挂在城楼上示众。

吴三桂率领兵马追击李自成,来到北京城下,看到一长排自家人血淋淋的脑袋,心痛得要昏死,差点从马上栽下去。吴三桂指着北京城楼哭骂:"闯贼,我与你不共戴天,必要杀你,报仇雪恨!"

吴三桂挟胜者之威风,悲壮地叫嚣:"攻城!"

一百多天前,即明崇祯十七年(1644)正月初一,李自成在西安建政,国号大顺,改元永昌。易西安之名,恢复为古名长安,又称西京。李自成自立为皇帝,追尊其曾祖以下皆为皇帝,册封妻子高氏为皇后。

二月初二,李自成率领大顺军东渡黄河,进攻山西。每天攻破一座城池,连克三城,初五便攻克太原。一路向东进攻,势如破竹,目标是大明朝首都北京。三月十九日,李自成从德胜门进入北京。二十二日,李自成下令礼葬崇祯皇帝。二十七日,葬崇祯皇帝于田贵妃墓中。

大顺军进入北京之初,李自成下令:"敢有伤人及掠人财物妇女者,杀无赦。"京城秩序尚好,店铺营业如常。但从二十七日起,大顺军开始拷掠明官,四处抄家,规定助饷额为"中堂十万,部院京堂锦衣七万或五万三万,道科吏部五万三万,翰林三万二万一万,部属而下则各以千计"。大顺政权宣称"三年免征"赋税,那就只能通过没收明朝官员财产,以追赃助饷的办法解决财政问题。这使得士绅阶层人人遭殃抱怨,造成树敌过多的局面,直接导致吴三桂投靠清军。

李自成忌惮山海关吴三桂的关宁铁骑,准备在招抚吴三桂后,再正式登基称帝。招抚吴三桂不成后,四月十三日,李自成犹犹豫豫地决定东征,既想铲除吴三桂的势力,又幻想着不战而胜,拖拖延延、磨磨蹭蹭,直到等来了多尔衮的虎狼之师。

大顺,从此不顺!

此时,追杀李自成来到京城外的吴三桂,又升官了,从前明的平西伯晋升为大清的平西王了。

四月二十二日,李自成逃离山海关。吴三桂带领残余兵马回到山海关城内,多尔衮欢喜迎接。山海关之战,吴三桂军功最大,多尔衮封赏吴三桂为平西王。吴三桂跪拜谢恩,但他心里在滴血。多尔衮划拨一万马步兵,隶属吴三桂,命令他追击李自成。吴三桂原本握有四万兵马,但现在只给他一万,仍然让他当先锋官,在清军前面去打击"闯贼"。吴三桂因为家父和妻妾仍在北京城内,忧心如焚,于是坚决执行多尔衮的命令,充当了为大清朝剿杀大顺的一柄嗜血战刀。

二十三日,吴三桂率部先行。出师之前,多尔衮明确谕示:"此次出师,旨在除暴安民,消灭农民军,以安定天下民心,将士入关西征时,勿杀无辜,勿掠财物,勿焚房舍,违令者军法从事。"

多尔衮同时下令:"山海关城内军民,皆剃发以示归清;不剃者,斩!"

吴三桂恨不得肋生双翅,胯下的战马差点累死。他心焦急切,只想追上李自成,不杀他不解恨:"自己落到如此境地,全怪李自成。"

吴三桂前脚刚走,多尔衮立刻率多铎与阿济格领兵随后跟进,一起追击李自成的大顺军。

多尔衮对吴三桂还加了一道谕令,以他的名义出示榜文,晓谕官民。此前,吴三桂以大明朝平西伯的口气,张贴过一张告示:"钦差镇守辽东等处地方总兵官平西伯吴示:为复大仇、歼大寇,以奠神京,以安黎庶事,切痛先皇被弑,亘古奇殃,剧寇狓猖,往代未有。凡属臣僚士庶,能不碎首殒心?今义兵不日来京,尔绅衿百姓,须各穿缟素,协力会剿。所过地方,俱要应接粮草。务期罄捣巢穴,纤介无遗。庶使克复神京,奠安宗社,乾坤再整,日月重光。特示。"

如今,他立马以大清国平西王吴三桂的身份,发布新告示:"平西亲王吴,为安抚残黎以救民生事:照得逆闯李自成戕主贼民,窃窃神器,滔天罪恶,罄竹难书。荷蒙大清朝垂念历世旧好,特命摄政王殿下大兴问罪之师,怀绥万邦,用跻和平之域。仁声所播,义无拂命,第虑遐远之区,讹传舛错。不特有辜大清戢暴安民之意,致黎庶反受执迷殒身之祸。今摄政王简选虎贲数十万,拥戴西洋大炮数百位,络绎南下,相应榜谕,以醒蒙愚。为此示仰一带地方官生军民人等,务期仰体大清朝安民德意,速速投诚皈命,各安职业,共保身家,毋得执拗迷谬,自罹玉石俱焚之惨,未便。特谕。顺治元年四月二十六日榜。"

二十四日,清军连续轻松占领昌黎、滦州等县城,沿途张贴安民告示,配合吴三桂的告示,收拢民心,宣称让百姓各安其业,命令清军不许入城,而是在离城十里远的野外驻营。各地官民纷纷觉得清军变好了,成为仁义之师了,对清军不那么排斥了,再和逼死皇上的李自成大顺军一对比,觉得清军更好。平民百姓的态度事小,关键是士绅地主阶层的心态,他们跟清军产生了相互吸引力。官绅们集体靠拢清军,望风而降,分别扼守城池,反抗李自成的大顺军,多尔衮对归降的知府州县加官晋级,这些地方官对清军感恩戴德,帮着清军向老百姓说大清的好。本来反感清军的平民百姓,看到清军秋毫无犯,一时不适应,再看清军的告示,再听县太爷都说大清好,那就好呗。

二十六日,李自成败回北京,吴三桂穷追不舍,攻城叫阵。

李自成派刘宗敏和李过等十八营联兵与吴三桂再战,想一举擒获吴三桂。这一回,没有清军帮忙,吴三桂却打赢了。李自成的大顺军再次失利,刘宗敏再次负重伤。一时间,北京城内人心浮动,谣言四起,许多人争相外逃。李自成连遭挫败,军心涣散,想到野蛮的清军大队到来后,北京可能难以守住,因而决定回师晋、陕,回老家去,以图休养生息后,东山再起。李自成一步错,步步错,他轻视了北京的战略重要性,总觉得自己是陕北人,没有把经营京城当作大事,没有意识到占据京城的战略高度。他把自己当作过客,因此决定放弃北京,也许是得到的太容易了,就不那么珍惜了。

但是,来北京一回,不能白来啊,北京是元朝和明朝皇帝待的地方,李自成虽然在西安称帝建立大顺国了,但仍然觉得只有在北京登基称帝,才是真的。

二十九日,李自成在武英殿举行了又一次称帝仪式,再次立妻高氏为皇后。形势急迫,李自成没有心思去祭告天地了,于是派宰相牛金星代替皇上行郊天礼。李自成命令在大街上出牌,谕告百姓,速速出城躲避清兵,这让京城更加恐慌与混乱。入夜,李自成命令大顺军火烧皇宫,又烧京城九门城楼。北京顿时火光冲天。李自成的失败,源自他的短视,鼠目寸光,没有博大的胸襟气度。你纵火焚烧京城干什么?烧掉帝王家宅,那便是把自己烧"死"了。

后半夜,三十日凌晨,皇宫烈火熊熊燃烧,李自成率大队兵马仓促出逃,离开北京,向西撤退。李自成自三月十九日雄纠纠气昂昂地进驻北京,到狼狈而去,掐指一算,只有四十一天。吴三桂葬送了李自成,却引来了多尔衮。

这一天,清军到达蓟县界,离北京只有一步之遥。多尔衮没有扰民,在县城南二十里的罗公店宿营。探马来报:"大顺军逃走了。"多尔衮顾不上休息,急令大军连夜追击,争取歼灭李自成,以绝后患。

五月初一,多尔衮来到了通州。这里是北京的门户,此前,多尔衮和清军劫掠中原时,一次次经过这里,他此时感觉自己已经是北京的老熟人、老朋友。

吴三桂求见,请求护送崇祯帝的太子朱慈烺进入北京,拥立为新皇上。多尔衮瞪起狠毒的双眼,坚决不许。吴三桂据理力争,甚至与多尔衮发生了争吵。吴三桂的理由是我虽然归降大清了,但我打跑李自成,拥立新皇上,也算我报答朱氏皇恩了。其实,吴三桂是想通过匡扶大明来为自己冲淡投降清军的耻辱,挽回声誉。多尔衮怀疑吴三桂不是真心投降,便决心给这夹生饭加把火,给吴三桂罩上锅盖,做成熟饭。再说了,多尔衮带领清朝大军过山海关,来到北京,可不是为了立明朝皇上,把北京变成明朝的北京,我们大清就有皇上,从此以后,这北京就是大清的北京了。

崇祯皇帝临死前,吩咐把虚岁十六岁的太子朱慈烺送出皇宫,藏起来。李自成进入北京后,有人把太子献给了李自成。李自成命太子跪下。太子怒曰:"吾岂为若屈耶?"李自成复曰:"汝家何以失天下?"太子曰:"我何知?百官当知之。"太子复曰:"何不杀我?"李自成曰:"汝无罪。"太子曰:"若是,则速以礼葬我父皇、母后。"李自成命太子同坐饮食,太子不食。李自成于是把太子送到刘宗敏军营看护监视。李自成礼葬崇祯皇帝,太子泣,至昏夜不去。李自成东征山海关,人们见到太子骑马跟随而去。李自成战败而还,失太子。朱慈烺再也没有回到北京。

吴三桂又一次在多尔衮面前低下头来,遵从多尔衮的命令,去追击大顺军。吴三桂觉得自己已经为大明皇室尽心尽力了,一切无成,这是天意,大明朝气数已尽。

李自成仓皇逃离,北京重新成为明朝遗老遗少的地盘,有人准备恭迎吴三桂及大清军,以为他们是来奉还太子朱慈烺,中兴大明王朝的。

多尔衮蛮横强硬,没有让吴三桂进入北京城,而是驱赶他继续为大清卖命,去追击李自成。吴三桂虽然让步了,多尔衮仍然非常生气,还没有任何一个大清臣子敢对自己闹脾气,发火争吵,吴三桂真是吃了熊心豹子胆。多铎和阿济格拔出佩刀,想立马斩了吴三桂这个猖狂小儿。多尔衮摆手制止了胞兄胞弟,念在吴三桂刚入伙,不懂规矩,又看在他在为前明故主争利益的份上,也算是忠臣,勇气可嘉。多尔衮容忍吴三桂,更重要的原因是他需要吴三桂为大清当打手,吴三桂的名字和关宁铁骑绑在了一起,在中原汉人族群中非常有影响力,吴三桂和数万关宁铁骑都投降大清了,别人谁还敢反抗,那无异于以卵击石,只有乖乖归顺一条路可走。另外,如果把吴三桂杀了,那再也没有人敢投降了,会认为归顺就是死路一条,他们为什么投降,就是苟且偷生求活命嘛。多尔衮看着吴三桂大军西去的烟尘,冷笑一声,对吴三桂必须时刻提防着使用。

不让吴三桂奉明朝太子入京还朝,多尔衮是为了自己和大清朝入京主政。他大手一挥,命令清军将士:"进北京!"

多尔衮以前曾多次来到北京,但他只能在城外打劫,无力攻克它。这一次,他耀武扬威进入北京城,努尔哈赤和皇太极做不到的事他做到了!

朝阳门外,明朝的遗官遗民们早已等候在此。锦衣卫指挥使骆养性准备了銮仪法驾,百官齐集。大顺军败走,获得自由的明朝遗臣骆养性等人,大都准备去故都南京,就在这个时候,收到了吴三桂发来的檄文,将奉崇祯太子朱慈烺回京继位。于是,骆养性倡议在午门设立崇祯的灵位,行哭临礼。骆养性带领百官,迎接太子朱慈烺。远处马蹄声声,尘埃阵阵,众人连忙跪伏在大道两侧,一些百姓烧香拱手,有人连声高呼万岁。可是,当车马行到跟前,他们抬头仰视,才发现走在前面的既不是太子朱慈烺,也不是战将吴三桂,而是年龄尚未满三十二岁的清摄政王多尔衮的大驾。

多尔衮很感动,感慨这些官民能够放下对大清的积怨仇恨来欢迎他们,这都拜李自成所赐,他砸碎了北京,激起了官民公愤,所以,大清才得以以重建者的义师姿态,接手北京。

这些前朝的官员不禁惊骇愕然,刚走了虎狼,又来了黑熊瞎子,有一些人悄悄溜走了。骆养性不能溜走,他是张罗主事的,而且他在官场混久了,非常懂得奉承,随机应变能力超强,立马将错就错,笑脸相迎,请多尔衮乘坐明朝皇帝的龙辇进城。

多尔衮一看,这是御驾,自己只是摄政王,他当然想享受皇帝的尊贵待遇,但怕身后的清军将领们挑理,急忙谦辞:"我自己是效法周公辅佐幼主,不该乘辇。"明朝官员们则叩头再请:"周公曾经完全代管国家大政,您应该乘辇。"多尔衮索性不再推辞,爽朗地说:"那好吧,我如今是来平定天下的,自然应该听从大家的意见。"遂跨上了明朝皇帝的御用辇车,缓缓向前行驶。多尔衮心想:"我坐了龙辇,谁又敢把我怎样?我本就应该乘坐。"

骆养性尽心尽职,下令仪仗在前引导,乐器高奏,从长安门进皇宫。多尔衮被请下龙辇,对天行三跪九叩头礼。多尔衮心情激动,感觉自己就是皇权的代表,仿佛自己就是皇帝。明朝官员们惊诧地看到,多尔衮站起来后,转身面对东北方向,再次跪下,行三拜九叩头礼,众人很快醒悟,这是摄政王对沈阳老家和祖宗社稷行大礼,一时大家心里都不是滋味,但也只能忍辱偷生。

之后,多尔衮再上龙辇,心中十分坦然,直入武英殿。有金瓜、玉节等罗列于殿前。多尔衮被请下龙辇,环视大明皇宫,只见到一片烧焦的残破殿宇,主要建筑都已半成灰烬。听到汇报说是李自成放火,多尔衮恨骂:"闯贼无道,人神共诛之!"

武英殿偏安一隅,没有被烧掉,这也是李自成二次登基称帝之所。骆养性俨然成了主持人,恭请摄政王多尔衮入殿升座,接受故明大小官员及宦官数千人的朝拜,三呼万岁,在大殿回响,在天地间回响。

多尔衮感到震耳欲聋,不禁心潮澎湃,在汗逝母殉、依托汗兄小心求生时,他就在期待有一天能够拥有如此至高无上的尊荣,连做梦都想。他却要伪装隐藏,不敢表露自己的心思,怕被皇兄看出来而打压,那样连小命都会被掐死。现在,自己这般威风,俨然一个皇帝的样子,怎能不欢欣激动?他居高临下,环视殿宇,却目中无人,恍惚间看到了父母在天地之间,微笑着看过来。他在内心中哭唤:"阿玛!额娘!"

多尔衮很快就回过神来,登上中原大国皇帝的金銮殿,坐龙椅,只是自己征服中原汉人的第一步。再者,自己只是暂时坐在这里,沈阳老家还有个顺治小皇上,虽然福临只是个小孩子,但他是名义上的皇帝。想到此,他心中不禁又是一阵酸楚,悲从中来:"想当年,我已经是成婚的少年,却遭遇汗逝母殉,成为无依无靠的孤儿,而小福临才六岁,啥都不懂,却有福当皇帝,而且还是我亲手把他抱上龙椅的,那原本是我自己想坐的金銮殿啊!

"我是摄政王,我不是皇上!"

"但是,我要行使皇帝的权力!"

多尔衮十分清醒地知道:摆在自己面前的是一个庞大的烂摊子,百废待兴,需要让黎民百姓的生活恢复正轨。这样,他们才能为朝廷纳贡缴银,自己虽然文武双全,但主要还是将帅之才,真正治理国政,还要依靠这些前明故臣,虽然他们是一帮庸才,大明朝就是被他们搞垮的,但现在还得依靠他们,大清需要这些奴才,女真人太少了,即便加上结盟的蒙古人,跟汉人相比,也还是太少。征服汉人,治理汉人,要依赖汉人官员,要治住这些官,再让这些官治理百姓。范文程和洪承畴,是大清要依靠的一文一武,但他们在汉人的影响力,目前不及吴三桂。自己还需要更多的吴三桂,才可成就大清霸业。

多尔衮在心里既瞧不起眼前跪着的这些黑压压的前朝官员,却又要假意对他们强作笑脸:"都起来吧!"多尔衮对那些恭恭敬敬的前朝官员说:"我们大清军是仁义之师,这次进关杀贼,是为了替你们报君父之仇。"说罢,他又对身边的清朝王公大臣们说,"传我的命令,诸将进城,不许闯入民宅,对百姓要秋毫不犯,违令者严加惩办!"明朝官员们都对多尔衮由衷地赞赏。多尔衮又安抚这些前朝官员,"从今天,你们各司其职,原来做什么官,现在还干什么,做得好的,论功行赏。"众人再次磕头,感恩不尽,都念大清摄政王多尔衮的好。

比如骆养性,作为大明朝重臣,原本在天津督理军务。因为李自成来袭,崇祯皇帝召骆养性回京组织兵力守卫国都。此时,被鼠疫折磨了超过一年的京师,早已元气大伤。骆养性说:"昨年京师瘟疫大作,死亡枕藉,十室九空,甚至户丁尽绝,无人收敛者。"京军三大营,将士大半死于瘟疫,近三万匹战马,仅剩一千匹可以骑乘,守城部队彻底失去了作战能力。北京内外城墙,有十五万个垛口,只有五万名羸弱士兵据守。因此,京师轻而易举地被李自成攻陷。而多尔衮不知详情,以为李自成的大顺军多么厉害,清军无法攻克的北京,李自成却唾手可得。

骆养性在京城陷落后,向李自成投降,接受了改朝换代的事实。在大顺军追赃助饷时,骆养性很听话,几乎是倾家荡产,尽全力,献银三万两,但仍然被刘宗敏羁押,觉得他拿得少,对他严酷逼捐。骆养性觉得非常委屈,对大顺军无比失望。清军来了,没有走李自成的老路,而是笼络前朝众官,皆复原职,让大家为大清出力卖命。百官觉得受到了清军的尊重,于是愿意伺奉新的朝廷。

多尔衮以骆养性主持迎接清军、带头归降之功,非常赏识他,很快委以重任,让他总督天津,赏赐貂皮褂一袭。东北有三宝:人参,貂皮,鹿茸角。女真人还没强大起兵前,主要用长白山珍与明朝在马市上互通贸易,换取布匹粮食油盐等生活必需品。骆养性知道貂皮褂珍贵,更难得的是,它是一手遮天的摄政王赏赐的,由此显得更加尊贵。穿上这件貂皮裘,骆养性实心实意地为大清做事,比给大明朝做事还卖力气。大清刚刚入主中原,军事征战,政治民生,处处需要钱,大明朝留下的国库空空如也。钱从哪儿来?百姓缴纳而来。骆养性凭着多年侍奉明朝的治国理事经验,先后向摄政王上疏,就"盐课""征纳钱粮""漕粮""两淮盐务"等关乎国计民生的大事,建言献策,多尔衮均悦而采纳,极为重视,赐鞍马给骆养性。骆养性穿着貂皮裘,骑着御赐马,觉得自己很有面子,露脸出彩,很风光。

清代诗人赵翼评说:"养性入本朝,顺治二年为天津总督,奏请田赋悉照明代原额,其辽饷五百万、新饷九百万、练饷七百三十万一概删除,得旨允行。是时天津尚沿明季设有总督,故养性得之,而竟能奏免天下二千余万之加赋,可谓天下阴受其福,而不知我国家万年有道之长,实基于此。是养性之功。"

后来,骆养性擅自迎接南明弘光帝使臣左懋第等人,朝廷大臣部议应革其职,贬为民,但多尔衮念其有迎降功,只革除了他的总督之职,仍保留太子太傅左都督衔。骆养性再上《为申明臣功以明心迹疏》,表明自己尽忠朝廷的心志。

以骆养性为代表的一大批前明官员,集体服侍清朝,他们都是饱学之人,知道忠臣不事二主的祖训,但他们都是人,都想活命,给哪家朝廷"打工",都是为了自己出人头地,给家庭挣回吃饭的工钱。范文程向多尔衮建言:"官来归者复其官,民来归者复其业。"这一招果然好使,多尔衮采纳了,汉人官民果真服服帖帖地当顺民了。

多尔衮正式颁布命令:"明朝各级官员,不计前恶,一律照旧录用,对为了躲避农民军而返回故籍、隐居山林的,只要愿意回来,也仍以原官录用,剃发归顺的地方官各升一级,朱姓各王归顺者也不夺其王爵,仍加恩养,以此安抚故明官吏。"大明朝遗留的皇室诸王来归顺,都照样能当养尊处优的王爷,还会有多少人愿意冒着掉脑袋的风险拼命反抗清军呢?

大清朝之所以能得华夏江山,是因为联合前明官绅,得到了汉人领导阶层的支持。

多尔衮坐镇北京皇宫，放眼天下：劲敌李自成手中还握有数十万军卒，虽然兵败西退，但一旦养精蓄锐，卷土重来未可知，完全可以把大清这点少得可怜的兵马重新赶到山海关外；南京有马士英、史可法等将领，拥立明朝皇族福王朱由崧，监国于南京，于五月十四日建立了南明政权，黄河以南的大明江山，何时能占领呢？天下太大了，八旗将士纵马驰骋，别说打仗，光是跑马占地，都要到何时才可跑遍啊？

眼下，大清只控制了京畿地区。这里连年遭清兵和大顺军的烧杀劫掠，又值久旱无雨，城郊数百里，别说庄稼，连野草都见不到；兵马践踏，加上瘟疫，平民百姓，生死参半，饥饿为盗，杀人放火。北京城中的粮草，大多为农民军运走或焚毁，所剩多是积年陈腐之米，且糠土各半，食辄腹痛，军兵官员都不得不以此充饥，连跟随多尔衮同来的朝鲜人质王子都不例外。山西供应京师之煤，因盗贼劫路，已两月不至，炊断粮绝，人心躁动，一颗火星就会点燃熊熊烈火，造成民生变、兵作乱之后果。李自成先胜骤败的局面，大清绝对要引以为鉴，不能重演。面对如此残破时局，多尔衮思前想后，瞻望未来，怎能不忧心忡忡？

为了安定民心，重振京畿，进而建立全国统一政权，多尔衮决心收买汉人官员之心，举起"除暴安民""复君父仇"的旗号，以缓解调和民族矛盾，并取得了良好的效果。

入京之初，多尔衮就严令军队留住城外，派将校把守城门，规定凡军兵出入城门者，必须持摄政王九千岁（多尔衮）标旗，严禁军兵进入百姓之家，违令者论斩。清军将士只好在道路两旁埋锅造饭，席地而眠，苦不堪言，渐生怨言。阿济格来找多尔衮，大嚷大叫："这样不行啊，将士们太辛苦了，大家脑袋掖在裤腰带上，拼命征战，为了啥呀？我军益乘此兵威，大加屠戮，然后留诸王守燕京，大军或者退还沈阳，或者退保山海关，可以保证没有后患。"

多尔衮冷笑，嘲讽胞兄鼠目寸光，只知道沈阳，不知道全天下。

多尔衮让协助清军前来作战的蒙古军队暂且回去，等到秋天大举南下之际再来相会，这样可节省许多粮饷，又可避免军队骚扰民间。

还有一件事，让多尔衮彻底征服了京城明朝遗官遗民之心。在范文程等人的建议下,在进京的第三天,即五月初四,多尔衮就颁布命令:自初六起,为故明崇祯帝设灵位,哭祭三日,以慰前明官民对故主哀悼之情,吩咐礼部、太常寺以帝礼厚葬之。此令一经公布,前明官民感激涕零,纷纷称颂多尔衮和大清为仁王义师,可以名垂青史,万古流芳。礼葬崇祯皇帝,更激发了汉人官民对李自成大顺军的仇恨,汉人官绅和女真人站在一起,携手并肩,追杀李自成,一心要铲除大顺军。

为了暂且减少民族纠纷,多尔衮还听从建议,下令免除汉人归顺必须剃发的规矩。剃发是满族人的风俗习惯之一,就是把脑袋四周的头发剃光,只从头顶向后留起,梳成辫子,拖在背后。自后金建国之初,就把剃发作为异族是否归顺的标志。入关之初,京畿地区凡归降的汉族官民也都被强令剃发以示真心归顺。此风逐渐受到汉族人民的反对,并不断激起他们对清统治者的仇恨,民情骚动。因为自己立足未稳,多尔衮便做出适当让步,于五月二十三日敕谕兵部说:"以前,因为归顺的百姓不容易辨别,所以下剃发令,来区分顺民和反抗者。如今听说剃发极大违背了百姓的意愿,这反倒不是我以文教定民的本心了。从今以后,天下臣民照旧束发,各随其便。"此令广为张贴,迎合汉人官民。多尔衮以退为进,初步安定了民心,未动什么干戈,黄河以北的河北、天津、山东、山西等地,官僚士绅互相效仿,纷纷放弃抵抗。他们曾经背叛腐朽的大明朝,归顺李自成,如今一大片、一大片地归降清朝,这是人民期待太平治世早日到来。

乱世人心,民生第一大。

六、小龙怀大志，大清君临华夏

五月初二，大清摄政王多尔衮率领清军"整军入京师"，实现了努尔哈赤和皇太极的夙愿。

北京局势稍稍安稳，尚未真正平定之际，多尔衮就急切地要办一件大事：迁都。

六月十日，多尔衮召集诸王、贝勒、大臣召开会议，商议迁都事宜。不少满族将官竟然留恋东北故土，反对迁都。在朝堂上甚至发生了争论，一些大臣对多尔衮说："王爷，不如留军队在这里驻守，大军还是班师凯旋吧！"不同意迁都，实际上就是不想进取全国，只想继续割据辽东。多尔衮的胞兄武英郡王阿济格就说："初得辽东，不行杀戮，故清人多为辽民所杀。今宜乘此兵威，大肆屠戮，留置诸王以镇燕都，而大兵则或守沈阳，或退保山海，可无后患。"

多尔衮沉吟片刻，严厉批驳："先皇（指皇太极）在世时曾经说过，如果得到北京，马上迁都，以图进取，况且现在人心未定，不可轻易放弃北京。"皇太极生前的确说过这么一番话："若得北京，当即徙都，以图进取。"有先帝遗命，众人的反对声浪渐消。

有大志向的多尔衮，怀着江山天下抱负，自然很留恋北京。回到沈阳，大清就是一个边疆小政权，坐镇北京，就可傲视中华，这里是全国的心脏。如果放弃北京，山海关大战的胜利就化为乌有了，那我大清军就是为别人打天下了，自然会有他人来北京当皇帝。人往高处走，国家也是这样，迁都北京，才能弹压中原、雄霸九州，历史上就不乏北方草原政权迁都南下的例子。多尔衮的胸怀和目光，远见卓识非一般人能比，他从战略考虑，认为大清若想"以图进取"，必须迁都北京，清廷只有占据这个高点才能进而统一全国。

多尔衮进关入京这一个多月所作的努力，为安定民心所采取的一系列措施，都是为了迁都做准备，奠定政治、经济和军事基础。多尔衮在敕谕臣下时，也曾多次表示："底定中原，建都燕京。"一些将官看到多尔衮想迁都北京,于是见风使舵,奏议迁都之可行,谈迁都之好处:"京师为天下之根本,京师理则天下不烦挞伐,而近悦远来,率从恐后矣。"

多尔衮心里还有一个强烈的念头,那就是小福临在沈阳当他的无知皇上,像玩游戏一样;自己在北京登基。"福临当沈阳的皇帝,我当北京的皇帝,当汉人的皇帝!"然而,多尔衮苦思冥想,吃喝不香,辗转难眠,最终还是不敢这样做:一是有违自己当摄政王的誓言;二是这样做,大清就分裂了,八旗劲旅就会失败,一些人肯定会回沈阳保驾小皇上。大半年前,在皇太极驾崩时,为了避免八旗分裂,多尔衮没有自己称帝,而是以退为进,推举出一个小皇上,自己晋升为摄政王。如今,他率领大清来到北京金銮殿上,非常不容易,绝不能半途而废。自己带着清军进北京,多尔衮自满得意;自己打下了北京城,却不能自己坐江山,多尔衮又抑郁心堵。多尔衮在这种内心痛楚纠结中,为了大清国,着手迁都事宜,派遣辅国公吞齐喀、和讬、固山额真何洛会等,回沈阳迎驾。奏言:"仰荷天眷及皇上洪福,已克燕京,臣再三思维,燕京势踞形胜,乃自古兴王之地,有明建都之所,今即蒙天界,皇上迁都于此,以定天下。"

这时候,在沈阳的皇宫朝堂上,真正主事的是辅政亲王济尔哈朗和礼亲王代善。豪格虽说被贬为了庶民,但也有一定的影响力。还有一个人物,那就是顺治的额娘——圣母皇太后。这几位,能决定小皇帝的"圣谕"。这几个人都明白,叫小皇上去北京,是多尔衮的主意。现在,多尔衮说什么,基本上十之八九就定了,其他人附和就行了。即便大家不想去北京,也做不了主,如果现在不去,等多尔衮派大军回来劫持皇上,大家也要跟着去,甚至还要有一大批人去不了,要掉脑袋。清军每次出征,几乎都是举全国之力,就那么点兵马,多尔衮都带走了。此次出征,多尔衮以两位辅政亲王一位带兵、一位留守的名义,把济尔哈朗留在了沈阳,就是不想让他再建军功,不想让他掌兵权。其实,代善留守沈阳,完全可以,但是,多尔衮把豪格也留下了,同样是不给他将功赎罪的机会。没有兵马攥在手里,沈阳就是一个空壳,君在内必须听将在外的,如若不然,回兵老家,龙椅就得换别人坐了。故而,圣母皇太后也点头同意迁都,只是不知北京是什么样,到了北京将来会怎么样,眼下只有听天由命。总之，沈阳这边在顺治皇上见诸王奏议时，大家表示同意："迁都于燕，以抚天界之民，以建亿万年不拔之业。"

多尔衮身在北京，遥想沈阳，知道众人会多疑乱想，但一定会乖乖执行。

八月二十日，福临率领大清国臣民，浩浩荡荡，从沈阳向北京进发。这就是清朝历史上著名的"顺治迁都"，大清君臣、军民，一起进京。

大队人马，络绎不绝，因携两宫皇眷、诸王贵族、护行兵马、八旗眷属、扶老携幼，软细辎重等，故行动十分缓慢，一千六百余里的路程，遥遥辛苦。

皇上福临听额娘的，圣母皇太后听群臣的，皇上、圣母皇太后和群臣，听摄政王的。起初上路时，小福临非常开心，走出皇宫高墙大院，放眼天高地阔，草原飞鸟。看到额娘紧锁眉头，忧心忡忡时，他扑进额娘怀中，用小手抚着额娘的脸颊，问："额娘为什么不开心？"圣母皇太后搂住了他，悠悠地说："皇上，你还不知道害怕。"小皇上安慰自己的额娘："等到了北京，有十四叔保护我们，额娘就不害怕了。"

十四叔就是摄政王多尔衮。一听到皇上这样说，圣母皇太后不由得搂紧了孩子。

小皇上说："额娘，我喘不上气来了。"

车驾摇摇晃晃，小皇上困了，圣母皇太后却不敢睡，她担心此去北京，母子俩会不会有危难。

是多尔衮把福临推上龙椅的，母以子贵，庄妃晋升为正宗皇太后，多尔衮是福临母子的贵人；但圣母皇太后同样明白，多尔衮更想坐金銮殿，等过几年，多尔衮翅膀更硬了，势力更大了，可以一手遮天了，儿子福临就会成为他上位的绊脚石。圣母皇太后搂着小皇上，恍惚间做了个梦，梦见一个血淋淋的恶魔高举屠刀冲上来，她吓得惊叫，呼喊儿子逃命，急忙推醒小福临，恶魔一见小皇上醒了，转身就逃，她看到遮住恶魔脸面的长长头发甩荡开，露出了一张熟悉的、没有血色的瘦长脸——摄政王。

他现在是恩人，但将来会不会成为仇人？

一路上，圣母皇太后都在思谋："以后，怎么样才能缓解、消弭多尔衮的争位之心？"圣母皇太后想到的是："多尔衮还没有儿子？以后，他会不会生儿子？他的王府里，不缺女人，都想给他生儿子。上天啊，最好是他永远没有儿子。没有儿子，他就觉得自己争夺皇位，没有啥意思了，将来谁接班啊？那样，也许会让他把皇上福临当成自己的儿子。那样，我们娘儿俩就会平安一些。"

小皇上嫌路远太累，离开皇宫好几天了，咋还没到北京？哭闹着："我不去什么破北京了，我要回沈阳！"

圣母皇太后哄劝儿子："皇上，北京的皇宫，比沈阳大，御花园更好玩。"

到了锦州地界，圣母皇太后指着远山和大海，骄傲地告诉儿子："皇上，这是你父皇征战的地方，就是在这里，打败了大明朝。你长大了，要像你父皇一样，征战全天下！"

身边的护卫笑说："等皇上长大了，也许仗都打完了，咱们都跟着皇上享清福了。"

到了山海关，圣母皇太后指着长城雄关，告诉儿子："皇上，这里是摄政王带兵打败李自成的地方。以后，你长大了，要自己带着兵马，打更大的胜仗！"

小皇上问迎銮驾的大臣："还有多远到北京？"

"启禀陛下，过山海关，才走了一半多的路。"这么远的路，我们上这来干吗？请您登基当皇上啊！"我已经是皇上了。""哎哟，我说陛下啊，等您到了北京啊，您要当更大的皇上！""我到了北京，就长大了？"

圣母皇太后爱惜地搂着儿子，抢过话头："对，到了北京，皇上就长大了！"

整整颠簸了一个月，清朝君主臣民才到达北京。

九月十八日，顺治帝抵达通州。摄政王多尔衮率领将士们在此恭迎圣驾。

福临再小，也是皇上；多尔衮功劳再大，也是臣仆。迁都行程，走到哪里了，在哪里驻营，每天都会有探马飞报，往来穿梭。多尔衮甚至想过："安排一伙自己人，挑选精悍的刺客，在半路刺杀小皇上，宰了他，皇上没了,我自然就应该当皇帝了。"近一年前,在沈阳老家,皇太极驾崩的时候,多尔衮想当皇帝,感觉控制不了局势,现在,经过山海关大战,入驻北京,自己功高震主,想当皇帝,比先前更有把握了。但是,多尔衮通盘考量,然后带着大清诸王和归降的前明大臣们,远迎顺治小皇帝,给众人一副满满的诚意,做足了面子,仿佛摄政王死心塌地辅佐小皇上。多尔衮明白:"所有人都会看出我时刻可以杀了小皇上,自立为帝。有好多人就盼着我这样做呢。向着我的这样想,打算跟着我借光,一人得道,鸡犬升天;反对我的也这样想,打算看我废君自立,看我的笑话,成为一个坏人,留下千古骂名。"

圣母皇太后看到多尔衮前来远迎,又担忧,又感动:感动的是这么崇高的摄政王能放下架子,来伺候小皇上;担忧的是摄政王这么隆重对待小皇上,是不是有什么暗藏的阴谋?

小福临高兴地呼喊:"十四叔!"

多尔衮作笑下马,跪下施礼:"陛下!太后!"

圣母皇太后连忙说:"摄政王,快起来吧。"

夜宿通州,多尔衮与济尔哈朗和代善等人举杯欢庆,大家一致称赞摄政王山海关大胜之功。多尔衮也不客气,一杯杯化作迟来的庆功酒。圣母皇太后悄悄嘱告儿子:"皇上,你要赏赐摄政王一杯御酒。"

多尔衮醉了。

圣母皇太后忐忑不安,强作欢颜。

豪格闷闷不乐,山海关大胜,大清攻进北京,他高兴,但功劳都是多尔衮的,跟自己没有什么关系,寸功未立。他不肯喝为多尔衮祝捷的庆功酒。豪格冷眼作笑,这才哪儿到哪儿?我看你多尔衮还有几步走?如果你敢对皇上不利,我就跟你拼个你死我活。

第二天,九月十九日,朝霞满天,车驾再起,摄政王成了顺治皇帝的护卫,骑马随行。

当天下午,圣母皇太后和顺治帝看到了高大的北京城墙和城楼,多尔衮陪同他们从正阳门入宫。将顺治帝福临、满朝文武官吏、后宫嫔妃等迁至北京,以北京为首都,开始了对中原的统治,这是多尔衮的巨大功绩。

十月初一,在多尔衮的总导演下,满朝文武官员积极地做好了新皇帝登基的筹备,顺治帝再次举行了登基大典,真正地君临天下。

皇帝登基大礼,不许女人参与。当圣母皇太后看到儿子福临被仪礼官员引导着走出她的视线时,她一时特别惶惶,揪心地痛楚,只要福临不在她手中,眼睛照看不到,她就不放心;现在,福临就是她的命根子,当皇上好是好,但是太危险啦!

多尔衮同样痛苦,年仅六岁的小福临,洪福齐天,相隔一年,两次登基,自己三十出头了,却连一次登基的福分也没有。作为摄政王,他必须在场,但他觉得其他人都看出来了,他脸上的笑是苦涩的笑,他内心极为苦楚。这时候,多尔衮是一位出色的表演艺术家。

多尔衮陪同顺治小皇帝亲诣南郊,告祭天地,上香、行礼。多尔衮微微闭上眼睛,他觉得是自己在告祭天地,登基称帝的人,应该是他。

献玉帛、献爵、读祝、亚献礼、终献礼、撤馔、焚祝帛、授御宝、迎神、送神等,一系列烦琐的登基仪式,都是多尔衮的骄傲:"大清君临北京,雄视天下,是我的大功劳。"也都是多尔衮扎心般的痛苦,"打天下的是我,坐天下的不是我"。

登基大典是人世间所有嘉礼中最重要的典礼。但是,顺治皇帝的登基仪式比较简单。一是因为顺治在关外已经称过帝,到北京,在紫禁城再行登基典礼,主要是做给汉人百官们看的:这就是你们的新皇帝。紫禁城大部分被李自成焚毁,尚未修复,所以只能在皇极门(太和门)举行仪式。行礼时,年幼的顺治坐在临时设置的宝座上,满族诸亲王、郡王、贝勒、贝子、王公等立于内金水桥北,汉人文武百官立于桥南。王公跪呈贺表,大学士宣读表文后,群臣行三跪九叩礼。礼毕,礼成。

福临即皇帝位,仍用大清国号,顺治纪元。

摄政王多尔衮保驾护航,福临正式代天受命,成为新朝天子。顺治在沈阳,是小皇帝;到了北京,就是"大"皇帝。天下江山,又一次换了新主人。

新皇初登大宝,遍封群臣。福临帝虽然年幼,但有人替他安排这些,当然就是以多尔衮为主。鉴于叔父多尔衮的功绩,顺治皇帝加封多尔衮为"叔父摄政王"。大殿内,钟鼓齐鸣,百官拜贺。其实,是多尔衮自己在摄政王前面加上了"叔父"二字。因为实在是不能把他称为皇帝多尔衮,只好给摄政王再加码,也算升官晋爵。

十月初十,顺治皇帝在皇极门(太和门)向全国颁布登基诏书,清王朝正式定都北京,开始了以北京为都城的长达二百六十多年的统治。清朝将都城从沈阳迁到北京,正式表明了逐鹿中原的决心、统一全中国的愿望。

清廷在颁布即位诏的同时,加封多尔衮为"叔父摄政王",颁赐册宝,并赠给他在帽顶上嵌着十三颗东珠的黑狐帽顶,黑狐皮大衣一件,黄金万两,白银十万两,缎万匹,鞍马十匹,马九十匹,骆驼十峰,明确了他和诸王公贵族不同的特殊地位。册文中有假托顺治的话:"我皇考上宾之时,宗室诸王人人觊觎,有援立叔父之谋,叔父坚誓不允。""将宗室不轨者,尽行处分。""叔父又帅(率)领大军入山海关,破贼兵二十万,遂取燕京,抚定中夏,迎朕来京膺受大宝。此皆周公所未有,而叔父过之。"

十月十三日,顺治加封济尔哈朗为信义辅政叔王,不叫摄政王,赐黄金千两,白银万两。另外,多尔衮开恩,复豪格亲王爵。其他有功之臣都有封赏。这些册封都是在多尔衮的授意和主持下操办的,各王受尊程度均有逊于多尔衮,从赏赐的数目来看也有相当的差距。从此,多尔衮高居于诸王大臣之上,为之后把持皇权、处理军国要事创造了十分有利的条件。

清廷以摄政王功业最高,又命令礼部把多尔衮开国之功勋刻于碑上,以传后世。

七、解决李自成

和父兄努尔哈赤与皇太极不同,多尔衮定鼎北京后,他这个摄政大王很少"亲征",基本上都是坐镇北京,遥控全国各地战场。

顺治在北京登基时,清军在追击李自成的过程中,顺便占领了山西全境,李自成败退回陕西老家。

多尔衮率领清军入主中原,为拉拢汉人官民,打着的旗号是"复尔君父仇"。你们的明朝皇上叫李自成逼死了,我们大清来帮你们报仇。这一招,极其高超,不光是把黄河以北的汉人官员给忽悠了,连长江两岸的汉人官民都被感动了。

这时候,在南京,明朝的前都城,冉冉升起一个新的明朝皇帝朱由崧。朱由崧本是福王,他父亲老福王是个大胖子,明崇祯十三年(1641),李自成攻陷洛阳后,老福王被杀。当时,李自成大军围城,福王父子在城头用绳子逃出城外,老福王不幸被抓住了。朱由崧逃往北京这边,崇祯皇帝让他世袭了福王封号。李自成又向北京杀来,崇祯皇帝上吊身亡,朱由崧再向江南避难,得到四镇总兵的拥戴,于五月初一,即位监国。也是在这一天,多尔衮进入北京城,坐上皇宫龙椅,享受了一回假皇帝待遇。

明崇祯十七年(1644)五月十五日,朱由崧在南京紫禁城登基称帝,国号继承大明,史称"南明",建元弘光。弘光元年(1645)五月二十二日,弘光帝被自己的将领们劫持,被献给了清军。弘光皇帝在位一年。

多尔衮很不喜欢江南又出来个"明朝",有了大清朝,就不需要明朝了,有了顺治皇帝,就不需要弘光皇帝了。按照他的想法,应立刻派兵马去把南明政权给踏平了。他是这样想的,也是这样做的:他派胞兄阿济格为帅去打击李自成,胞弟多铎为帅,去打击南明。

南明政权的君臣整个是糊涂蛋,根本不懂得多尔衮和清军的真正意图,被"复尔君父仇"的假话蒙蔽了。

弘光政权自从建立,君臣们就以"讨贼复仇"为宗旨,叫嚣"勠力助勋，助予敌忾"，誓与农民军为敌。所以，多尔衮进京后为崇祯皇帝发丧，照样录用故明大小官吏之举，颇受弘光政权的赞同和欢迎，以为这是大清在帮助维护大明朝的家底，过几天，清军会撤回关东，会把北京完好地奉还给大明朝。因此，弘光政权认为，引导清军入关的吴三桂是有功之臣，只有这样才能打跑闯贼李自成，于是加封吴三桂为蓟国公，赐银五万两、米十万石。

就连名垂千古的史可法，作为南明的兵部尚书，也试图联合清军共同镇压农民军，以他为首的一批大臣，于六月中旬向弘光帝提出了"联清讨贼"的主张。弘光帝高兴地采纳其意见，派遣左懋第、陈洪范等人携带银十万两、金千两、缎绢一万匹为"酬夷之仪"，这是给多尔衮和清军的，另外还赏给吴三桂银一万两，缎二千匹，北上与清廷结盟，以求"联虏平寇"。这一行使者于十月十二日到达北京后才知道，大清国的小皇上来北京了，刚刚举行完登基大典，正向全国颁布诏书，看这意思，清军是不想回关外了，要赖在北京不挪窝了。在北京的皇帝仿佛是真皇帝，在南京的皇帝倒像是假的了。他们快马加鞭，飞报南京，南明使臣们以割地、岁纳白银十万两等为条件，请求清军不要南下，仍然建议合伙绞杀闯贼。到了这个时候，南明君臣，仍对李自成恨之入骨，还把大顺军当作敌人，幻想和清军交朋友。

多尔衮放眼全国：李自成在陕西，张献忠在四川，南京有弘光帝，加上自己一方的清军，这比三国还多一国呀。多尔衮想起了父汗努尔哈赤大战萨尔浒的兵法："凭尔几路来，我只一路去！"当年，后金军兵马少，只好集中兵力，一个一个地吃掉敌人。现在，大清八旗，和汉人这三家大军一比，仍然是兵马少，也得这么办：一个、一个地吃掉敌人。谁先谁后？多尔衮权衡轻重缓急，张献忠远在四川，清军暂时还够不着他，那就应该趁南明还糊涂着，集中兵力，先灭掉李自成。李自成已经被打残了，那就痛打落水狗，打死李自成，再收拾南明和张献忠。多尔衮审时度势，利用弘光政权灭"贼"心切的动机，对南明采取了不战不和的缓兵之计，从而制定了先西取农民军，后向南攻灭弘光政权的战略方针，以便于清军集中主要兵力各个击破敌对势力，避免了东西两面同时作战的态势，从而取得政治上和军事上的主动地位。多尔衮笑着对南明使臣们说:"大清得天下于'流贼',李自成是我们共同的敌人。"南明使臣们一听,敌人的敌人就是朋友啊,好,南明和大清是好朋友了。多尔衮高高兴兴地收下了南明的礼物,快马飞奔,命令多铎暂缓南下,折向西去,配合阿济格一起灭掉李自成。

多尔衮把李自成的大顺军看作最没有合作可能性的敌人,生怕他们获得喘息之机,缓过劲儿,卷土重来,穷寇必追杀。多尔衮在山海关命令吴三桂为先锋,阿济格带领清军殿后,日夜兼程追击李自成。这命令一直有效,吴三桂在北京城外,想进城看看自己的家怎么样了,多尔衮都不同意:"不要停留,追杀李自成要紧,你的家院,我会帮你好好看护。"

兵败如山倒,李自成一败涂地,根本停不下来。

四月二十九日,李自成在北京匆匆登基称帝;三十日,逃出北京。五月初一,多尔衮进北京。五月二日,吴三桂和清军在庆都(今河北望都县)追上了大顺军,立马攻击。李自成遣辎重先行,以轻兵殿后,对付来势凶猛的劲敌。就像在山海关大战一样,天气又来帮忙,骤然间狂风大作,尘沙飞扬,李自成的军旗被暴风折断,人马被吹得站不稳,踉跄倒退,清军则顺风追砍,十分便利。李自成长息哀叹,再次败走。

多尔衮得报,非常高兴,得意地说:"两战两败之,贼势益不支,鸟骇兽散。"

清军追到定州(今河北定州市)后,李自成决心在此拼命一搏,挽回败势,不能再这样让敌人追得脚不沾地地跑,要歇一会儿了。草草做了准备,李自成亲自率军迎敌。清军出现的时候,万马奔腾,平地起烟尘。一战下来,大顺军将士损伤惨重,李自成本人也受了伤。

一路连胜,高歌猛进,顺风顺水,众人凝聚。这是李自成出陕西,进军北京时的情形。如今,一败再败,原本那些归顺李自成的地方官军,也纷纷背叛,投靠清军了。李自成眼睛血红,知道这样下去,自己建立的大顺就完蛋了。他召集诸将商议:"怎么办?"制将军李岩站起来,主动请缨,愿意亲率两万精兵,前往老家河南,平定州县叛乱,这样一来,其他郡县一定不敢再轻举妄动,就是有敢暴乱者,也能及早平定它,建立根据地,以便大军立足。李自成应允了。宰相牛金星悄悄来见李自成:"李岩雄武有大略,非能久下人者。河南是李岩的故乡,假以大兵,必不可制。我军新败,人心动摇,其欲乘机窃柄以自己为王。不如除之,无贻后患。"他这是说李岩会自己单干,另立山头,要自己当皇帝。

其实,牛金星还是在李岩的引荐下,入的李自成的伙。牛金星也是河南人,家里富裕,饱读诗书。他建议李自成"少刑杀,赈饥民,收人心",为大顺政权建设做出过重要贡献。李自成非常信任牛金星,他在北京登基称帝,也是让牛金星替自己告祭天地。此时,牛金星向李自成说自己好朋友的坏话,李自成信以为真。如果说别的事,李自成可能不信,一说李岩可能会自己当皇帝,这个,李自成无法不信,当皇帝的人最怕什么?最怕别人也想当皇帝!于是,李自成命牛金星赶快解决李岩,免得留下后患。牛金星笑着邀请李岩,以李自成的名义召李岩到军营中饮酒,说为其饯行,暗中却安排伏兵在隐蔽处,最终将李岩擒杀。

此番内讧,在大顺军中造成了极为恶劣的影响,军心动摇,人人自危。大将军刘宗敏咬牙切齿地按剑痛骂:"牛金星无寸箭之功,敢杀我两大将,我当拔剑斩之。"吓得牛金星躲在李自成身边,不敢离开半步。李自成也意识到自己杀错了人,但也不愿意认错,只是对牛金星产生了厌恶。另一位军师宋献策是真的被吓蔫了。宋献策是牛金星引荐给李自成的,后来,他在大军败退到湖北后,找了个机会,不辞而别。总之,李自成的大顺军不堪承受外部压力,内部混乱不已,战斗力被极大地削弱了。

由于李自成的大顺军在西撤时缺乏统一部署,指挥失灵,调度不当,与追击的清军多次应战,是仓促为之,故而屡战屡败。河北、河南和山东,这些地区的前明官绅纷纷降清,全都脱离了大顺军的统治,配合清军共同与大顺军为敌。只剩下黄河两岸的晋、陕仍在大顺军手中。李自成率军退入山西,调整部署,伺机再起。他想:"我当初只剩下十八骑,败逃进商洛山,都能够重新杀出来;现在,我手下还有这么多兵马,怕什么?一定能重新打回北京。"

吴三桂、阿济格、多铎追击李自成,仰望着太行山,那里有大顺军把守的娘子关,清朝八旗铁骑,擅长平原野战,怯于仰攻险关。长期征战,人困马乏,遂率军返回北京。多尔衮派范文程等大臣迎出京城,慰劳将士。清军对大顺军的追歼暂时告一段落,但多尔衮依然惦记着李自成,时时刻刻放不下,梦里梦外都是他。

六月十八日,顺天巡抚柳寅东向多尔衮建议:"秋天将临,朝廷应早做决断,如今之事最紧急的莫过于大顺军问题,要解决这个问题,必须调蒙古人入三边,我们则举大军攻打山西、河南,使闯贼腹背受敌。同时扼守住通往四川、湖北的道路,然后再顺便解决东南问题。"此奏正中多尔衮下怀。上疏者原本就是为了讨好主子,摄政王果然立即打赏。

因为清军是从山海关直插北京,对中原各地,没有形成官府控制和军事威慑,所以,在天津、山东、河南等广大区域里,各郡县看到李自成完蛋了,便争先恐后地杀死李自成设立的官员,占据城堡自卫,各自为政,小股平民暴动层出不穷,致使清朝统治者防不胜防,四处救火。小股农民军的特点是同广大人民群众混杂在一起,四处出击,互相响应,令清军疲于奔命。兵部右侍郎金之俊于七月初一启奏多尔衮:"凡是小股反清武装归顺的,应该赦免其罪,对捉其首领的加以奖赏,然后把这些投降者安插到各州县,入列官衙,没有产业的要想办法安排。"多尔衮对此表示赞同,说:"他们本来也是我的百姓,首领能率众来降的,自然应当赦罪;同党能捉首领来献的,自然应当论功。但投降者必须把马匹、兵器全部交官,才见真心。"多尔衮把这些反清的地主豪绅武装或小股农民起义军看作大顺军遗留的外围力量,只有采取剿抚并用的手段,首先清除这些外围力量,才能使大顺军得不到战略上的呼应和支持,同时还稳定后方。

多尔衮先派遣固山额真巴颜、石廷柱等征剿京畿;派固山额真金砺等统兵安抚天津等处;令投诚总兵孔希贵镇压三河县(今河北省三河市)抗清农民;令户部侍郎王鳌永招抚山东、河南;而后又派遣固山额真觉罗巴哈纳、石廷柱平定山东。这些措施很有成效,小股农民武装抵抗不住训练有素的清军的镇压和招抚,纷纷解体和归顺。河南地主武装首领李际遇就将所辖的一府、二州、十二县、千余小山寨及士兵二十七万全部归顺了清军。仿佛这些地方闹事，就是为了吸引京城清廷的注意，好派兵来招安，只要清军来到这里，此地的官衙便登记入了大清名册，一切就平安无事了。河北、天津和山东等地，迅速被清廷掌控。

多尔衮见时机成熟，便命叶臣于六月十四日率兵攻打山西，但进展缓慢，游弋于河北境内，无法越过太行山进入山西。七月初，多尔衮又命觉罗巴哈纳、石廷柱出山东增援，任命马国柱为山西巡抚，与恭顺侯吴惟华一起对山西施加压力。最关键的进展在于，原明朝大同总兵姜瓖在李自成进军北京时，自知不能敌，先归了农民军，现见农民军大势已去，遂带领大同、代州等地归顺了清军。清军轻而易举地得到晋北，从此南下，这样清军对晋中一带的大顺军主力形成了夹击之势。十月初，清军围攻太原。大顺军太原守将陈永福率部竭力抵抗，英勇战死，太原陷落。山西大部已被清军攻占，大顺军退出山西，西渡黄河，集中全力守卫老巢陕西。

大同总兵姜瓖帮助清军进入山西，就像吴三桂帮助清军进入中原一样。吴三桂后来复叛，姜瓖亦是。

恭顺侯吴惟华向多尔衮献上"征西五策"，其中有关战略战术的建议有两条：一是以"贼闻我兵西征，必集众据守河口，我师争渡，非万全之道"为由，建议派一部兵力直奔蒲津（今陕西省华阴市附近）与大顺军相峙，另派一部兵力从保德（今陕西省府谷县附近）渡黄河，从延安、澄城、郃阳等处直捣西安。如果大顺军内撤，清军便可渡蒲津，长驱直入。二是可令蒙古发兵，从塞北渡河套，入口后由长安西路截击，以断绝大顺军西逃之路。多尔衮认为此策妙而险，非常高兴，依此策布置对大顺军的围剿，并鼓励吴惟华尽心尽力，以建奇勋。多尔衮，从睿亲王到摄政王，他的睿智在于不仅仅是本人有才智，也善于采纳别人的智慧。

十月十九日，摄政王多尔衮任命和硕英亲王阿济格为靖远大将军，率领平西王吴三桂、智顺王尚可喜等满、蒙、汉军三万余骑，过山西、经陕北，攻击驻扎在西安的李自成的农民军。

多尔衮又命和硕豫亲王多铎为定国大将军，率恭顺王孔有德、怀顺王耿仲明领兵二万余骑,渡黄河南下,择机出师征南明。

多尔衮分兵两路,同时进军,想要一口气吃掉大顺和弘光两个政权,这个胃口着实有点大。从这两道军令可以看出,多尔衮更重视李自成的大顺军,派遣出征的兵马多;虽然出征主帅是女真人,但多名副帅都是汉人。清得天下,是汉人帮助大清抢夺了明朝江山,包括后来清朝收复台湾,也是汉人施琅作为清军统帅征服了统治台湾的郑成功后人。

十月十二日,经过休整的大顺军,元气复振,主动进攻,出兵两万余人,渡过黄河,进攻河南怀庆。怀庆府北临太行山,南界黄河,是南北要冲。大顺军先攻克了济源和孟县(今河南省孟州市),清朝的怀庆总兵金玉和领兵出战,在柏香镇与大顺军打了一仗,金玉和与副将常鼎、参将陈国才阵亡,清军几乎全军覆没。金玉和是清军的梅勒额真,署怀庆总兵,是正二品高级武官,清军的副将和参将也都是从二品和正三品高级军官,这样的伤亡,在清军入关以后从未遭遇过。大顺军乘势进军,围攻怀庆府府治所在地沁阳,清朝卫辉总兵祖可法急速赶到沁阳组织守城,河南巡抚罗绣锦也火速向多尔衮求援。

多尔衮接到告急文书后,大为震惊,认识到如果让多铎按原定计划统军下江南,畿辅、山西、河南的防守兵力将严重不足,后果不堪设想。因此,他立即下令南下的多铎大军,改变方向,掉头折向西,去救援怀庆。如果进军顺利,全歼了农民军,则继续按原计划南下;如果农民军撤退,则跟踪追击,与阿济格军一起,形成两面夹击之势,攻打西安。多尔衮同时派人赴阿济格军中,通告军情变化。又紧急征调山东、山西的清军,增援阿济格和多铎。多尔衮随机应变,及时调兵遣将,调整部署,对农民军形成了合击之势。

多铎统领的军队在怀庆地区击败大顺军后,从孟津县渡黄河,下河南。沿河寨堡望风归附。十二月十五日进至河南陕州,大顺军驻于灵宝县城外,因兵力有限,被清军击败。多铎部在二十二日进逼潼关口,距城二十四里立营,等候红衣大炮的援助。

李自成本已集结二十多万精兵,和刘宗敏统领大军北上,救援陕北,去迎击阿济格,走到洛川后,忽然停留了整整十天。原来他们得到了多铎这一路清军向潼关推进的消息。在北面和东面都有强敌压境的情况下,大顺军领导集团立刻陷于左右为难的被动局面。李自成只好顿兵不进,等待进一步的消息,何方吃紧即率主力驰向何方。这说明,大顺军发动的怀庆战役虽然取得了局部胜利,却改变了整个战略态势,把两路清军主力都吸引到自己这边来了。怀庆战役在大顺军与清军的战争中,是个难得的胜仗,它却并没有给大顺带来积极影响。

本来,阿济格和吴三桂率领的西路清军,按预定计划要先于多铎攻击陕西,却迟迟没有进兵陕北,而是擅自绕道蒙古土默特、鄂尔多斯等地,索取财货,耽延时日,获得马匹补充之后,才南下攻击榆林、延安。这时,东路清军多铎部先于他已经攻到了西安的门户潼关面前。

潼关城外,大顺军凿重壕、立坚壁,拦截清军的进路。李自成果断放弃救援陕北的计划,率领全军,赶到潼关。十二月二十九日,双方初次交锋,刘宗敏首战失利。

顺治二年(1645)正月初四日,大顺军制将军刘芳亮率众千余攻袭清军兵营,双方激战,互有伤亡。初五、初六两日再次袭击清军兵营,受挫无功。十一日,清军调来红衣大炮,猛烈轰击潼关城,农民军分兵数路偷袭清军侧后,横冲清军阵地,并几度组织反击,可惜都未能奏效。也许是害怕西安被北路清军攻击,李自成像在山海关一样,率主力撤退,回西安。十三日,清军攻陷潼关,大顺军守将马世耀诈降被杀。潼关是入陕门户,潼关失守,三秦难保。

阿济格率军在陕北入边墙后,命姜瓖统领明朝投降兵将围攻榆林,自己和吴三桂带领满、汉主力经米脂、绥德,进攻延安,从背后扑来。李自成欲返延安不成,欲守西安难保,立即决定放弃西安,像前一年放弃北京一样,率军出西安东门,经蓝田和商州,向河南转移。弃城前,李自成命大将田见秀焚宫室、烧仓廪。田见秀心善,说:"秦人多饥饿,留此米活百姓。"因此,只烧东城一楼。大顺军逃出都城西安,大顺政权从此走上了下坡路,再也没有生路了。

阿济格在延安一线遭遇大顺军李过部的坚决抵抗。李过同清军展开了激烈的战斗,七次交锋,其中大顺军两次乘夜间出城反击,都因兵力不够未能奏效。尚可喜追述这一战时说:"贼李锦据延安与肤施县城相犄角,王分兵围之二十余日,未下。王敕诸将佯攻肤施,而阴勒精兵薄延安城,猝用大炮击之,贼不支,遂宵遁。"大顺军坚守了二十天,直到矢尽粮绝,听说李自成已放弃西安,李过才率部从延安突围,向汉中退却。

陕北榆林大顺军高一功部,和延安大顺军李过部一样,打得十分顽强,据守半月之后,主动放弃该地,实力没有受到多大损失。西安沦陷,高一功和李过部失去了战略保卫的目标,只得突围撤退,成为大顺军总退却时期的西路军。后来,他们与南明政权合作,是抵抗清军的主要组成力量。

正月十八日,多铎率军占领西安。

捷报频频,飞传北京,多尔衮无比高兴,率文武群臣齐集于武英殿,向顺治小皇帝行礼称贺。多尔衮传令多铎,表彰攻克潼关、西安的清军将士,认为攻破了大顺军这个主要敌人,全国的统一大业迈进了坚实的一步;下一步是按原计划继续南下,攻打南京,同时将消灭农民军余部的任务交给阿济格去办。多尔衮勉励多铎:"大丈夫为国建功,正在此时。"同时,多尔衮下令给阿济格,严厉斥责他延误战机,但仍把肃清大顺军的重任交给了他。

多铎是个急性子,而且自小被宠惯了,一直我行我素,自作主张,不肯等阿济格前来会师,也没等接到多尔衮的命令,便于二月初离开西安,出潼关,再入河南。

阿济格已经接到多尔衮的责令,不敢再耽搁,急速进军,追击李自成。

李自成于二月初进入河南后,在内乡休整十余天,听说多铎部也进入河南,阿济格部又尾追不舍,遂于二十日率军南下湖广。李自成在起事时,因力量不足,为免遭官军歼灭,到处转移,被大明朝贬为流寇。现在,他又采取避战清军主力的老打法,经邓州、襄阳,入湖北,"声言欲取南京,水陆并进",又试图与武昌的明朝总兵左良玉联合抗清。谁知左良玉参与南明政权的内讧,率军东进,去南京"清君侧",征讨马士英,却病死途中。

李自成过樊城,搭浮桥渡江,至襄阳,遭到左良玉部的阻击。牛金星随其子牛铨悄悄留于襄阳,从此脱离了大顺军。大顺军分三路趋武昌,一路走随州、枣阳;一路向荆门州,一路由水路下汉口。这期间,阿济格军在邓州、承天(今湖北钟祥)、德安、武昌等地接连击败大顺军,十三战皆大捷,降者抚之,拒者诛之,穷追至李自成老营,连破之。武昌一战,大顺军伤亡惨重,大将军刘宗敏及李自成的两位叔父被俘,继而遇害。李自成欲东进江西,困途中遇到风雹,便改道堡安、金牛镇,退往通山。

阿济格这个鲁莽将军,实话实说,军功已经够大了,却贸然上疏多尔衮,称李自成已死,大顺军"尽皆剩除"。多尔衮狂喜,急切告祭天地太庙,宣谕全国和朝鲜。可是,他又接到阿济格奏折:"闻自成逃遁,现在江西。"多尔衮大怒,国家军政大事,岂容如此开玩笑,便严厉斥责阿济格:"所报军情,前后互异,'岂有如此欺诳之理'"。

五月底,李自成率亲随二十余人在通山县九宫山牛脊岭观察地形,不料遭到当地地主程九伯的武装乡团袭击,全部殉难。还有记载说,山民闻有贼至,群登山顶,以滚石击之,将李自成十八骑打散。李自成独避小径,恰逢大雨,步行拉马登岭。山民程九伯者与自成手搏,遂辗转泥泞中。李自成制服程九伯,坐于臀下,抽刀欲杀之,刀血渍,又经泥水不可出。九伯呼救甚急,其甥金姓以铲杀自成,不知其为闯贼也。山民搜李自成遗物时,发现金印,大骇,从山后逃去。大顺军将士得知李自成被杀害的消息时,无不失声痛哭,并对程九伯的武装进行了大规模的报复性打击。

李自成死难时只有三十九岁。《明史》记载,李自成死于湖北通城。大顺军余部称李自成为先帝,其妻高氏为太后。李自成死后,田见秀将印玺交给李过,想让他继承大顺皇帝位。李过怕引起内斗,推举李自成的三弟李自敬为第二任大顺皇帝。但是,大顺军依然尊李过为主,李过掌握实际大权。大顺军余部尚有三十余万,先后在李过、李来亨等领导下,主动与南明政权何腾蛟部结成抗清联军,继续坚持抗清斗争,领导荆襄十三家农民军(时称夔东十三家),据守荆襄、巴东山区近二十年之久,最后于清康熙三年(1664)失败。

阿济格闻听李自成死讯，派遣素识李自成者前往辨认其尸体，因尸体已经腐烂而辨别不清。李自成一死，大顺军影响力、战斗力大减。阿济格挥军沿长江东进，行抵东流县。明宁南侯左良玉之子左梦庚率总兵十二员和马步兵十万，前往阿济格军营请降。

　　多尔衮再次接到阿济格奏报："李自成死，左良玉部归降。"多尔衮大悦，然而，对李自成的死讯，仍然持疑虑态度，他甚至想："若是李自成能够归降，成为我麾下的一员大将，多好啊！"多尔衮奖慰阿济格驱兵万里，劳苦功高，令其率军班师。阿济格在未接到班师诏书之前，已经擅自起程返京。八月，多尔衮令群臣议阿济格出师绕道，不候旨班师以及回京后在午门前张盖而坐等罪，将其降为郡王，象征性地罚银五百两。

　　阿济格战功赫赫，结果还被处罚。

　　多尔衮对哥哥阿济格，是又心疼，又恨其不争。相比之下，多尔衮更喜爱弟弟多铎。阿济格击败了李自成，去了多尔衮一块心病，多铎征南明又将怎么样呢？

八、下江南

李自成退守西安时,多尔衮为了全力歼灭李自成,还肯与南明政权假意勾搭,以免两面树敌。待李自成逃出西安,难成气候,不足以成为大清的主力敌人后,多尔衮立马对南明开战,派遣多铎马不停蹄,越过长江去。

雄心大志的多尔衮,以小搏大,虽然汉人多、满洲军民少,但他胸中自有百万兵马,他一人就可抵精锐百万。他张开双臂,要怀抱华夏。

任何事物都有两面性,人也是这样。

多尔衮是犁平乱世的枭雄,是大英雄,也是刽子手,还是军事家、政治家。

在派遣阿济格大军追歼李自成残余军队的同时,多尔衮还要分出精力安排力量剿抚中原各地多股抗清武装。他虽注重南京弘光政权,因为南明毕竟控制着数十万水陆兵马,但多尔衮心里有数,李自成的部队最有战斗力,南明的官军貌似人多势众,其实就是个挥舞不动刀枪的大胖子,还是虚胖,外强中干,早被大清八旗军威吓酥骨了,他们根本不是清军的对手,放马江南,指日可待。而且南明势力虽然暂据半壁河山,但弘光帝朱由崧只是个摆设,掌军实权不在他手里,各地军阀,各自为政,一盘散沙,是一群群跑散的羊,头羊弘光帝有名无实,当不起大事。

果然,弘光政权被多尔衮看穿了:弘光帝朱由崧本是纨绔子弟,一路逃难到南京后,捡了个危如累卵的政权的皇帝当,因此一心想要享皇帝之乐,垂死挣扎地来玩乐,活一天,乐一天,根本不懂如何治理朝政。其实,就连殚精竭虑一心要中兴祖宗家业的崇祯皇帝也不能成功,明朝腐朽糟烂透底了,大势所趋,谁也匡扶不起来了。朱由崧无才无德,整日不理朝政,他想管也管不了,没有人听他的,是这些文武百官需要他表演皇帝这个角色,他其实是个配角。他深居禁宫,唯以演杂剧,饮火酒、淫幼女为乐事,民间将他戏称为"老神仙"。当皇帝,应该掌管军事,排兵布阵,治理朝政,抚慰民生,这些他不会;他从小就在王府里混大的,吃喝玩乐全会,皇帝应该有三宫六院、七十二嫔妃,这他知道,我是皇上了,我得有好多好多嫔妃宫女呀,在这项工作上,他很认真:几番选淑女,扩造宫殿,行大婚礼,他的权力和能力都在皇宫里施展,荒淫无度。

总之,朱由崧从当上皇帝那天起,就没个皇帝样。其实,他当皇帝,也是有竞争对手的:他叔叔辈的潞王朱常淓有贤德之名,以东林党领袖钱谦益为首的一伙人,主张立贤,史可法称福王"在藩不忠不孝,恐难主天下"。东林党是明朝末年,江南士大夫们组成的官僚政治集团,由明朝吏部郎中顾宪成创立,历经近四十年,到明朝灭亡,东林党也瓦解。东林党以文人为主,钱谦益就是诗人,是东南诗坛盟主。历朝历代从宋朝开始,崇文抑武,武官开国,文官治世,但是到了乱世,武力决定政权时,文官主宰武将,有时误事,更会误国。此时的江南,比起笔墨战刀说了算,手握重兵的将军们,自然不会真正希望有一个杀伐决断的皇帝来控制他们,那样的话,万一皇帝不顺心,就把自己的官职剥夺了。于是,无德无才的朱由崧被武将们以血统更近朱氏皇位为由,推上了皇位,成为了众矢之的。细想想,弘光帝也委屈:我明明不行,你们硬要我上,让我承担造成南明失败的罪名。据资料记载:朱由崧南逃到长江边,四月三十日,以南京户部主事马士英为首的百官迎见朱由崧于龙舟中,请其为监国;朱由崧身穿角巾葛衣,坐于卧榻之上,推诿说自己未携宫眷一人,准备避难浙东;众臣力劝,朱由崧才同意当头儿。离龙椅血统稍远一些的潞王朱常淓,没有当上南明皇帝,却幸运地躲过了骂名。

现在,代表南明成为多尔衮的重要配角的人出现了,他不是南明皇帝,而是一个被"放逐"出南京皇城的重要大臣史可法。

南明势力范围,从长江两岸,一直到岭南和云贵川蜀,但与清军直接对阵的是江北四镇和武昌。

防御江南必须先巩固江北,主战派、兵部尚书史可法将江北防区划分为四镇:总兵刘泽清辖淮(淮安府)、海(海州,治所在今江苏连云港西南),驻淮北,防御山东东部方向;总兵高杰辖徐、泗,驻泗水(今山东南阳镇至徐州一段泗水故道沿岸),防御徐州、开封方向;总兵刘良佐辖凤(治所在今安徽凤阳)、寿(今安徽寿县),驻临淮,防御陈(今河南淮阳)、杞(今河南杞县)方向;靖南伯黄得功辖滁(州治所在今安徽滁州)、和(州治在今安徽和县),驻庐州(今合肥),防御光(今河南潢川)、固(今河南固始)方向。每镇统军约三万人。朱由崧又封左良玉为宁南侯,驻武昌,率兵防守长江中游;另有福建总兵郑芝龙(郑成功之父)的部将郑鸿逵率水军守镇江;总兵吴志葵守吴淞,防长江口。此番部署,把分散在长江沿岸的军队初步统一整顿起来。但是,各镇将官只有割据自保之心,毫无进取之意,表面上人多、势众、地广,实际上形同虚设,这个防御部署从建立之日起,就暴露出覆灭的迹象。

弘光政权建立之初,控制着长江南北大片富庶地区,有军队五十多万。但是,政治上的草率集合体,不等于军事上的强劲实力。弘光政权内部,大多纠结于权力之争,互相排挤和打击异己,并无认真抗清的打算,而且斗争矛头仍然指向李自成的大顺军,没有认识到抗清将是关乎生死的大计。南明大权落到了因"拥兵迎福王于江上"而有功的马士英手中。他升任东阁大学士兼兵部尚书、都察院右副都御史,成为明弘光政权首辅,人称"马阁老"。马士英被讥讽为人长智短、耳软眼瞎,他勾结阉党阮大铖,联手把史可法"请"出南京,赴江北督师去了,又罢免了吕大器、张慎言等正直有经验的大臣,然后以招揽人才之名,把南京新朝组合成了自己人的圈子。

江北四镇兵马众多,朝廷无力供给,索性令四镇"兵马钱粮,皆听自行征取"。这无异是纵兵掠民,既加重了人民的负担,也败坏了军纪。从此各自拥兵的四镇,不听调遣,只想着争夺地盘,掠夺民脂民膏。吴三桂降清,引兵入关,绝大多数汉族官僚还天真地希望两家合一家,同心杀灭"逆贼",共享天下太平。南明政权对大顺军刻骨仇恨,对清军抱有幻想,史可法就是其中的代表。

多尔衮向明朝的降官们咨询了解南明政权要员们的情形,得知史可法有举足轻重的地位。于是,他先礼后兵,于七月二十八日致书史可法,大意为:"我大清国抚定燕都,是得之于李自成,并非取之于明朝。贼毁明朝之庙主,辱及先人,我国家不惮征缮之劳,代为雪耻,孝子仁人,当如何感恩图报?而今欲雄踞江南,坐享渔人之利,世上哪有这样便宜的事。

今若拥号称尊,便是天有二日,俨为劲敌,我将简西行之师,转而东征。诸君子如果识时知命,笃念故主,厚爱贤王,宜劝令削号归藩,永绥福禄。先生乃领袖名流,主持至计,必能深维终始,宁忍随俗浮沉?取舍从违,应早审定。我兵行在即,可西可东,南国安危,在此一举。愿诸君子同以讨贼为心,毋贪一身瞬息之荣,而重故国无穷之祸,为乱臣贼子所笑,我实有厚望矣!"

有人称赞此信为揭大义而示正理,引《春秋》之法,斥偏安之非,旨正词严。信中一针见血,剖析当前面临的军事形势,说明了弘光政权虽偏安一方,对清廷统一全国是极为不利的。多尔衮以正统自居,公开申明大清是华夏的新任朝代,自家是最高统治者,毫不掩饰地承认清廷要君临天下。他否认弘光朝廷的合法地位,寄希望于和平解决江南问题,要求南明君臣无条件投降,也做好了武力征服的准备,甚至扬言"联闯平南",要联合大顺军一起来攻打南明,这是多尔衮以谎言相威胁了。当时尖锐的政局矛盾为多尔衮提供了可乘之机,他也巧妙地钻了空子,利用了汉族各集团间的矛盾冲突,为清朝统治集团制定了最高超的战略方针。

多尔衮最初也是冒进狂热的,可能是被山海关大战和入主北京的胜利冲昏了头脑,所以想双管齐下,同时进攻大顺军和南明小朝廷,速战速决,以最快的速度占有中原及长江南北广大地区。因为大顺军发动了怀庆战役,清军吃了亏,多尔衮才顾虑到兵员不足,战线过长,及时调整进攻方略,把兵锋矛头集中,先重点打垮李自成,因而对南明政权采取了怀柔、招抚、谈判的手段,尽量争取以和平的方式解决问题,能奏效就好,不能,就拖延南明,免得南明醒悟过来,趁清军与大顺军对决时,从侧背后突袭清军。那样的话,清军会腹背受敌,是很不利的。

况且,归降大清的明朝遗臣们,都在官场厮混成老油条了,对上级的想法揣摩得深刻精准,看透了大清的野心,知道摄政王的难处,于是,有些人为了讨好多尔衮,上疏建言各种军政时务。

前明降官唐虞时自告奋勇地向多尔衮建议:"南京是形胜之地,闽、浙、江、广各地,都看南京是否降顺来决定他们的态度,如今应乘他们害怕不安的时候,颁布令旨和赏格,让人带到南京去,宣谕官民,江南之地可传檄而下。"唐虞时又说,"原来的总兵陈洪范可以招抚,我的儿子唐起龙是陈的女婿,又曾做过史可法的参将,江南的将领他大多相识,希望派他前去招降,这样统一大业就能成功"。多尔衮一看:"好啊!如此甚好。"多尔衮亲自致书陈洪范,希望他归顺。多尔衮还对河北、河南、江淮诸勋旧大臣、节钺将吏及布衣豪杰之怀忠慕义者发布诏谕,表示对他们的归顺不仅欢迎,还将赐官封爵,以勠力同心,共保江山。多尔衮同时又表示:"若国无成主,人怀二心,假心假意,行肆跋扈之邪谋,或阳附本朝,阴行草窃之奸宄,等到我军克定三秦,即移师南讨。"多尔衮对南明的所有官员祭出了同一法宝:一面行笼络利诱之策,一面施威胁诡诈之计,旨在争取时间,避免在消灭李自成之前出现南明与大顺军联兵抗清的不利局面。多尔衮的担心是正确的,后来,大顺军余部和南明抗清势力果然联合起来,一起对付清军了。

在山东替清廷进行招抚的王鳌永,于七月二十日向多尔衮报告:"南方各镇总兵都在江北驻扎,江北为必争之地,徐淮属城皆跨河南北,尤宜早图,以控扼徐淮。"多尔衮明白:"只是简单地派人到南方去招抚,决不能达到传檄而下的结果,必须对南明政权加以试探,同时窥测南方的军备、政治等状况,等待大清八旗满、蒙、汉军兵腾出手,横扫江南,才是彻底解决之时。"

史可法接到多尔衮的信,阅罢,忧心忡忡,作为大明忠臣,他的一切努力就是为了大明朝,即便这个国家已被大顺军推翻,他和同僚们也只肯认为是局部的、暂时的失利,不愿意承认是总体上垮掉了、没有未来了。明知清军是虎狼,比大顺军更凶猛,史可法他们仍然幻想着如同史上一些特殊时期那样,南北共治,各安其国。九月十五日,史可法无奈地复信多尔衮,信中明确表示:"弘光政权是名正言顺的明朝政权,绝对不会投降,而是要继续保持明朝的统治,希望清军全力镇压大顺军,但事毕后须撤退返师,仍为两国。"他还大义凛然警告多尔衮,"不可乘机占据明朝疆土。弘光政权即使感谢,也不会拿土地送礼"。史可法的严正立场代表了南明抗清派的要求,但南明内部并不协调,抵抗派、投降派、调和派等各种意见众议成林。

在多尔衮看来,史可法这种希求简直是无稽之谈。

史可法虽然为弘光朝廷继承正统的合法性进行了申辩,却拿不出对付清军的办法。

多尔衮这边,从来就没把仓促草率创建的南明政权太放在眼里,认为不过是乌合之众。对南明派来的修好使团,多尔衮冷眼相看,虽然喜欢南明赠送的大宗慰问礼品,不过也是因为眼下清廷正缺少财物,其实也没当回事儿。在多尔衮的影响下,清廷朝臣们把作为国书交流的弘光帝御书呼为"进贡文书"。"卧榻之侧,岂容他人鼾睡?"多尔衮想要的是清廷一统天下,当招抚不能解决问题时,那就只能以兵戎相见了。

顺治元年(1644)九月,清河道总督杨方兴劝说多尔衮:"要不惜一切代价,夺取江南地区,'苏湖熟,天下足',历来都是南粮漕运养北京。只有这样,大清的财政税银方一劳永逸。"这更促使多尔衮立马着手取江南。

顺治二年(1645)三月初七,多铎分兵三路:一路出虎牢关,一路由固山额真拜尹图指挥出龙门关,另一路蒙古兵由兵部尚书韩岱等统领走南阳,驰骋在中原大地,势不可当。

三月初一,有自称崇祯太子朱慈烺者至南京。弘光帝朱由崧命令将其关入兵马司监狱,后命百官审"北来太子"于午门外,终裁断为伪太子,名叫王之明。

四月,马士英和阮大铖在朝中弄权日盛,乌烟瘴气。

驻守武昌的宁南侯左良玉率领主力军二十余万,粮饷无着,士卒竟有饿死者。加上长期受马士英、阮大铖的排挤打击,以及东林党人的鼓动,他自称奉太子密诏,打出"救太子、清君侧、除马阮"的旗号,焚武昌城,顺流东下,进攻南京。

南明发生了内讧。内忧外患,使弘光政权恐慌不安、手足无措。马士英竟然命令史可法尽撤江防之兵,以防左良玉。马士英对以史可法为首的主张防御淮扬一线的文武臣僚破口大骂:"你们这伙东林党,想借防江纵左军进犯!清兵到了还可以议和,左逆到了,你们是高官,我君臣却得死！我们宁可死在清兵手里，也不死在左兵手中。"史可法只得抽调黄得功、刘良佐部抵御左军，兼程入援，抵燕子矶，以致淮防空虚。镇守江北的史可法，实际上成了光杆司令，孤掌难鸣，气愤地说："上游不过欲除君侧之奸，原不敢与君父为难。若北兵一至，宗社可虞。不知辅臣何意蒙蔽至此！"奸臣当道，忠诚难酬。左良玉兵至九江，为黄得功所败，吐血而死。其子左梦庚愤怒至极："大军留守武昌，若不掠夺民生，全体将士就会饿死，今'清君侧'不成，那么也就不要再为南明卖命了。"一赌气，他率全军转投清朝。

多铎率清军前锋进入安徽，相继攻克颖州、太和等城镇。多铎命令将士们休整十天，再度南进，经亳州、泗州，如入无人之境，直抵淮河。南明守兵不战而退，焚毁淮河桥，望风而逃。清军越战越勇，不辞劳苦，夜渡淮河，追击南军，不给溃兵以喘息之机。在强大的清军进攻面前，南明守江北的军队败的败、降的降、逃的逃，所有的防御部署全部被破坏。军情紧急，史可法惊慌失措，毫无主见，一日三发令箭，前后矛盾。将士们纷纷说："阁部方寸乱矣，岂有千里之程，如许之饷，而一日三调者乎！"史可法本人在四月十一日赶赴天长，檄调诸军增援盱眙，忽然得到报告："盱眙守军已经投降清朝。"刘良佐和高杰部的将领，相继不战而降。史可法对部队几乎完全失去节制，"一日一夜，冒雨拖泥，奔至扬州"。

十七日，清军进至距离扬州二十里处下营。十八日，兵临城下。

扬州城里，累计兵力不过一万数千人，面对七八倍于己的清军，兵力相当薄弱。由于城墙高峻，加上清军的攻城大炮还没有运到，多铎于是派遣信使招降史可法和淮扬总督卫胤文，但遭到严词拒绝。

二十一日，甘肃镇总兵李栖凤和监军道高歧凤带领部下兵马四千入城，阴谋劫持史可法，以扬州城投降清朝。史可法毅然说道："此吾死所也，公等何为，如欲富贵，请各自便。"李栖凤、高歧凤见无机可乘，于二十二日率领所部并勾结城内四川将领胡尚友、韩尚良一道出门降清。史可法以倘若阻止他们出城投降恐生内变为理由，听之任之，不加禁止。

史可法写下遗书：清军于十八日进抵城下，"至今尚未攻打，然人心已去，收拾不来"。

二十四日,多铎命令攻取扬州。

扬州有新旧二城,史可法与诸将分兵把守,旧城西门最为险要,他亲自领兵防守。

清军频频用巨炮轰击,声如炸雷,满城惊恐。城墙数次被摧毁,又数次被修复,清军攻势激烈,守城军民浴血奋战,但抵挡不住清军的猛烈攻击,新城先被攻破。史可法亲自守卫旧城险处,清军的大炮全部集中到旧城,态势十分危急。

二十五日,史可法听到报告"援兵到了",望城外旗帜,信以为真,于是开门出迎,待来者入城之后,大肆杀掠,这才知道上了清军的诈援之计。扬州旧城,被清军攻破。北门守军奋勇还击,攻城的清军伤亡惨重,城破后,南明军残部四百余人与清军殊死巷战,终因寡不敌众,全部战死。守城大小官员,拼命牺牲者二百人以上。

史可法不愿意当俘虏,遂拔剑自刎以报国,被部将庄子固、许谨及时抱住,血染战袍而未死成,遂拥往城东门突围。庄、许二将,为保护史可法,以身当盾,被乱箭射死。史可法被清军活捉,押送去见多铎。

多铎再三劝降,史可法义正词严地说:"城亡与亡,我意已决,即碎尸万段,甘之如饴;但扬州百万生灵,不可杀戮。"说罢挺颈迎刃。多铎见此情景,连呼"好男子"!感慨说:"既为忠臣,当杀之,以全其名。"史可法遂被杀害,时年虚岁四十四岁。

多铎以死亡数千人的代价拿下扬州城,为了报复,下令屠城十天,这就是历史上血腥惨烈的"扬州十日"。据传:全城死亡人数有八十余万,而落井投河、闭门自焚自缢者尚不在其内。时人传播扬州之恨,纷纷惶恐魂颤,这就是多铎想要的效果,以此震慑江南军民之心,威吓他们放弃抵抗。后世每每提及"扬州十日",依然惊心动魄,不忍多想。多铎也因为"扬州十日",有了恰似恶魔般的形象。

天气炎热,史可法的尸体腐烂不可辨认。第二年,他的家人将其衣冠葬于扬州城天宁门外的梅花岭,称之为"衣冠冢",立碣曰"明大司马史公之墓",供后人凭吊。

扬州屠城的消息传到北京,有明朝降官冒死向摄政王上疏,请求以后不要再行暴烈屠城之事，对黎民百姓施恩，网开一面。多尔衮雷霆震怒："豫亲王做得对，应该屠城，南明军民倘若早日归降，何至于此，完全是咎由自取。再有就此建言者，与暴民同戮。"

后来，多尔衮亲征山西大同平叛，亦是下令屠城。

扬州之战，扫除了进取南京的一大障碍，清军整顿军马，又打败在瓜州等地设防的南明水师，与弘光政权隔江相峙。清军中，有智谋者，拆掉瓜洲城内居民的门槛、桌椅，结成木筏，在夜里顺水漂去，点燃灯火，施放号炮。南岸明兵以为清军渡江，发炮射击。想出此计谋的，一定是投降清军的汉人，这真是三国时期草船借箭的翻版，用假船骗弹。那时候，火炮威力最大，炮弹金贵，数量有限，南明军队以炮弹打假船，到了真正开战时，就没有那么多炮弹落在清军头上了。

可笑的是，南岸的南明军却以此向朝廷报捷。京口（今镇江）百姓捧酒宰牛去犒劳南明军，庆祝胜利。南明上下，全都中了清军的迷魂阵。五月初八晚，多铎号令清军横渡长江。南明沿江守军皆溃逃，总兵郑鸿逵、郑彩部水师东遁入海，退回福建。清军轻而易举地夺取了镇江。

初十，南京城里，闻报清军渡江，弘光帝朱由崧传旨放归所选淑女，当天午夜，犹召梨园入宫，观戏酣酒。翌日凌晨，二更鼓后，弘光帝率内监四五十人骑马出通济门，逃出南京，文武百官无一知晓。朱由崧真是跑惯了腿，他从洛阳跑到北京，又跑来南京享了一年皇帝的洪福，现在，南京城里所有人，只有他最清楚面对敌人大军压境应该怎么办。

天亮后，百官入朝，见宫女、内臣、优伶杂沓逃奔西华门外，方知朱由崧已出逃。马士英大骂弘光帝，太不仗义，无德小人。之后，马士英挟邹太后出奔。南京城内大哗，百姓抢掠马士英和阮大铖的家，城中大乱。有人从监狱里救出那位不知真假的北来太子，扶其入宫，在武英殿哭泣即位。

清军经镇江南下丹阳，西趋句容，十四日晚，前锋抵达南京城下，驻兵郊坛门。

南京都城，无人防守，清军不战而克。

五月十五日,多铎身穿锦箭衣,乘马自洪武门进入南京城。南明总督京营忻城伯赵之龙,率公侯、驸马、内阁大学士、六部尚书、侍郎等五十五人并城中官民迎降,沿途归降的总兵、副将、参将、游击及监军道员还有八十六人,马步兵共二十三万余人。将士数目不可谓不多,但是,全无斗志,报国之心全都被消磨殆尽。尚书钱谦益等在内的东林党人把抗清口号叫喊得最响,但是不少也识时务剃发降清。

多铎破扬州、定南京的告捷文书传到北京,多尔衮不禁欣喜若狂,下令筹备祭告诏赦事宜。清廷宣布了平定江南的捷音。多尔衮率诸王、贝勒、大臣对顺治帝上表行礼,祝贺南京的平定,同时遣人祭天地、太庙、社稷。

弘光帝朱由崧和爱妃沿长江南岸西逃至太平府(今安徽当涂县),镇守使刘孔昭虽然是铁杆抗清英雄,但瞧不起朱由崧,不肯接纳。众叛亲离的弘光帝又奔走芜湖,投靠黄得功,以按察院为行宫。芜湖守将靖国公黄得功,对南京变故一无所知。得知真龙天子弃都而来时,不胜感慨,决定以死报国,对这位新君效忠到底。

刘良佐之子引清军追捕弘光帝,来到芜湖,黄得功力战而死。二十二日,总兵田雄等将领冲上御舟,劫持弘光帝,把他献给了清军。二十五日,朱由崧被押进南京,乘无幔小轿,入聚宝门,头蒙素帕,身衣蓝布袍,以油扇掩面,两妃乘驴随后。百姓夹道唾骂,也有投掷瓦砾者。多铎命人给弘光帝解去锁链,以红绳捆绑。多铎在灵璧侯府设宴,命朱由崧居于那位北来太子之下。宴罢,拘弘光帝于江宁县署。当年九月,朱由崧与皇太后邹氏、潞王朱常淓等人被押送至北京,安置居住,馈宴酣饮,唯求极乐。

第二年五月,在北京,大清摄政王多尔衮咬牙切齿地下令,将弘光帝朱由崧和一众前明朱姓王及那位"伪太子"王之明等十七人,斩首于菜市口。朱由崧王妃黄氏之弟黄盐梅购得棺木,将其与黄妃合葬于河南山村。

弘光政权从成立到灭亡,仅一年时间。清军进入南京,改南京为江南省,设布政司,以应天府为江宁府。这是清军在军事上和政治上取得的巨大胜利,为其在江南继续扩大领土奠定了可靠的基础。

弘光帝朱由崧被杀了,但南明政权依然被他人继承:

清顺治二年(1645)六月,明朝皇室鲁王朱以海监国于绍兴,唐王朱聿键称帝于福州,年号隆武,遥上朱由崧尊号为圣安皇帝。

顺治三年(1646)十一月,唐王朱聿鐭称帝于广州,年号绍武。

顺治三年(1646)十一月,桂王朱由榔称帝于肇庆,年号永历。

这几个继弘光政权灭亡之后相继建立起来的政权,都试图继承反清复明的大志,重振帝业。这些政权都把持在一些手握重兵的军阀手中,面对清军铁蹄不断南下的强大攻势,为了维护自身的利益,他们有的降清,有的不攻自破,寿命最短的绍武政权,存在还不到四十天。永历政权勉强延续到康熙元年(1662),朱由榔虽然逃亡到缅甸,最终,吴三桂发兵十万,逼迫缅甸交出他,以弓弦绞杀之。南明政权彻底灭亡。

直到康熙年间,仍然有人以明朝皇族后裔"朱三太子"为名,行反清复明之举,此伏彼起。

九、扑灭张献忠

在各地反对多尔衮的剃发令斗争陆续展开的同时，多尔衮鹰隼般冷峻的目光仍然盯牢势力最大的义军武装——张献忠领导的大西农民军。擒贼先擒王，扑灭了张献忠，其他所谓抗清斗争就都成不了气候。多尔衮雄才大略，坐镇北京，指挥全国战场，以八旗勇士督促归降的明军，为武力占领进行最后的总攻。

张献忠，在明末农民起义浪潮中，与李自成齐名，他们都是陕西人，生活轨迹也相似，都出身于贫苦家庭，都当过大明官军的兵。张献忠从小聪明倔强，少时曾读书，跟父亲做小生意，贩卖红枣。长大后，起初当延安府捕快，因事革职，后来进入延绥镇从军，成为边兵。他生性刚烈，爱打抱不平，为此几乎丧命。因犯法当斩，主将陈洪范观其状貌奇异，为之求情于总兵王威，遭重打一百军棍除名。陕西全境发生大灾荒，旱灾加虫灾，饿殍遍野，农民无法生活下去，只有铤而走险，爆发了农民起义，很快形成燎原之势。

崇祯三年（1630），张献忠在家乡聚集十八寨农民，组织了一支队伍，自号"八大王"。张献忠受过军事训练，足智多谋，果敢勇猛，指挥有方，他的部众成为当地农民义军里最强劲的一支队伍，转战于陕西、山西、河南、安徽、湖北、四川等地，屡立战功，由几千人发展到几万人，越来越强大，在与官军的作战中起着举足轻重的作用。

顺治元年（1644）八月，张献忠攻克重庆和成都。

十一月十六日，张献忠在成都称帝，建国号"大西"。

南明弘光政权灭亡后，多尔衮再次使用剿抚兼施的策略，一面以何洛会为定西大将军进剿四川，一面派信使以大清顺治皇帝的名义下诏书，诱降张献忠，劝说他归顺清朝。诏书说，"张献忠前此扰乱，皆明朝之事"，并对之表示谅解，"张献忠如审识天时，率众来归，自当优加擢叙，世世子孙，永享富贵"，同时恩威并施，加以恐吓："倘迟延观望，不早迎降，大军既至，悔之无及。"然而，不管诱以官禄也好，胁以杀戮也罢，张献忠皆置之不理,丝毫没有动摇抗清的决心。何洛会率领的清军,被陕西的农民义军牵制,一直没有入川"定西"。

顺治三年(1646)正月二十一日,睿智的多尔衮又一次任人唯才,与自己的敌人合作,命令政敌豪格为靖远大将军,和吴三桂等统率满汉大军,南下汉中,进攻四川,全力对付张献忠。

难道多尔衮不怕豪格拥兵自重并反叛吗?多尔衮怎么敢放心把十万大军交给豪格?多尔衮心里明白,侄子豪格天天盼他早死,如果手握重兵的他自己立为王,就会全盘翻车,清朝大业可能为之中止。和当初拉拢福临和庄妃合作打击豪格不同,多尔衮这一次拉拢豪格合作是为了打击他们共同的敌人张献忠。多尔衮断定:在面对张献忠时,豪格与自己还是一条心的,作为爱新觉罗的子孙,会以清朝天下大业为己任;另外,他给豪格安排的副将,都是自己的心腹,他们时刻监视豪格,豪格一旦轻举妄动,自然有人在现场替多尔衮举起"尚方宝剑",除掉异己。多尔衮算准了,对付张献忠这个魔头霸王,只有颇具将帅之才的豪格才能压制得住他。用政敌打击降伏对立面的真正劲敌,睿智的多尔衮,选择与敌人合作,又一次下对了棋子。他运筹帷幄,决胜千里。

五月,豪格率清军攻占汉中。

七月,张献忠面对四川和全国的形势,为避开清军和南明军队的双重打击,决定放弃成都,率队伍北上陕西,寻求生路,开展新的斗争,坚决反抗清军。

出发前,张献忠命令焚烧蜀王宫殿和民房,把金银珍宝沉于江中,并乘酒醉"尽杀其妻妾,一子尚幼,亦扑杀之",张献忠对义子孙可望说:"我也是一个英雄,终不忍幼子为人擒杀,所以自己亲手杀了他,从今以后,你就像我的亲生儿子一样!明朝三百年正统,天意必不绝亡。我死之后,你即归明,不要以为此举不义。"张献忠和吴三桂恰恰相反,他宁肯与南明合作,一起反抗清朝。

张献忠以必死的决心,命令孙可望、李定国、刘文秀、艾能奇四位将军各统兵十万北上,打算越过巴山去汉中,再翻越秦岭,向陕西进发,而这正是豪格率领清军入蜀的进军路线。张献忠率领的大西军计五六十万人,沿途旌旗蔽野,声势浩大。

十一月二十六日,清军统帅豪格探知张献忠大军扎营于西充凤凰山。兵贵神速,他立马派护军统领鳌拜等将领分率八旗护军轻装疾进,以降将刘进忠为向导,星夜兼程,出其不意,对农民军发起了突然袭击。

二十七日晨,清军隔太阳溪与张献忠的农民军相遇。大雾弥漫,对面不见人,咫尺闻声。大西军卒报告后营路上有盔甲声,张献忠以为他们煽惑军心,立斩哨兵数人。清军已到近前,哨卒再次报警,张献忠仍然没有想到是清军来了,以为是小股地方武装,就没有太重视,只穿着飞龙蟒,裸半臂,未披盔甲,腰插三矢,率牙将出营,至凤凰坡(一作凤凰山),"临河视之"。清军已进至大西军营门,仅一条小溪之隔。

偏偏这时候,浓雾渐消,阳光微透。隐隐约约中,刘进忠望见了"老领导"张献忠,顿时惶恐,手指张献忠,结结巴巴对清军报告说:"此八大王也!"

大清和硕肃亲王豪格发箭射之,张献忠中箭而死,时年仅四十一岁。

张献忠死后,他的部众"锦褥裹尸,埋于僻处,而遁"。张献忠的部将孙可望、李定国等率领农民军与南明联合,共同抗击清军,转战在西南各省的广大地区,坚持了近二十年,直到康熙初年。

射杀张献忠的捷报传来,多尔衮非常高兴,心想:"豪格还行啊!皇帝没当成,还被排挤打压了两年,带兵出征上阵仍然好使。越是这样,越要必须小心,不能让他再好使,以免控制不了。"

顺治五年(1648)二月初三,肃亲王豪格自四川班师凯旋回京,本以为应该喝庆功酒,不料看到的却是摄政王的背影,听到的是他从牙缝里轻轻挤出的、冷冰冰的几个字:"把豪格抓起来。"

虎狼死,鹰犬废。清除了外敌,就该对内敌下手了。睿智的多尔衮没有给豪格功高盖主的机会。他野蛮霸道、坚决无理地铲除了豪格,彻底消除了隐患。

十、清初"五大弊政"

多尔衮作为一位枭雄,主要有的是军事统帅之功。讲完他指挥清军击败李自成、击败南明政权、击败张献忠这些军事大事后,回过头来说一说,他作为领导人,在政治民生方面的表现。

多尔衮力主让顺治迁都,这个决策是英明的,如果清军主力回沈阳,只派人留守北京,那么,大清是没有机会一统华夏的。可是,摄政王把二十万八旗带到北京后,他们吃什么,喝什么,怎么生活下来,如何安顿?对政治民生,摄政王的才能弱一些,但是作为摄政王,政治民生,都归他管。再者,政治民生自然有汉官替他想在前面,给他上疏建议:"京畿内外,瘟疫死的人家,前明皇室官宦被杀和逃走的人家,都可以请八旗军民入驻。那些活着的、没逃跑的人家,可以腾出房子来,可以让出田地来,给旗人。"因为旗人高百姓一等,旗人是主子,百姓是奴隶。多尔衮很关心旗人的生活安乐问题,只有八旗家眷安定幸福了,将士们在前方打仗才有劲头。于是,多尔衮采纳了大臣的意见,下令:"圈地!"一项祸害百姓的清初恶政开始了:清初的圈地,即指清顺治二年至康熙八年间(1645—1669年),为解决"东来满洲"旗人生计问题在京畿、直隶等地开展的强制性土地分配政策,它与投充、逃人法、剃发、易服一道被学界称为清初"五大弊政"。

《清世祖实录》记载了"圈地令":"我朝建都燕京,期于久远,凡近京各州县民人无主荒田及明国皇亲、驸马、公侯、伯、太监等死于寇乱者,无主田地甚多,尔部(户部)可概行清查。若本主尚存,或本主已死而子弟存者,量口给与,其余田地尽行分给东来诸王、勋臣、兵丁人等。此非利其地土,良以东来诸王、勋臣、兵丁人等,无处安置,故不得不如此区画……可令各府州县乡村,满汉分居,各理疆界,以杜异日争端。今年从东先来诸王各官兵丁及见在京各部院衙门官员,俱著先拨给田园。其后到者,再酌量照前与之。至各府、州、县无主荒田及征收缺额者,著该地方官查明,造册送部。其地留给东来兵丁,其钱粮应征与否,亦著酌议。"

抛开那些堂而皇之的言辞,这份"圈地令"传达出了以下几个要点:清查、分拨近京无主田地,满汉分居、各理疆界,清查事宜由户部主管、各地方官清查造册。换言之,圈地是一项政府行为,是在对田地原有主人给予一定物质补偿的前提下进行的"土地征收"工作,圈占后的土地不再是私人财产,"以田代饷",具备一定的"国有"性质。

圈地,主要是在畿辅地区(今北京市、天津市和河北省)推行。顺治小皇帝在北京登基两个月后,为了解决迁都到北京的大批旗人的定居和生计问题,多尔衮发布了"圈地令"。名义上,是说把近京各州县"无主荒田""分给东来诸王、勋臣、兵丁人等",实际上却是不分有主无主,大量侵占畿辅地区居民的产业。"圈田所到,田主登时逐出,室内所有皆其有也。妻孥丑者携去,欲留者不敢携。其佃户无生者,反依之以耕种焉。"转年二月,多尔衮"令户部传谕各州县有司,凡民间房产有为满洲圈占、兑换他处者,俱视其田产美恶,速行补给,务令均平"。话说得冠冕堂皇,既然以掠夺为目的,"均平"就只能是一句政治谎言。满洲贵族作为占领者,为了自身利益,自然要侵犯京畿百姓的利益。

农耕文明时代,土地在中原历史发展的进程中,始终占据着不可比拟的重要位置。《尚书大传》:"各安其宅,各田其田。"摄政王多尔衮最初批准"圈地令"时,是否意识到了圈地的正反两面性?虽然是摄政王多尔衮签批的"圈地令",但这个主意到底是从哪里来的呢?

有学者断言:清初的圈地源自明末官田皇庄制度。土地兼并问题在明朝末期一直存在,宗室勋贵们一直在通过"奏乞"和"投献"的方式侵占民田。"奏乞",指的是事先指某处为"荒地""闲地",奏请皇帝允许自己将其占为己有。"投献",指的是农民因破产或为求得庇护而将田产自动献给贵族。仅依嘉靖年间的统计,京畿周边各类官田皇庄便达二十余万顷。明末频繁的战乱与杀伐,让农民的田产朝不保夕,农业生产更是日渐凋敝。

保定巡抚王文奎上奏:"臣叨抚入境,自定兴而西,观其道路荒凉,邮亭焚毁,人烟冷绝,车尘阒如。每抵州县城郭,尚有鹑衣马户,环拥诉泣,极称难支者。"山东东昌地区的情形是"七载兵荒,城郭庐舍,俱是丘墟,荆棘满目,白骨如山。至于临清一镇,素号咽喉,及今行人断绝,市肆榛莽,瓦砾阻滞通衢,商店变为溺厕"。在疮痍满地与军费紧张的矛盾之间,首先提出对荒地进行屯种的恰恰是熟悉土地的汉人官员。山东巡抚方大猷在条陈中称:"州县卫所荒地无主者,分给流民及官兵屯种,有主无力者官给耕牛,三年起科。"其后,河南、湖南等地方官员也先后提出过垦荒的请求。顺治元年(1644)十二月己未,顺天巡按柳寅东"已言清查无主地,面条陈其圈换五便"。其后清廷"部议施行",讨论通过了这一提案,即前文所引"圈地令"的由来。

摄政王多尔衮批准"圈地令",并非要将耕地变为牧场或猎场,睿亲王不会那么没脑子,前方将士需要军粮,后方百姓耕种土地,恢复生产,至关重要。

圈地时,由户部遣"满官"人等到田间,前后两匹马牵扯绳索进行计量,每绳圈得土地七垧(一垧约为六亩)。圈得的土地如何分配? 副都统以上官员给地三十垧,八旗士兵则每丁给地十垧。给地后,朝廷便开始"停支口粮",并规定"嗣后虽增丁不添给,亡故降革不退出",此即清初的"计丁授田"政策。

但是,任何政策,在具体实施中,都会有人为操作的可能。圈地带来的不良反应,超出摄政王多尔衮的预期。比如,一些有主良田被强行圈占,以贫瘠盐碱之地进行"拨补",造成汉人百姓"离其田园,别其坟墓,甫新授之田,庐舍无依,籽种未备",愁苦万般。圈地给汉人百姓带来了灭顶之灾。

圈地给旗人。那失去田地的汉人怎么过活?

满洲贵族、官兵虽然有了田地,但他们善于打仗杀人,并不愿意从事耕作。汉人百姓愿意耕种,但没有了田地。于是,顺治二年(1645)有了《投充法》:准许八旗官兵招收失业农民屯垦耕地,甚至准许汉人地主"带地投充"。清廷以"民人投充旗下为奴者,原为贫民衣食开生路也","愿投者听,不愿投者,毋得逼勒",事实上,为数众多的失地平民,是被"言语恐吓,威势逼胁"而委身旗下的。旗人利在得产,不容分辨,把许多不在圈占范围之内的百姓连地带口强行鲸吞。满洲贵族作为侵占者,手中握有刀把子。中原百姓在遭军事侵略之后,又遭到了政治侵害,"圈地"连带"投充",从掠夺田产,上升为掠夺人口、人身。

清初诗人方文有诗云:"一自投充与圈占,汉人田地剩无多。"

一句话:旗人变成了地主兼奴隶主,汉人百姓从农民退化为奴仆。

"投充"连带的是"逃人"。缉捕逃人是清初推行的另一项恶政。尽管它引起了汉族官民的激烈反对,清廷统治者为维护满洲利益却顽固地坚持,成为朝野关注的一个重大问题。

清朝入关后,在近京三五百里内的顺天、保定、承德、永平、河间等府大量圈占土地,强迫百姓投充补充其壮丁队伍。沦为农奴的人不但遭到残酷剥削,从事繁重劳动,而且没有人身自由,这引起他们大量逃亡。

逃人问题由来已久。清朝兴起时,在辽东战胜明军,抓捕辽民,其后入关掠夺中原,战利品中包括俘获多少汉人。多年下来,总计百万之众。清朝将他们分赏给旗人充当奴仆,有不少人忍受不了虐待和思乡之苦,寻机逃亡。清朝入主中原后,通过圈地和投充,强逼汉人为奴,被驱迫为奴的汉人过着毫无自由的牛马生活,而且子子孙孙皆为奴,难以摆脱世代受奴役的命运,一部分人感觉走投无路,悲愤自尽,以死抗争。康熙帝也说:"必因家主责治过严,难以度日,情极势迫使然。"更多的汉人不堪忍受旗人主子的欺压,铤而走险,选择了逃亡抗争之路,大批逃亡,愈演愈烈。顺治三年(1646)五月,多尔衮在谕兵部时说:"只此数月之间,逃人已几数万。"汉人奴隶都跑了,旗人奴隶主的田地谁来耕种?"逃人"是旗人的劳动力,旗人自然不愿意自己的"财产"蒙受损失。于是,清廷严厉地推行《缉捕逃人法》。"捉拿逃人一款,乃清朝第一急务。"朝廷专门设立兵部督捕侍郎负责追捕审理,地方官也以缉捕逃人作为考绩的重要标准。满洲贵族制定的《缉捕逃人法》的特点是薄惩逃人,重治窝主。缉捕逃人给汉族百姓带来了无数灾难。史料记载:"国初最重逃人。逃人,旗下逃避四方者也。一丁缉获,必牵一二十家,甚则五六十人。所获之家固倾家而荡产矣;其经过之处,或不过一餐,或止留一宿,必逐日追究明白,又必牵连地方四邻。故获解逃人,必有无数无辜者受其累。"

清廷制定了严厉的逃人法。顺治三年（1646），清廷规定："逃人鞭一百，归还本主，隐匿之人正法，家产籍没。"严厉惩办窝藏逃人就是这种政策的一项体现。顺治六年（1649）九月，靖南王耿仲明统兵南征广东，由于他的军中收留的旗下逃人被察觉，他在江西吉安府境畏罪自杀。顺治七年（1650）六月，广西巡抚郭肇基等人因为"擅带逃人五十三名"，竟被一律处死，家产被全部抄没。耿仲明、郭肇基虽贵为王爷和地方大员，但他们毕竟是汉人，隐匿逃人直接触犯了满洲贵族的利益，最终难免一死。

多尔衮谕告群臣，凡为剃发、衣冠、圈地、投充、逃人所牵连者，一概治罪，决不轻恕。

至此，再回顾一下多尔衮颁行剃发令恶政的事。

投降剃发，清朝以此来验证汉人是否真心归顺。在辽东时，清朝即令汉人降者剃发易服。前文有述，吴三桂在山海关降清，就接受了剃发。多尔衮刚刚进入北京时，为了缓和汉人官民的反对情绪，主动颁令：汉人归降可以不剃发。多尔衮面对西路军连胜，南路军告捷的传报，以为天下大势就此安定了，被胜利冲昏了头脑，又强迫推行剃发令。他以皇帝福临的名义正式命令礼部传谕京城内外，并直隶各省、府、州、县、卫、所、堡等处军民，立即剃发，限十天内完成，遵依者是我朝百姓，迟疑者和反抗的与流寇相同，定重重治罪。如果逃避剃发，巧言争辩的，决不轻饶；如果有再为此事上疏，不随本朝制度的，杀无赦。多尔衮在派侍卫尼雅达、费扬古去慰问多铎时，也告诉他："江南各处文武军民，全部命令他们剃发。如果有不从的，以军法从事。"

据说，多尔衮重新颁布剃发令与汉人降臣孙之獬有关。孙之獬本是一名进士，官位说大不大说小不小。他为人色厉内荏，在天启年间，为了保全自己的官位，对朝廷红人魏忠贤谄媚奉承，最后还加入了阉党。没多久，魏忠贤这座大靠山轰然倒塌，孙之獬也跟着遭殃，被皇帝驱逐回家。清军入关后，见孙之獬主动投降，又知晓此人曾在宫中当过官，为装点门面，清军愉快地接纳了他，还送给他一个礼部侍郎的官。孙之獬野心勃勃,为了取得更大的殊荣,他标新立异,主张剃发留辫穿满服。在上朝时,大家看到孙之獬穿着满族衣服,心中很是讶异,不知道孙之獬葫芦里卖什么药,而孙之獬却对其他人好奇的目光毫不在意,嚣张地走入满族大臣的队列里,却被众臣赶了出来。他只好灰溜溜回到汉人大臣的行列里。汉人大臣这时也愤愤不平,认为孙之獬太可恨,曲意逢迎,狡猾至极。于是,汉人大臣也都排挤着他,不让他入列。

孙之獬窘迫难堪,大动肝火,怒而上疏,提议之前暂停的剃发令应该恢复,加快执行:"陛下平定中国,万事鼎新,而衣冠束发之制,独存汉旧,此乃陛下从中国,非中国从陛下也。"他的意思是,要全国的汉人都行剃发礼,以表对满洲文化的尊重,由此提高皇帝的统治地位。摄政王多尔衮看了奏折,正合心意。

剃发,是女真人习俗。几千年来汉人因"身体发肤,受之父母,不敢毁伤,孝之始也"的观念,成年后是不剃发的,"衣冠束发"成为汉人的外在标志。在全国推行剃发令,给汉人带来了莫大的耻辱和伤害,严重伤害了汉人的感情,使他们失去了作为汉人的外在标志和最后一道心理防线。最为震撼的是,剃发令引发了汉人群体剧烈的反对,人们纷纷起来抗争,搅扰起一场惨无人道的腥风血雨,悲壮激烈的反剃发斗争风起云涌。当时反剃发有多么激愤、惨烈,流过多少血泪,现代人是难以想象的。王家桢的《研堂见闻杂记》对这一段历史有很清楚的记载:"中原之民,无不人人思挺螳臂,拒蛙斗,处处蜂起,江南百万生灵,尽膏草野,皆之獬一言激之也。原其心,止起于贪慕富贵,一念无耻,遂酿荼毒无穷之祸……"

孙之獬因促使"剃发令"重新颁布之功,被提升为兵部尚书。为了再立新功,他毛遂自荐前往江西招抚南明官军。然而,汉人官军大多是因为惧怕清军才望风而降,决不会因为孙之獬的三寸巧舌就卖国求荣。得知是他请颁"剃发令",人们纷纷指责,甚至有人扬言要剥他的皮。他吓得仓皇而逃。所以,他"久任无功,市恩沽誉",最终被革职为民。

顺治三年(1646)秋,孙之獬还乡,正巧遇到山东爆发的农民起义,他被活捉。人们对孙之獬恨之入骨,在他身上遍刺针孔,插上毛发,以惩罚其献媚清廷、残害同胞的罪行。众人将孙之獬斩首市曹,暴尸通衢。消息传出,人们无不拍手称快。

摄政王多尔衮给吏部下旨,讨论孙之獬抚恤之事,有人赞同给予抚恤,有人反对,说孙之獬已被削去官籍,不应抚恤。多尔衮内心也轻蔑孙之獬这种小人行径,面对这两种意见,冷笑着选择了后者:"孙之獬的生死跟朝廷无关,不给予任何旌表和抚恤。"

在大清立足未稳之际,多尔衮就急切恢复剃发令。这个决定是极为愚蠢的,民族矛盾骤然恶化。这个"留头不留发,留发不留头"的剃发令,以及清军在江南的暴行和"圈地""投充""逃人"等一系列民族高压政策的实施,让早就愤怒的人民产生了按捺不住的抵触情绪,抗清斗争似烈火燎原,迅速蔓延。各地纷纷竖起抗清义旗,"头可断,发不可剃"。爆发了大规模的反剃发斗争,形成了全国抗清高潮,许多城市,如江苏的常州、无锡、宜兴、江阴、松江、昆山等地,浙江的嘉兴、平湖、绍兴等地,都先后举行抗清起义,并迅速得到江西、福建等地民众的响应和支持。松江、苏州以及嘉定、江阴等地的抗清义军,站在反剃发运动的最前列,斗争最激烈。

六月底,江阴人民举行了抗清起义。江阴是江南大县,有"三江之雄镇,五湖之腴膏"之称。江阴诸生倡言"头可断,发不可剃",并设明太祖朱元璋像,率众哭拜,远近响应者数十万人,振臂齐呼,声势浩大。江阴人民占领县城,一致推举原任典史阎应元、新任典史陈明遇为总指挥,率领大家起兵反清。他们集军资,治兵器,严格部署防务,据城以守,誓死抗清。

清统治者前后调动二十四万大军,疯狂镇压,双方攻守争夺,十分激烈,远远近近的农民,虽距县城数十里、上百里,都主动入城打仗,荷戈负粮,弃家不顾,英勇杀敌,虽死不悔。民众临时组织起来的抗清义军,在残暴的清军面前毫无畏惧,视死如归和清军拼命死战,比明朝的正规官军还有战斗力。江阴人民坚守小城八十一天,最后终因战斗力相差悬殊,兵器不济,粮食殆尽,加上清军用从明军那里缴获的红衣巨炮不断轰城,城墙坍塌,城破后,义军经过英勇巷战,全部壮烈牺牲。就像在扬州一样,清军残暴屠城,"满城杀尽,然后封刀",江阴死难者约十七万余人,清军也付出了七万五千多人的代价。

反剃发抗争,此伏彼起,怨声载道,在参加科举考试时,有人冒着杀头灭九族的风险,将满腹辛酸泻于试卷之上,以示文士的抗争:满洲衣帽满洲头,满面威风满面羞,满眼干戈满眼泪,满腔忠愤满腔愁。

朝廷中,不少汉官上疏,指出剃发令大拂民愿,绝对不利于治理天下,指出城乡民众饮痛悲泣、抱头窜匿,起义抵抗等危机灾难,是清廷当权者造成的。这是官逼民反,民不得不反。

多尔衮虽然意识到了自己强推剃发令,是逆水行舟,火上浇油,但作为一代枭雄,一个铁腕人物,他绝不肯低头认错,却将错就错,继续激化矛盾,流多少血,死多少人,他都不会眨眼睛,入主中原、攻破江南等一系列胜利,让他笃信没有武力解决不了的事情,决心要用刀剑消灭一切反抗力量,以扼制汉人的反抗。有的道士按规矩没有剃头,有的疯子披头散发,都被以抵制剃发和抗上的理由而砍头示众。

然而,多尔衮无论如何也没有想到,不得民心的剃发令成为汉人抗清的导火索后,斗争竟然持续了二十多年。在他死后,这场斗争仍在继续。其摄政王身份,使他成为人们抨击清初恶政的最高代表者,这说明多尔衮是杰出的军事家,而不是优秀的政治家。

十一、清代文字狱的始作俑者

在军事上多尔衮所向披靡,杀人如麻;在政治上,推行圈地、投充、逃人和剃发令等恶政,残暴压榨汉人;在文化上,他还开创了清代"文字狱"之风。文字狱,历朝历代均有之。只是有清一代,次数之多、株连之广、处罚之重,超过以往。清代文字狱,是从多尔衮起头的。迫害者是多尔衮,那么谁是第一个被迫害者?是个诗人,是个和尚,名叫函可。

函可,俗姓韩,名宗騋,广东博罗人。他是明代最后一位礼部尚书韩日缵的长子。早年寓居南京、北京两都。作为名门之后,他年轻时多才、好义、豪爽,原为江南名士,与天下名流巨儒切磋论交,"声名倾动一时,海内名人以不获交韩长公騋为耻"。其父病逝北京后,家道零落,深感世事无常,遂发遁入空门之念。他二十九岁时忧时伤世,经高人点拨,别母抛妻,赴江西庐山,拜空隐老人道独为师,皈依佛门,落发舟中,法名函可,法号剩人。"剩人"的意思是希望躲避世俗世界。其后,在广州城东黄华塘创"不是庵",为静修之所,又名"黄华寺"。

函可虽已出家,然家事国事常系于心。顺治二年(1645)春,函可自广州来南京,印刷藏经。此时正值南明弘光政权灭亡,函可亲历清军暴行,目睹人民饱受战乱之苦,看到杀身成仁的明代遗臣,便将此重大事件记录为《再变记》。

清兵占领南京后,管控很严,禁止任何人随意出入,函可无奈找洪承畴帮忙。洪承畴考取明朝进士时,函可的父亲正是洪承畴的恩师,基于这层关系,洪承畴给了函可一块通行令牌。

洪承畴降清后,皇太极虽把他收录入镶黄旗汉军中,恩礼有加,但并未放松对他的防范,使其在家,不得任意出入。清廷也没有给洪承畴任何官职,只是经常向他咨询一些军政要务。比如,多尔衮在接到吴三桂的求援信,知道北京已经被李自成占领后,就请教洪承畴应该怎么办。多尔衮在这一点上知人善任,非常务实,懂得对付明军的事情唯有明军的老师知己知彼。多尔衮虽然在心里轻蔑洪承畴这位手下败将,但他也敬重这位自从上战场以来遇到的最厉害的对手。洪承畴的建议和范文程是英雄所见略同，请以义军之师对待中原百姓，方可入主中原，多尔衮采纳了这个建议。不过，洪承畴策划绕过山海关，越长城抵达北京的计策，多尔衮没有采纳，他决心乘机踏破长期阻挡八旗铁骑的"天下第一关"。

清军入京后，多尔衮对洪承畴仍然十分器重，以其仕明时的原职衔任命他为太子太保、兵部尚书兼都察院右都御史，入内院佐理军务，授秘书院大学士，成为清朝首位汉人宰相。

多铎攻占南京，多尔衮强推"剃头令"，激起江南人民的拼死反抗。危难之中，多尔衮急忙派洪承畴取代多铎，任命他为招抚南方总督军务大学士，敕赐便宜行事，但"禁止机密"之事须与平南大将军贝勒勒克德浑参酌施行，这表明他还是不能对洪承畴完全信任。

函可带着四个徒弟，拿着洪承畴给的令牌，以为应该面子很大，畅通无阻。但是，在他出城时，仍然受到了清兵的仔细盘查。如果是在不重要的小地方，守城门的兵丁是汉人的话，洪承畴的令牌绝对好使。南京是明朝故都，南明国都，京畿重地，是非之地，清廷不放心让汉卒守城门，万一对反清人士给予通融呢？在旗人兵卒眼里，洪承畴算老几，不过是手下败将而已。旗人兵卒忠于职守，认真搜查，《再变记》书稿露了馅，而且还搜出了弘光帝给阮大铖的书信。清兵对函可严刑逼供，要他说出背后的主谋和同党，"疑有徒党，拷掠至数百，万楚交下，夹木再折，血淋没趾，无二语。绝而复苏者再"。

函可虽然是文士，但在大是大非面前，遇硬则强，铁骨铮铮，始终咬定是自己一人所为。清军以谋反大罪，把函可用铁链绕项脖三圈，押解到北京，意图打击给他令牌的洪承畴。

涉及洪承畴，吏部甚至建议将洪承畴革职查办，多尔衮却容许洪承畴说明情况。洪承畴如实写明自己与函可的父亲有师生之谊，函可是颇有文名的诗僧。洪承畴谨小慎微，及早留了个心眼儿：他知道自己的身份微妙，因此，函可向他求助时，洪承畴并没有面见他，而是让属下问明何事，之后，洪承畴只开了个通行令牌。

多尔衮此时还需要倚仗洪承畴,以他的名声帮助清廷招抚江南各地官员,争取兵不血刃地统一江山。同时,多尔衮相信洪承畴所言俱是真,八九不离十。多尔衮对洪承畴的偏袒爱护,救了函可,多尔衮觉得如果杀掉这个有反骨的和尚,洪承畴会下不来台。

洪承畴忐忑不安,倘若摄政王动怒,自己掉脑袋也是有可能的,那样,还不如当年不降清了。但他也心存一丝希望,觉得大清需要他,多尔衮或许不会赶尽杀绝。

多尔衮想得更多:"如果杀了洪承畴,那将影响恶劣,别的汉官就不敢投降了。如果宽容赦免洪承畴,会影响其他一大片汉官,觉得归顺我大清还是挺好的。"

对于函可,虽然开恩,但死罪可免,活罪难逃,判决将他及徒弟等四人发配到东北苦寒之地,流戍盛京,"奉旨焚修慈恩寺",面佛思过。函可是身陷清朝文字狱的第一人。史上的那些"文字狱"案,受牵连的人员无数,唯独函可案是清代"文字狱"中"无人受牵连"的个案。

函可所著《再变记》当时便被销毁,所有书稿内容从没有得以流传,书中到底记录了多少明朝军民的悲壮故事和清兵的残酷杀戮,后人便无从知晓了。

函可到沈阳后,与后来流放来此地的文士们结成"冰天诗社"。这是沈阳历史上的第一个文学社团。函可的诗文和品行极高,使他获得了百姓极大的崇敬。每当他开坛讲法,听者如云。函可在辽东度过了十二个春秋,虽思念故国,却无法回归故里,含悲饮恨,于虚岁四十九岁圆寂。

在清代文字狱史上,函可是一个富有象征意义的人物。文字之祸,自函可始!函可身后,文网高扬,在康、雍、乾三朝达到了登峰造极的地步,每一个士人都是在自觉不自觉地交付自己的人格、思想和自由之后,才可能苟活于世。与他们比起来,早行的函可幸运得多。

函可殁后一百多年,清廷大兴文字狱,函可所著《千山诗集》被列入禁书目录,查缴焚毁,他住过的寺庙及骨灰所葬之塔,被尽行拆毁;连

《盛京通志》中所载函可事迹也被逐一删除。这位清朝"文字狱"罪的第一个罹难者,再次遭受"文字狱"的迫害。

后来,摄政王多尔衮在洪承畴回京后,对其慰劳备至,宠信有加,一连数日召见垂询各省应兴应革之事,所有建议,无不采纳。洪承畴固然拦不住剃发令,但他也向清廷建议,主张汉化,统治集团也须"习汉文,晓汉语",了解汉人礼俗,倡导儒家学说,逐渐消弭满汉之间的界限和裂痕。洪承畴参与清朝中央佐理机务,招抚江南,镇压屠杀了许多江南抗清义军,斩杀了拥护明王室的义士,但他也以个人力量最大限度地维护江南百姓。在劝降郑芝龙、得以顺利进军福建时,他被誉为"开清第一功"。洪承畴遭到抗清人士的一致唾骂。抗清人士谴责他无耻变节,连他的母亲和亲弟弟洪承畯也面责他不忠。当大西军余部李定国和孙可望归依南明永历政权,在云、贵、川出现了抗清新高潮,清廷派遣花甲之年的洪承畴前去救火,设伏击败孙可望,驱逐了李定国。之后,他上疏建议留吴三桂军驻守云南。随后,他以老迈回京,卒于府宅。

有人说,清朝文字狱在顺治四年(1647)缉拿函可之前还有序篇:顺治二年(1645),在清王朝举行的第一次乡试中,有河南中举者,将皇叔父摄政王多尔衮写成了"王叔父",主考官欧阳蒸、吕云藻因此被革职,交刑部议罪。

多尔衮开创的清代文字狱,被其后的当权者认真贯彻,一代代继承沿用。

顺治皇帝给人留下了"柔弱"的印象。其实,顺治狠起来比谁都不差,就像清算多尔衮,说翻脸就翻脸,想掘墓就掘墓、想鞭尸就鞭尸;他还亲手点燃了"文字狱"的导火索,引爆了文化浩劫。为了抵制文人的影响力,顺治下达了所有书籍必须由"词臣造订、礼臣校阅"的规定,否则,将禁止出版。顺治的本意是想恐吓警告那些文人,让他们安分守己。可此时偏偏又发生了"黄毓祺檄文案":黄毓祺是江阴人,抗清义士,作了一篇激情澎湃的《伐清檄文》,宣言"必不可扶之弱植""必不可胜之雄师""特击乎顺逆之人心,与盛衰之士气"等。永历政权正是利用这篇檄文招募了一大批有志之士,简直可比唐朝骆宾王的《为徐敬业讨武曌檄》。黄毓祺四处奔走,联络抗清人士,屡败屡战,逃至泰州一寺庙,遭朋友出卖,被捕入狱,不肯屈服,死于南京狱中。清廷在对他"鞭尸"后,又"诛灭九族"。黄毓祺有妻徐氏、赵氏,共生四子三女,先是其子黄大湛、黄大淳、黄大洪"兄弟争死",接着黄大湛妻周氏,宁死不当亡国奴,以自刎、投水、吞金、绝食等方式抗争,最后自缢身亡。这也是清朝严格意义上的第一场"文字狱"。

清朝定鼎北京之初,主要精力用于夺取江山,待到四海平定,便开始在思想上控制民心,于是"文字狱"连连发生,严酷得惨无人道。

最为著名、牵连最广的文字狱是"《明史》案"。浙江湖州富户庄廷鑨,双目皆盲,出钱购买了明人朱国祯一部未完成的《明史》,然后延揽名士,增润删节,补写崇祯朝和南明史实,其父庄允诚于顺治十七年冬(1660)将书刻成,即行刊书《明史辑略》。顺治十八年(1661)为归安知县吴之荣告发,这时庄廷鑨、庄允诚已死,被掘墓刨棺,枭首碎骨,尸体被悬吊在杭州城北关城墙上,示众三个月,庄廷鑨弟庄廷钺被杀。所有列名参校、刻印买卖者均因此获罪,重辟七十余人,凌迟十八人,与《明史》有关的所有人员,无一例外地被处以极刑,连读者都无一幸免,下狱者达两千人,震动全国。然而,这并不是《明史》案的终结,康熙元年(1661)、康熙二年(1662)又接连发生过有人因私藏《明史》而被株连九族的事件。直到康熙三年(1663),《明史》案才逐渐销声匿迹。

雍正八年(1730)发生的"清风不识字"案流传最广。翰林院庶吉士徐骏,是康熙朝刑部尚书徐乾学之子,也是顾炎武之甥孙。雍正八年,徐骏在奏章里将"陛下"的"陛"字错写成"狴"字,雍正将其革职。后又有人揭发他的诗集中有"清风不识字,何必来翻书""明月有情还顾我,清风无意不留人"等句,被认为是存心诽谤大清朝。雍正以大不敬罪,判徐骏斩立决。

清代的"文字狱",在规模和影响上,在惩处方式和受害者数量上,超出了以往任何一个朝代,从精神思想上对人民进行麻痹、腐蚀,甚至毒害。在清朝中叶以后,"文字狱"的爆发,使整个社会文化的发展几乎陷于停滞,其重创难以弥补。纵观清朝"文字狱"史,"文字狱"在顺治朝兴起,于康熙、雍正、乾隆三朝达于鼎盛。追根溯源,以"文字狱"迫害文人,真正始作俑者正是摄政王多尔衮。

十二、新历法，满文《三国演义》、《大清律》

在明清时代的北京，有很多常住北京的外国人，不仅仅是朝鲜人、日本人、越南人这样的东方人，更有蓝眼睛、鹰钩鼻子、黄头发、白皮肤、身材高大的欧洲人，比如和清廷上层关系密切的传教士汤若望。

欧洲基督教会不断扩张，不断派出教士来东方传教。较早进入中国传播教义的是利玛窦。他从罗马天主教廷出发，不远万里，千辛万苦，从非洲绕过好望角，到达印度，经过马六甲海峡，于明万历十年（1582）来到澳门，从南向北，慢慢来到北京，与明朝宫廷建立了联系，得到恩准，长居北京。传教的同时，他把西学带入中国，比如几何；他还制作了中国历史上第一张世界地图《坤舆万国全图》。明万历三十八年（1610）五月十一日，因病卒于北京，终年五十八岁，成为首位葬于北京的西方传教士。

另一位在中国具有非常大影响力的西方传教士就是汤若望。

青年汤若望在罗马学习神学。他很钦佩利玛窦神父在中国采取的适应中国文化习俗、名为"合儒"的传教策略，即竭力把天主教义与中国的儒家文化相结合。当他听说利玛窦神父以其数学和天文学方面的智慧，惊艳中国人，并且受到皇帝的优礼和敬重，为上帝的教会开拓了新的、非常大的信仰领域时，他决心继续这项事业。

明万历四十七年（1619）七月十五日，汤若望和他的教友们抵达了澳门，开始精心研习中国的语言文化，入乡随俗，脱下僧袍，换上儒服，寻找东西方文化的融合点。汤若望把自己的德文姓"亚当"改为与汉字发音相近的"汤"，将德文名"约翰"改为"若望"。

当时明朝正是内忧外患之际，正在对付满洲努尔哈赤的八旗劲旅，"非火器战车不可御之"。朝廷派人到澳门向葡萄牙人购买大炮。滞留澳门的传教士们以军事专家的面目，跟着大炮随行，得以进入内地。明天启三年（1623）一月二十五日，汤若望到北京后，仿效当年的利玛窦，以他的数理天文学知识得到朝廷官员们的赏识。他到北京不久，就成功地预测了明天启三年（1623）十月八日出现的月食。他用中文写了一本介绍伽利略望远镜的《远镜说》,第一个将欧洲的最新发明介绍给中国。崇祯九年(1636),汤若望奉旨设厂铸炮,两年中铸造大炮二十门。

清军进入北京后,汤若望将他修订的历书(《崇祯历书》的删节版),进呈了摄政王多尔衮。多尔衮对历法能看懂多少,不好说,但这个洋人修订的历法,跟大明朝的历法有区别,是不同的,是新的,是属于大清的,好,这就值得推崇。于是,多尔衮下令,清廷采用新的《时宪历》,并颁行天下。

由此清朝发生了新旧历法之争,一度停用新历法,恢复旧历法,后来又推行新历法,到了康熙年间则直接演变成你死我活的斗争。维护旧历法的人再次上书《请诛邪教状》,矛头直指汤若望,罪名主要有三:一是历法荒谬;二是潜谋造反;三是邪说惑众。汤若望及其义子潘尽孝被判处死刑,历科李祖白、春官正宋可成、秋官正宋发、冬官正朱光显、中官正刘有泰等被判凌迟处死。恰好此时京城发生了地震,天空中出现了彗星,很多人视为不祥的预兆,认为不应杀汤若望。后来,圣母皇太后介入,从中斡旋,汤若望、杜如预、杨弘量等最终免于一死。不过,李祖白等五人就没那么好运了,依旧被执行死刑。

中国今天的农历,是汤若望在旧有农历的基础上加以修改而成的"现代农历"。

汤若望在中国生活了四十七年,在中西文化交流史、中国基督教史和中国科技史上是一位不可忽视的人物。他逝世后,被安葬于北京利马窦墓左侧。德国科隆有他的故居,塑有雕像。意大利耶稣会档案馆有关于他的大量资料。

回想摄政王多尔衮率军入京之初,才两个多月,在军政繁忙日理万机之际,还能够敏锐地认识到一个西洋教士进呈的历法是先进的、是正确的,并颁行全国,而且加封汤若望为太常寺少卿,官阶为正四品。不得不佩服,多尔衮眼光真"毒"!

还有一件事情也事关多尔衮,顺治七年(1650)五月,满文版《三国演义》发行了,这算得上是满文创制以来、满汉整合的一桩大事。

很多人认为努尔哈赤只是一个草莽英雄。其实,努尔哈赤作为一个有雄心的军事家和政治家,是非常有远见的,懂得文化的重要性,明万历二十七年(1599),创业未半,他便命令额尔德尼和噶盖创制女真人自己的文字:参照蒙古文字为女真人的口语配上字母,也就是后来的满文。中国少数民族众多,有自己文字的却较少。努尔哈赤是军事奇才、天才,他非常喜欢看《三国演义》,在多尔衮小时候,努尔哈赤便让他好好读《三国演义》。努尔哈赤能够统一女真人,多尔衮能够领兵入主中原,《三国演义》是这父子两代成就大业的用兵宝典。

汉族文化汗牛充栋,多尔衮却单单选择自己最喜爱的《三国演义》,命人先把它译成满文,让更多的满族子弟阅读学习。他这是希望培养出更多的军政人才来巩固大清的统治。

顺治三年(1646),各地的抗清斗争风起云涌。然而,在京城,一部《大清律》横空出世。

一个新政权,颁行自己的法律,标志着它走上了正轨。同时,这也是文化创建,是放眼长远的大胸怀之举,更彰显了其自信心。

《大清律》以《大明律》为蓝本,是中国最后一部封建律例,全面总结了封建社会的历代法治。《大清律》于顺治三年(1646)五月初次修成,其后经历过康熙、雍正、乾隆三朝修订后才定型,在清末新政中,光绪三十四年(1908)再次修订,宣统二年(1910)形成最终版本,定名《大清现行刑律》。宣统帝退位后,《大清律》在香港租界内依然沿用,直到1971年才正式废止。

延续三百多年的《大清律》,是在多尔衮的主持下开始修立的。然而,因为他是摄政王,顺治小皇帝是皇帝,庙号世祖,所以《大清律》起初是以"清世祖敕纂"的名义颁行。

好一个可怜的多尔衮,他所有的功绩,都是顺治小皇帝的,他一辈子都在为皇太极父子"打工"。清代太祖、太宗,都是通过自己的打拼赢得了帝王之尊,但顺治皇帝的庙号"世祖",是叔叔多尔衮给他戴在头顶的闪光金冠。"祖宗",是中国文化中对祖先的至高尊称。在帝王序列中,只有开疆拓土的皇帝才有资格称"祖"。

多尔衮这位军事家,在政治上的表现可谓毁誉参半,在推行"五大弊政"和肇始"文字狱"、强推"剃发令"之外,也承担起了文化建设的责任,推行了新历法,发行满文《三国演义》,主持修撰《大清律》……他的功过任后人评说。

十三、平叛各地,征讨漠北蒙古

多尔衮一意孤行,强制推行"剃发令",惹起了全国各地风起云涌的抗清浪潮,影响了一大批已经降清的明朝将士,他们也是汉人,也要被剃头,心里也反对,从而促使正规军倒戈抗清,他们的战斗力,自然比普通民众组成的义军更有力量。他们重新回归各个南明后续政权,与李自成的大顺军和张献忠的大西军残部遥相响应,互相声援。在这一波抗清运动中,声势较大的有江西的金声桓和王得仁、广东的李成栋以及山西的姜瓖等。

顺治五年(1648)正月二十七日,江西提督金声桓和副将王得仁倒戈,举兵抗清。

金声桓,早年为盗贼,江湖绰号"一斗粟",后来接受招安,投入左良玉带领的明朝官军中,镇压农民起义军,冲锋陷阵、出生入死,由从二品都督同知晋升为正二品总兵官。清军入关,南明弘光政权建立,左良玉从武昌起兵,沿江东下,赴南京"清君侧",声讨权臣马士英。左良玉死于途中,其子左梦庚降清,金声桓随左梦庚归顺,任清廷江西总兵,驻守南昌,后奉命向南进军,攻克吉安,围困赣州孤城。半年后,金声桓指挥的清军攻占赣州后,南明六千守城将士殉国。清军屠城,大约二十万军民被杀,史称"赣州之屠"。

清廷以金声桓之功,改任他为提督江西军务总兵官。金声桓自以为未费满洲一斗粮,孤军就收复了十三府、七十二县,让数千里地归于新朝,从清军入关后,还没有谁功高于他,希望在论功行赏时,能够被封个王侯之爵。结果清朝只给了金声桓一个副总兵兼提督江西军务的官衔,副将王得仁只得了个把总之职,比原来在明朝时的官衔还低。他们大失所望,愤懑不平。

这是因为多尔衮对这些手握重兵的明朝降将一直存有戒心,觉得他们大多是投机归顺,并非是心悦诚服地投降,所以不敢加以重用,还派人监视和节制他们。

当各地抗清义军四起,向清廷低头苟且三年之久的金声桓和王得仁一商量:"干吧!"大事总是起于小缘由。有一天,巡按董学成放肆地向王得仁索要一个歌妓,因为王得仁没有立即答应,董学成便在衙门里拍桌子大骂道:"我可以让王得仁的老婆陪我睡觉,何况一个歌妓?"王得仁听说后按剑而起,大叫:"我做贼二十年,却也知道男女之别,人间大伦,安能跪伏于猪狗之辈以求苟活?"于是提剑跑到董学成的府第,将董砍成碎泥,然后去找金声桓,逼金声桓摊牌。他们又杀掉了巡抚章于天,然后邀请家在南昌、告老还乡的明朝大学士姜曰广一同起事,谎称"奉诏",宣布反清复明。

金声桓久经战阵,骁勇异常,率军攻下九江、饶州、南康诸地。

永历政权得知金声桓在江西反清,高兴得立刻把其视为可依靠的力量,不再计较金声桓代表清朝杀害明朝军民的血债。

南明弘光政权失败后,明朝两广总督丁魁楚和广西巡抚瞿式耜等拥戴明神宗之孙、桂王朱由榔于肇庆称帝,以1646年为永历元年。

金声桓等人缺乏政治远见和军事谋略,不敢顺长江出击,占据江淮心脏地带,那里对清廷更有战略威胁。金声桓为求稳妥自安,由九江回师,固守江西地盘,率兵包围赣州。金声桓再攻赣州,这一次,久攻不下,两军相持了七十余天,给了清军喘息时机。

多尔衮对金声桓的反叛极为重视,江西的战略地位重要,若是与湖南、广西及云贵地区坚持抗清的南明政权和农民军连成一片,往来策应,局势就变了,可以顺江而下直抵南京,势必威胁瓦解清朝在江南各省的统治。多尔衮急忙任命谭泰为征南大将军,与固山额真何洛会一起统兵,征讨金声桓。清军出安庆,渡长江,进占九江等地,围攻南昌。这是一招围魏救赵之计。金声桓从赣州撤兵,保卫南昌。南昌城下,清军势众,金声桓派人向湖南的何腾蛟求救。何腾蛟是抗清英雄,但这一次并没有前往江西救援。南昌城中粮草枯竭,吉安守将派来的送粮船亦为清军截获。

永历朝廷闻讯,派广东李成栋所部赴援。

在江西金声桓反清两个多月后,顺治五年(1648),四月初十,广东提督李成栋大力响应,倒戈抗清。

李成栋相比金声桓,有过之而无不及,都是在乱世中浮沉的怪胎。李成栋起初参加了农民起义,长期跟随李自成的部将高杰。后来,随高杰投降明朝,剿杀义军。在弘光政权下,李成栋任徐州总兵。后来,高杰在睢州被许定国刺杀。清兵南下时,李成栋"奉"高杰的妻子邢氏投降了清朝,因功被封赏为吴淞总兵。其后,清廷李总兵制造了人神共愤的"嘉定三屠"。

嘉定人民因反"剃头令"起兵抗清后,李成栋领兵五千赶来讨伐。"尸骸乱下,一望无际",一幅人间地狱图。许多还在睡梦中的居民,全家被杀个精光,血流成渠,积尸成丘。其后,李成栋放火焚尸。

李成栋共实施了三次大屠杀,持续两个月之久,据传有十万余人遇害。

经过如此残酷的"嘉定三屠",江南大部分地区开始剃发,违心地做大清顺民。血海尸山,终于使反抗的烈焰渐趋熄灭,李成栋也因此"赫赫"功劳,被提拔为江南巡抚。单凭这臭名昭著的"嘉定三屠",李成栋就可"史册留名"了,然而还不够,不久,清廷又调遣李成栋去福州,平灭另一个由南明隆武帝朱聿键建立的南明政权。

南明隆武帝朱聿键生于南阳。朱聿键是个苦命皇帝,因为他爷爷不喜欢他爸爸,自小跟着父亲在囚房中度过了十六年,后来在朝廷的恩旨下袭封唐王。皇太极攻打北京时,朱聿键报国心切,竟不顾"藩王不掌兵"的国规,招兵买马,北上勤王,中途和"贼兵"交手,互有胜负。由于明成祖朱棣是以藩王身份反叛得的天下,故而明朝对藩王防备极严。藩王可以在王府内奸淫吃喝,醉生梦死,唯独不能兴兵拥将离开藩属。崇祯帝大怒,派锦衣卫把朱聿键逮进凤阳皇室监狱,又关押了八年多。这位"金枝玉叶"真是倒霉,活到四十多岁的年纪,在囚牢里度过的岁月倒有二十四年之久。

弘光帝继位,朱聿键才被放出来。朱聿键刚刚走到杭州,短命的弘光朝便覆灭了。另一个明朝宗室潞王在众人的推戴下于杭州自称"监国"(代理皇帝),三天后,清军杀到,号称贤德、一直被寄予厚望的潞王朱常淓与属下没做任何抵抗，便向清军献城投降。

此前一天，朱聿键刚刚离开杭州，黄道周等明臣便劝朱聿键监国。在郑芝龙家族的拥护下，朱聿键在建宁（今福建省建瓯市）称监国，二十天后，在福州正式称帝，改元隆武。登基大典，"大风雾起，拔木扬沙"，坐骑受惊，玉玺摔落，碰坏一角。虽然兆征不祥，隆武帝朱聿键还是很有平复天下的决心，锐意恢复。隆武帝虽有宏图大志，但却一直被郑氏集团架空。

以郑芝龙为首的郑氏家族，本是航海世家。十七世纪，世界航海兴起，明朝却搞海禁，郑芝龙以民间之力建立水师，将商船改作战船，于明崇祯六年（1633）在金门岛料罗湾海战击败了"海上马车夫"荷兰人的舰队。郑芝龙重建以中国人为主导的东亚海上秩序，在郑和船队退出南中国海二百年后，重夺海上主导权，成为西太平洋的唯一霸权，是大航海时代东亚海域举足轻重的人物。郑芝龙为其子郑成功留下了强大的海上基业，郑成功以此为资本抗清，在南京兵败后，以海上武力成功打败荷兰人，收复台湾。

李成栋"率领"清军逼近福建。隆武帝声言亲自北伐，携数千明兵"御驾亲征"，摆脱了郑氏兄弟的操纵。隆武帝到汀州，有大队身穿明军军服的人叩城门，声言护驾。城门一开，原来都是李成栋派出的清军。隆武帝闻乱惊起，持刀刚入府堂，为清军乱箭射杀，同时遇难的还有其皇后曾氏和不满月的皇子。将隆武帝一家三口的人头献上后，李成栋更得清廷的垂青，随后驻军福州。

再说郑芝龙，因为李成栋所率的清军兵锋过盛，郑芝龙自知不敌，便坐待清军来捕。以前，郑芝龙曾经以船队自立门户于海上，后来归顺明朝；当时他完全可以和儿子郑成功一起弃岸出海。清军是马上骁勇，只能望洋兴叹。郑芝龙坐以待毙，或许是因为人到中年，对长久漂泊于波涛中的生活厌倦了，不愿逃亡。郑成功劝父亲出逃未果。郑芝龙在名义上是南明的福建大总管，被李成栋押往北京请赏。郑成功的母亲是日本人，城破后自缢殉节。身负国恨家仇，郑成功率领水军矢志抗清。

多尔衮请洪承畴劝降郑芝龙，然后亲自召见郑芝龙，好言劝慰，把郑芝龙编入汉军正红旗,为清廷效力。郑芝龙修书招降旧部,唯有儿子郑成功坚决不降。

清顺治十一年(1654)十二月,郑成功攻漳州,各县望风起事。清廷怒囚郑芝龙,在其降清十余年后,斩郑芝龙与其亲族于北京菜市口。

郑成功收复台湾,成就千古英名。郑芝龙降清,则留下耻辱污名。

虽然李成栋俘杀南明二帝,为清廷立下了大功,却仅被任命为广东提督,佟养甲反被任命为第一任两广总督,再看清军旗人飞扬跋扈,轻蔑汉人将士,连在八旗军中地位低下的马夫,都敢顶撞羞辱南明降将,李成栋对此非常不满。佟养甲为安抚李成栋,向朝廷上表,将李成栋居住在吴淞的家属(实为人质)接往广州。没想到弄巧成拙,这为李成栋翻脸叛清解除了后顾之忧。

听到金声桓和副将王得仁在南昌起事,李成栋率部在广州校场闹饷哗变,宣告投奔南明,并奉永历帝朱由榔为主。佟养甲见机行事,为保全性命,假意蓄发,跟随李成栋归降南明。永历帝求兵若渴,不在意李成栋此前的血债,反而觉得是能打的将军来了,加强了自己的力量:"好!"永历帝封李成栋为广昌侯,后加封为惠国公,封佟养甲为襄平伯。

江西战事吃紧,永历帝派遣李成栋率部支援。李成栋胁迫佟养甲一同北上。佟养甲跟驻防在赣州的清军主帅暗地里书信往来,愿为内应,结果书信被李成栋的部下截获。李成栋养子李元胤预先在佟养甲乘坐的船必经之处设下伏兵,擒杀了佟养甲,又把佟养甲的亲信全部处斩。佟养甲死后,隶属佟养甲的三千八旗兵,被李成栋以"犒师"为名,骗到梧州城内,以发饷为由解除武装,全部处决,一个不留。

李成栋的反叛极大地影响了战局。然而,南明永历朝廷虚有其名,无人能统筹全局做出相应的决策,各地实力派自行其是,结果丧失了收复失地的大好机会。

在南方,江西的金声桓和广州的李成栋带兵反清,湖南和广西的永历皇帝与何腾蛟带领大顺军余部抗清,这些已经让清廷焦头烂额。让摄政王多尔衮没有想到的是,在北方自己的眼皮子底下,大同总兵姜瓖也反了,而且还带动山西和陕西两省各地纷纷举兵,抗清烽火比南方更猛烈。

当时,多尔衮曾想通过给顺治帝联姻来控制蒙古人,派阿济格前去求婚。阿济格一行途经大同时,发现这里的女人非常漂亮,便奸淫妇女,无恶不作,其中一个有身份的女子在出嫁时,也被阿济格的随从劫走糟蹋了。姜瓖作为本地的最高军政首脑,听说此事后,向阿济格表示不满,要求交出新娘并制止此类事情再发生。阿济格是粗鲁之将,再加上占领者的骄横,不但不听姜瓖申诉,反而把他轰出门外。这使姜瓖极其恼怒,对清朝统治者"崇满抑汉"的政策无比愤慨。

漠北蒙古喀尔喀部犯边。多尔衮召集诸王、大臣召开会议,决定派英亲王阿济格等将领戍守大同,加强这一地区的防务。

此时恰逢南方江西金声桓和广东李成栋起兵反清,清廷对手握军权的汉族将领猜忌甚深,姜瓖判断满洲大军云集大同,将对自己不利。大同地区的清朝官员又奉命征集粮草,急如星火,百姓怨声载道。

十二月初三,姜瓖乘宣大总督耿焞等人出城验粮草的机会,突然关闭城门,下令"易冠服",自称兴汉大将军,公开升起了反清归明的旗帜。耿焞逃往阳和,家属被姜瓖处死。阿济格闻讯,连夜进兵,于初四到达大同城下。姜瓖迅速"飞檄安官,朔(州)、浑(源)一带俱受伪札"。阿济格在十二月的报告中说:"叛者不止大同,其附近十一城皆叛。"山西各地的汉族官绅纷纷响应,声势甚大,以大同为核心,姜瓖联合三省十余支武装力量,打起了反清复明的旗帜。

这些已经降清的前明将士再次反叛,完全是被多尔衮、阿济格等人的政策给逼反的。

多尔衮心焦冒火,江西反清,广东反清,都没有山西反清那么触痛他,大同离北京太近了,两者相距七百多里地,按照正常行军速度六七天就能杀到,急行军能缩短到四天之内。要是让姜瓖和附和者们成了气候,就会发兵威胁北京。多尔衮咬牙跺脚,必须赶快平叛,以免乱得不可收拾。多尔衮是真的担心了,因为眼前和以往所有战局不同,八旗劲旅人马太少,以前无论在关外,还是在关内,都是合兵一处,是一股洪流,势不可当。现在,真正的八旗将士不足二十万,却分散到全国各地,清军虽然人数众多,如果新投附后的汉人将士都反了,八旗还真控制不了局面。大同姜瓖反清,让常胜将军多尔衮感到害怕了。

多尔衮最初企图采取招抚的手段来解决姜瓖。十二月初十,他派使者向姜瓖解释阿济格等领兵往大同是解决北方蒙古问题,并不是针对你姜瓖,故意把姜瓖起兵反清说成只是误解了朝廷的意图,给其下台阶的机会,接着宣布若能悔罪归诚,将"照旧恩养"。然而,姜瓖不可能回心转意,反清之后再图归顺好比覆水难收,前途更不堪设想。因此,他对多尔衮的安抚置之不理。多尔衮见解释无效,决心武力解决。

多尔衮又祭出"打仗亲兄弟"的法宝,指派阿济格打头阵,去剿灭大同叛军,他哪里知道姜瓖反叛,有很大的原因是阿济格没有处理好和汉军降将的关系,逼得人家不得不反,如果多尔衮在姜瓖叛乱之初就知道这些,他会以另一种手段处理,在调兵遣将上,也会考虑其他人选。

阿济格指挥清军进攻大同城,姜瓖派兵出战。阿济格打胜仗打习惯了,打顺手了,因此,非常轻蔑大同汉军。然而,他没有意识到,汉军这一回是憋屈得太久了,要凭一场拼命恶仗来出怨气。将士们杀红了眼,奋勇杀敌。有一位黄马白袍的大将,于乱军中冲突奔驰,十荡十决,勇猛异常,清军根本拦挡不住他。阿济格麾下的八旗劲旅都是自关外打到关内的百战精锐,遇到此人竟纷纷辟易,"莫有撄其锋者",清军直呼:"马鹞子至矣。""马鹞子"是姜瓖的副将王辅臣,早年参加农民军,喜欢赌博,一掷千金,后投靠大同镇总兵官姜瓖。王辅臣就是大同本地人,在大同城下一战成功,声名鹊起。

以姜瓖为代表的晋陕等地的反清复明运动,迅速波及西北其他地区。风云骤变,形势对满洲贵族的统治中心威胁极大。

山西和陕西的抗清活动愈演愈烈,南方的抗清形势却开始衰落。

李成栋率兵二十万,北上增援江西金声桓,在赣州城外被清军击败。李成栋冒着大雨,骑着一匹骡子,一口气从庾关败退六百里至梅岭,而后逃回广州。

顺治六年(1649)正月十九日,南昌"城中粮尽,杀人而食",金声桓孤立无援,坚持到此,自知必败,再无斗志,下令打开东城门,放百姓出逃觅食。清军见状,亦解开东面之围,放百姓逃离。金声桓部下士卒也混入百姓之中,争相出逃,一些兵丁秘密投降,清军得以顺利攀登城墙入城。金声桓无力回天,眼见城陷,杀妻子,焚房舍,身中二箭,投入帅府荷花池。王得仁受伤被擒,被凌迟处死。大学士姜曰广时年六十六岁,留下"六歌"及绝命词一章,率全家三十二口人投塘自尽殉节。历时一年的江西反清斗争宣告失败。

祸不单行,就在南昌城陷的同一天,何腾蛟在湘潭被俘。

何腾蛟虽然招收了李自成旧部,依靠这些将士抗清作战,但他作为明朝官吏,却并不十分信任大顺军的人。他去会晤李过,怕李过多想,就只携带了三十名属吏和亲兵,意外地被清兵围住。何腾蛟绝食七天,最终遇害。

清军越过岭南,进攻广东李成栋。三月初一,清军开始进攻广州城。李成栋部下军心不稳,蜂拥出东门渡河逃窜。李成栋在渡河时坠马淹死。

金声桓、何腾蛟与李成栋,这三个几乎奇迹般地恢复了明朝整个南方的人,在顺治六年(1649)春季的一个月之内,戏剧般地从历史舞台上消失了。

多尔衮没有料到姜瓖反叛造成的局势这样危急,除了紧急征调外省的兵力助战,他实在坐不住了,做出了一个决定——亲自出征。

自从山海关战役以来,执掌清廷最高权力的摄政王多尔衮再也没有亲自统兵出征过。究其原因,一是进入北京之后,百务聚集,他难以分身;二是满洲贵族内部权力之争一直在进行;三是他的健康状况不佳。这次亲征大同实在是迫不得已,山西全省一旦失陷,必然引起连锁反应,且不说南方大片地方尚未平定,在姜瓖反清后,北方各地反清运动势若潮涌,满洲贵族遇到了入关以来最大的挑战。

多尔衮出征,就相当于皇帝御驾亲征,分量极重。

清军主力云集山西,多尔衮先后调来了和硕亲王满达海、多罗郡王瓦克达、承泽郡王硕塞,加上已经在山西的英亲王阿济格、敬谨亲王尼堪、端重亲王博洛和多尔衮本人,以及一个协助征剿的汉王——平西王吴三桂,总共有八位王爷,史称"八王围大同"。总共大约有九万的八旗军队在山西作战,这几乎是多尔衮能拿出来的全部家当了。可见山西战事之急迫。

重兵围攻终于收到了成效,各路清军逐渐击败了大同外围的义军,切断了大同和外部的联系,完成了对大同的合围。姜瓖曾经率军出战,无奈野战乃八旗军看家本领,不管是姜瓖本人,还是来援的各路义军都无法取胜。此后,姜瓖始终坚守不出。大同历来是重镇,北魏时期是拓跋珪朝的都城,建城历史已有一千二百多年,长时间以来大同城被多次加固。如此坚城,即使红衣大炮也无济于事,奈何不了坚固的大同城墙。但是,在长期围困之下,大同和之前金声桓困守的南昌一样,成了一座彻彻底底的孤城。

顺治六年(1649)二月十四日,多尔衮亲自带领军队往征大同,接连攻克浑源州、招降应州和山阴县。

三月初十,京师来报说多铎因出痘病重,多尔衮立即决定返师。十二日,多尔衮途经大同,派人在城下喊话,欲招降姜瓖:"如果别人来招降你,你可以不给面子,但今天我来劝降你,你可要归顺啊!如果归顺了,不计前嫌,以往的罪责一律赦免。如果不归顺,恐怕你就没有后路了。像你这样反复无常之人,天下还有谁会相信你呢?"

姜瓖在回信中先列举了自己为清廷立的功,并说"未有毫发罪过",然而不仅"未蒙升赏",跟随他降清的百姓也流离失所,还要遭到满洲贵族的欺压,被不分青红皂白地肆意屠戮。接着,他针对多尔衮的谕旨表示,全城之人,上下一心,绝不束手就擒。多尔衮大为恼火,令清军继续围困,自己则赶回了京师。多尔衮深知局势的险恶,他不敢撤出包围大同的兵力来镇压遍及山西各地的反清势力,以免放虎归山,使山西反清盟主姜瓖同其他各部合兵一处,只好从京师抽调一切可用的满、蒙、汉军投入山西战场。

十八日,多尔衮行至居庸关时,传来了多铎的死讯。多尔衮悲痛万分,手捂心口,差点从马上栽下来。

六月,清军攻克了山西部分州县,形势有所好转。

多尔衮担心在山西被牵制的兵力太多,旷日持久,必将影响全国,他决定再次亲征大同。七月初一,多尔衮再度率师亲征大同。行前,他召集内三院及部院等侧门官员说:"我之所以再次亲征,并非诸王大臣不胜其任,但恐他们行师之际扰及良民。此行我至多走到宁武关、朔州便归,不远行也不久留。"十四日,多尔衮师至阿鲁席巴尔台,遂罢大同之行,边打猎边回到北京。

多尔衮的第二次亲征历时一个多月,八月间回京时,并没有取得什么战果。

多尔衮此次出征令人费解,仿佛山西姜瓖的反叛已经让多尔衮乱了方寸。

八月,大同城里的粮食消耗殆尽,军民伤亡惨重。在外援无望的情况下,姜瓖部下的总兵杨振威变节,暗中派人出城向围城清军接洽投降事宜。二十八日,姜瓖的部将杨振威等二十三人带领六百余名官兵叛变,密通清军,合谋杀了姜瓖及其兄姜琳、弟姜有光,献首级降。第二天,清军攻入大同。多尔衮谕令阿济格,大同城内,除杨振威等二十三员及其家属并所属兵丁六百名之外,其余"官吏兵民尽行诛之",并将城垣自垛撤去五尺,把姜瓖等人的尸骨烧成灰烬,埋入土坑,以泄其愤恨。

姜瓖的副将王辅臣,那位冲杀清军的大英雄,因及时投降于阿济格,免于被诛,入京为"包衣"。王辅臣武勇之名播于京城,北京的旗人都以认识"马鹞子"为荣。从此,王辅臣鞍前马后地为清廷卖命。后来,又追随吴三桂叛乱。

此次平定反叛,多尔衮反应迅速,不顾自己生病,亲征两次(或说三次),动用亲王以上者四人,其他高级将领数十人,所谓"诸将一时多授命,亲王三遣自临边"。但抗清的浪潮并没有就此而止,仍在全国各地风起云涌地进行着,依旧是各自为战,没有形成统一的力量。

南明汉人族群有那么多英雄烈士,却战不胜一个多尔衮。

多尔衮并不是常胜将军。

有一个敌人,他在一年里亲征两次,使足力气却打空了,没打着,那就是漠北蒙古喀尔喀部。

多尔衮征服的是漠南蒙古,林丹汗的儿子额哲汗献上了传国玉玺。还有更遥远的漠西蒙古。努尔哈赤攻击并结盟的科尔沁部就是漠南蒙古的最东边的部落。皇太极在世时,曾率领八旗劲旅出征喀尔喀蒙古,但无功而返。女真人原属渔猎部落,而蒙古人是游牧部落,他们特性相似。不同于汉人百姓习农耕定居,在原地等着八旗军来侵犯,蒙古人来无踪、去无影,因此,能征善战的八旗面对蒙古人并不占有多少优势。

喀尔喀部见后金势大,也致书与后金通好。清崇德三年(1638),喀尔喀部"遣使来朝",以后,每年各贡"白驼一,白马八,谓之九白之贡"。喀尔喀部名义上对清朝臣服,其实内心不服,因为蒙古人的祖上阔过,成吉思汗和子孙们征服了欧亚大陆,是现在的女真人没法相比的。蒙古雄主达延汗的六世孙腾机思,一心想恢复祖上荣光。

摄政王多尔衮任命刚刚平定江南弘光政权的豫亲王多铎为扬威大将军,率清军深入喀尔喀腹地,打败了腾机思。

姜瓖反清时,喀尔喀兵马进入内蒙古,离长城非常近,多尔衮之所以调集军队是为了防范喀尔喀部,却惊吓到了姜瓖,促使他叛清复明,京畿震动。多尔衮领兵亲征,大军行进到古尔班口时,喀尔喀部硕雷汗部下七人携妻子来归,报告硕雷汗的兵马距北京有十日路程。多尔衮权衡轻重,觉得汉人军队是缩在城池里等着挨打,早一天、晚一天打都行,喀尔喀蒙古兵马来了,却非常麻烦,让他狠咬一口,冤枉,让他跑了,没影儿了,找不着了,更遗憾。多尔衮决定北出张家口,先征剿喀尔喀部。然而,由于一路长途行军,缺少水源,人马焦渴,最重要的是战马之间发生了传染病,还没有看到喀尔喀部的影踪,清军便实在坚持不下去了。多尔衮只好回师,准备围攻大同,却又接到胞弟多铎感染天花病危的消息。

多尔衮快马加鞭赶回京城的途中,接到准信:"多铎死了。"

多尔衮再次经历了父母过世后最痛心的悲恸。他想起了小时候的情景:父汗驾崩,额娘被逼殉葬,他和多铎小哥俩互相搂抱着,旁边是虽然长大却无智谋的哥哥阿济格,三兄弟眼睁睁看着母亲死去却无法救援。他想起了和多铎并马劫掠中原,在松锦前线并肩而战的情景。他想起了多铎作为最得力的助手,在山海关打败李自成,攻克西安灭亡大顺政权,攻克扬州杀史可法,攻克南京俘虏弘光皇帝,挥师漠北击垮喀尔喀部的情景。"兄弟同心,其利断金。"他把多铎提升为辅政亲王,兄弟俩执掌朝纲。只要有多铎在,多尔衮便不惧怕任何对手。多尔衮悲愤地仰面痛哭:"苍天啊,你夺走多铎,就是折杀我呀,我还能倚靠谁啊?"

杀人如麻的多铎亲王,被天花索取了性命,虚岁三十六。他是清初八大铁帽子王之一。后来,乾隆皇帝赞誉其"开国诸王战功之最"。

姜瓖失败后,多尔衮下令屠城,也是因为大同兵变令他在胞弟多铎临终时没能够陪在身边,从而发泄怨愤怒气。

十月,多尔衮再次得到探报,蒙古喀尔喀部行踪再现,他急迫地贸然再次领兵亲征。多尔衮大军行至克什克腾北,离漠北喀尔喀部尚远,却又撤兵了,再次无功而返。有人分析退兵原因,猜测原因有两条:一是情报不准,喀尔喀已经跑到别的地方了,根本不知道去哪里找,大军长途盲目行进,后勤粮草供应不上;二是因多尔衮的元妃患病了。多尔衮返京后不久,元妃就去世了。

多尔衮下令,以多罗郡王岳乐为宣威大将军,统兵驻守归化城(即呼和浩特市旧城),防止喀尔喀部入侵。清廷在处理与喀尔喀部的关系时,一直采取武力威慑为主,安抚为辅的策略,恩威并施。后来,漠西蒙古准噶尔部崛起,噶尔丹大汗也是雄心壮志的主儿,挥师征讨漠北喀尔喀部,想先统一蒙古各部,然后与清朝抡刀掰手腕,他要当再世的成吉思汗。直至康熙皇帝亲政后,才平定"三藩",收台湾,征讨噶尔丹,顺便把喀尔喀问题彻底解决了。

其实,多尔衮远征喀尔喀部,无功而返,还有一个原因:长途行军奔袭,多尔衮有点吃不消,他的身体不太好。

十四、皇父摄政王

清顺治五年(1648)十一月初八,北京清廷宣布,皇叔父摄政王多尔衮治理天下,有大勋劳,宜增加殊礼,以崇功德,"加封为皇父摄政王,凡进呈本章旨意,俱书皇父摄政王"。

为什么多尔衮要冠自己以"皇父"之名呢?

这和"皇母"圣母皇太后有什么关系呢?

清朝诸多摄政、辅政王中,唯多尔衮一人获"皇父摄政王"尊号。恰恰是这"皇父"之称,紧紧联系着多尔衮与圣母皇太后之间令人津津乐道、长久争议的逸闻。圣母皇太后本就是前代皇帝之妃、当朝皇帝之母,为何要下嫁给王爷呢?

史料里没有记载圣母皇太后什么时候下嫁给了多尔衮。猜测大约应该是清廷宣布将摄政王多尔衮加封为"皇父"的时候,她又一次做了新娘子。

多尔衮和圣母皇太后真正产生直接联系,应该是在多尔衮把小福临推举为顺治皇帝时,庄妃母以子贵,儿子当上了皇帝,多尔衮是恩人,她应该非常感激他,在她心中,这个比她大半岁的小叔子多尔衮,是仅次于故去夫君皇太极的大英雄。

到了北京,随着多尔衮的功劳越来越高,权力越来越大,他变得越来越专横跋扈,只手遮天,圣母皇太后心里越来越担忧:"谁不想自己当皇帝呢?多尔衮之前能让福临当皇帝,现在就能让福临不再当皇帝。当过皇帝,一旦失去皇位,想活都难,唯有一死。"

圣母皇太后担心儿子的生命安全,儿子若被除掉,母亲也会被牵连。还有,儿子死了,母亲还活什么劲儿?人生就没有希望了。为了母子平安,儿子照常当皇帝,母亲照常当太后,那么,就只能想办法改变多尔衮:要让这个之前的恩人,未来的潜在敌人,甘心维持现状,不危及皇上,就只能满足他的愿望,叫他无理由动杀机、下狠手。

圣母皇太后心想:"他想当皇帝,那就让他当名义上的太上皇。我儿子还是名正言顺的皇帝。好在,他自己没有儿子,我嫁给他,让他当我儿子的'阿玛',那我儿子就是他的儿子了。他当太上皇了,我儿子可以照旧当小皇上。

太后是一个非常有智慧的女人,巾帼不让须眉。她一生辅佐丈夫、儿子和孙子三代皇帝,以柔弱肩膀扛扶起清朝大厦。

她最有力的武器,就是柔情和爱。

圣母皇太后用自己的智慧和爱情降服了桀骜不驯、举世无双的大枭雄多尔衮。

多尔衮在皇权之争失利时,虽然以退为进拥立福临为帝,自己当上了位高权重的辅政亲王,但他夺取皇位的野心并没有消除,随着权势的不断扩大,想做皇帝的欲望日益增加。

在顺治帝即位四个月后,多尔衮就以诸王权限过大,易误国家政务为借口,宣布限制诸王权力,以六部三院分理行政的名义,从而将国家大权集中于两位辅政亲王之手。郑亲王济尔哈朗看出了多尔衮意图独揽朝纲的意图,自知无力与之抗衡,也了解多尔衮的为人,为了自保,他主动退让,提出以后各衙门奏章,都先交给睿亲王审阅,将自己手中的权力拱手交了出去。

多尔衮军政大权独专,"自封"为摄政王,礼部特别为摄政王议定了居内及出猎行军的仪礼,明确规定诸王不得与之平起平坐,将摄政王的身份与地位凸显出来。从此,清廷所有政令皆出自摄政王之手,集权独裁,无人可以干预,他越发为所欲为。多尔衮初入北京时,乘只有皇帝才能坐的帝辇,武英殿上,坐了只有皇帝才能坐的龙椅宝座,前明官吏跪拜一片,直呼"万岁"。他们只知大清摄政王,不知大清也有远居塞外的小皇帝。迁都北京后,多尔衮一心培植自己的势力,打击异己,揽权擅政,"关内关外只知有摄政王一人",满朝文武百官,一大半都是摄政王的亲信,而且越来越蔓延,不顺从摄政王的官员,会逐渐被排挤出权力圈。以多尔衮为核心的权力集团已经形成,愈加膨胀,皇权被轻蔑,皇上的生命岌岌可危。多尔衮的权力不断扩张,在一步步逼近帝位,他以皇帝的名义,加封自己为叔父摄政王,这还不够,又加了个"皇"字:"皇叔父摄政王。"

圣母皇太后和文武百官都明白:"多尔衮已经不满足于当摄政王了。"

他需要的是"皇"字。

深居后宫的圣母皇太后,在修复被李自成焚毁的皇宫的嘈杂声中,立起双耳,时刻倾听朝堂大殿上的声音。她非常明白:"即便多尔衮有所顾虑,不直接称帝,但他的亲信,为了跟随他上位,为了讨好他,也会怂恿他废掉小皇帝,自己登基,独尊大宝。"

不怕没好事,就怕没好人,而且多尔衮并非不想当皇帝,他非常想,日思夜想,做梦都想。

皇太极即位大宝后,迅速除掉与他平起平坐的阿敏和莽古尔泰两大贝勒,逼得代善主动请求从御座旁边撤下椅子,站到下首臣班中。圣母皇太后见识过夫君的政治杀伐手段,自然懂得多尔衮为啥将郑亲王济尔哈朗踢出辅政亲王之位,以及为什么要构陷罪名弄死肃亲王豪格。多尔衮下一个要铲除的是谁呢?自然是最后一位挡住多尔衮上位的小皇帝福临。

在历史上,历朝历代,权臣废帝自立的,还少见吗?

为了保护皇儿,圣母皇太后必须出手。

谙熟宫廷斗争的圣母皇太后,知道多尔衮在等待一个适当的时机,堂而皇之地摘取皇冠,登上皇帝的宝座。圣母皇太后决心孤注一掷,用一个女人可以利用的一切手段,纡尊降贵下嫁摄政王多尔衮,以此作为保住母子地位的最后防线。

"上阵父子兵,打仗亲兄弟。"大清摄政王多尔衮夺取江山,主要依靠一奶同胞的哥哥阿济格和弟弟多铎。顺治元年(1644)年末,多尔衮任命阿济格为靖远大将军打击李自成大顺政权,任命多铎为定国大将军,命他攻击南明政权。顺治四年(1647)七月初一,多尔衮为加强自己的统治,把胞弟多铎晋升为辅政叔德豫亲王。多尔衮与一奶同胞的兄弟在一起谈兵论国,较之过去和济尔哈朗说话方便多了。

顺治五年(1648)二月初三,肃亲王豪格在攻伐四川、大肆屠杀川民后,班师归来,顺治皇帝亲自到太和殿设宴慰劳大哥豪格。多尔衮对这支长途远征征战两年多的凯旋之师,表现出异常的冷淡,仿佛是打了败仗一般。满朝文武百官都感觉这种气氛预示着不祥之兆。果然,不到一个月,多尔衮以争功等微小的罪名处罚了跟随豪格征四川的将领,并对一大批附和豪格的部将降职或停赏。大家都在观望多尔衮如何打击豪格,没料到却先看到济尔哈朗遭了殃。

三月初四,济尔哈朗的几个侄子突然告发了济尔哈朗,罪状中除了家族内部矛盾之外,还包括他当年谋立豪格时做手脚,让正蓝旗在镶白旗前行走,言语不伦,以及无辅佐之功等罪名。朝政会议上,众人纷纷抨击济尔哈朗当死。最后,交由多尔衮定夺,多尔衮念在济尔哈朗从不与自己争锋,且无力也无意与自己争夺"君权",便免其死罪,革去亲王爵,降为郡王,罚银五千两。与济尔哈朗有牵连的索尼、鳌拜,是当初坚决反对多尔衮接任皇位的黄旗重臣,多尔衮对他们恨得要死,却只是将他们革职惩罚。众人感觉诧异,这是怎么回事?

原来,多尔衮走的棋招是欲擒故纵:先放过车马炮,直接将军,命中豪格。两天后,三月初六,多尔衮就把豪格推上了审判台,说他征四川已有两年,却并未完全平定,并罗列了一些罪名,包括对多尔衮的"三次戒饬,犹不引咎"等。只要摄政王说谁不好,诸王大臣必议其罪应死。多尔衮唱罢白脸,转而又唱红脸,摆出一副慈善的面孔说:"如此处理,实在不忍,不行不行,不能这样做。"免豪格一死,剥夺所属人员,把他幽禁起来,等于判了无期徒刑。

面对陷害,性情暴躁的豪格,十分震怒,采取了和济尔哈朗不同的反应。他大骂大闹:"我是先皇太宗的长子。我是当今皇上的亲哥哥!"人在屋檐下,豪格白闹腾,多尔衮根本不露面。这时,阿济格前来看望豪格,这叔侄俩倒是性情相投。豪格对阿济格等人发泄不满:"要把我放了就没事,如果不放,别以为我会眷恋几个孩子,我会拿石头把他们全砸死。"

四月,豪格便猝死在狱中,年仅三十九岁。从他得意洋洋地凯旋回京,到冤屈暴毙,只有两个多月。

迫害死豪格,多尔衮将打击异己的大戏推向高潮。

或许豪格是替他父亲皇太极还债,多尔衮终于报了皇太极当年逼死阿巴亥之仇。

济尔哈朗面对多尔衮为什么处处退让?因为他不想重蹈父亲舒尔哈齐和哥哥阿敏的覆辙。我们应该能够理解圣母皇太后为什么胆战心惊地害怕摄政王对小皇帝开刀了吧?

多尔衮出入称尊,形同皇帝,缺的便是"皇帝"的名号而已。西方传教士记载:"上上下下都怕他,据说就是达官显贵往往也不能直接同他说话,要趁他外出守候在路旁,借便谒见。"

豫亲王多铎、郑亲王济尔哈朗启奏摄政王:"现在国家已定,四海升平,这都依赖摄政王您的恩泽啊!元旦节的时候,您在皇上面前行跪拜礼,我们都知道您素有风疾,跪拜事小,倘若皇叔父王勉强行礼,劳体伤神,耽误国家政务事大啊!"多尔衮毫不谦让,欣然接受了,不再对顺治皇帝行跪拜之礼,并且谕令:"以后凡有行礼的地方,跪拜之礼,摄政王永免。"从礼仪上明确规定多尔衮与顺治皇帝平起平坐,无君臣之别。多尔衮与群臣之间的距离越来越远,而与皇帝之间的距离越来越近。

多尔衮指使大臣奏告朝廷:"摄政王功高盖世,深孚众望,其功德难以言表。皇上深感其德,却无以报答。摄政王虽然只是皇叔父,实际上却是把皇位相让于皇上,就好像父传子一样。既然摄政王都将皇上视作儿子,皇上又为何不以父礼对待摄政王呢?"群臣齐道:"所言极是。""摄政王刚死了福晋,而皇太后又寡居多年。皇上既将王爷看作父亲,又怎能让父母分居呢?应该让太后与王爷结为连理,同宫而居。""诸位以为可以吗?"群臣齐道:"可以。"

于是,圣母皇太后下嫁摄政王。

多尔衮加封自己"皇叔父摄政王"时,圣母皇太后就敏锐地感觉到,离多尔衮动手夺取皇位的时间不远了,甚至是朝不保夕。小皇上福临还不懂得害怕,他的皇额娘却怕得要死,时刻提心吊胆,天天寝食不安。这个后宫皇太后,哪里是在享福,完全像坐监牢。

圣母皇太后是女中豪杰，不会坐以待毙。她顺水推舟，以奉献为守成，既然多尔衮给自己加了个"皇"字，那么，就让他更进一步，去掉"叔"字，把"皇叔父摄政王"晋升为"皇父摄政王"。"皇父"无法不让人遥想"继父"之意。这一尊号的来历，不论作何解释，都会流传甚广远、众说无定论，当今是然，后世亦然。

圣母皇太后知道多尔衮想要的是什么，便帮助他实现，这样以柔克刚，就能够防止他硬动手。

作为高高在上的摄政王，多尔衮不缺少女人。那他为什么一定要娶半老徐娘的皇太后呢？对多尔衮来说，娶皇太后，的确让他得到了心理上的满足与快慰，内心里暗暗讥笑小皇上："别看你坐在皇帝宝座上，但我娶了你妈，你就是我儿子。皇上是我儿子，我是皇上他老子，我就是太上皇，太上皇就是皇上。"

朝鲜《李朝实录》有段君臣对话涉及此事。其国王说："清国咨文中，有'皇父'摄政王之语，此作何解释？"大臣金自点回答道："臣曾问过清国来使，他们说如今去叔字，朝贺之事，与皇帝一体。"大臣郑太和接着说："敕书中虽无此语，似乎是已成为太上皇。"国王说："实际上就是两个皇帝了。"清廷使者向朝鲜大臣隐晦地证实了"太后下嫁"这一说法，说明真正讳言太后下嫁小叔子的是清廷。

问鼎中原后，民族融合的发展使女真人的汉化程度逐步加深，也接受了汉族传统文化与伦理观念，此时的太后下嫁便被视为悖伦辱德了。顺治八年（1651），多尔衮去世后不久，顺治皇帝清除多尔衮一派的大臣时，刚林和祁充格就因将多尔衮娶肃亲王豪格的王妃这一悖伦的奇耻大辱记录入档而被处死。那么，"太后下嫁"一事，也是决不许扩散到外部舆论中去的，闭口不谈，慢慢淡化，直到忘却。

然而，纸包不住火，删节史书也除不了人言。南明鲁王政权的大臣张煌言，作《建夷宫词》，讥讽太后下嫁。"建夷"就是建州女真蛮夷之意。

上寿觞为合卺樽，慈宁宫里烂盈门。

春官昨进新仪注,大礼恭逢太后婚。

多尔衮死后,顺治清算多尔衮势力时,有一条罪状,说多尔衮"亲到皇宫内院"。多尔衮当摄政王时,是没有权力深入后宫的,只有在成为"皇父"后,才可以。圣母皇太后下嫁多尔衮后,没有迁到摄政王府,仍旧深居大内慈宁宫。

圣母皇太后临终前,遗言给其孙康熙帝:"太宗文皇帝梓宫,安奉已久,不可为我轻动。况我心恋汝皇父及汝,不忍远去。务于孝陵近地,择吉安厝,则我心无憾矣。"这种做法是违背清朝帝后丧葬制度的。清代后妃死在皇帝之前或死在皇帝之后,但皇帝尚未安葬时,可葬于皇帝陵寝之内。若死于皇帝之后,也都葬于"风水墙"之内。唯有孝庄皇太后例外,身为太后的她明知违制却仍一意孤行,可见她是有难言之隐的。她已下嫁摄政王多尔衮,再与皇太极合葬既不合情理,也使后世子孙尴尬。因此,康熙皇帝左右为难,一直未将祖母安葬,将其灵柩停放东陵三十多年。最后,雍正皇帝下令将其安葬于东陵帝宫。雍正皇帝对太奶奶下葬一事极为轻慢,甚至没有亲自去祭奠,大约也将太奶奶下嫁多尔衮一事看作羞辱,不愿面对。

清末宣统初年,有刘文兴者,曾说其父刘启瑞官拜内阁中书时,奉命清理库藏,亲得顺治朝太后下嫁诏书。然而,至今无人得见这份诏书,此乃真正的捕风捉影之词。

圣母皇太后下嫁,这的确为见识过人的不得已举动。聪明有心机的圣母皇太后以自己身体和名节笼络控制住了多尔衮,巩固了儿子福临的皇帝之位。

作为一个政治家和一个女人,圣母皇太后用了一切可以利用的手段,不惜纡尊降贵下嫁,从心理和生理上承受着一个政敌的践踏,来保住自己儿子的皇位。她是一个女人,也是一个政治家,但更是一位母亲。

这个包含政治目的的嫁娶,在极大程度上起到了延缓与阻止多尔衮夺位称帝的作用,使多尔衮无论从权欲上,还是从名分上,都满足了做皇帝的心理,从而甘心做一个握有实权、功德圆满的太上皇。

几方面的原因,使多尔衮生前没有真正当上皇帝。一是满州八旗虽然听从摄政王的调遣冲锋陷阵,争夺天下,但如果摄政王自己登基坐天下,八旗便不会都听从,一定会分裂,多尔衮活着的时候,各地抗清斗争此起彼伏,大局未稳,多尔衮不敢贸然自立。二是入关后,汉文化制约了多尔衮,封建宗法制影响了多尔衮的心理,小皇上福临继承皇太极留下的皇位,理所当然,多尔衮硬要当皇帝,就是以下犯上、欺君夺位。西周时,周公旦辅佐成王,没有篡位,成王成年后,还政于成王,成就了千古美誉。多尔衮不愿冒天下之大不韪,而毁弃自己"周公"的美誉。三是多尔衮一直无子嗣,夺了皇位传给谁?还是要还给"继子"顺治嘛。四是多尔衮历来身体就不好,素有风疾,死得太早,这是最关键的一点,如果他长寿,想不篡位都难,顺治成年后,如果多尔衮不放弃权力,必然会发生宫廷血拼。武则天在杀了一个又一个儿子之后,于虚岁六十七岁登基称帝。倘若多尔衮活到六十七岁,他不登基,跟着他干的同僚们都不会答应,也许会先下手弑君,然后强行让多尔衮"黄袍加身"。

尽管多尔衮连印玺和龙袍都准备好了,但种种原因令其篡位称帝念头至死未能实现。

多尔衮赢得了对汉人的征服,却输给了圣母皇太后这个养尊处优的女人。在多尔衮死后,圣母皇太后指使儿子福临、少年皇帝顺治,把扶植他坐上龙椅的恩人、亲叔叔、继父、母亲曾经的枕边人多尔衮先是追封为皇帝捧上天,然后立马打入十八层地狱,挖坟掘墓,割头鞭尸,挫骨扬灰,冠上千古逆臣之恶名。圣母皇太后把去世的多尔衮树为儿子的政敌,借助打击剿灭多尔衮余党的机会,让儿子提前亲政,巩固了自己这一方的势力,重振了皇权。

二十年后,圣母皇太后梅开二度,再次出手,指使孙儿、少年皇帝康熙,逮捕辅政权臣鳌拜,把活着的鳌拜打倒成死去的多尔衮。

十五、皇父摄政王的癖性

得知朝鲜公主正在被护送往北京途中,多尔衮有点心急,坐立不安,干脆以行猎为名出京城,去山海关迎亲。

顺治七年(1650)五月二十一日,多尔衮率领随从越过山海关,过宁远城。这些地方都是大清和摄政王有重要征战记忆的地方,然而多尔衮无暇浮想联翩,他心里惦记着朝鲜美女呢。在男人心里,公主或者丫鬟,是第二位的考量,第一选择是好看与否。对正在创建中的大清国的掌舵人来说,多尔衮为了一个女子,如此大费周折,实在是不正常。然而,历史资料明明白白地记载说,多尔衮为了朝鲜美女,喧嚣沸腾地来到锦州连山,迎上了送亲的队伍。择日不如撞日,做好事,什么时候都是好时辰。也无须举行什么国礼仪式,当即宿营,在行军帐篷里,大清摄政王和朝鲜公主入洞房了。

但摄政王很生气。

他立即召来朝鲜使臣,劈头盖脸地训斥了一通,指责朝鲜国忘恩负义,办事无诚意,责令把难看的朝鲜公主和侍女都带回去。朝鲜使臣吓得跪在地上一个劲儿磕头请罪,乞求宽恕。待到摄政王稍稍息怒,恩准朝鲜使臣起来,朝鲜使臣转身请求摄政王的随侍大员帮着说好话,从中周旋。随侍大员等多尔衮心平气和了,高兴一些后,才敢向摄政王建言:"倘若把朝鲜公主退回,太打朝鲜国王的脸,大家颜面上都不好看,这不仅仅是王爷您个人的事,还关乎两国友谊,还是把公主留下,另行处置为好。摄政王如果不喜欢她,可以把她赏给我,或者哪个办事利落的奴才。"

"有道理。"摄政王开恩点头。

朝鲜君臣非常无奈,赠送美女,本意是讨好大清摄政王,没有想到,弄巧成拙,画虎不成反类犬,这属于自找不自在,挨累不讨好。赶紧补救吧,朝鲜国王立刻下旨,各级官府,遍访民间,寻找美女,搜山检海,挖地三尺,也要挑选最好看的美女,让大清摄政王喜欢、高兴、开心,搞得朝鲜国内上上下下,鸡飞狗跳,不得安宁。必须满足大清摄政王,不然,一旦人家心情不好,按捺不住火气,自己带领兵马来朝鲜,那就坏了。

好在,天佑朝鲜君臣和美女们,半年不到,多尔衮就病死了。

多尔衮很早就谙熟女子之美,十二周岁娶妻,洞房花烛,做了新郎倌。这不仅仅因为他是后金大汗的儿子,还因为在女真人的社会族群里,男女少年,不等完全成熟就开始婚配,一刻也不能耽误,为什么?早点生孩子呀,家族和部落太需要人口了,强大是需要足够多的人头的,人多力量大,人少,那力量一定大不了。生了女孩儿,等长到十二三岁,可以当母亲生孩子。生了男孩,长大就是勇士,是战士,当英雄。

多尔衮在名分上,有六妻四妾,这十个女子专属于他。他还有多少其他女人,无法得知。男人结婚便算成人了,到虚岁三十九岁去世,多尔衮当男子汉当了二十六年,女人众多,却没有一位给他生下儿子,只给他生了一个独生女儿东莪格格,传说是朝鲜宗室李世绪之女为多尔衮生的,但于史无据。多尔衮殁后,顺治皇帝下旨,将其女儿东莪和过继的豫亲王多铎之子多尔博,交由信郡王多尼看管。这是清史中关于东莪的唯一记载,此后便不知所终。传说,东莪和许多清朝格格一样,为政治结盟联姻献身,嫁到了蒙古。

入关之后不久,多尔衮就对大臣讲过,非常羡慕明朝宫中美女数千,希望在自己的摄政王府中也能照此行事,但被大臣劝阻。皇太后下嫁已够伤风败俗,何况他还把侄儿豪格的妻子据为己有。这是站在汉人文化视角旁观。多尔衮还经常在八旗中选淑女。他对朝鲜颁下求婚敕书,说自己刚刚丧偶,希望和朝鲜结亲。多尔衮所言"丧偶",是指正妃博尔济吉特氏。她是蒙古科尔沁部公主,清顺治六年(1649)仙逝。他们在一起生活了多年,多尔衮对她的感情很深,追封她为敬孝忠恭正宫元妃。多尔衮去世后,顺治追封他为成宗义皇帝,元妃博尔济吉特氏被追封为敬孝忠恭义皇后,不久后,多尔衮又被构陷为乱臣贼子,其皇帝封号被剥夺,博尔济吉特氏的皇后封号也被削去。

奇才多尔衮,性格古怪,怪癖多。他对鸡鸭猫狗、飞禽海鲜等珍馐美味,都不感兴趣,只爱吃牛肉,崇尚大牛。每天早晨醒来,先要喝一大碗牛奶。炒菜用牛油,甚至用牛骨头当柴烧。多尔衮爱茶如命,喜欢喝浓茶、酽茶。他每年要在王府里举行品茗会,评论各种茶的色、香、味,他让人编撰《续茶经》三卷,推举四川峨眉山的云雾茶为天下第一。他总吃牛肉,多喝茶能够帮助胃肠消化,滋养身体。

多尔衮嗜烟如命。相传他顷刻不离烟草,在朝房时笼在袖中,行军打仗时把烟锅放在箭囊里。女真人崛起,建立后金和大清之际,正是烟草传入中国的时期。世界大航海,地理大发现,各地物种开始传播共享。明正德十三年(1518),西班牙探险家发现美洲人利用空芦苇吸烟草,他们便学着吸起来,并改进为用纸卷烟草,世界上第一支纸卷烟就这样诞生了。大约在明朝万历年间(1573—1620),烟草传入中国,由菲律宾的吕宋岛传入厦门,当时叫它为"吕宋烟"。明朝灭亡前,吸烟之风已经很盛行。烟草辛辣,能够提神,中国人迅速接纳了这种新事物,没有那么多纸卷烟草,人们发明了烟袋锅。为了保证粮食种植,皇帝崇祯严令禁止种烟草和吸烟,当时发生的连年大粮荒,与烟草种植造成的粮食减产也有一定关系。清朝八旗入关,劫掠中原,战利品就包括旱烟袋包、铁烟袋锅、竹木烟袋杆、玉石烟袋嘴。

多尔衮还喜欢西洋进贡的鼻烟,据说一天就得用半两。他边把玩鼻烟壶,边处理军国大事;边处理军国大事,边把玩鼻烟壶。上行下效,从沈阳睿亲王府到北京摄政王府,整个大家庭院落里,时刻青烟缭绕,从房门、窗口和屋顶瓦缝间都往外冒烟儿。

作为渔猎民族的后代,多尔衮继承了民族传统,特别喜欢打猎,他从几岁时就学习舞刀射箭,跟着众人进山林里猎获飞禽走兽,男子汉在与大自然的搏斗中成长,这是满洲八旗上下共有的文化生活特色。打猎必须有鹰、有犬,因此多尔衮爱鹰爱犬成癖。他养的各种犬有三千多条,不下数百种,有的大如马,有的小如猫,有专门喂养鹰犬的机构和人员,每五条狗由一人管理。顺治元年(1644),一群日本人乘船遇险,漂流到今图们江口一带,辗转来到北京,居留一年之久,被清政府礼送回国。他们在日记中写道:"在北京,有一次我们亲眼看到九王子(多尔衮)出城打猎,后面跟随着很多人马,带着很多大鹰,足有一千多只,实在是太多了。"有大鹰过千只,伺候他们的人则更多。养犬容易,人类老祖先早就把狼驯化成狗了。而鹰,没有驯化的传承,每一只猎鹰,都是从野鹰驯服成家鹰的。熬鹰是最难最苦的活计,人要陪着鹰一起熬,不吃不喝不睡觉,不能换人接力熬,只有和鹰一起熬过来的人,鹰才会承认其为主人。多尔衮年轻时就熬过鹰,能熬出一只猎鹰,是很有成就的大事,是英雄"巴图鲁"(勇士)。在辽东,多尔衮打猎,是生活中必须做的工作;进入北京后,多尔衮行猎,就是享受、就是休息。作为摄政王,他一出城,便惊天动地、劳民伤财。

多尔衮为了身份和面子,动用大量财物和人力修筑王宫,摄政王府仅次于皇宫。被焚毁的皇宫要重建,清朝权贵的府邸要兴建,京城北部燕山山脉的参天古树都被伐倒了,严冬到来后,冰天雪地,劳工便泼水成冰道,把这些栋梁滑运到京城。

顺治七年(1650)七月初四,多尔衮发布谕令,大意为:"京城建都年久,地污水咸,春、秋、冬三季还可以居住,夏天却湿热难堪。只是京城为历代都会所在,营建不易,不可迁移。考虑到辽、金、元都曾在边外修筑避暑之城,因此大清也应在边外修筑避暑之城,所需费用于定额钱粮外加派,拟于直隶、山东、山西、浙江、江南、河南、湖广、江西、陕西九省共加白银二百五十万两。官民等可以自愿捐助,兴建滦河北的避暑城。"后来,清王朝在塞外承德修建了庞大的避暑山庄行宫,也是源自摄政王多尔衮的避暑之念。作为王朝皇权的象征,这些建筑应该有,却加重了百姓负担,在君王眼里,爱惜百姓是口惠,满足自己的福利待遇才是他们真正想要的,黎民的生死事小,官宦的排场事大。

摄政王多尔衮谕令:"今拟止建小城一座,以便往来避暑。"这座避暑小城,位于今天的河北省承德市滦河镇西北,地处滦河、伊逊河汇合处的南北两岸,叫喀喇河屯行宫,是清朝在塞外建造时间最早、规模最大的皇家宫苑。"喀喇河屯"是蒙古语,是"黑城"、"乌城"或"旧城"的音译。喀喇河屯行宫简称为喀喇城。

多尔衮每年多次出猎,有时在郊区,有时往塞外。顺治七年

(1650)十一月,多尔衮出猎古北口外,不慎坠于马下,膝盖受伤,涂以凉膏。十二月初七,多尔衮来到了喀喇城。这里成了他叱咤风云一生的终点站。

十六、多尔衮的身后事

那一年的塞外，冰天雪地，满目萧瑟。一支队伍从远而近，最前面的那匹高头大马上，端坐着浑身戎装的多尔衮。他面容有些憔悴，目光有些忧郁，眉眼之间，却流露出一股掩藏不住的强悍和坚定，闪烁着一种让人敬畏的威严。多尔衮带着大队人马行进在旷野上，但他感到很孤独，仿佛天地之间只有他自己一个人，无依无靠。此次行猎，多尔衮心情并不好，其实就是因为在京城感到烦闷，他才想外出散心。

眼下，仿佛天下大业基本明朗，各地基本顺服了，唯有云南的南明永历政权和台湾郑氏集团不降。

多尔衮闷闷不乐的主要原因，还是自己的位置身份问题。

他率领八旗铁骑，踏破山海关，出塞入关，坐镇北京，指挥满蒙汉军，打天下，夺江山，叱咤风云，普天之下，莫非王土。那几年，一场又一场的胜利，一块块地盘收拢，一处处明军跪降，都让他快乐。他继承了父兄遗志，实现了清朝大业。但一根刺扎在他心头上，拔不出，时时隐痛。他感到很委屈：这江山是我打下来的，这江山应该由我来坐。可我只是摄政王，龙椅由一个啥也不懂的小毛孩子坐着，我却没有福分当皇帝。

皇帝应该是我，百万大军都听我的号令。龙椅拱手让与他人，岂有此理。

他目光阴鸷，甚至暗想："顺治小皇上应当正常或者不正常地死掉，那样，我就可以名正言顺地当皇帝了。"

可是，多尔衮不愿意承担犯上作乱弑君的骂名，也怕非他麾下的几旗不服，万一发生内讧，刚刚定鼎的大好局面就会失去。他还想过："最好，这个小皇上自己退位，我来当皇上，我没有儿子，等我老了之后，再传位给他。"

"这是最好的办法，当然，如果今后我有了自己的儿子，那另当别论。宋太宗赵光义就继承了哥哥宋太祖赵匡胤的皇位嘛。后来，赵光义把皇位传给了自己的儿子，并没有归还给宋太祖赵匡胤的儿子。宋朝能这样,大清也可以呀。大清为什么不可以呀?"

多尔衮想过要和圣母皇太后商量,但睿智如他,非常明白,无可商量,圣母皇太后不会同意,不可能答应。她虽然表面上处处顺从他,但她是一头母狼,一旦危及她的儿子,她会拼命扑咬,拼个鱼死网破。皇父摄政王多尔衮付不起两败俱伤的代价,目前,多尔衮比顺治小皇上和圣母皇太后更需要朝廷政局安稳。他清醒地明白,济尔哈朗和两黄旗大臣索尼、鳌拜等人,虽然暂时被自己压服了,但一旦他有立足不稳的迹象,他们就会乘机群起而攻之,而且他们一定会打着保小皇上的旗号抱团,那样对自己就太不利了。多尔衮相信凭借自己的睿智和才能,以及所掌握的武力,能够再次打垮那些人,但是,杀人一千,自损八百,得不偿失,他不愿意冒这个风险。

"虽然我没有皇帝的名分,但实质上就是我的江山、我的军队,为什么要去打乱它呢?乱,也许正是那些坏人想要看到的,我绝对不能让他们得逞。

"可是,我虽有军政大权之实,却不能享有皇帝之名。"

权不配位,这正是多尔衮心焦煎熬所在,即便手握生杀大权,他依然觉得这不能满足自己的心愿。北京这个地方,让他威镇八方,也让他闹心。他决定外出散散心,离小皇上和龙椅远一点,眼不见,心不烦。

其实,多尔衮想外出,也是害怕自己,怕自己一时控制不住,拔出刀剑来,砍掉小皇上的头,那时不仅仅会血溅龙椅,也可能因用力过猛连带砍碎了龙椅。

多尔衮率亲兵卫队和机要大臣们越过长城,这是他当年一次次跃马扬刀踏破的疆界,如今长城里外是一家,长城已经失去了意义,毁坏坍塌的长城和距他半步之遥的龙椅,都是他的骄傲,也是令他烦躁的东西。

喀喇河屯行宫还没有建设完,这仿佛是一个象征:多尔衮创建的大清朝,还没有完成一统。

多尔衮心情不好,还另有原因:他一奶同胞的弟弟多铎因害天花而死,多铎的两位妻妾坚持一同殉葬;不久,多尔衮的元妃博尔济吉特氏和胞兄阿济格的两位福晋都是因出天花相继而亡。天花病毒对不可一世的大清皇室,进行了无情地连番打击。多尔衮甚至灵光乍现:"小皇上顺治咋不得天花死掉?那样就一切太平啦。"后来,青年顺治皇帝,也因天花驾崩。在多尔衮心中,放眼全天下,唯有多铎是他最亲的人。如果让他放下摄政大权,他最想把权杖交给多铎。然而天意冷面无情,竟然先夺走了多铎。如日中天的多尔衮,面对亲人的突然死亡,有了不祥的预感,觉得天花随时可能会降临到自己头上。巨大的阴影,笼罩在多尔衮心头,他终日郁闷。权力曾经带给多尔衮快乐、骄傲和尊严,现在,权力对他已经是平平常常的事了,没有了新鲜感,反而让他觉得有点累赘,但又不愿意失去,不想放手。他被至高的权力给捆绑了,身不由己。

人算不如天算,巧的是,多尔衮竟然真的应验了自己当初立下的誓言,短寿而死。当年,他和济尔哈朗一起任辅政亲王时,向天地人神立誓:"我等如不秉公辅理,妄自尊大。漠视兄弟,不从众议,每事行私,以恩仇为轻重,天地谴之,令短折而死。"然而,多尔衮忘记了誓言,违反了誓言中的每一条。有一次,多尔衮发牢骚说:我身体病成这个样子,小皇帝怎么也不来看我一下,他年纪小不懂事,你们也都不来,难道你们也不懂事吗?然而即使是病成了这样,他也没有放弃握紧自己手中的大权。

煎熬了半年多,他有点扛不住了,冥冥中总感觉灾祸即将降临,成了他沉重的心理负担。体弱多病的多尔衮,甚至感到了死神给他带来的恐惧,他想离开京城,远离这些芜杂的军政事务。对他来说,最开心的就是打猎,出去走走吧。他想去喀喇河屯行宫,毕竟那是他亲自选定的城址,是他亲自命令修建的,看看那里的地势,看看修建到什么程度了。他想去现场勘察。

十一月十三日,多尔衮率诸王、贝勒、贝子、公等及八旗固山额真官兵出了京城,迎着西北风,疾驰长城外。颠簸在马鞍上,面对高天大野,多尔衮依然心绪慌乱无法安定下来。他的坐骑在冰雪上一滑,马失前蹄,多尔衮差点摔下来,惊出他一身冷汗。多尔衮骂了一句,自己也觉得奇怪,从小就骑马,也摔过多少回,这一次,为什么就害怕了呢?他明白:自己已经不是从前的自己了。

将士们喊叫着,策马围猎,从山坡密林中赶出一只老虎。老虎虽然是山大王、百兽之尊,但此刻,面对八旗劲旅,它却乱跑乱撞。按照规矩,遇到大的猎物,必须官最大的先射箭,然后将卒才能乱箭齐发。看到老虎,多尔衮的面容上挣扎出了一丝微笑,他没有心思射杀老虎,但责任和义务要求他张弓搭箭,然而令他想不到的是,第一箭射偏了。多尔衮很意外,老猎手竟然失手了。只好重新来,将士们驱赶老虎,呼叫着,等待着摄政王再射箭。第二支箭,惊惶得像无头苍蝇四处乱撞的老虎,慌张地一扭身,恰好又避开了。摄政王的斗志被激起来了,多尔衮在一众部属面前丢不起这个人,他咬牙切齿,认认真真地第三次拉弓,他下定决心,一定要射中老虎,挽回面子,重拾雄风。当他再一次瞄准老虎时,他眼前突然出现了一个幻象,仿佛看到箭头前方那老虎是一个人,向他张牙舞爪地扑过来,而且这个人好像就是他自己,和铜镜中的样子相似。多尔衮慌了神,他不能自己射杀自己。他猛然抬高弓箭,羽箭飞上了云霄。

多尔衮被太阳照射得眼前一黑,惨叫一声,摔离马背,跌落到冰雪上。

此时的大地,冻结实了,就是整个一大块石头。

多尔衮像一只坠落的大鸟,砸在冰冷坚硬的冰块上,把他撞得肝胆欲裂。

将士们急忙搀扶起摄政王。

有人愤怒地射杀了那只惊吓到了摄政王的老虎。

短暂的昏厥后,多尔衮缓过神来,立马虚弱地发出谕令:"放走那只虎。"

将士跪地禀报:"老虎死了。"

多尔衮一下子心如刀剁,疼得垂下了头。

御医检查了摄政王的伤势,膝盖摔伤严重,便为他涂上药膏。众人搀扶多尔衮上了马。有人奏请回京养伤,多尔衮不肯认输,坚持按原计划,去喀喇城。

谁敢不听摄政王的话,别说是摔伤的摄政王,就是病倒了站不起来的摄政王,也可以轻易结果任何一个人的小命。

十二月初七,在路上游荡了二十四天的多尔衮一行,抵达喀喇城。他看到的是一派死寂的工地,凛冽酷寒,无法施工,要等到明年春暖花开,才可继续建造。此时的行宫初建现场,如同一片废墟,畅想着行宫建成后的样子,多尔衮强作笑颜。

将士们请摄政王休息。躺下后,帐中点燃了炭火盆,多尔衮仍然感到冷。他发烧了,面红耳赤,打哆嗦。他意料到自己大限到了,回不去京城了,也回不了辽东老家了。他不放心自己的身后事,急忙密召胞兄阿济格前来,嘱咐事宜。如果多铎还活着,多尔衮肯定会找多铎,而且会很放心。现在,他不放心阿济格这位莽撞的大哥,却没有其他人可以托付后事。

多尔衮睿智一世,却落了个孤家寡人,自己的大业没有合适的接班人。他以为自己正当壮年,根本没有意识到死亡会迅疾降临,所以没有培养继任者,以延续自己的政令。少年"墨尔根代青",青年睿亲王,壮年摄政王,如今要与自己不信任的大哥来合作了,这就是不睿智了。他身边带着那么多文臣武将,结果都是他心中的外人,只有一奶同胞的大哥可以托付后事,这是无奈的选择,同时也证明这是睿智的多尔衮最不睿智的做法:所托非人。

阿济格匆匆来到摄政王大帐,其他人等都被喝退,只有兄弟俩凄然相对。多尔衮看着眼前这位让自己又爱又恨的哥哥,眼中流下泪来。他非常清楚,没有自己的保护,哥哥也不会长久,兄弟俩都是将要死去的人。

没有人知道这兄弟俩说了什么。

《皇父摄政王多尔衮外出围猎日记》记载:"[顺治七年(1650)]十一月十三日,皇父摄政王身体欠安,居家烦闷,欲出口外野游,(十二月)初七日,宿于喀喇城。本日,皇父摄政王病重歇息。初九日戊子,戌时,皇父摄政王猝薨。"

天黑了,多尔衮走了,离开了这个厚待他的人世间,气吞山河、权势熏天的大人物,咽下了最后一丝气息,享年虚岁三十九岁。执掌清朝军政七年的皇父摄政王,把小清廷推动成大清朝,把生命还给了时光,把名字刻进了史册。

多尔衮一死,留下了巨大的权力真空。英亲王阿济格擦去泪水,立即派遣三百骑兵赶往北京。大学士刚林看到后,立刻策马,日夜兼程七百里,赶到前面,先行入京,遍告宗王、固山,做好准备,关闭九门。待阿济格的三百骑兵一到,"皆束甲,尽收诛之,英王未知也。寻至,被幽"。

多尔衮临终前,到底是怎么交代阿济格的?是不是阿济格又一次把多尔衮安排的事情办砸了?京城守卫森严,三百甲士又能干什么?如此敏感时刻,阿济格此举,实在是授人以柄。这是多尔衮的意思吗?多尔衮灵柩回京,一路上,老谋深算的济尔哈朗一直监视着阿济格。在多尔衮面前,济尔哈朗是败将,但对付阿济格,济尔哈朗绰绰有余,很有把握。阿济格和儿子劳亲想接管多尔衮的兵马,可这些将士都知道阿济格有勇无谋,不可托付,坚决抵制,他们把自己变成了皇帝和太后的人。

闭上眼睛的多尔衮已经管不了这些事了。一代枭雄,与世长辞,顶天立地的大枭雄,死得却很窝囊,在遥远的塞外,仿佛孤魂野鬼。摄政王大帐中的油灯,叫朔风吹灭了,天地一片漆黑,远方夜空升起了一颗闪亮的寒星。

尾声　圣母皇太后与多尔衮：谁是胜利者？

顺治七年（1650）十二月十三日，多尔衮的死讯传回京城，如遭晴空霹雳，顺治小皇帝蒙了："我应该怎么办？"顺治皇帝的额娘、圣母皇太后，惊喜地告诉儿子："你应该这么办！"

多尔衮死去一个月后，在圣母皇太后的支持下，顺治八年（1651）正月十二日，本应在福临十八岁行冠礼之后才举行的亲政仪式却在太和殿提前举行了。此时，顺治皇帝虚岁十四，接近十三周岁，仍然是个少年小皇上，只不过辅政者换成了他的亲生母亲圣母皇太后，她是个不挂名的实权摄政王。

下面的一系列步骤，都是母亲指使儿子干的：

十二月十七日，阿济格等人护送多尔衮的灵柩抵达北京，顺治皇帝亲率诸王、贝勒、文武大臣身穿重孝，出东直门五里相迎，哀声动天。顺治皇帝在摄政王灵前跪拜三次，祭奠三番，恸哭三回，悲痛欲绝。王公大臣搀扶小皇帝，跪劝节哀，保重龙体要紧。

文武百官跪伏道路两旁举哀，顺治皇帝陪同多尔衮的灵柩一路回到摄政王府，满府如雪孝服。公主、福晋及朝廷命妇，在摄政王府大门内跪哭，哀声震颤京城，响彻天地。

顺治皇帝下诏，命令诸王、诸贝勒以及文武百官，都要在自家设立灵堂，为摄政王守丧。所有臣民"易服举丧"，举国戴孝，为皇父摄政王举行"国丧"。

二十日，顺治皇帝颁发《皇父摄政王以疾上宾哀诏》："昔太宗文皇帝升遐之时,诸王大臣拥戴皇父摄政王,坚持推让,扶立朕躬。又平定中原,统一天下,至德丰功,千古无两。不幸于顺治七年(1650)十二月初九日戌时以疾上宾,朕心摧痛,中外丧仪,合依帝礼。呜呼!恩义兼隆,莫报如天之德;荣衰备至,式符薄海之心。"并宣布了五条"应行事宜"。其中定国丧为二十七天,官民人等一律服孝,在京禁止屠宰十三天;在京外音乐嫁娶,官员停百日,民间停一月等。

二十五日,清廷追尊皇父摄政王多尔衮为"懋德修道广业定功安民立政诚敬义皇帝",庙号"成宗",以帝王之礼安葬。

正月十二日,顺治皇帝于太和殿宣布亲政。此时他虽然仅仅是个半大孩子,但"坐殿上指挥诸将,旁若无人"。其实,并非"无人",他背后有个隐身的太后额娘,在"垂帘"指导。

顺治八年(1651)正月十九日,小皇帝又赐多尔衮夫妇以义皇帝和义皇后的名义配享太庙。

多尔衮活着的时候,做梦都想自己当皇帝,在他死后终于当上了,从辅政亲王、摄政王、叔父摄政王、皇叔父摄政王、皇父摄政王到成宗义皇帝,他一生的荣贵达到了顶峰,直冲云霄。

圣母皇太后知道多尔衮活着的时候,总是遗憾自己没有亲生儿子,那就给他一个,把豫亲王多铎的第五个儿子多尔博过继来,袭睿亲王爵位,俸禄为其他诸王的三倍。

和多尔衮纠缠不清的圣母皇太后,通过皇儿之口给予了多尔衮最高、最隆重、无以复加的顶天礼遇。

圣母皇太后最了解多尔衮,知道他想要什么,极力满足他:给了他个假皇帝,给了他个假儿子。

接下来,再向前发展,就是圣母皇太后自己想要的。她想要的是,让儿子顺治皇帝像他父亲皇太极一样,杀伐决断,独揽朝纲,权力要回到皇帝手中,不能再让大权旁落,皇帝长大了,可以接管朝政,执掌国家了。在三十八岁的母亲眼中,十二岁半的儿子,仿佛已经二十一岁了,要当大人用,挑起国家大梁来。皇太极是辽东的皇帝,顺治要当名副其实的全国皇帝。如何才能够成就梦想,圣母皇太后通过皇儿的眼光打量满朝文武百官,大多都是多尔衮的人,一朝天子一朝臣,必须都换成自己的人,顺治才能坐稳皇帝宝座。

皇太极初登大宝时,为了打击排挤老资格的"三大贝勒",拉拢提拔了多尔衮等年轻的小贝勒。后来,多尔衮上位"摄政",对满洲八旗中的潜在对手逐步采取了压制、拉拢和分化瓦解等手段,对与己矛盾较深的如代善、济尔哈朗等元老派以及汉臣范文程等前朝大员采取排挤打压等手段,对比较年轻、与自己矛盾关系较少的,或者主动投靠的人则加以提携重用,从而解除威胁,培植强化自己的势力,进一步提高和巩固了自己的地位,牢牢把握了自己至高无上的统治地位和领导权力。如今,圣母皇太后和顺治皇帝也是这样做的,周而复始,代代循环。把活着的阿济格父子抓起来,就是"大换血"的前奏。

顺治八年(1651)正月初六,多尔衮胞兄英亲王阿济格被以谋乱罪"幽禁"。圣母皇太后和小皇上真有两下子,一手高举多尔衮,一手摁倒阿济格。阿济格是活着的多尔衮。只有扳倒多尔衮,才能把他的人马势力清除。

皇父摄政王的魂灵入住太庙享受香火刚满一个月,二月二十一日,当初的小福临、如今亲政的顺治皇帝,颁下圣谕,追论多尔衮罪状,不对——应该是圣母皇太后指示:追论多尔衮罪状,昭示中外,"罢追封、撤庙享、停其恩赦"。

多尔衮活着时,惊天动地;死了之后,也是动地惊天。

不是圣母皇太后一定要和多尔衮过不去,虽然他活着的时候,让他母子俩担惊受怕,提心吊胆,吓掉了魂儿。但是,人已经死了,一定要报复吗?圣母皇太后这是要借多尔衮的"罪名",压倒手握实权的一众官员。圣母皇太后带领顺治最先做的试探举动,是令大学士刚林去摄政王府收回象征至高无上权力的信符,吏部侍郎将赏功册收回大内,然后把被多尔衮排挤打压的苏克萨哈重新打捞拯救出来,重新世袭爵位,擢升为议政大臣。

苏克萨哈带头联合他人首先揭发说多尔衮墓中的随葬有御用之物,指责多尔衮有两大罪状:一是专擅威权、私制御服、私藏御用珠宝;二是背着顺治皇帝欲率两白旗人马移驻永平府,扼住东北通往北京的咽喉要道,以达到谋篡大位的目的。

一旦被推到"篡位"的高度,死去的多尔衮就万劫不复了。

另一位曾经的摄政王济尔哈朗也站了出来,率领一批亲王大臣追论多尔衮之罪。苏克萨哈和济尔哈朗两位老大臣感慨万千,痛哭流涕,恨骂多尔衮擅权僭越,欺凌皇上。有两个老者带头,其他被摄政王打击排挤的人便跟着哭骂多尔衮。满朝文武,包括多尔衮扶植的人,都觉得这几年在摄政王面前小心翼翼,大气不敢出,憋屈得很,于是也假装哭泣,咒骂多尔衮,以求得到小皇上和另一方势力的认同和收容。

金銮殿成了揭发多尔衮过错、声讨摄政王罪状的控诉法庭。

顺治皇帝被这群成年人的情绪感染了,一下子意识到摄政王原来是这么坏的大恶人:"对呀,朕这几年,一直受他的气哩。"顺治皇帝这个半大孩子也哭开了。大臣们急忙劝慰小皇上,和小皇上一起哭,这些人共同的目标是把死去的多尔衮打入十八层地狱。顺治皇帝虽然年纪小,但也懂得篡位是咋回事:"怪不得叔叔多尔衮把我抱上皇位,原来所谓的对我好都是假惺惺的,他还想自己当皇上啊?呸!"

圣母皇太后悄悄隐身在金銮殿后,把控着朝堂上的一举一动。她知道多尔衮是想当皇帝,但他毕竟没在事实上欺君夺位,然而她不能压制这种群情激愤,这是众人几年来在摄政王淫威下忍气吞声的强烈反弹,要想让皇儿打垮多尔衮的余孽,铲除异己,重新打造起自己的势力,必须顺风扯旗、推波助澜。多尔衮,对不起你了,但这也是你所作所为应得的后果。

在这种氛围下,摄政王成了一个恶魔般的存在,清廷将多尔衮的罪状一起"清算",公布于世,大致有如下数款:太宗死时,诸王并无立多尔衮之议,摄政后独专威权,不令郑亲王济尔哈朗预政,遂以亲弟多铎为辅政亲王,背誓肆行,自称皇父摄政王,以皇上之继位尽为己功,将诸王大臣杀敌之功尽归于己;所用仪仗、音乐、侍卫等俱与皇上相同,盖府第与皇上宫殿无异,任意挥霍府库财物;将皇上所余的部分旗属人员收入自己旗下;诬称太宗之位原系夺位,以挟制中外;逼死豪格,夺其妻子、官兵、户口、财产归己；拉拢皇上的侍臣；一切政事均自己处理，不奉上命，任意升降官员，以朝廷自居，令诸王大臣每日候在府前等。故而，多尔衮"逆谋果真，神人共愤，谨告天地、太庙、社稷，将伊母子并妻所得封典，悉行追夺。诏令削爵，财产入官，平毁墓葬"。

上行下效，事态膨胀扩张，刚刚修好的义皇帝华贵陵墓被扒毁，他们掘出皇父摄政王的尸体，用棍子打，又用鞭子抽，最后砍掉多尔衮的脑袋，死人也要斩首，暴尸示众。他曾经的一切"丰功伟绩"，不如当今众人脚下的尘土。

多尔衮的党羽和亲信，先后被清洗，被处死或贬革。比如重新投靠小皇上和圣母皇太后的大学士刚林，虽然及时报告阿济格派三百骑兵先行回京，又去摄政王府取回大印，但是仍然被视作多尔衮的铁杆分子给惩办了。

多尔衮势力最大的代表就是阿济格一支。早已被拘押的阿济格，在狱中听闻自己的儿孙被处死，妻女被迫为奴，脾气暴躁的他，气愤得纵火烧监牢，自焚而死。努尔哈赤和大妃阿巴亥的三个儿子——阿济格、多尔衮、多铎，全部走向终结。一代一代的宫廷大戏，重新演绎了一回。

多尔衮生前打击的王臣们，都得到了平反昭雪。范文程被召回，参与议政。入京后，因为感念皇太极知遇之恩，范文程在心理上更亲近先皇之子福临，所以逐渐远离了多尔衮的权力圈子。多尔衮也不再待见范文程，任由他居家养生。当初的两黄旗大臣索尼和鳌拜等人，因为阻止多尔衮称帝，受到多尔衮的厌恶，这几年低头夹尾巴做人，只求苟活下来，如今终于迎来了扬眉吐气的日子。

打倒死去的多尔衮，小皇上顺治的威权果真树立起来了，他重用范文程、洪承畴和吴三桂、耿精忠、尚可喜、孔有德等汉人文臣武将。满朝文武百官都不敢小瞧当今天子，因为小福临身后有个厉害的狠角色。二十年后，不懂得吸取教训的老权臣鳌拜，专横跋扈，威风八面，却稀里糊涂地败在了幼主康熙手下，其原因是康熙的奶奶太皇太后还身子骨硬朗地活着。

多尔衮一直把豪格当作最大的对手和政敌，岂不料，圣母皇太后和顺治把多尔衮看作最大的对手和政敌。"螳螂捕蝉,黄雀在后。"能够战胜多尔衮的,只有同一战壕的"敌人"。

后来,摄政王多尔衮"以谋逆黜庙",不许落叶归根于皇家陵园,而葬处,掘去其金银诸具,改以陶器。

乾隆四十三年(1778),乾隆皇帝诏令为多尔衮平反:"睿亲王多尔衮,摄政有年,威福自专,殁后其属人首告,定罪除封。"后又诏曰:"睿亲王多尔衮扫荡贼氛,肃清宫禁。……创制规模,皆所经画。寻奉世祖车驾入都,成一统之业,厥功最著。"于是,他依亲王陵寝制度,恢复了多尔衮的陵寝,俗称"九王坟",占地面积二十万平方米,坐北朝南,最南边有神桥一座,下有月牙河,有围墙、子墙两道,南辟宫门三间及栅栏门,进门有东西朝房,碑楼两座,后有享殿五间。享殿后有月台,月台上建大坟冢一座。辛亥革命后,多尔衮后人将地面建筑拆卖,九王坟慢慢被拆平。据考证,多尔衮的坟墓遗址在今北京市东城区新中街一带。

多尔衮是枭雄,是军事家,是政治家,是中华大家庭的一分子。多尔衮带领女真人进入中原,带来了民族压迫,也带来了民族交融。

无论是满族人,还是汉族人,都是中国人。无论是汉族文化,还是满族文化,都是中华文明参天大树上的花、叶、果。大地上的血痕淡退难寻,祖先的浴火之痛已经消逝,留给后世的唯有五味杂陈的追忆。